Elizabeth C. Bunce

# Eine Schifffahrt, die ist tödlich

Elizabeth C. Bunce

EIN MYRTLE HARDCASTLE KRIMI

# EINE SCHIFFFAHRT, DIE IST TÖDLICH

Aus dem Amerikanischen
von Nadine Mannchen

KNESEBECK

# 1

# Ohr, Nase und Hals

Ebenso wie ein Verbrechen anhand seiner einzelnen Bestandteile zu einem verständlichen Ganzen zusammengesetzt werden kann, ist auch der menschliche Körper ein Mysterium, das dank gründlicher Ermittlungen irgendwann ergründet sein wird.

– H. M. Hardcastle: *Grundlagen der Rechtsmedizin – Eine Einführung in medizinische Ermittlungsarbeit im Rahmen der Verbrechensbekämpfung*, 1894.

»Sie benehmen sich kindisch!« Meine Gouvernante, die gefürchtete Miss Judson blickte zum Bett, in der einen Hand eine unheilvolle braune Flasche, in der anderen wie eine Waffe einen Löffel.

Ihr Patient erwiderte ihren Blick finster und schob mit schwacher Hand die Flasche von sich. »Geie Med'sin meh.« Die Worte – wenn man sie so nennen wollte – klangen schmerzhaft heiser.

Miss Judson kannte kein Mitleid. »*Wenn* Sie das hier nicht nehmen, werden Sie nicht gesund. Und *wenn* Sie nicht gesund werden, muss Dr. Belden wiederkommen. Und *wenn* Dr. Belden wiederkommt, wird er Sie mit ins Krankenhaus nehmen.« Sie hielt kurz inne, während ein überlegender Ausdruck in ihr zartdunkles Gesicht trat. »Vielleicht wäre das sogar das Beste.« Sie machte sich daran, den Korken wieder in die Flasche zu pfropfen.

Doch natürlich hatte sie gewonnen. Die fahle Hand zog sich zurück, der fiebrige Kopf nickte und der Löffel voll bitterer

Tinktur wurde verabreicht – wozu auch immer es gut sein mochte.

Ich beobachtete diese Auseinandersetzung von einem mehr oder weniger sicheren Platz im Türrahmen aus. Hinter dem Zelt aus Laken und der dampfenden Feuerschale, die man in seinem stickigen Zimmer aufgebaut hatte, konnte Vater mich nicht sehen. Ich verhakte die Finger ineinander und ließ mir Miss Judsons Worte durch den Kopf gehen. Vater litt nun schon an seinem dritten Anfall von Mandelentzündung in diesem Winter, und die düsterste aller Drohungen war bereits geäußert worden. Mehr als einmal. *Operation*.

»*Nein*«, sagte ein bekümmertes Stimmchen neben mir. Ich hob Peony hoch und drückte sie an meine Schulter, dankbar für ihr weiches warmes Fell und sogar für die scharfen Krallen, die sich vertraut in meinen Hals gruben. In letzter Zeit hatten wir hier gemeinsam immer öfter Wache gestanden, während der Raum sich mit Dampf und Krankheit füllte. Dr. Belden versuchte es mit jeder Behandlung, die er in seinem Arsenal hatte, jedoch mit mäßigem Erfolg.

Nachdem Miss Judson ihre Pflicht erfüllt hatte, schritt sie aus dem Zimmer und schob Peony und mich mit sich auf den Flur hinaus. »An Mandelentzündung stirbt man nicht«, sagte sie bestimmt.

»Aber an Scharlach«, gab ich zu bedenken. »Und Erysipel. Und Puerperalfieber.«

Es gelang ihr nicht, das Zucken ihrer Lippe ganz zu unterdrücken. »Sollte dein Vater Kindbettfieber entwickeln, werdet ihr beiden mit seiner Fallstudie ein Vermögen machen.«

»Das ist nicht lustig! Außerdem meinte ich Pyämie.« Ich war mit all diesen Gruselgeschichten vertraut – ich wusste, wie schnell aus einer kleinen Erkältung eine Katastrophe werden konnte.

»Psst«, schimpfte sie. »Er braucht Ruhe.« Sie legte Schürze und die Überzieher an ihren Armen ab, bevor sie beides in den

Wäschekorb steckte. Obwohl sie sich darum bemühte, sich nichts anmerken zu lassen, wusste ich, dass auch sie besorgt war. »Mir wurden die Mandeln auch entfernt«, sagte sie mit vorgetäuschter Fröhlichkeit. »Und ich habe es überlebt.«

Grimmig drückte ich den Zeh gegen den Teppich. »Hat Maman es getan?« Miss Judsons Mutter war Krankenschwester in Französisch-Guayana und meiner Einschätzung nach mit medizinischen Kenntnissen ausgestattet, die ans Übermenschliche grenzten.

»Wo denkst du hin. Ein Chirurg im Krankenhaus von Boswell hat mich operiert, und sämtliche Oberschüler der angrenzenden Jungenschule zwängten sich mit in den Raum, um zuzusehen.«

Mit aufgerissenen Augen hauchte ich: »War das noch vor der Einführung von Äther?«

Als Antwort auf meine Frage setzte Miss Judson am Nachmittag die Geschichte der Chirurgie auf den Stundenplan. Was alles in allem kein besonders tröstlicher Unterricht war.

Die letzte Behandlungsmethode (mit einem Gebräu aus Thuja occidentalis, einem amerikanischen Lebensbaum, der in dieser medizinischen Wildnis zunehmend an Beliebtheit gewinnt) schien anzuschlagen. Vater erholte sich soweit, dass er wieder arbeiten konnte, was allerdings nicht bedeutete, dass die Arbeit auch bereit für ihn war. Nachdem die Morde zur Weihnachtszeit so rasch aufgeklärt worden waren und die Schuldige ins Broadmoor Sanatorium überführt war, hatte Vater mit einem überraschend kleinen Pensum an Fällen zu tun, weshalb er zunehmend zu Hause herumgeschlichen und allen anderen in die Quere gekommen war. Währenddessen hatte ich angefangen, die Zeitungen – lokale, regionale und nationale – nach den kleinsten Fitzelchen von Neuigkeiten zu durchforsten, die zu einem Fall führen könnten, jedoch ohne Erfolg.

Daher hatten Miss Judson und ich wenig gehabt, um uns die Zeit zu vertreiben, abgesehen vom Konjugieren griechischer Verben und der Analyse von Lord Cardigans Strategie in der Schlacht bei Balaklawa. (Untermalt wurde diese Lektion von recht blutrünstigen Illustrationen der Opfer, da Miss Judson rasend gelangweilt war.) Winter ist für Kriminelle, Staatsanwälte, künstlerisch begabte Gouvernanten und angehende Detektivinnen eine ereignislose Zeit. Selbst Peony ging buchstäblich die Wände hoch und hinterließ dabei winzige Ritzen in der Tapete.

Genau aus diesem Grund hätte die Post am Donnerstag, den 25. Januar 1894, zu keinem besseren Zeitpunkt kommen können. An diesem trüben Morgen drückten sich übel gelaunte und ruhelose Hardcastles in der Gravesend Close Nummer 14 herum. Nachdem ich für den Vorschlag, auch ein Kleidungsstück nach dem russischen Kommandanten Liprandi zu benennen,[1] aus dem Unterrichtsraum verbannt worden war, suchte ich in Vaters Arbeitszimmer nach Ablenkung. Dort fand ich meinen Vater an seinem Schreibtisch vor, wo er mit leicht gerunzelter Stirn auf einen Brief blickte. Diesen Gesichtsausdruck kannten wir, weshalb Peony kurzerhand mit einem neugierigen »Mrrw?« auf die Tischplatte sprang.

Schnell ließ Vater etwas in einer Schublade verschwinden und schloss sie mit einem festen Klicken.

»Was war das?«, fragte ich, während ich hinter mir die Tür schloss. »Du hast dein Schlechte-Nachrichten-Gesicht aufgesetzt.«

»Ich habe kein Schlechte–« Vater unterbrach sich, während ein Lächeln die mürrische Miene besiegte. »Streng genommen sind es keine schlechten Neuigkeiten, nur seltsame. Ein alter Fall.« Auf dem Schreibtisch stand eine nicht angetastete Tasse

1 Lord Raglan, Lord Cardigan und Balaklawa selbst hatten diese Ehre schließlich bereits erhalten.

dampfenden Tees. Ein Hauch von Honig stieg mir in die Nase, was bedeutete, dass sein Hals ihm schon wieder Ärger machte.

»Ungelöst?« Hastig nahm ich auf dem Beistellstuhl Platz und eine aufmerksame, damenhafte (man könnte auch sagen professionelle, aber in Vaters Gegenwart war es eine *damenhafte*) Haltung an. »Ich kann helfen.« Bei unseren letzten Ermittlungen hatten wir *drei* Morde aufgeklärt, einschließlich einem, der Jahrzehnte zurücklag. Nicht, dass hier irgendjemand mitzählen würde. Oder angeben.

»So interessant ist es leider nicht. Nur ein alter Klient, der wieder auftaucht.« Nun zog er eine Grimasse, für die ich keinen Namen hatte. »Unglückliche Wortwahl.« Er lehnte sich zurück, was Peony als Einladung nahm, sich auf seinen Schoß zu setzen und mit der Stirn gegen sein Kinn zu stoßen. So konnte er den Brief nicht mehr sehen, also ergriff ich natürlich die Gelegenheit, die Peonys clever angezettelte Ablenkung mir bot, um ihn selbst zu begutachten.

Es war gar kein neuer Brief, sondern ein fast zehn Jahre alter, und adressiert an die Kanzlei Ambrose & Belgrave, wo Vater gearbeitet hatte, bevor er Staatsanwalt von Swinburne geworden war. Jonas Belgrave, Esquire, Kronanwalt und Seniorpartner der Kanzlei, war schon lange vor meiner Geburt gestorben. Ich war nicht einmal sicher, ob Vater ihn noch kennengelernt hatte.

Verehrter Herr,
wir bedauern, Sie darüber zu informieren, dass sämtliche Nachforschungen, die Sie hinsichtlich des Zweimasters **Persephone**, dessen Crew, Passagiere und Ladung in Auftrag gegeben haben, weder etwas über das Schicksal des Schiffes noch über die unglücklichen Seelen an Bord haben zutage befördern können. Beauftragte, die in den Indischen Ozean wie auch in unsere Kolonien in Australien

und Neuseeland ausgesandt wurden, konnten keine Spur des Schiffes finden, keinerlei Sichtungen und auch keinerlei Hinweis darauf, dass die **Persephone** jemals irgendeinen Hafen erreicht hat. Mit großem Bedauern erklären wir die **Persephone** daher als auf See geblieben und bitten Sie, diejenigen, die gemeinsam mit ihr untergegangen sind, in Ihre Gebete einzuschließen.

Folglich wurde eine Abfindung in Höhe der Versicherungssumme von £30.000 an Ihre Kanzlei angewiesen, damit Sie diese angemessen unter den Erben, Gläubigern und Abtretungsempfängern aufteilen können.

Als vertrauliche Anmerkung sei erwähnt, dass Viscount Snowcroft unseres Wissens nach nicht nur ein Klient, sondern auch ein persönlicher Freund ist, weshalb wir seiner Lordschaft bezüglich des Verlustes seines Sohnes, seiner Schwieger- und Enkeltochter unser Beileid aussprechen.

Mit freundlichen Grüßen
J. Reichenbach
Albion Versicherungsgesellschaft

»Warum beschäftigst du dich nun wieder damit?«, fragte ich. Das Schicksal der *Persephone* war ein vielversprechendes Rätsel. Denkbar, dass man sie absichtlich hatte untergehen lassen, um an die Versicherungssumme zu kommen, dass sie von Piraten gekapert worden war oder sie irgendein anderes potenziell verbrecherisches Schicksal ereilt hatte.

Vater versuchte, Peony umzusetzen, eine echte Herausforderung, weil sie sich in ihrer unverrückbaren Sturheit und unüberwindlichen Kraft in eine Flüssigkeit zu verwandeln schien und einfach immer wieder in seinen Schoß zurückfloss. »Obwohl die Kanzlei aufgelöst wurde,[2] bin ich für viele dieser alten Klienten noch immer der prozessbevollmächtigte Anwalt. Einschließlich, wie es scheint, der Snowcrofts.«

Blind und mit nur einer Hand suchte er den Schreibtisch nach einem anderen Dokument ab, das er mir schließlich reichte.

Dieses war weniger vielversprechend. Eine Eisenbahngesellschaft hatte Pläne, Schienen durch das Anwesen der Snowcrofts zu verlegen. Sie hatte Ambrose & Belgrave kontaktieren wollen, um die Pacht auszumachen, und so hatte ihr Brief letzten Endes Vater erreicht.

»Sollst du für Sie den Vertrag aushandeln?« Das klang schrecklich langweilig, wo unser kleines Swinburne doch mit so herrlich aufregenden Kriminalprozessen aufwarten konnte. Zumindest theoretisch, denn seit mindestens einem Monat hatte es keinen einzigen Mord mehr gegeben, kaum Diebstähle und auch kaum Fälle von Ruhestörung. Vater hatte eine Menge Zeit damit verbracht, die Möbel in seinem Büro neu zu arrangieren.

»Mmff«, machte Vater, was ich als Zustimmung verstand. Wenn Peony so weitermachte, würde sie ihn noch ersticken. Vater war dieser Katze gegenüber lächerlich nachsichtig – wie ich nicht müde wurde, anzumerken, da ich persönlich von dieser Nachsicht rein gar nichts abbekam.

Vater rückte Peony in eine für ihn bequemere Position. »Das eigentliche Problem ist nicht der Vertrag mit der Eisenbahn, sondern dass es keine Snowcrofts gibt, mit denen man das Geschäft abschließen könnte. Viscount Snowcroft ist vor einigen Monaten verstorben – im stattlichen Alter von sechsundneunzig«, ergänzte er, »nach einem langen Kampf mit chronischer Lungenentzündung und einem schwachen Herzen, also war es *zweifelsfrei* ein natürlicher Tod.«

2 infolge eines früheren Falls

»Aber –«

Vater erstickte meinen Einspruch noch im Keim. »Noch dazu hinterließ er keine Erben, weshalb niemand ein *Motiv* hatte, ihn zu ermorden.«

»Abgesehen von diesen Eisenbahnleuten«, gab ich hoffnungsvoll zu bedenken.

»Keineswegs!« Er klang fröhlich. »Ohne Viscount Snowcroft, der den Besitz überschreiben könnte, wird es für die Eisenbahngesellschaft wesentlich schwieriger, das Land zu pachten. Und an diesem Punkt kommen wir – äh, komme *ich* ins Spiel. Ich soll den legalen Erben des Snowcroft-Vermächtnisses ermitteln und diese Eisenbahnsache an ihn herantragen.« Er gähnte – was zu einer Grimasse wurde.

»Aber das könnte doch interessant werden.«

»Inwiefern? Heute in acht Tagen werde ich bis zum Hals in alten Urkunden stecken.«

»Es ist ein Vermisstenfall.« Ich widmete mich wieder den Unterlagen der Albion Versicherungsgesellschaft. »Schau mal, hier gibt es schon drei vermisste Snowcroft-Erben: Kapitän Andrew, Mrs Audrina und die kleine Ethel. Vielleicht hat einer von ihnen überlebt oder das Schiff ist gar nicht untergegangen!«

Vater unterdrückte ein Lächeln. »Nachdem dieses Schiff verschollen war, gab es eine gründliche Untersuchung. Immerhin waren Angehörige des Adels an Bord. Irgendwo habe ich noch den Bericht des Handelsamts.«

»Wohin wollten sie überhaupt?« Mein Kopf spann sich alle möglichen spannenden Wendungen aus, die diese Geschichte noch nehmen mochte, wo wir den vermissen Viscount Snowcroft finden könnten.

»Australien.« Vater setzte Peony auf die Tischplatte. »Kapitän Snowcroft wollte eine Stelle bei der Kolonialregierung annehmen. Dort schien er bessere Aussichten zu haben, da das Erbe hier in England sein älterer Bruder antreten sollte.«

»Und was wurde aus *dem*?« Vielleicht war bei diesem Snowcroft-Ableben Fremdeinwirkung im Spiel gewesen.

»Wahrscheinlich hatte er es satt, darauf zu warten, dass sein Vater stirbt.« Nachdem ihm bewusst wurde, dass dies so gar kein günstiger Kommentar gewesen war, fügte er hinzu: »Er starb schon vor mehreren Jahren. Ein Jagdunfall, wenn ich mich recht erinnere.«

»Erschossen?«

Vater verlor allmählich die Geduld. »Er wurde von seinem Pferd abgeworfen, vor sechs Zeugen, und nach allem, was ich gehört habe, war er selbst schuld. Das Pferd wurde freigesprochen, weil es sich nur selbst verteidigt hatte, und genießt nun einen glücklichen Ruhestand auf dem Snowcroft-Anwesen. Weil die *Eastern Coastal Railway*-Gesellschaft schon vor Ungeduld mit den Füßen scharrt, weil sie Schienen durch die Nordweiden verlegen will, sollte ich herausfinden, mit wem man darüber verhandeln muss.«

Ich hatte eine Lösung zu bieten. »Hast du eine Handlungsvollmacht? Du könntest das Geschäft einfach abschließen und die Einnahmen beiseitelegen, bis irgendwann dann jemand kommt, um sich alles zu holen.«

Vater sah aus, als wüsste er nicht, ob er lachen oder den Kopf schütteln sollte. »Das entbehrt nicht einer gewissen rechtskräftigen Eleganz«, gab er zu. »Doch so, wie das Anwesen organisiert ist, funktioniert das leider nicht. Jegliche Veräußerung von Teilen des zu vererbenden Besitzes – das Land, das der Familie Snowcroft ursprünglich von der Krone zugeteilt wurde – muss durch den Viscount persönlich veranlasst und von Ihrer Majestät genehmigt werden. Ich fürchte, ich allein kann da nichts machen.«

Das schreckte mich nicht ab. »Mir scheint, der erste Schritt wäre eine Anzeige in der Zeitung.«

»Für einen neuen Anwalt?«

Ich rollte mit den Augen. »Um den Snowcroft-Erben ausfindig zu machen. Du musst nur im ganzen Land inserieren – und auch in Australien, würde ich meinen –, dann kann sich jeder, der etwas zu dem Fall beizutragen hat, bei dir melden.«

»Und sich eine Belohnung abholen, vermute ich.«

»Die Betrüger und Goldgräber müsste man ignorieren«, sagte ich. »Versteht sich von selbst.«

»Was für eine kluge Idee! Warum bloß ist mir das nicht selbst eingefallen?«, schnaubte Vater mit den Augen rollend. Er kramte auf seinem Schreibtisch, bis er eine Zeitung fand – den *Swinburne Boten* von letztem Freitag – und zu den Kleinanzeigen blätterte.

Wohlwollend begutachtete ich die Suchanzeige, die er aufgegeben hatte. »Und? Hat sich schon jemand gemeldet?«

Wie sich herausstellte, war genau *das* der Grund für Vaters Schlechte-Nachrichten-Gesicht.

# 2

# Patientenanamnese

Die Einsatzmöglichkeiten der forensischen Medizin bei Kriminalermittlungen sollten nicht unterschätzt werden. Die moderne gerichtsmedizinische Detektivin entwickelt permanent neue und verfeinert bestehende Methoden des Ermittelns.

– H. M. Hardcastle: *Grundlagen der Rechtsmedizin.*

»Nun spielen Sie nicht den Geheimniskrämer«, meinte Miss Judson, als Vater ihr in ihren Mantel half. Sie trug ein elegantes hals- und schulterfreies Abendkleid aus hellbraunem Satin, das im Kerzenschein des Salons von Richter Fox unter Garantie glänzen würde. »Warum will der Richter, dass wir *alle* kommen?«

»*Er* ist der Geheimniskrämer«, erwiderte Vater – in seinem schwarzen Abendanzug genauso adrett. Seine übliche Tweedweste und den eingedellten Homburger Hut hatte er gegen einen feinen weißen Schal und einen Zylinder getauscht. »In der Einladung wurden Sie und Myrtle ausdrücklich mit erwähnt.«

»*Und* unterstrichen.« Zappelnd trat ich vor Aufregung von einem Fuß auf den anderen. Selbst ich sah an diesem Abend hübsch aus – in einem zweiteiligen Kleid aus dunkelgrünem Samt und komischen neuen Schuhen mit niedrigem Absatz und zu vielen Schnallen, die drückten. Mein Haar wurde von so vielen Nadeln in Schach gehalten, dass die Igel aus der Nachbarschaft mich beneiden würden. Zusätzlich zu der Kleidung hatte ich einen strengen Vortrag darüber erhalten, wie sich *junge Damen aus gutem Hause*, die vom Arbeitgeber ihres Vaters eingeladen wurden, zu benehmen hatten. Es ging dabei um eine Menge Dinge, die man *nicht* tat, einschließlich anderen ins Wort zu fallen, Fragen zu stellen, Fragen zu beantworten und über Autopsien zu reden.

Das Haus von Richter Fox, ein Fachwerkgebäude im Tudor-Stil mit eindrucksvollen Eisentoren, einer gewundenen Zufahrt und zu Figuren gestutzten Zierhecken, lag in einem Vorort von Upton. Vater spähte aus dem Kutschenfenster. »Man bekommt fast den Eindruck, als müsste man sich hier vor Wölfen in Acht nehmen«, sagte er. »Oder vor maskierten Kutschenräubern.«

»Oder vor kalten Luftzügen«, sagte Miss Judson geduldig, bevor sie das Fenster wieder zuschob. Auf den Spitzen der Zierhecken lag Schnee und in der zugefrorenen Auffahrt hielt ich nach Pfotenabdrücken Ausschau. (Hätte ich welche entdeckt, wären sie die Handschrift – oder naja, Pfotenschrift – von Richter Fox' mehreren großen, albernen Hunden gewesen.)

Drinnen wurden wir in einen Prunksaal geführt, der weit weniger prunkvoll war, als der Name vermuten ließ, dafür beengt, voller Rauch und öden Wandteppichen. Nicht einmal eine Ritterrüstung gab es, trotz einer Nische, die dafür die perfekte Größe gehabt hätte (stattdessen lag darin ein haariges Kissen). Trotzdem hatte er einen gewissen Charme. Irgendwo *musste* es eine sehr erlesene Bibliothek voller juristischer Fachliteratur geben. Immerhin stellten die Foxes schon seit Generationen die Richter der Gegend.

Ein Butler nahm unsere Mäntel entgegen und führte uns in den Salon, wo Richter Fox uns an einem fröhlich knisternden Feuer erwartete. »Arthur! Sie haben es geschafft. Und Sie haben die Familie mitgebracht. Wunderbar.« In offensichtlicher Begeisterung schlug er die Hände zusammen. »Das hier muss die junge Dame sein, von der ich so viel gehört habe.« Er streckte einen Arm aus und instinktiv wollte ich auf ihn zugehen – bis er sagte: »Miss Judson, Ihr Besuch ist mir eine Ehre.«

Ich blinzelte, hin- und hergerissen zwischen Verwirrung und Freude. Vater hatte von Miss Judson erzählt? *Vater* hatte erzählt? Von *Miss Judson*?

Elegant trat sie vor. »Bitte nennen Sie mich doch Ada, Euer Ehren.« Sie bot Richter Fox ihre behandschuhte Hand, die er an die Lippen hob.

Nun strahlte er sogar noch mehr. »Lassen Sie es gut sein! Ich bin nur *Euer Ehren*, wenn ich die Robe trage. Und das hier kann doch wohl *unmöglich* Myrtle sein.« Richter Fox tat so, als würde er mich ernst ins Auge fassen. »Auf keinen Fall kann diese erwachsene junge Frau das freche kleine Mädchen sein, das vergangenen Sommer meinen Mordprozess gestört hat.«

Ich wurde rot bis an die Wurzeln meiner zu fest zurückgesteckten Haare. »Ja, Sir.« Das war in meiner professionellen Karriere ein einzigartig peinlicher Moment gewesen. Stolz war ich darauf nicht.

»Halten Sie uns nur weiter so auf Trab, junge Myrtle! Hören Sie nicht auf. Ehrlich gesagt, baue ich heute Abend auf Sie.«

»Sir?« Das war Vater, der einschritt, bevor ich diesen Abend ähnlich wie den erwähnten Prozess[3] ruinieren konnte.

»Sie müssen wissen, meine Liebe«, diesmal meinte er mich, »wir stehen vor einem Rätsel. Sie erinnern sich an mein Modellschiff?«

Ich drehte mich dem Kamin zu, während ich mich in meiner Scham äußerst vage an einen Besuch hier erinnerte, als ich

3 Der Richter hatte es abgelehnt, die Beschuldigten unter Anklage zu stellen – ein Umstand, den Vater mir immer wieder unter die Nase rieb. Obwohl ich bis heute dabei bleibe, dass mein – äh – Ausbruch im Gerichtssaal das Ergebnis dieser Anhörung kein Fünkchen beeinflusst hat. Nicht einmal ein Miniatur-Fünkchen.

noch klein war. Auf einem Sockel stand ein herrliches Miniatursegelschiff mit winzigen Tauen aus Wolle und echten Segeln aus Leinen. Eine Staubschicht ließ es wie ein Geisterschiff erscheinen – was nur allzu passend war, wie ich begriff, als ich den Namen las, der auf dem Bug stand.

»Wir sind wegen der *Persephone* hier?« Was hatte Richter Fox damit zu tun?

Miss Judson trat neben mich. »Haben Sie das gebaut, Sir?« Sie fuhr mit einem Finger über einen weißen Wimpel, auf dem ein Granatapfel angedeutet war.

»Mein Sohn«, antwortete er. »Er behauptet, in seiner Wohnung gäbe es dafür nicht genug Platz. Doch von der *Persephone* war ich quasi schon immer etwas besessen. Als das Schiff verschwand, war nämlich die Nichte meiner verstorbenen Frau mit an Bord.«

Ich brauchte einen Augenblick, um eins und eins zusammenzuzählen, doch Miss Judson kam mir zuvor. »Mrs Snowcroft?«, riet sie.

»Nun, Arthur, wer ist nun der Ermittler in dieser Familie?«, meinte der Richter. »Ich schätze, es war nicht fair von mir zu behaupten, dass ich vor einem Rätsel stünde. Ich hätte wohl besser sagen sollen, ich habe *Ihres* gelöst.«

»Sir?« Vater runzelte die Stirn, doch bevor er weiterreden konnte, mischte sich eine neue Stimme ein.

»Oh, Onkel, lass sie nicht so zappeln.« Eigentlich klang es mehr wie: *Oi, Oankl, lass sie nicht so zappln*, und sämtliche Augen richteten sich auf die Tür. Auf der Schwelle waren eine Frau und ein Mädchen erschienen, neben ihnen der Butler, der darauf wartete, sie vorstellen zu können.

Der Richter wandte sich ihnen zu. »Aber, aber«, schimpfte er scherzhaft. »Du musst mir das kleine Vergnügen schon gönnen. Immerhin kommt es nicht oft vor, dass man der Familie Hardcastle einen Schritt voraus ist.«

»Wir brauchen Ihre Hilfe«, sagte das Mädchen. Sie trug ein schwarzes Kleid, besetzt mit Trauerflor,[4] das ihr bis an die Schuhspitzen reichte, und war ein Stückchen älter als ich, robust gebaut mit sommersprossigen Wangen, großen braunen Augen und gelocktem, von goldenen Strähnen durchzogenem Haar. Auf dem Arm trug sie einen zierlichen weißen Terrier mit glänzenden Augen und wachsamen Ohren, von denen eins munter schwarz-braun getupft war. Eine ältere Frau in Halbtrauer hielt ihre Schulter fest umklammert.

»Unfug«, verkündete diese Dame nun mit eindeutig englischem Akzent. »Mr Hardcastle wird sich unserer Angelegenheit allzu gern annehmen, Ethel, Liebes. Nun, Magnus, genug der Förmlichkeiten – stellen Sie Ihre Gäste schon vor!«

»Genau das hatte ich soeben vor. Mr Arthur Hardcastle, darf ich Ihnen vorstellen: Mrs Velma Dudley –«

»Vom-Wohlfahrtsverein-Sicherer-Hafen-für-Seefahrtswitwen-und-waisen«, unterbrach sie ihn, was sie irgendwie in nur einem Atemzug schaffte. »Der *Hafen.*«

»Auf dass wir es nie vergessen mögen«, meinte der Richter. »Und ihre Begleitung ist Miss –«

»Cooke«, warf das Mädchen hastig ein. »Sally Cooke.«

Der Richter und Mrs Dudley blickten sie befremdet an. »Sind Sie sicher, meine Liebe?«

Mein Hirn lief auf Hochtouren, während sich sämtliche Puzzleteile darin überschlugen: Vaters Fall, das Modellschiff, die Anzeige in der Zeitung, Richter Fox' mysteriöse Einladung und wie Mrs Dudley ihre junge Freundin genannt hatte. Plötzlich rutschte alles mit einem lauten Klick an seinen Platz.

»Ethel Snowcroft!«, rief ich – der zweite Ausbruch vor Vaters Chef.

4 wie Kreppstoff, nur trauriger

Richter Fox strahlte. »Hab ich es nicht gesagt? Hier haben wir das schlauste Mädchen Englands. Wie bereits erwähnt, Arthur, habe ich Ihr Rätsel gelöst. Ich habe die Erbin des Snowcroft-Nachlasses gefunden!«

Die Ansage des Richters stieß auf enttäuschende Stille, woraufhin er uns alle mürrisch anblickte. »Also nun gratuliere mir doch endlich jemand.«

Da sonst scheinbar niemand etwas beizutragen hatte, wirbelte ich herum. Die braunen Augen vor Nervosität weit aufgerissen, stand Sally schweigend da und drückte ihren Hund an sich. »Sind Sie das vermisste Snowcroft-Mädchen von dem untergegangenen Schiff?« (Ich ging einfach davon aus, dass dies nicht unter die Kategorie *anderen ins Wort fallen* fiel.)

Während sie traurig den Hund kraulte, sagte sie: »Ich weiß es nicht«, im selben Moment, als Mrs Dudley verkündete: »Höchstpersönlich! In Fleisch und Blut, und bereit, ihr Erbe anzutreten.«

Ich blickte zwischen den beiden hin und her. »Sie müssen einen Beweis haben.«

Auch darauf war Mrs Dudley vorbereitet. »Ihr Muttermal«, erklärte sie, woraufhin Sally hochrot wurde.

»Mrs *Dudley*!«, nuschelte sie ins Fell ihres Hundes.

Der Richter beobachtete das Geschehen unverhohlen amüsiert. »Natürlich hat sie Beweise. Geh schon, Liebes, und hole *ES*.« Ich konnte die Großbuchstaben und Kursivierung in seiner Stimme förmlich hören: *ES* musste ein wirklich gewichtiges Objekt sein.

»Nur … kein Wort mehr über Muttermale. Bitte.« Sally setzte den kleinen Hund auf einen Plüschhocker nahe dem Feuer und bespaßte ihn noch etwas. Dann warf sie uns – mir – einen schüchternen Blick zu, bevor sie die Treppe hinaufrannte.

In Miss Judsons Augen leuchtete es von Mutmaßungen. Sie hatte ihr Skizzenbuch mitgebracht, allerdings hatte es der Butler gemeinsam mit unseren Mänteln beiseitegelegt, und nun konnte ich fast sehen, wie es ihr in den Fingern juckte, die Szene festzuhalten: der weißhaarige Richter am Kamin, sein Modellschiff, auf dem Schatten flackern, der Geist der kleinen Miss Snowcroft, wiederauferstanden von den Toten.

»Magnus?« Vater, der sich den Hals rieb, versuchte, von seinem Arbeitgeber Antworten zu bekommen. »Wo haben Sie diese ... junge Frau gefunden?«

»Sie hat mich gefunden«, erklärte der alte Richter und wirkte zum ersten Mal ernst. »Nun, also Mrs Dudley war es. Aber Arthur, als ihre Mutter in diesem Alter war – sie sieht ihr *zum Verwechseln ähnlich*. Es ist, als wäre Audrina wieder zum Leben erwacht.«

»Wie hat sie überleben können?«, mischte ich mich ein.[5] »Ist es nicht schrecklich verd– ... verblüffend, dass sie hier auftaucht, ausgerechnet zur selben Zeit, da die Eisenbahn sich für das Snowcroft-Anwesen interessiert?«

Vater wirkte gequält, doch Richter Fox nickte. »Jetzt verstehen Sie, warum ich Sie heute hergebeten habe. Dieser Fall benötigt unser aller Aufmerksamkeit, Hardcastles. Es geht um eine halbe Million Pfund.«

»Ganz zu schweigen von ihrer lange vermissten Familie«, merkte Miss Judson an.

»Was, wenn sie eine Betrügerin ist?«, gab ich zu bedenken, woraufhin die Miene des Richters hart wurde.

»Dann wird sie es mit aller Härte des Gerichts zu tun bekommen. Eine falsche Identität vorzutäuschen, ist immerhin ein Kapitalverbrechen.« Die plötzliche Schärfe in seiner Stimme ließ mich schaudern. Sally lebenslang ins Zuchthaus zu sperren, erschien mir extrem (was würde aus ihrem Hund werden?) –

[5] Das könnte wohl als *ins Wort fallen* gelten ...

doch er hatte recht. Sollte sie lügen, wäre das ein schwerwiegendes Vergehen.

Mrs Dudley hielt sich in der Zwischenzeit am tosenden Kaminfeuer auf und friemelte an einer Gagat-Brosche an ihrem Kragen. Ihr Kleid war aus dunkellila Taft, besetzt mit schwarzer Spitze, was mir verriet, dass sie Witwe war, allerdings nicht erst seit Kurzem.

Als Sally zurückkam, hatte sie einen kleinen Kasten aus Holz bei sich. »Hier«, sagte sie und reichte ihn feierlich Richter Fox. Er winkte uns näher, also versammelten wir uns alle unter einer Gaslampe an einem Tisch, wo der Richter das Kästchen hochhielt, damit jeder es gut sehen konnte. An und für sich war daran nichts Besonderes, es war quadratisch, etwa zwanzig mal zwanzig Zentimeter, und hatte mit Messing beschlagene Ecken. Den Deckel schmückte ein stumpf gewordenes Namensschild.

Vater beugte sich darüber. »Steht da etwa –?«

Sally beendete seinen Satz: »*Persephone*.« Als sie den Deckel hochklappte, brach sich das Licht auf der Plakette, sodass wir alle es sehen konnten. In der Kiste befand sich eine große Armbanduhr – oder kleine Standuhr –, eingefasst in einen Holzrahmen. »Es ist der Schiffschronometer.«

»Ist der echt? Woher haben Sie ihn?« Ich konnte mich nicht zusammenreißen. Sollte Vater mir einen finsteren Blick zugeworfen haben (tat er bestimmt), dann achtete ich nicht darauf.

Ebenso wenig wie Sally. »Ich habe ihn nach dem Tod meines Vaters bei seinen Sachen gefunden.«

Vater betrachtete ihn skeptisch – nein: Er betrachtete *sie* skeptisch. »Sie glauben, er könnte von dem Schiff stammen?«

Offen begegnete sie seinem Blick. »Was ich wissen will ist: Stamme *ich* von dem Schiff?«

Mrs Dudley umarmte sie fest. »Natürlich tun Sie das, meine Liebe, und er wird es beweisen. Nicht wahr, Mr Hardcastle?«

Vater antwortete: »Äh.«

Für den Rest der Anwesenden interpretierte ich dies. »Wenn Sie wirklich Ethel Snowcroft sind, dann wird Vater Ihren Fall natürlich übernehmen.« Ich warf ihm einen aufmunternden Blick zu – doch er machte ein eindeutig finsteres Gesicht. Was mir galt. »*Kannst* du es beweisen?« Mein Tonfall fiel schärfer aus als geplant.

Miss Judson nahm Sally am Arm und ging mit ihr freundlich zum Sofa hinüber. »Warum erzählen Sie uns nicht Ihre Geschichte, Miss Cooke?«

Der Richter gab seinem Butler ein Zeichen, Kaffee und Kakao zu servieren, während wir alle Platz nahmen. Nur Mrs Dudley baute sich wie eine Marionettenspielerin hinter uns auf und wich nicht von der Stelle. »Na los, Liebchen«, drängte sie Sally. »Genau wie Sie es mir erzählt haben.«

»Also ich komme aus Victoria«, begann sie unsicher. »Australien. Wir haben – hatten ein Geschäft in Melbourne. Meine Eltern, meine ich.« Mit flehender Miene schaute sie Mrs Dudley an. »Können Sie es ihnen nicht erzählen?«

»Sie brauchen die Übung.«

»Übung?« Miss Judson wurde hellhörig.

»Na für die Bühne natürlich. Ethel wird auf Vortragsreise gehen, noch diese Woche.« Mrs Dudley breitete die Hände aus, wie um die Anschlagtafel eines Theaters darzustellen. »*Die kleine Schiffbrüchige: Einzige Überlebende der* Persephone*!*«

Vater runzelte die Stirn, hustete, verzog das Gesicht und sagte schließlich mürrisch: »Ist das nicht reichlich verfrüht?«

Mrs Dudley bedachte ihn mit einem Blick, der deutlich machte, dass er vom Wesen des englischen Theaters keine Ahnung hatte. »Wie sollen wir denn sonst Zeugen finden, die sie wiedererkennen, oder Geld für ihre juristischen Auslagen aufbringen? Ehrlich, Magnus – ich dachte, Sie sagten, er sei der Richtige für Ethel.«

»Oh, nun streiten Sie doch nicht«, flehte Sally. »Ich schaffe das.« Sie legte die Hände um den Chronometer und stimmte mit klarer, kräftiger Stimme, die ihr vor Gericht gute Dienste leisten würde (wenngleich für ein Theaterpublikum womöglich etwas hölzern war), einen Vortrag an. »Wir waren nur mein Vater, meine Stiefmutter und ich. Und Charley.« Als er seinen Namen hörte, wedelte der kleine Hund mit dem Stummelschwanz. »Zumindest *dachte* ich, er sei mein Vater.« Sie sah uns eindringlich an. »Wir waren immer glücklich, bis meine Stiefmutter starb. Danach litt Vater an diesen ... Anfällen von Melancholie. Ich dachte, er würde Mutter betrauern. Doch jetzt bin ich nicht mehr so sicher.«

Als Mrs Dudley sie noch einmal aufmunternd drückte, fuhr Sally in ihrem Bericht fort. »Vergangenen Herbst ist Vater von uns gegangen«, was die feierlich ernste Kleidung erklärte, »und ich musste mich mit dem auseinandersetzen, was er hinterlassen hatte. Das hier war in einer Truhe eingesperrt.« Sie hielt den Chronometer hoch, damit wir ihn betrachten konnten, allerdings deutete nichts darauf hin, dass er der einsame Zeuge eines Mysteriums war. Er hütete seine Geheimnisse.

»Den könnte er von überallher haben«, sagte ich. »Von einer Pfandleihe oder einem Bekannten – oder vielleicht war Ihr Vater Teil einer Bergungsmannschaft?« Andererseits könnte es sich schlicht um eine Fälschung handeln, die allein zu diesem Zweck angefertigt worden war.

Sally schien ihre Zweifel zu haben. »Aber warum hätte er ihn all die Jahre verstecken sollen?«

»Das ist noch nicht alles«, sagte Mrs Dudley. »Zeigen Sie's ihnen!«

Sally griff in ihren Kragen und holte eine lange Kette hervor. Am Ende baumelte ein ungewöhnlicher Anhänger: quadratisch wie das Kästchen des Chronometers und die roségoldene Oberfläche war künstlerisch graviert. »Sehen Sie.« Sie öffnete einen Verschluss und offenbarte ein Medaillon, in dem sich eine winzige Lupe befand, um den Inhalt zu vergrößern.

Sie reichte das Schmuckstück herum, damit jeder die Miniaturfotografie im Innern betrachten konnte. Ich war viel mehr fasziniert von dem cleveren Mechanismus des Anhängers, konzentrierte mich dann aber auf das Bild eines Gentlemans mit einem gewaltigen Bart, einer vollschlanken hübschen Frau und einem ernsten Kleinkind. Gegenüber der Fotografie lag eine rotgoldene Locke.

»Dieses Medaillon war in derselben Truhe wie der Chronometer. Das kleine Mädchen sieht aus wie ich – die *Frau* sieht aus wie ich, aber es sind nicht meine Eltern. Also nicht die Cookes. Wer sind sie? Woher hatte Vater das hier?« Mit jeder Silbe wurde ihre Stimme lauter.

»Das auf dem Bild könnte jeder sein«, sagte ich. Doch Richter Fox hatte auch darauf eine Antwort. Er lenkte unsere Aufmerksamkeit auf ein Porträt, das dem Kamin gegenüber an der Wand hing und im Zwielicht schwer zu sehen war.

»Meine Frau hat es anfertigen lassen, nachdem die *Persephone* verschollen war«, sagte er. »Nach einem Abzug von eben jener Fotografie. Dass es sich hierbei um die Snowcrofts handelt, steht außer Frage.«

»Bin ich Ethel Snowcroft?«, wollte Sally wissen. »Habe ich den Untergang der *Persephone* überlebt?«

»Falls dem so ist«, sagte Miss Judson, »werden Sie ein beträchtliches Vermögen erben.«

»Das Geld ist mir egal. Ich will nur wissen, wer ich bin.«

»Das ist genau das, was eine Hochstaplerin behaupten *würde*«, stellte ich klar, was mir ein herzhaftes Lachen von Richter Fox einbrachte.

»Da hat sie recht, meine Liebe.«

»Haben Sie noch andere Beweise?«, fragte ich. »Kann Sie jemand von früher identifizieren?«

»Myrtle.« Vater versuchte, mich zu zügeln, doch Mrs Dudley antworte nur zu gern.

»Da wäre das Muttermal, nicht?«, erklärte sie mit ihrer energischen Stimme. »Zeigen Sie es ihnen, Ethel.«

»Schon wieder das Muttermal«, murrte Vater.

Miss Judson eilte zu Sallys Rettung. »Fühlen Sie sich zu nichts gedrängt«, sagte sie.

»Nein, darum geht es gar nicht. Es ist nichts Skandalöses daran. Sehen Sie.« Vorsichtig schob sie ihr gelocktes Haar zur Seite, sodass an ihrem Hals ein hellroter Fleck zum Vorschein kam, der an ein schiefes Herz erinnerte.

Ich hielt derweil noch immer das Medaillon und musterte nun durch die Lupe das klitzekleine Bild darin.

»Das habe ich schon versucht«, meinte Sally. »Man sieht gar nichts.«

»Doch jeder weiß, dass Ethel Snowcroft genau so ein Muttermal hatte«, fiel Mrs Dudley ein. »Es stand in sämtlichen Zeitungen, solange noch die Hoffnung bestand, Überlebende zu finden. Und natürlich auch den kleinen Charley!« Mit einem zwitschernden Lachen zauste sie dem Terrier die Ohren.

»Aber jeder könnte ein Muttermal und ein Medaillon und einen kleinen Hund haben. Das ist kein Beweis – kein echter.« Sallys Kummer war ihr deutlich anzusehen, und kein Wunder. Ein ganzes Leben lang zu denken, man sei eine bestimmte Person, die Tochter eines bestimmten Mannes, und dann herauszufinden, dass womöglich alles, woran man glaubte, eine Lüge war? Ich fühlte mit ihr.

»Vater wird Ihnen helfen«, sagte ich entschlossen. »Nicht wahr, Vater?«

»Ja, nicht wahr?« Auch Miss Judson machte sich für Sallys Fall stark.

Er dagegen rutschte unruhig auf seinem Sitz herum. »Nun, technisch betrachtet, vertrete ich die Snowcroft-Erben«, sagte er.

»Das ist Ethel«, sagte Miss Dudley.

»Äh, ganz recht. Zumindest insofern das Gericht ihren Anspruch auf irgendeinen Teil des Snowcroft-Vermögens bestätigt, dann wäre ich wohl tatsächlich ihr Anwalt, vermutlich.«

Ich warf ihm einen finsteren Blick zu. Eine weniger lustlose Zusage konnte man sich gar nicht vorstellen. Fühlte er sich wieder krank? Oder hatte er schlicht kein Interesse?

»Audrina Snowcroft war die Nichte meiner verblichenen Frau«, sagte Richter Fox. »Was bedeutet, dass diese junge Dame, sollte sie eine Snowcroft-Nachfahrin sein, zu meiner Familie gehört.« Der Stolz und die Zuneigung in seiner Stimme legten nahe, dass er sein Urteil schon gefällt hatte. Doch gleichzeitig war er ein gerissener Jurist (immerhin hatte er Vater eingestellt, nicht?) und kein Trottel. Mehrfach hatte ich ihn im Gericht erlebt: Richter Fox würde Beweise benötigen – unanfechtbare Beweise, dass dieses Mädchen tatsächlich Ethel Snowcroft war –, bevor er sie endgültig als Familienmitglied akzeptierte.

»Ich weiß nicht, wer ich bin.« Leise beendete Sally das Schweigen und drehte die Kette des Medaillons zwischen ihren Fingern. »Aber *wenn* ich Ethel Snowcroft bin, warum war ich dann bei Edwin Cooke? Was wurde aus meinen wahren Eltern? Sie sehen, Mr Hardcastle, warum ich Ihre Hilfe brauche.«

# 3

## Angewandte Klanglehre

Die Anatomie des menschlichen Hörsystems ist bereits bestens erforscht, jedoch können Einsatzfähigkeit und Präzision von Zeuge zu Zeuge beträchtlich variieren.

– H. M. Hardcastle: *Grundlagen der Rechtsmedizin.*

»Das lief prächtig.« Miss Judson richtete sorgsam die Kniedecke unserer Sitzbank in der Kutsche des Richters, die uns gerade zurück zum Bahnhof brachte. »Ich glaube, Richter Fox war sehr von Myrtle beeindruckt.«

Bevor wir aufbrachen, hatte Vater den Richter noch für eine private Unterhaltung unter Ausschluss aller anderen Parteien beiseitegenommen und nun wirkte er niedergeschlagener denn je. Mürrisch blickte er aus dem Fenster. »Sie soll ihn nicht beeindrucken! Sie soll … sie …« Verwirrt und resigniert verschränkte er die Arme. »Sie war viel zu vorlaut.«

Miss Judson tätschelte sein Knie. »Dieser Zug ist nicht nur abgefahren, sondern längst angekommen und eingemottet.«

»Ich bin übrigens hier«, stellte ich fest. »Ich kann alles hören.«

Doch Miss Judson hatte in Vaters Tonfall etwas ganz anderes bemerkt. »Arthur Hardcastle, Sie wollen mir doch nicht etwa erzählen, dass Sie eifersüchtig auf Ihre zwölfjährige Tochter sind?«

Ich starrte sie an. Starrte ihn an.

»Natürlich nicht«, schnaubte er. »Es ist nur so, dass – der Staatsanwalt hier bin nun einmal ich!« So beleidigt er klang, war mir klar, dass Miss Judson jedes Körnchen einzigartiger

Selbstbeherrschung aufbringen musste, ihn nicht auszulachen. Doch ich lehnte mich in meinen Sitz zurück, kaute auf meiner Lippe und dachte nach.

»Ich verstehe das nicht«, beschwerte ich mich bei Miss Judson, als wir zu Hause waren. Ich hatte mich im Unterrichtsraum mit Peony, die versuchte, die Bänder an meinem Oberteil zu essen, auf der Fensterbank eingerollt. »Warum ärgert sich Vater *diesmal* über mich?« Ich war jeden Moment des Abends noch einmal durchgegangen und konnte kein Fehlverhalten meinerseits feststellen. Mit der kleinen Ausnahme von meinem Enthusiasmus hinsichtlich des Snowcroft-Erbes, war ich eine perfekte junge Dame aus gutem Hause gewesen, und der Richter schien tatsächlich sehr zufrieden mit mir gewesen zu sein. Wer sich hier komisch verhielt, war Vater – der umhergeschlichen war und sich Miss Snowcroft gegenüber schrecklich reserviert verhalten hatte.

Miss Judson seufzte. »Männer sind empfindliche Kreaturen«, sagte sie, »deren Stolz schnell verletzt ist.«

»Nun, das ist dämlich.«

»Da werde ich dir nicht widersprechen«, sagte sie.

»*Nein*«, stimmte Peony zu und kuschelte sich in den Samt meines Kleids.

Einige Tage später statteten Mrs Dudley und Miss Cooke – in Begleitung von Charley, dem Hund – Vater zu Hause einen Besuch ab. Richter Fox hatte Vater vom Büro der Staatsanwaltschaft freigestellt, damit er sich ausschließlich der Angelegenheit Snowcroft widmen konnte. Allzu begeistert war Vater darüber nicht, immer wieder grummelte er etwas darüber, dass man über ihn bestimmte und er »nicht in Bestform« sei. Es bedeutete außerdem, dass sich seine Arbeit nun vollständig zu Hause abspielte, wodurch es in der Gravesend Close 14 an Wochentagen unangenehm eng zuging.

Vor allem heute, da wir eine zusätzliche Bewohnerin bei uns hatten, meine Freundin Caroline Munjal. Sie war angeblich hier, damit Miss Judson sie in Französisch unterrichten konnte, allerdings war sie eine halbe Stunde zu früh gekommen und schüttelte sich nun das dicke schwarze Haar aus. »Stimmt es?«, wollte sie wissen, kaum dass sie durch die Haustür war. »Dein Vater vertritt Ethel Snowcroft?«

»Wo hast du das gehört?« Ich spähte an ihr vorbei, um sicherzugehen, dass an der Straße nicht die Presse lauerte, um im erstbesten Moment zuzuschlagen.

»Von meinem Vater«, sagte sie leichthin, während sie ihren Mantel aufhing. »Dein Vater war bei ihm, um zu fragen, ob man mithilfe der Medizin jemandes Identität feststellen könnte.« Caroline grinste. »Es war nicht schwer, zu *schlussfolgern*, worum es dabei ging.« Dr. Munjal war Swinburnes Gerichtsmediziner und arbeitete im Fall eines Verbrechens häufig eng mit Vater zusammen.

»Hatte er irgendwelche guten Einfälle?«, fragte ich. »Alles, was wir haben, ist ein Muttermal.«

Caroline hörte gar nicht zu. Sie machte einen langen Hals und linste zur Treppe, die zu Vaters Arbeitszimmer führte. »Sie ist hier, nicht? Als ich hergelaufen bin, habe ich gesehen, wie sie aus der Kutsche gestiegen sind. Hat sie Charley dabei?«

Her*gerannt* traf es besser. »Woher weißt du überhaupt davon?«

»Nanette«, belastete sie freigiebig ihre ältere Schwester. »Sie hat Zeitungsausschnitte von damals, als das Schiff verschwand. Es war ein *Viscount* an Bord«, ergänzte sie, als würde das alles erklären. Caroline öffnete ihre Tasche und brachte eine Handvoll der belastenden Beweise zum Vorschein. »Meinst du, ich könnte ein Autogramm von ihr bekommen?«

Kopfschüttelnd packte ich Caroline am Arm und zerrte sie praktisch in den Unterrichtsraum. »Versuch, leise zu sein«, sagte ich. »Vater hat schlechte Laune.«

Mitfühlend schnalzte sie mit der Zunge. »Schon wieder sein Hals? Mandeln sind *grauenhaft*. Nanette musste ihre rausnehmen lassen und war in der Zeit ein echtes Biest.«

Ich konnte nicht sagen, welches Thema ich weniger gern diskutierte – Vaters Mandeln oder das Snowcroft-Erbe –, daher schob ich Caroline nur ins Schulzimmer und murrte: »*As-tu fait tes devoirs?*«

Der Rest der Stunde wurde nicht besser. Obwohl Caroline klug war, erwies sie sich als bestenfalls abgelenkte Schülerin, und es war überdeutlich, dass selbst Miss Judson nicht bei der Sache, namentlich beim *subjonctif* war. Immer wieder schaute sie aus der Zimmertür Richtung Vaters Büro, das auf der anderen Seite des Gangs lag. Seine Tür war fest geschlossen, weshalb Peony unter lauter Klage direkt davor Posten bezogen hatte.

Schließlich legte Miss Judson ihre Kreide weg und klopfte sich die Hände ab. »Dies ist eine ideale Gelegenheit, um sich der Wissenschaft der Schallverbreitung zu widmen«, verkündete sie. »Caroline, Myrtle, jede von euch holt sich einen Becher. Führen wir ein Experiment durch.«

Das ließen wir uns nicht zweimal sagen und schon kurz darauf ging der Unterricht in Miss Judsons Zimmer weiter, das rein zufällig direkt an Vaters Arbeitszimmer angrenzte. Auf dem Bett kniend, hielten wir unsere Gläser an die cremefarbene Damasttapete und drückten die Ohren gegen den flachen Boden.

»Das kommt mir unethisch vor«, sagte ich, nur um sämtliche legalen und moralischen Aspekte abzudecken. Nicht dass es mir im Traum eingefallen wäre, damit aufzuhören. »Wenn nicht sogar illegal.«

»Nonsens. Wissenschaft ist moralisch neutral. Wir untersuchen, wie Schallwellen von verschiedenen Medien – wie etwa Gips – beeinflusst werden, und wenn wir nicht still sind, versäumen wir den kompletten experimentellen Impuls.«

»*Psst!*«, zischte Caroline. »Ethel redet.«

Gehorsam lauschte ich und konzentrierte mich dabei darauf, wie gut das Glas die Schallwellen, die durch die nicht wahrnehmbare Vibration der Wand übertragen wurden, bündelte und verstärkte. Miss Judson hatte recht: Eine Unterhaltung zwischen drei Beteiligten ergab ein hervorragendes Studienobjekt.

»Mr Hardcastle, gewiss sehen Sie ein, dass unsere Bitte vollkommen vernünftig ist.« Diese warme, süßliche Stimme gehörte Mrs Dudley. »Nur ein *kleiner* Vorschuss aus Ethels Erbe, genug um die Ausgaben des *Hafens* abzudecken. Zum Beispiel braucht sie eine neue Garderobe – um diese schrecklichen Trauerkleider loszuwerden.«

Ein gedämpftes Husten ertönte. »Ich fürchte, so funktioniert das nicht. Solange das Gericht nicht zu Miss Cookes – äh, zu Miss Snowcrofts Gunsten entschieden hat, haben wir keinen Zugriff auf das Vermögen.«

»Was natürlich außer Frage steht, denn *Sie* werden das Gericht in Nullkommanichts überzeugt haben, Mr Hardcastle! Ich habe mich über Sie informiert, all Ihre *schlauen* Fälle …«

»Was machen Sie da?«, erklang eine Stimme vollkommen unerwartet an Miss Judsons Zimmertür. Was die Stimme eigentlich sagte, war: *Was machn Se da?*, kurz bevor Sally-Ethel-Snowcroft-Cooke mit Charley auf dem Arm hereinstolzierte und sich zwischen uns auf dem Bett platzierte. »Kann ich auch mal?«

Blitzschnell richtete Miss Judson sich errötend auf – doch zu spät. Sally lachte. »Ich war auf dem Internat. Ich kenne alle Tricks. Bitte –« Sie streckte die Hand nach Miss Judsons Glas aus. »Mrs Dudley hat mich aus dem Zimmer geschickt, damit sie über Geld reden können. Mein Geld.« Sie verzog leicht das Gesicht.

Die total hingerissene Caroline nickte schwach und rutschte hastig zur Seite, direkt auf meinen Schoß. Sally zwängte sich zwischen uns, und bevor ich recht begriffen hatte, was vor sich ging, belauschten wir *alle* Vater und Mrs Dudley. Abgesehen von Charley, obwohl er kaum behaupten konnte, von unserem Tun keine Kenntnis zu haben.

»Ich bin die Klientin«, sagte Sally. »Ich habe ein Recht darauf, zu erfahren, was mein Anwalt über mich sagt.«

Was Vater sagte, klang ernst. »… bewusst, sollten wir diese Angelegenheit vor Gericht bringen und man nicht zu unseren Gunsten juriert …«

»Warum kann er die Dinge nicht in einfachem Englisch erklären?«, beschwerte Miss Judson sich. »Verzeihen Sie, Miss Cooke. Für gewöhnlich ist er sehr vernünftig.«

»Psst.« Ich liebte es, wenn Vater Dinge wie »jurieren« sagte.

»… könnte Sie des Identitätsdiebstahls aus finanziellen Absichten angeschuldigt werden, was als Schwerverbrechen gilt.«

»Ein Schwerverbrechen!« Sally schnappte nach Luft. »Was meint er damit?«

Als hätte Vater sie gehört, fuhr er fort: »Es könnte Gefängnis bedeuten. Denken Sie an den Fall *Krone gegen Castro*.« Nach einer Weile ergänzte er: »Der Claimant-Anspruchsteller?«

Miss Judson und ich tauschten einen alarmierten Blick. Vor Jahrzehnten war in England ein Metzger aus Australien aufgetaucht, der behauptet hatte, Erbanspruch auf ein Vermögen zu haben – ein Fall, der dem von Sally tatsächlich recht ähnlich war. Als ihm sein Anspruch abgesprochen wurde, drehte das Gericht den Spieß um und erhob Anklage wegen Meineids. Er ging ins Gefängnis und sein Anwalt blamierte sich bis auf die Knochen. Vater durfte auf keinen Fall dasselbe passieren!

»Papperlapapp!« Mrs Dudley hörte man auch ohne die Gläser. »Dieser Mann war ein gemeiner Schwindler. Meine Ethel ist eine Snowcroft. Das bestätige ich auch gern vor Gericht unter Eid, und ich bringe Ihnen ein Dutzend – zwei Dutzend! – Zeugen, die es ebenso schwören können!«

»Das werden Sie müssen«, sagte Vater. Eine lange Pause entstand, während der ich mir vorstellte, dass er Salzwasser oder Tee mit einer Menge Honig trank.

Sally stellte ihr Glas aufs Bett und hob Charley an ihre Brust. »Der einzige Zeuge bist *du*«, murmelte sie ihm zu. »Der Einzige auf der ganzen weiten Welt, der weiß, wer ich wirklich bin.« Charley leckte ihr mitfühlend die feuchte Wange ab.

Betrug war nicht Vaters einzige Sorge. »Wir müssen uns dem Thema widmen, dass Sally einen juristisch anerkannten Vormund braucht. Solange sie nicht volljährig ist, wird sie überhaupt kein Erbe antreten können – und das dauert noch sieben Jahre, richtig? Äh, Mrs Dudley, gehe ich recht in der Annahme, dass *Sie* das übernehmen?«

»Du meine Güte, das wäre alles andere als angemessen! Ich bin nur eine Vertreterin vom *Hafen*. Ich habe keinerlei Zweifel daran, dass Mr Fox als ihr nächster lebender Verwandter diese Aufgabe übernimmt.«

Ich blickte zu Sally, die nicht länger zuhörte. »Richter Fox ist ein sehr netter Mann«, sagte ich, nicht allzu überzeugend.

Sie riss sich aus ihren Gedanken. »Oh, ich weiß. Es ist nur ... alles ist so merkwürdig. Vor drei Monaten habe ich an Miss Fishers Akademie noch Feldhockey gespielt und jetzt bin ich auf der anderen Seite der Welt und belausche, wie Fremde darüber entscheiden, wer auf mich aufpassen soll.«

Caroline hakte sich bei Sally unter. »*Wir* werden auf Sie aufpassen«, schwor sie. »Nicht wahr, Myrtle?«

Nachdem Caroline sich (widerwillig) verabschiedet hatte, überraschte Sally mich erneut. »Das sind Sie, oder?«, sagte sie aufgeregt und zauberte eine viel gelesene Ausgabe von *Geschichten aus den Roten Gräbern* mit jeder Menge Eselsohren hervor, in der eine Mabel-Castleton-Geschichte abgedruckt war – die Groschenromanerzählungen aus der Feder unserer Nachbarin Priscilla Wodehouse.

Blinzelnd blickte ich darauf. Dann zu Sally. Mir fiel nichts Besseres ein als: »In Australien gibt es die auch?«

Sie grinste. »Nein, Dummchen. Ich hab sie im Zeitungskiosk in Upton gekauft. Aber das hier *ist* Ihnen nachempfunden, oder? Onkel Magnus ist sehr stolz auf Sie, wissen Sie? Sie sind eine waschechte Detektivin! Jetzt weiß ich, warum er Sie ausgewählt hat, um mir zu helfen. Wenn irgendjemand herausfinden kann, wer ich wirklich bin, dann Sie, Myrtle.«

Ich nahm mir ein Beispiel an Vater. »Äh.«

Sally war selbstverständlich nicht die Einzige, die Anspruch auf das Snowcroft-Erbe erhob. Im Lauf der kommenden Wochen erhielt Vater Dutzende von Reaktionen auf seine Anzeige, und schon bald rannten uns potenzielle Snowcroft-Erben, die alle eine Scheibe vom Vermögen abhaben wollten, das Haus ein. Wie es sich herausstellte, ist es wesentlich schwieriger als erwartet, jemandes Identität zu beweisen – oder zu widerlegen. Sie überhäuften uns mit mutmaßlichen Geburtsurkunden, Heiratsurkunden und eidesstattlichen Erklärungen zweifelhaften Ursprungs, von denen keine sofort belegt oder als Unfug abgetan werden konnte, ohne die Kontrolle und Untersuchung eines Gerichts.

Während ich all dies mitverfolgte, überlegte ich, wie nützlich es wäre, einfach jedermanns und jederfraus Fingerabdrücke schon bei Geburt zu nehmen und ein landesweites Register anzulegen, in dem man nach dem Vorbild Bertillons Körpermaße festhielt, so wie bei dem beispielhaften System, das die französische Polizei nutzte. (Bisher fand es nur bei Menschen Verwendung, die wegen eines Verbrechens verhaftet wurden, doch es auf die Gesamtbevölkerung auszuweiten, hatte offensichtliche Vorteile.)

»Das klingt teuer«, meinte Miss Judson. »Außerdem drängen sich gewisse Bedenken hinsichtlich der Privatsphäre auf.«

»Wie *groß* man ist, ist ja wohl keine Privatangelegenheit«, entgegnete ich. »Warum sollte das irgendjemanden stören? Außerdem, so viele Fingerabdrücke wie man überall hinterlässt, kann man sich darüber genauso wenig beschweren, als hätte man eine Visitenkarte oder Unterschrift zurückgelassen.« Als ich daran dachte, was Sally zu Charley gesagt hatte, überlegte ich, wie man wohl die Identität eines *Hundes* beweisen könnte. Vielleicht waren seine Pfotenabdrücke ebenso einmalig wie menschliche Fingerabdrücke. Oder vielleicht war irgendein tüchtiger französischer Tierarzt schon dabei, eine Bertillon-Datenbank von Dackeln und Pudeln anzulegen.

»Ich glaube, es gibt da einige Feinheiten, die du übersiehst.« Miss Judson ging die neueste Post durch, in der sich Forderungen angeblicher Erben fanden, die aus so weiter Ferne wie Cornwall und den Orkneyinseln stammten – eine sogar aus Kanada, wo sich eine Snowcroft-Gesellschaft gegründet hatte, um die Ausgaben und den Gewinn (sollte es je einen geben) unter den sogenannten Nachfahren aufzuteilen.

»Hier behauptet jemand, dass seine Ur-urgroßmutter im Geheimen mit Viscount Snowcrofts außerehelichem Halb-Neffen verheiratet war.« Das warf sie gleich in den Papierkorb, da uneheliche Abkommen vor dem Nachlassgericht ohnehin keine Ansprüche hatten. »Ganz abgesehen von den offensichtlichen … generationsbedingten Schwierigkeiten«, ergänzte sie mit verzerrter Miene, während sie überlegte, wie solch eine Verbindung mathematisch überhaupt möglich sein sollte.

Vater war nach Leeds gereist, um von einem der Anspruchsteller eine eidesstattliche Aussage aufzunehmen, und wir erwarteten ihn nicht vor morgen zurück, daher hatten Miss Judson und ich beschlossen, bei der überwältigenden Papierflut auszuhelfen, die sich dank der Snowcrofts ansammelte. Richter Fox war nach Kräften bemüht, sich aus allem herauszuhalten, war verständlicherweise jedoch sehr an Vaters Fortschritten hinsichtlich der Bestätigung von Sallys Identität interessiert.

Nicht alle der »interessierten Kreise« waren so rücksichtsvoll. Mrs Dudley hatte sich in dem Fall als festes Inventar etabliert – mit anderen Worten: in unserem Haus – und schaute regelmäßig vorbei, um sich über den Stand der Dinge zu informieren. An diesem Nachmittag kam sie just zum Tee, ein Zufall, den ich ebenso verdächtig fand wie Sallys zeitlich passende Rückkehr aus Australien. Begleitet von einigen hastig zusammengesuchten Keksen und dem Murren von Köchin, taten wir ihr den Gefallen.

»Wie Sie wissen, ist der Wohlfahrtsverein für Seefahrtswitwen-und-waisen *die* führende Organisation ihrer Art«, rief Mrs Dudley uns in Erinnerung, während sie geziert an einem Löffelbiskuit knabberte. (Voller Bedauern stellte ich fest, dass Köchin vorgehabt hatte, heute Abend Trifle zum Nachtisch zu machen.)

»Unter den Wohlfahrtsvereinen?«, hakte Miss Judson nach, während sie dabei zusah, wie das Löffelbiskuit verschwand. »Oder für Waisen und Witwen?«

Mrs Dudley fuhr fort, als hätte Miss Judson nie etwas gesagt. »Und natürlich haben wir uns verpflichtet, Miss Snowcrofts Aufenthalt in England zu finanzieren. Solange ihr das Erbe nicht zufällt, ist sie vollkommen mittellos. Unsere Gönner haben ein kleines Stipendium für sie eingerichtet, doch die Vortragsreise ist absolut notwendig, um für ihren Zweck Geld und Unterstützung aufzubringen, zusätzlich zu allem anderen, was ein Mädchen in ihrem Alter so braucht.« Ganz zu schweigen von dem Hund. »Und Sie können sich gar nicht vorstellen, wie viele unanständige Leute es da draußen gibt, die nur darauf warten, jemanden wie Ethel auszunutzen. Himmel, erst gestern rief ein Mann an, der *sie* um eine Spende bat, diese Unverfrorenheit –!«

»Sie haben einen Fernsprechapparat?«, unterbrach ich sie.

»Ja, aber natürlich, meine Liebe. Wie sonst könnte ich all meinen Verpflichtungen nachkommen?«

»Myrtle.« Miss Judsons Stimme war eine einzige Warnung, doch ich ignorierte sie.

»Vater sieht noch immer keinen Nutzen darin«, sagte ich zu Mrs Dudleys Entsetzen.

»Oh, man *muss* ihn ins Moderne Zeitalter holen! Ethels Fall ist viel zu wichtig. Ich werde auf der Stelle einen in Betrieb nehmen lassen.« Mrs Dudley ließ ihre Teetasse praktisch fallen und stand auf, wobei ihr purpurner Rock raschelte.[6]

»Was – meinen Sie etwa hier? Jetzt sofort?« Miss Judson wirkte alarmiert.

»Was du heute kannst besorgen, das verschiebe nicht auf morgen! Wir werden eine direkte Leitung installieren, von diesem Haus zu …« Mrs Dudley hielt inne. »Gibt es hier im Ort eine Vermittlung? Egal, ich kümmere mich darum. Sagen Sie Arthur, er soll sich keine Gedanken machen – der *Sichere Hafen* kümmert sich um alles!«

Und sie *frou-frou*te aus dem Haus, ohne sich ein einziges Mal umzudrehen, sodass Miss Judson und ich mehr als nur geringfügig bestürzt zurückblieben. Peony erschien derweilen mit einem enttäuschten Murren auf der Türschwelle – sonst hinterließ Mrs Dudley in ihrer Untertasse immer einen Schluck Sahne.

Mrs Dudley hielt Wort – schon am nächsten Tag kam das Telefongerät an. Glücklicherweise noch vor Vater. Ich war hingerissen, Peony keine Hilfe und Köchin skeptisch. Miss Judson hielt sich mit ihrer Meinung zurück. Da es, sehr zum Gespött

6 Miss Judson bietet die folgende, vollkommen belanglose Information: Zusätzlich zu ihrem Vorsprung in Kriminologie, verfügen die Franzosen außerdem über ein Wort für das raschelnde Geräusch, das von Taft verursacht wird: *frou-frou*. (Es ist eine Lautmalerei.)

der Arbeiter, die ihn installieren wollten, in unserem Haus keine Nische für den Fernsprecher gab, dirigierten wir sie in Vaters Arbeitszimmer. (Meine Bitte, den Apparat im Unterrichtsraum oder meinem eigenen Zimmer anzuschließen, wurde weitreichend überhört.) Im Gegensatz zu den Geräten, die ich bisher schon benutzt hatte, wie etwa die klobige Holzkiste in der Polizeinotrufzelle an der Trambahn-Haltestelle, war unseres stromlinienförmig – eine sehr *moderne* Angelegenheit mit einem schlanken schwarzen Sockel, ähnlich einem Kerzenständer, und die Hörmuschel hing an einem Haken.

Bevor wir uns noch recht daran gewöhnt hatten (Es gab niemanden, den ich hätte anrufen können, um von unserem Glücksfall zu berichten, es sei denn, ich hätte die Polizei verständigen wollen. Was nicht der Fall war.), folgte schon das nächste Wunder.

»Eine Schreibmaschine!«, stieß ich aus, als der Bote die Kiste auspackte. Im Paket inbegriffen waren gleich mehrere wundervolle Accessoires, einschließlich mehrerer Farbbänder und zweier Stöße wunderschönes, teures Papier. Ich kämpfte gegen den Drang an, meine Wange daran zu schmiegen. Vater hatte eine Schreibmaschine in seinem Büro in der Stadt, doch dies war meine erste Gelegenheit, ein solches Gerät selbst einmal zu nutzen.

»Was meinst du, woher der *Hafen* sein Geld bekommt?« Miss Judson inspizierte den Lieferschein. »Das hier hat den Verein zwanzig Pfund gekostet!«

Sofort hob ich Peony vom Tisch, wo sie hoffnungsvoll das Farbband beschnuppert hatte. »Wag es ja nicht«, warnte ich sie. Sollte sie dieses Wunderwerk der Technik beschädigen, würde ich mein restliches Leben mit Sparen verbringen. Um so viel Geld zusammenzubekommen, würde ich mein Mikroskop, mein Teleskop und all meine Kleidung verkaufen müssen.

»Vielleicht spendieren sie uns ein Automobil!« Miss Judsons Augen leuchteten träumerisch.

»Meinen Sie, wir müssen das alles wieder zurückgeben, falls sie den Fall nicht gewinnen?« Zweifel stiegen in mir auf, während ich die Beute betrachtete. »Ob Vater darin einen Bestechungsversuch sehen wird?«

»Pass auf, was du sagst!« Miss Judson hatte die Bedienungsanleitung der Schreibmaschine geöffnet, die an sich schon ein Kunstwerk darstellte und absolut alles erklärte, angefangen damit, wie man das Farbband einlegte, bis hin zur optimalen Sitzhaltung, die man an dem Gerät einnehmen sollte. Versuchshalber drückte Miss Judson auf eine der Tasten, woraufhin ein Typenhebel hochhüpfte und prachtvoll gegen den schwarzen Zylinder klopfte (der laut der Bedienungsanleitung *Druckwalze* hieß). »Das wird das Arbeiten wesentlich effizienter machen«, sagte sie. »Das kann selbst dein Vater nicht abstreiten.«

Nun, Miss Judson sollte sich irren. Offenbar war ihr entgangen, dass Vater seinen Lebensunterhalt damit verdiente, Dinge abzustreiten, und dass er außerdem bisweilen vergaß, seine streitlustigen Tendenzen im Büro zu lassen. Als er an diesem Tag zum zweiten Frühstück nach Hause kam, war er erschöpfter und mürrischer denn je, rieb sich die Augen und war von all dem Fortschritt, den wir in seiner Abwesenheit gemacht hatten, offenkundig »unbeeindruckt«.

»Jeden Moment werden einige Dokumente angeliefert – was ist das alles hier?« Er ließ seine Aktentasche im Türrahmen zu seinem Arbeitszimmer fallen und zog nicht einmal seinen Mantel aus. Sein Stirnrunzeln schien für alle Ewigkeit in sein Gesicht gemeißelt zu sein. »Wo kommt das her?«

»Mrs Dudley hat die Geräte geschickt«, sagte ich stolz. »Sind sie nicht famos?«

»Ihr habt während meiner Abwesenheit mit Mrs Dudley geredet? Was habt ihr ihr erzählt?« Vater stakste zum Schreibtisch, wo wir all seine Fallnotizen nach der relativen Begründetheit der Antragsteller geordnet hatten. »Wer hat meine

Papiere durcheinandergebracht? Myrtle, du weißt, ich mag es nicht, wenn du hier spielst.«

»Ich habe nicht *gespielt*«, sagte ich kleinlaut.

»*Nein*«, schloss Peony sich mir an.

Vater schob seinen Stuhl beiseite und fing an, in allem herumzustöbern, ohne überhaupt zu bemerken, wie schön es sortiert war. »Das war die Arbeit von zwei Wochen«, murmelte er. »Wie soll ich nun irgendetwas wiederfinden?«

»Wir wollten nur helfen!«, rief ich mit brennenden Augen. Ich hob alle meine Notizen auf und presste sie an mich.

»Ich *brauche* eure Hilfe nicht! Und diesen ganzen Kram brauche ich auch nicht –« Vater machte eine Bewegung, wie um die Schreibmaschine mit dem Arm vom Tisch zu fegen, doch Miss Judson eilte zu ihrer Rettung.

»Es reicht!« Ihre Stimme war ein Donnerschlag. »Sie. Ins Bett. *Sofort.*«

Verblüfft sah er sie an und ich musste mir auf die Lippe beißen, um ja keinen Laut von mir zu geben. Ich war nicht sicher, was herauskommen würde – doch ich wollte es nicht darauf ankommen lassen. »Ich bin kein Kind«, knurrte er.

»Dafür benehmen Sie sich wie eins«, fuhr sie ihn an. »Ich will kein weiteres Wort von Ihrem Mumpitz hören.«

Vater stierte uns an. »Ich erwarte, dass dieser Raum wieder exakt so ist wie vorher, wenn ich zurückkomme.« Seine Stimme klang wieder etwas heiser. »Und Köchin soll mir etwas für meinen ver----ten Hals bringen! Er brennt wie Feuer.« Damit stürmte er aus dem Zimmer und versuchte, die Tür zuzuknallen. Allerdings prallte sie von seiner Aktentasche ab, schwang zurück und blieb traurig, niedergeschlagen stehen.

Miss Judson warf mir einen besorgten Blick zu und eilte ihm hinterher.

Nachdem ich Vaters Tasche ins Zimmer geschoben und den Riegel vor die Tür gelegt hatte (damit Peony nichts fressen konnte), folgte ich den beiden in sein Zimmer. Auf Anweisung von Miss Judson musste Vater sich aufs Bett setzen und den Mund weit öffnen. Mit einer Lampe spähte sie in seinen Hals und machte ein düsteres Gesicht.

»Damit ist es besiegelt«, sagte sie grimmig. »Die Mandeln sind eitrig. Mr Hardcastle, so können Sie nicht weitermachen! Sie *müssen* Dr Belden gestatten, die Mandeln zu entfernen. Ich werde nach ihm schicken, er soll noch heute Nachmittag vorbeikommen.«

»Geht nicht«, grummelte er. »Ich habe einen Prozess.«

»Sie sind nicht in der Verfassung, vor Gericht zu treten.«

Mit verkrampften Fingern hielt ich mich am Türrahmen fest. Ein Peritonsillarabszess war eine gefährliche Komplikation einer Mandelentzündung – es bedeutete, Vater lief Gefahr, eine Allgemeininfektion zu entwickeln. Ich rannte zu Köchin, um sie zu informieren, und innerhalb einer dreiviertel Stunde war Dr. Belden in Vaters Zimmer, um mit ihm eine vertrauliche Unterredung zu führen, während wir Übrigen nervös im Gang warteten.

»Ich verstehe nicht, warum ich nicht dabei sein darf«, sagte ich. »Ich bin seine nächste Angehörige.«

»Still«, schimpfte Köchin. »Hier Reden zu schwingen, als läge der gnädige Herr im Sterben, wo er doch nur eine Erkältung mit ein bisschen Schnupfen hat. Wenn Dr. Belden mit ihm fertig ist, wird er sich wieder pudelwohl fühlen, merken Sie sich das.«

Genau wie ich wusste sie noch gut, wie pudelwohl meine Mutter sich nach Dr. Beldens Behandlungen gefühlt hatte. Ich stürmte in Vaters Zimmer, als der gerade sein Hemd wieder anzog. Peony stand auf seinem Kopfkissen und funkelte den Arzt mit gesträubtem Fell böse an.

»Arthur, das ist lächerlich. Ich will, dass Sie Montagmorgen um allerspätestens sieben Uhr im Krankenhaus sind. Dr.

Kinkaid kann die Operation noch am selben Tag durchführen, dann sind Sie Ende der Woche wieder auf den Beinen und zu Hause.«

Ich rang mit den Fingern. *Operation?* »Können Sie es nicht hier machen?« Nur die wirklich Armen, Exzentriker und Leute, die an Tuberkulose starben, gingen ins Krankenhaus.

Dr. Belden drehte sich erschrocken zur Tür um. »Junge Dame, Sie sollten nicht hier sein.«

»Es sind *nicht* nur eitrige Mandeln, oder?« Ich verschränkte die Arme und sah ihn herausfordernd an. »Es ist etwas viel Schlimmeres und Sie wollen es mir nur nicht sagen.«

Vaters Schnurrbart zuckte, doch Dr. Beldens ernster Blick wurde umso ernster. »Jetzt hören Sie mir mal zu. Ich verberge *nie* die Wahrheit vor meinen Patienten – und auch nicht vor ihren Töchtern. Das sollten Sie wissen.«

»*Nein*«, sagte Peony.

Widerwillig nickte ich. Ich *wusste* es. Als Mum krank war, war er erschreckend offen mit uns, obwohl er bis zum Ende gleichzeitig versucht hatte, herzlich und fröhlich zu bleiben.

Jetzt war er nicht fröhlich.

»Sie würden es mir sagen, wenn es etwas Ernsteres wäre? Also *noch* ernster, meine ich?«

Dr. Belden bekam keine Gelegenheit zu einer Antwort, denn im nächsten Moment – und zwar alles im *selben* Moment, meiner Einschätzung nach – klingelte es an der Tür, sprang die Haustür auf und Schritte polterten die Treppe herauf, als wäre eine Herde effizient trampelnder Kühe im Anmarsch.

»Lieferung für Mr Hardcastle«, ertönte eine Stimme – als gleichzeitig ein hohes Klingeln durch den Gang schrillte.

»Das ist das Telefon!« Ich flitzte Richtung Zimmertür, wo ich geradewegs gegen Köchin prallte, die mit der Post in der einen und einem Topf heißen Wassers in der anderen Hand aus der Gegenrichtung kam.

Liebe Leserschaft, ich werde Ihnen die grauenhaften Details ersparen, doch um ein Haar wäre dies das Ende von Vaters Lieferung gewesen. Dr. Belden verarztete die oberflächlichen Verletzungen des Botenjungen und ich fand nie heraus, wer diesen allerersten Telefonanruf im Hause Hardcastle getätigt hatte.

Dr. Belden antwortete weise: »Vielleicht wären *zwei* Wochen das Beste.«

# 4

# Materia Medica[7]

Staatsanwälte sind die schlimmsten Patienten.
– H. M. Hardcastle: *Grundlagen der Rechtsmedizin.*

Gemächlich fuhr die Kutsche zum breiten Eisentor des Krankenhauses Swinburne Royal Hospital, das an Wochentagen von sieben Uhr morgens bis sechs Uhr abends geöffnet hatte, um die »vom Schicksal weniger Begünstigten« einzulassen, damit sie sich auf der Wohlfahrtsstation des Krankenhauses behandeln lassen konnten. Heute standen eine Handvoll leidender Seelen, eingewickelt in Wollschals, mit hochgezogenen Kragen in dem eisigen Wetter Schlange. In der Kutsche saß Vater, der in eine Vielzahl von Decken gewickelt war, und so fiebrig aussah wie nie: das Gesicht blass und von Schweiß benetzt; selbst sein rotbrauner Backenbart wirkte schlaff. Den ganzen Morgen über hatte er kaum zu sprechen gewagt.

Wir fuhren unter einem Banner hindurch, auf dem stand »KRANKENHAUS BENEFIZSONNTAGS- & BAUFONDS«, in einen Innenhof des aus massivem Stein erbauten Krankenhauses. Es war errichtet wie die Wallanlage eines Schlosses, wie eine Art eckiger Ring, der ein Feldlager aus Außengebäuden bewachte. Traurige kleine Sträucher versuchten, den Ort etwas aufzuheitern, machten ihn allerdings nur umso deprimierender. Hier sah es aus wie auf einem Gefängnishof. Zwischen den hoch aufragenden Pavillons liefen mit

[7] lat. »heilende Substanz«, auch eine Art Textsammlung über die Wirkung von Arzneimitteln

forschem Schritt Krankenschwestern in schwarzen Umhängen und Ärzte.

Als Vater meinen Blick einfing, rang er sich ein Lächeln ab. »Hey, alles gut«, sagte er, »in zwei Wochen bin ich zu Haus, ja?«

»Und wir kommen jeden Tag zu Besuch«, fügte Miss Judson übertrieben gut gelaunt hinzu.

Ich weigerte mich, die beiden anzusehen.

Unter einem überdachten Säulenvorbau hielten wir schaukelnd an, neben zwei Pflegehelfern in schwarzen Uniformen und einem winzigen runden Kloß von einer Frau, die wie ein Pestdoktor in ein schwarzes Cape und einen Überwurf gehüllt war. Auf dem Kopf trug sie eine komische flache Kappe aus Spitze mit zwei langen Bändern daran, die ihr über den Rücken hingen. Die Pfleger öffneten die Kutschentür und setzten uns auf dem Gehsteig ab.

»Mr Hardcastle? Ich bin Oberschwester Finch.« Ihre Stimme klang hoch und angespannt. »Willkommen auf der Privatstation.«

Das also war die Person, die sich zwei geschlagene Wochen um Vater kümmern würde? Bilder zu sämtlichen Geschichten über Misshandlungen im Krankenhaus, die ich je gehört hatte, prasselten auf mich ein: eiskalte Bäder mit Fremden, zum Abtöten von Flöhen und Läusen mit ätzenden Chemikalien besprüht werden, Zwangsernährung von ans Bett geschnallten Patienten.

»Woran du da denkst, sind Irrenanstalten.« Eigentlich hatte Miss Judson gar nichts gesagt, aber ich war sicher, dass sie auf meine Parade wilder Vorstellungen genau das gesagt *hätte*.

Vater nickte nur schwach, woraufhin Oberschwester Finch mit den Fingern schnippte und zwei weitere Pfleger aus dem Nichts zauberte, die Vater an den Armen stützten. Miss Judson und ich machten Anstalten, ihm zu folgen, doch die Oberschwester hechtete dazwischen und blockierte uns den Weg.

»Bedaure Zutritt nur für Patienten Das verstehen Sie sicher Guten Tag.« Diese Worte presste sie durch eine aufgezwungene Maske falschen Lächelns, und zwar ohne Punkt, ohne Komma und ohne das *geringste* Bisschen von Bedauern.

Miss Judson blickte auf sie hinab. »Wir werden erst gehen, sobald wir Mr Hardcastles Unterkunft gesehen und mit Governor Greeley, Dr. Belden, der leitenden Stationsschwester, der Stationspflegerin, dem Chirurgen, der Mr Hardcastles Operation durchführen wird, und vielleicht noch dem Nachtwächter gesprochen haben. Das verstehen Sie sicher.«

Oberschwester Finch verzog keine Miene. »Dann richte ich dem diensthabenden Chirurgen aus, er soll sich heute Abend auf zwei Fälle von Erfrierung einrichten.« Mit wehendem schwarzen Umhang drehte sie sich um und schwebte wie ein Geist durch die hohen, kargen Türen, die die Pfleger hinter ihr schwungvoll schlossen.

»Miss!«, rief ich.

Miss Judson stand schweigend da und sah sich in der Säulenhalle um, als könnte sie sich nicht erinnern, wie wir hierhergekommen waren. Kurz darauf jedoch wurde ihr abwesender Blick berechnend – und schließlich wütend. Sie marschierte zur Flügeltür und pochte mehrfach mit der Faust dagegen.

Nichts geschah.

»Aber –«

Sie hielt eine Ruhe gebietende Hand hoch und donnerte erneut gegen das unnachgiebige Portal. Endlich schwang es einen Spaltbreit auf und Miss Judson stellte rasch den Fuß in die Lücke, bevor der Pfleger ihr die Tür vor der Nase zuknallen konnte. Einen Augenblick lang hatte es den Anschein, als würde gleich eine epische Schlacht losbrechen, und beinahe hätte ich dem Pfleger nahegelegt, die Unfallstation zu alarmieren – doch offenbar gehörte es nicht zu den Pflichten dieses Mannes, Gouvernanten gefügig zu prügeln. Also trat er zurück und gab den Durchgang frei. Miss Judson griff fest nach meiner Hand und drängte nach innen.

»Ich fürchte, hier liegt ein Missverständnis vor.« Ihre Stimme war vollständig tonlos und ließ keinerlei Zweifel daran offen, dass es ein solches Missverständnis tatsächlich nicht gab und nie gegeben hatte, dennoch gewährte Miss Judson den Angestellten des Swinburne Royal Hospital die Gelegenheit, ihren Fehler wiedergutzumachen, bevor sie ihren Zorn über sie ergießen würde. »Wir gehören zu Mr Hardcastle. Möglich, dass Sie von ihm gehört haben.«

Der Pfleger wurde blass. »Montags sind auf der Privatstation keine Besucher erlaubt, Miss. Ohne Ausnahme.«

Miss Judson fasste ihn fest und abschätzend in den Blick. »Wir sind nicht zu Besuch hier. Wir inspizieren diese Einrichtung, um sicherzugehen, dass sie geeignet ist, den Staatsanwalt von Swinburne zu behandeln. Erwähnte ich bereits den Namen Hardcastle?« Bestätigung suchend sah sie mich an.

»Ja, das haben Sie.«

»Hervorragend. Dann also hier entlang?« Ohne jeden weiteren Kommentar schwebte sie mit mir im Schlepptau an einem verlassenen Empfangstresen vorbei.

Unter allen anderen Umständen hätte ich die Einrichtung des Krankenhauses wohl als ein bewundernswertes Beispiel an Modernität bestaunt. Holzböden glänzten von Wachspolitur und Desinfektionsmitteln; grün-weiß gekachelte Wände funkelten vor Sauberkeit. Am Ende des Flurs ließ ein gewaltiges Fenster das schwache Sonnenlicht ein, um das künstliche Licht von oben zu verstärken, und alle Arten von Messinginventar zierte die Wände: Glocken, Sprechrohre, Schalter und vieles mehr, das ich nicht einordnen konnte.

Zwei Schwestern in identischen blasslila Kitteln, gebügelten weißen Schürzen, Hauben und Armmanschetten huschten vorbei. Weiter hinten im Gang stand vor einer Flügeltür eine

Gruppe Männer versammelt – der Eingang zum Operationssaal, wie mir im Vorüberhasten auffiel. Es handelte sich gewiss um Medizinstudenten, die hier waren, um einen Eingriff mitzuverfolgen. Hoffentlich nicht Vaters. Einige schienen dreckige Fingernägel zu haben.

Miss Judson hielt in ihrem Marsch den Gang hinab kaum inne, und mir fiel auf, dass außer unseren Schritten keine anderen zu hören waren: das Telegrafie-Klackern ihrer Stiefel und mein Schlurfen. Zwei weitere Schwestern – *gab* es sie nur paarweise, wie Turteltauben? – drehten sich um und blickten uns vorwurfsvoll an.

»Gehen Sie leiser«, sagte eine von ihnen ernst, aber gedämpft. »Die Patienten brauchen Ruhe.«

»Dürfen Sie überhaupt hier sein?«, fragte die andere. »Montags haben Besucher keinen Zutritt.«

»Wir gehören zu Arthur Hardcastle«, sagte ich.

Die ältere Schwester wurde nachsichtiger. »Oh, dann ist er Ihr Vater? Agnes, bring Miss Hardcastle und – Mrs Hardcastle? – auf die Station. Ich glaube, Dr. Belden ist gerade bei ihm.«

»Hier entlang«, sagte Agnes voll gut gelauntem Tatendrang. Ihre großen, dunklen Augen und das glänzend schwarze Haar stellten einen eindrucksvollen Kontrast zu ihrer lavendelfarbenen Arbeitskleidung dar. »Ich bin Schwester Ling, Lernschwester auf Bewährung.«

»Auf Bewährung, was soll das heißen?«, fragte ich alarmiert. Es klang, als sei sie eine Inhaftierte, die dem Krankenhaus unter Auflagen vom Gefängnis ausgeliehen worden war.

»Es ist mein letztes Lehrjahr. Man erkennt uns an den Kitteln. Wir haben lila, Stationsschwestern grün. Wenn Sie eine Frage haben, wenden Sie sich an die Stationsschwestern. Sollten Sie etwas brauchen, kommen Sie zu einer Lernschwester.«

Lernschwester Ling führte uns zu einer grün getünchten Flügeltür. »Hier ist die Männerstation.« Mit dem Rücken voran ging sie durch die Tür, wobei ihr Rock professionell raschelte. Ein Schwall eisiger Luft empfing uns. Ein Dutzend oder auch mehr Betten standen aufgereiht entlang der Wände in einem großzügigen Raum, der mehr ein Korridor als ein Zimmer war, und zwischen jedem der Betten standen breite Fenster offen, um die Elemente einzulassen – die Februar-Elemente, bestehend aus Kälte, Kälte, Wind und Kälte. Wie sollte das helfen?

»Frische Luft ist unverzichtbar, wenn man Infektionen vermeiden will«, erklärte Lernschwester Ling. »Wir wenden hier die Methoden von Dr. Lister[8] an, müssen Sie wissen.«

»Mir war nicht bewusst, dass Dr. Lister ein Vertreter von Hypothermie ist«, sagte Miss Judson sanft – was bei Lernschwester Ling zu einem Ausbruch von Gelächter führte, das sie hastig unterdrückte.

»Nun, Dr. Lister, frei interpretiert von unserer Oberschwester«, stellte sie klar. »Dr. Belden, ich habe im Gang ein paar unbeaufsichtigte Wertgegenstände gefunden. Ich glaube, sie gehören Ihrem Patienten?«

Vater hatte seine Straßengarderobe gegen einen weißen Flanellpyjama und einen Morgenmantel mit grünen Paspeln eingetauscht. Er steckte im Bett (hinter ihm stand das Fenster offen), die Decken bis zum Kinn hochgezogen, und über seinem Kopf baumelte eine Stange – eine Vorrichtung für geschwächte Patienten, damit sie sich aufrecht ziehen können.

»Hier päppeln sie dich bestimmt im Handumdrehen wieder auf, Vater.« Meine Stimme klang steif und falsch.

8 Der Sehr Ehrenwerte Joseph Lister, Vater der Antiseptischen Chirurgie, hatte die Behandlung und Vermeidung von Infektionen in Krankenhäusern revolutioniert und war dafür zum Baron ernannt worden. Was weniger beruhigend war, als man meinen sollte.

»Und ob wir das werden«, sagte Dr. Belden. »Dr. Kinkaid ist einer der besten Chirurgen ganz Englands.«

»Und Irlands«, ertönte vom anderen Ende des Zimmers eine fröhliche Stimme. Als Miss Judson und ich uns umdrehten, entdeckten wir einen hochgewachsenen, gutaussehenden Mann in Vaters Alter mit dunklem Bart und dunklem Haar, der auf uns zuschlenderte. Hinter ihm wehte ein Kittel aus gestärkter weißer Baumwolle.

»Guten Morgen«, sagte er. »Ich bin Russ Kinkaid. Wer von Ihnen ist Arthur?« Aufmerksam blickte er in die Runde. »Sie?« Er spähte in meine Ohren – und obwohl ich es besser wusste, musste ich kichern.

»Ach du meine Güte«, sagte Dr. Kinkaid. Sein Tonfall war ungezwungen und bester Laune. Von jemandem, der aus Irland stammte, hätte ich einen stärkeren Akzent erwartet, doch er klang wie jeder beliebige Engländer. »*Das* geht ja nun gar nicht. Übertriebene Heiterkeit ist ein Symptom einer weit schwerwiegenderen Krankheit, als man mir angekündigt hat. Belden, was haben Sie meinem Patienten gegeben?« Obwohl er herumalberte, während er sich eigentlich um Vater kümmern sollte, obwohl ich genau wusste, dass er es nur tat, um die angespannte Stimmung zu lockern, damit wir alle (vor allem ich) entspannter wurden, konnte ich nicht anders. Ich mochte ihn sofort.

»Dr. Belden hat mir Ihren Fall erklärt«, sagte der Chirurg, »und ich habe Ihre Akte gelesen. Doch bevor wir den nächsten Schritt tun, muss ich Sie selbst noch einmal untersuchen. Sind Sie damit einverstanden, Mr Hardcastle?« Er *sagte* Vaters Namen, aber ich hatte das höchst eigenartige Gefühl, dass er eigentlich mit mir redete.

Vater lockerte seinen Todesgriff um die Decken. »Selbstverständlich.« Er strengte sich an, mit seiner Prozessstimme zu sprechen, doch am Ende wurde nur ein schmerzhaftes Husten daraus.

Dr. Kinkaid reichte ihm das Wasserglas von seinem Nachttisch. »Sparen Sie sich das. Wir wollen Sie doch so bald wie möglich wieder vor Gericht haben, und da dürfen Sie Swinburnes Kriminellen dann gern mit Donnerstimme das Fürchten lehren.« Er winkte Agnes. »Lernschwester Ling, bitte dokumentieren Sie die Vitalfunktionen des Patienten. So, Mr Hardcastle: Sie haben einen irischen Arzt und eine chinesische Schwester. Wie finden Sie das?«

Seine Stimme war nach wie vor freundlich, allerdings entdeckte ich darin eine unterschwellige Herausforderung. Besorgt schaute ich die Schwester an, doch falls Miss Ling dieser Kommentar unangenehm war, ließ sie es sich nicht anmerken.

Anstelle von Vater antwortete Miss Judson. »Er findet es genial«, woraufhin Vater nachdrücklich nickte.

Lernschwester Ling zog ihr Thermometer hervor und schob es Vater zwischen die Lippen, bevor sie seinen Puls maß.

»Blutdruck?« Auf Dr. Kinkaids Anweisung hin holte die Schwester einen seltsamen Apparat mit einem Lederriemen, einer Messanzeige und einer ovalen Gummipumpe, ganz ähnlich solchen, mit denen man die Blende einer Kamera betätigte.

»Drin behalten«, befahl sie, als Vater Anstalten machte, ihr das Thermometer zurückzugeben. »Drei Minuten. Sie haben noch einhundertzwanzig Sekunden übrig.« Sie fixierte den Lederriemen an Vaters linkem Arm.

»Miss Hardcastle!«, rief Dr. Kinkaid so forsch und plötzlich, dass ich hochschreckte. »Wie lauten Name und Funktion dieses Geräts?«

»Äh …« Ich kramte in meinem Gedächtnis nach Mums alten Aufzeichnungen und Arbeitsmitteln. Tatsächlich fiel mir ein Begriff ein – ehrlich gesagt war ich ziemlich stolz darauf. »Ein Sphygmograf?«

»Ein *Sphygmograf*? Für was für eine Art Einrichtung halten Sie das hier? Sind wir Barbaren? Leben wir im Mittelalter?«

»Glaubt man meiner Mutter, dann ja«,[9] warf Miss Judson ein.

»Das hier ist ein Sphygmomanometer.« Dr. Kinkaid fuchtelte mit der kleinen Pumpe herum. »Was einem Sphygmografen *offensichtlich* überlegen ist, schon allein weil es mehr Silben hat.«

Vater atmete laut auf, als Lernschwester Ling ihn endlich von dem Thermometer befreite. »Einhunderteins Komma zwei«, sagte sie, was sie pflichtbewusst in ihrem schwarzen Notizbuch festhielt.

»Sehr gut, Ling. Danke.«

»Gerne, Doktor. Sonst noch etwas?«

»Gehen Sie und gönnen Sie sich eine Tasse Tee. Sie sehen erledigt aus.«

Sie zögerte. »Aber die Oberschwester …«

»Wird von mir nichts erfahren. Gehen Sie.«

»Danke, Doktor!« Bevor sonst noch jemand eine Aufgabe für sie finden konnte, eilte sie davon.

»Die Lernschwestern hier rennen sich buchstäblich die Hacken ab«, sagte Dr. Kinkaid. »Nun, Mr Hardcastle, Staatsanwalt von Swinburne, was *stellen* wir nur mit Ihren entzündeten Mandeln an? Wie zwei überreife Erdbeeren hocken die da drin, wenn Sie mich fragen.« Dem restlichen Beratungsgespräch lauschte ich gebannt, während ich aufmerksam beobachtete.

»Da Ihre chronische Erkrankung zu einer akuten Komplikation geführt hat, müssen wir zunächst den Peritonsillarabszess ablösen, bevor wir die Mandeln entfernen können.«

9 Mamans Reaktion auf die Verabreichung von *Thuja occidentalis* war alles andere als begeistert gewesen und hatte einige »Kraftausdrücke« in Bezug auf den primitiven Stand der Medizin in England beinhaltet.

»Ablösen?« Miss Judson bedachte den Chirurgen mit einem rigoros kritischen Blick. »Führen Sie das näher aus.«

»Gern. Zunächst werde ich –« Dr. Kinkaid unterbrach sich und sah mich an. (Seine Augen waren grün. Was ich nur der Vollständigkeit halber erwähne.) »Sind Sie sicher? Jetzt kommen wir zum anschaulichen und nicht sehr hübschen Teil.«

Schwer zu sagen, wer das schnell unterdrückte Lachen ausstieß, das folgte, doch Miss Judson sagte nur: »Fahren Sie fort.«

»Ich werde zuerst den Eiter mit einer Tinktur aus Salzwasser und Karbol abspülen. Davor verabreichen wir Ihnen eine ordentliche Portion Morphium, aber ich will nicht lügen: Angenehm ist diese Spülung nicht.«

»Angenehm ist nichts von all dem hier«, grummelte Vater.

»Ist er immer so guter Dinge? Sie sollten wissen, Mr Hardcastle, dass Oberschwester Finch sich damit rühmt, die glücklichsten Patienten der britischen Inseln zu haben.« Dies war an die Dame höchstpersönlich gerichtet, die sich lautlos wie ein Pesthauch zu uns gesellt hatte.

»Dr. Kinkaid, bei uns gelten Regeln.«

»Ich erkläre dem Patienten gerade die Prozedur, *Schwester.*«

Sie war ungerührt. »Bei uns gelten Regeln.«

Dr. Kinkaid schrieb etwas in sein eigenes Notizbuch. »Wissen Sie, Schwester, ich glaube, ich habe vorhin eine Schwester bei einer nicht genehmigten Teepause gesehen«, ließ er wie nebenbei fallen – woraufhin die Oberschwester rotsah. Lautlos machte sie auf dem Absatz kehrt und verschwand.

Miss Judson und ich tauschten ein Stirnrunzeln. Eben noch hatte er versprochen, Lernschwester Ling *nicht* zu verraten! Meine Meinung von ihm litt etwas. Vielleicht mehr als nur etwas.

Der Chirurg fuhr fort, als hätte man ihn nie unterbrochen. »Also. Wenn die Spülung gut verläuft, werden wir Ihre Operation noch heute Nachmittag durchführen können.«

Ich verschränkte die Arme und fasste Dr. Kinkaid mit all meiner professionellen Gewalt fest in den Blick. »Was für Sicherheitsvorkehrungen werden während des Eingriffs getroffen?«

Dr. Kinkaid verschränkte ebenfalls die Arme. »Sicherheitsvorkehrungen?«

»Gegen Infektionen. Sie werden doch nicht in einem überfüllten öffentlichen Saal operieren, in den all die Bazillen von der Straße mit hineingeschleift werden, oder?«

»Und ich wollte es doch tatsächlich draußen in der Gosse machen, nachdem ich meine Instrumente in altem Geschirrwasser gespült habe. Wie hört sich das an?«

Ich bedachte ihn mit einem zutiefst vernichtenden Blick. »Nicht besonders lustig.«

»Miss, ich habe diesen Eingriff schon viele Male durchgeführt, und –«

»Wie viele Male?«

Er blinzelte. »Neunzehn Mal – an Menschen.«

»Wie oft davon *erfolgreich*?«

»Neunzehn Mal. Leider muss ich zugeben, dass eins der früheren Versuchsobjekte nicht wieder vollständig genesen ist. Frösche sind in dieser Hinsicht schwer berechenbar.«

»Myrtle.« Vater krächzte ein wenig und erinnerte allzu sehr an den unglücklichen Frosch. »Du machst mir Angst.«

»Aber –«

»Du machst dem Doktor Angst.« Vater griff nach meinem Arm und drückte ihn. »Alles wird gut gehen.«

»Miss Hardcastle, ich kann nicht versprechen, dass Ihr Vater keinerlei Schaden davontragen wird«, sagte Dr. Kinkaid offen heraus. »In der Medizin gibt es keine Garantien. Aber ich kann Ihnen schwören, bei meiner Ehre als Ire, dass ich mein Bestes geben werde. Und mein Bestes ist in der Tat sehr gut.« Er hielt mir eine Hand hin.

Ich zögerte. »So lange Ihnen bewusst ist, dass jede Form von Kunstfehler Ihrerseits Ihnen und dem Swinburne Royal Hospital eine Klage einbringen könnte.«

Jetzt konnte Dr. Kinkaid sein Lächeln nicht mehr verbergen und unter herzhaftem Lachen riss er den Kopf in den Nacken. Selbst Vater fiel mit ein, wenn auch heiser.

Dr. Kinkaid ergriff meine Hand und schüttelte sie kräftig. »Aye. Wir haben eine Abmachung.«

# 5

# Primun Non Nocere[10]

Wie alle Wissenschaftler profitiert auch eine gerichtsmedizinische Ermittlerin von einem großzügigen Vorrat an Geduld.

– H. M. Hardcastle: *Grundlagen der Rechtsmedizin.*

Da Miss Judson und ich davon ausgingen, den Rest dieses Tages mit unproduktiv langweiligem *Warten* zu verbringen, kehrten wir in die Gravesend Close Nummer 14 zurück. Am Fuß der Vordertreppe blieb Miss Judson stehen und auch ich zögerte. Es fühlte sich so an, als würde das Öffnen der Haustür irgendwie eine unaussprechliche Katastrophe auslösen können, die auf uns, auf Vater, niedergehen, aber verhindert werden würde, indem wir noch etwas länger trödelten. Letzten Endes jedoch nickte Miss Judson mir aufmunternd zu und sperrte die Tür auf, woraufhin wir bemerkenswerter- und eigenartigerweise NICHT von Peony in Empfang genommen wurden.

Als Miss Judson ihren Mantel aufhing, drang Köchins Stimme aus der Küche. »Ada? Junge Miss? Wie geht es dem gnädigen Herrn?« Sie erschien im Flur und wrang nervös ihre Schürze. Ihre mit Fettflecken übersäte Hose und die schweren Arbeitshandschuhe aus Leder verrieten, dass sie den Vormittag damit verbracht hatte, ihre Besorgnis an den Küchengeräten auszulassen. Es gab da diesen Gasbrenner, den sie schon länger mit tiefem Misstrauen beäugt hatte, außerdem hatte sie vor

[10] Ein elementarer Bestandteil des Hippokratischen Eids: »Erstens: nicht schaden«

Kurzem beunruhigende Verhandlungen mit unserem Boiler begonnen.

»Man hat ihn aufgenommen, untergebracht und heute Nachmittag führen sie die Operation durch.«

»Dem Himmel sei Dank!« Köchin entspannte sich. »Es kam eine Lieferung. Ich hab sie in Mr Hardcastles Arbeitszimmer raufbringen lassen.«

Miss Judson seufzte. »Danke, Köchin. Wir kümmern uns später darum. Gibt es zufällig Tee?«

»Wenn es nichts ausmacht, kümmern Sie sich besser gleich darum. Immerhin wartet der jetzt schon seit Stunden da oben.«

»Sie wollen damit aber nicht sagen, dass der Lieferjunge die ganze Zeit dort oben war! Köchin!« Miss Judson mobilisierte Reserven übernatürlicher Energie und flog die Stufen hinauf. Da unsere letzten Lieferungen darin gegipfelt hatten, dass Vater ins Krankenhaus *ein*geliefert worden war, trottete ich nur widerwillig hinter ihr her. Doch dann begrüßten mich aus dem Arbeitszimmer fröhliche Stimmen und ich steckte vorsichtig den Kopf zur Tür hinein.

»Hallöchen, Stephen!« An Vaters Schreibtisch saß ein junger Mann mit Locken, um dessen Hals sich wie eine lächerlich plüschige Krawatte Peony gehängt hatte. (Kurz überlegte ich, ob das, was man für gewöhnlich über Hunde und deren Loyalität hörte, stimmen könnte.) Es war unser guter Freund Mr Blakeney. »Ich dachte, ich könnte Ihnen hier zur Hand gehen, solange Ihr Dad … Urlaub macht.«

»Richtig«, sagte ich langsam. »*Urlaub*.«

»Nun, Miss J. sagt, ich sollte eigentlich nichts davon wissen, dass er im Krankenhaus ist, also weiß ich ganz gewiss nichts davon. Und mit *absoluter Sicherheit* würde ich kein Wort darüber verlieren. Wie läuft sein Urlaub denn so?«

Ich konnte mir ein Grinsen nicht verkneifen. Mr Blakeneys alberne Art ließ alles gleich viel weniger schlimm erscheinen.

»Die Operation findet heute Nachmittag statt«, antwortete Miss Judson und gab ihr Bestes, sich keinerlei Sorge anmerken zu lassen.

»Nun, die verstehen ihr Handwerk dort«, sagte er. »Genies Knöchel haben sie wieder bestens hingekriegt – sie ist schon fast wieder ganz die alte Unruhestifterin.« Imogen Shelley Blakeney war Mr Blakeneys Zwillingsschwester, eine Reporterin des *Swinburne Boten*. Eine Verletzung, die sie sich kürzlich zugezogen hatte, als sie einer Geschichte nachging, hatte ihre unverbesserliche Tatkraft nur kurz dämpfen können. »Außerdem behauptet sie, man hätte ihr dort den Lieblingsfüllfederhalter gestohlen, aber Sie kennen ja Genie.«

Mr Blakeney war Rechtsreferendar und wir hatten schon oft Gelegenheit gehabt, seine professionelle Fachkenntnis in Anspruch zu nehmen – weshalb uns sein Besuch an diesem Vormittag doppelt willkommen war. »Da es meine Aufgabe ist, das Chaos zu beseitigen, das Ambrose und Belgrave hinterlassen haben, dachte ich mir, hier sollte ich auch mit anpacken. Ich hatte ja keine Ahnung, dass die Sache derart weite Kreise zieht.«

Er schüttete einen Umschlag voller alter, spröder Zeitungsausschnitte und etwas aus, das aussah wie der Überrest eines bestickten Taschentuchs. »*An die Betreffenden*«, las er vor. »*Als Beweis meiner Verbinnung* – falsch geschrieben – *zur Familie Snowcraft* – ebenfalls falsch geschrieben – *schicke ich Ihnen die beigefügten Beweise.*« Er untersuchte ein Blatt, das aus dem Brief gefallen war. »Absolut überzeugend.«

»Aber Sie können doch gar nichts dafür«, sagte ich. »Das alles passierte, lange bevor Sie für die Kanzlei gearbeitet haben.«

»Trotzdem hat es ganz den Anschein, als gäbe es hier mehr Arbeit, als einer allein schaffen kann – selbst ein Hardcastle. Abgesehen davon: Soll Mr H. etwa den ganzen Spaß allein haben? Denken Sie nicht mal dran!« Schwungvoll schlug er gegen den Wagenrücklaufhebel der Schreibmaschine, sodass die Glocke erklang.

Miss Judson sackte förmlich in einen Stuhl und sah zum ersten Mal seit Wochen erleichtert aus. »Mr Blakeney«, sagte sie, »wir wären Ihnen ewig dankbar.«

Zu viert nahmen wir uns die Stapel an Papieren vor, die sich angesammelt hatten, und immerhin drei von uns waren dabei einigermaßen produktiv. Mr Blakeney übernahm die juristische Schwerarbeit, indem er die Anspruchserhebungen, die zumindest oberflächlich begründet erschienen, von denen trennte, die ganz offensichtlich unecht waren, und einige Briefe des Gerichts beantwortete. (Er war ein überraschend fähiger Maschinenschreiber!) Zwar würden diese nach Vaters Rückkehr noch seine Unterschrift benötigen, doch selbst mein kritisches Auge fand in Mr Blakeneys Werk absolut keinen Fehler. Miss Judson und ich widmeten uns Vaters Notizen und schlugen schleierhafte Erbschaftsgesetze nach, zu denen Vater noch nicht gekommen war. Peony trug ihren Teil bei, indem sie ihr eigenes Urteil über das »Snowcraft«-Schreiben fällte und es kurzerhand auffraß.

Vaters Arbeitszimmer gehörte zu meinen absoluten Lieblingsplätzen auf der ganzen Welt, und oft kam ich her, wenn er außer Haus war, um das väterliche Aroma von Leder, Tee und Bartwachs einzuatmen. Doch heute waren die Gerüche hier allesamt fremd und falsch: Schreibmaschinentinte, Mr Blakeneys feuchter Mantel und ein hartnäckiger Duft von Krankenhausdesinfektionsmittel. Unfähig, zur Ruhe zu kommen, rutschte ich auf meinem Platz immer wieder hin und her.

»Diese Sally Cooke ist also die Favoritin, was?« Mr Blakeney studierte eins der Dokumente, die Vater zusammengestellt hatte, um ihren Anspruch zu bestätigen. »Jedenfalls behaupten das die Zeitungen. Sie hat inzwischen eine ganz schöne Anhängerschaft. Und der kleine Charley ist eine gefeierte Berühmtheit.«

»*Nein*«, gähnte Peony. (Sie legte Wert darauf, zu betonen wie kategorisch unbeeindruckt sie von Charley war.)

»Was *Genie* behauptet, meinen Sie?«, neckte Miss Judson ihn.

»Nun, jedenfalls hat sie ein Näschen für eine gute Story«, sagte er. »Und was das für eine Geschichte ist! Verloren gegangen auf hoher See, nur um dann aus dem Nichts ausgerechnet in Australien aufzutauchen, und dann auch noch mit diesem uralten kleinen Hund im Schlepp?« Er stieß einen Pfiff aus. »Genau der richtige Stoff für das Varieté-Theater. Genie behauptet, sie habe eine Quelle gefunden, die Licht in die ganze Angelegenheit bringen wird.«

»Was für eine Quelle?«, wollte ich wissen. »Wer ist es?«

»Keine Ahnung«, antwortete er. »Sie kennen sie doch. Aber angeblich kann dieser Kerl – oder diese Dame – beweisen, ob das Mädchen eine Hochstaplerin ist oder nicht.«

»Tja, schicken Sie ihn zu uns, wenn Genie mit ihm fertig ist«, schlug Miss Judson vor. »Wir wüssten es auch gern.«

Sich auf die Arbeit zu konzentrieren, half ein wenig, und gegen vier Uhr nachmittags brachte uns Köchin zur Unterstützung Tee und blieb sogar, um sich einige von Mr Blakeneys jüngsten Heldentaten anzuhören. Als das Telefon klingelte – und uns alle aus unserer kleinen Ablenkung riss –, hatten wir gerade angefangen, uns etwas unbeschwerter zu fühlen.

Während Miss Judson das Gespräch entgegennahm, breitete sich im Raum angespannte Stille aus. »Guten Tag, Sie sind verbunden mit dem Hause Hardcastle.«

Die grauenhafte Pause, die folgte, machte mich ganz zappelig.

Endlich entspannte sich Miss Judsons Miene. »Ja, ich verstehe … Was für eine Erleichterung, danke, Doktor. Wann können wir ihn besuchen? … Gleich morgen früh klingt gut. Richten Sie ihm lieb – viele Grüße von uns aus.« Mit großer Geste hängte sie den Hörer zurück und wir alle stießen einen gemeinschaftlichen Laut aus, der halb Seufzen, halb Jubel war.

»Ich finde, das schreit nach einer zweiten Runde Plätzchen.« Blinzelnd und mit rotem Gesicht eilte Köchin aus dem Zimmer.

Mr Blakeney, der etwas steif wirkte, stand auf. »Nun, ich schätze, ich sollte mich auf den Weg machen.« Er zwinkerte Miss Judson zu. »Richten Sie Mr H. auch von mir liebe Grüße aus.«

Sollte Miss Judson errötet sein, war es im Raum zu schummrig, um es sehen zu können.

Weit nach Mitternacht klingelte das neue Telefon erneut und riss mich aus dem Schlaf. Mir war nicht einmal bewusst, dass die Fernsprecher auch nachts funktionierten – ich dachte, die Vermittlung sei geschlossen, die Vermittlerinnen zu Hause, eingekuschelt in ihre gemütlichen Betten. Anders als ich. Vollkommen erledigt schleppte ich mich in Richtung von Vaters Arbeitszimmer, stolperte über Peony und wurde von Miss Judson aufgefangen, die ebenfalls ihr Zimmer verlassen hatte und gerade den Gang entlangkam.

Ich erreichte das Gerät, noch bevor es wieder zu klingeln aufhörte, und hob den Sprechapparat schwungvoll hoch, um die Verbindung herzustellen. Mein Herz pochte lautstark, daher nahm ich mir einen Moment Zeit, um wieder zu Atem zu kommen, bevor ich antwortete.

»Ahoi-hoi«, sagte ich möglichst sachkundig. »Hardcastle-Residenz, Myrtle Hardcastle am Apparat.« Viele Menschen waren mit dem Telefonieren nicht vertraut, daher war der Schlüssel zu einem erfolgreichen Gespräch, ruhig und selbstbewusst aufzutreten. Miss Judson gab mir zu verstehen, dass ich den Fernsprecher ihr überlassen sollte, doch das tat ich nicht. Ich konnte nicht. Eine raue, panische Stimme am anderen Ende der Leitung schlug mich in ihren Bann.

»Müüdle! Höhssu – igh hab gesehn –«

»Vater?« Vor Schreck wurde meine Stimme zu einem Quietschen und ich winkte Miss Judson näher. Hastig stellte sie sich neben mich und wir versuchten unser Bestes, um gemeinsam zu lauschen. »Vater, wo bist du? Wie kommst du an ein Telefon?«

»Gannigheden. Mussd migh weggschleighn … Schwesdnssimme … gommzügg.« Begleitet wurde dies von einem Sturm aus keuchendem Atmen und schmerzhaftem Wispern, weil Vater seiner böse zugerichteten Kehle jedes Wort abringen musste.

»Mr Hardcastle, gehen Sie sofort zurück ins Bett!« Miss Judson griff auf praktische Ratschläge zurück.

»Sschsch!«, zischte Vater. »Ssuu'öan. Jemand wude ästiggd. Waissa Mandel. Widwäh– sie gommen!«

»*Was* ist passiert? Wovon redest du? Was für ein weißer Mantel? Vater? Vater!«

Doch die Leitung blieb stumm, abgesehen von einem schwachen, unheimlichen Knistern, als hätte er den Hörer fallen lassen, sodass dieser nun am Kabel baumelte.

# 6

# Non compos mentis[11]

Eine Ermittlerin muss zwingend den Geisteszustand jedes Zeugen abwägen. Ungeübte Amateure verfügen unter Umständen nicht über die Fähigkeit und Erfahrung, ihre Beobachtungen akkurat wiederzugeben.

– H. M. Hardcastle: *Grundlagen der Rechtsmedizin.*

Panisch starrte ich Miss Judson an. Doch sie hob lediglich einen Finger und nahm mir die Hörmuschel ab, um sie fest einzuhängen und damit die Verbindung zu kappen. Nachdem sie einen Moment gewartet hatte, hob sie den Hörer wieder auf und drehte an der Kurbel, um die Verbindung zur Vermittlung herzustellen. »Das Swinburne Royal Hospital bitte. Ja, jetzt sofort. Es *ist* ein Notfall, danke.«

Ich atmete auf. Während ich Vaters Fantastereien zugehört hatte, hatte sie bereits unsere nächsten Schritte ausgearbeitet. Ihr Gesichtsausdruck machte deutlich, dass ich schweigend abwarten sollte, doch die Momente, die es dauerte, bis im Krankenhaus jemand abnahm, waren eine Qual.

»Ja, hallo. Ada Judson am Apparat aus dem Haus von Arthur Hardcastle. Er ist derzeit Patient auf Ihrer Privatstation. Könnte ihn wohl jemand suchen und zurück in sein Bett bringen? Ich bitte vielmals um Verzeihung, aber ich *bin* absolut davon überzeugt, dass ›er durch die Gänge geistert‹ … Woher ich das

[11] Diese lateinische juristische Phrase bedeutet in etwa: »Nicht von gesundem Verstand«.

wissen will? Er hat uns gerade angerufen ... Nun, ich fürchte, es *ist* möglich, Schwester.« Eine längere Pause entstand. »Ja, ich bleibe am Apparat. Danke.«

Während Miss Judson wartete, zwang sie sich zu einem kleinen, gequälten Lächeln. Ich stand wie vom Donner gerührt da, weil mir das Chaos in meinen Gedanken einen Knoten in die Stimme gebunden hatte. Dafür sprach Peony für uns alle. Aufgebracht strich sie um unsere Beine und miaute aus Leibeskräften – Miaus, die alle falsch klangen (nämlich wie *Miau*). Ich hob sie hoch und drückte sie an meine Schulter, doch sie schlüpfte aus meinen Armen und glitt auf den Schreibtisch, wobei sie mehrere Dokumente durcheinanderbrachte.

Endlich ging ein Ruck durch Miss Judson. »Ja, ich bin noch dran ... Verstehe. Versuchen Sie ihn dort zu behalten, ja? Uns hatte man einen gänzlich anderen Behandlungsstandard vermittelt. Ich will mir gar nicht ausmalen, wie Oberschwester Finch darauf reagieren wird ... Oh, aber gewiss können Sie gleich morgen früh mit uns rechnen.« Mit einem entschiedenen Klicken hing sie den Hörer ein.

»*Jetzt?*«, verlangte Peony zu wissen, doch ich wusste, dass man sie nun besser nicht drängte. Miss Judson massierte sich die Nasenwurzel und seufzte.

»Offenbar ist er ausgebüxt«, bei dem letzten Wort stockte sie gefährlich, als müsste sie ein hysterisches Lachen unterdrücken, »solange die diensthabende Schwester seinen Nachttopf leerte. Inzwischen haben sie ihn wieder ins Bett gesteckt, mit einer Extradosis Laudanum.« Sie schüttelte den Kopf.

Da kam Köchin in ihrem gestreiften Pyjama, dem Morgenrock mit dem Paisleymuster und der weißen Rüschenhaube durch den Gang geschlurft. Nachdem Miss Judson die Lage erklärt hatte, sagte Köchin: »Na dann, Miss Ada: Kakao?« Sie blickte zur Uhr an Vaters Wand. »Und dazu vielleicht Toast? Na komm schon mit.« Der letzte Satz galt Peony, die vollkommen selbstverständlich beschlossen hatte, dass nun, da alle wach waren, Zeit fürs Frühstück sein musste, selbst wenn es erst ein Uhr morgens war.

Miss Judson rieb sich noch immer die Stirn. »Ich vermute, es bekommt ohnehin keine von uns mehr ein Auge zu.«

»Wir sollten an Sallys Fall arbeiten«, schlug ich vor.

»Ich habe eine bessere Idee«, log sie – und schob mich für eine Analyse der Krimkriege ins Unterrichtszimmer.

Das zeigte Wirkung, sodass wir dank der Lektion und Köchins Kakao samt Toast keine Stunde später nicht nur aufgewärmt, sondern auch ausreichend schläfrig und gelangweilt waren, um wieder zu Bett zu gehen.

Am nächsten Morgen wurden wir im Krankenhaus schmerzlich lange am Empfang aufgehalten, der nun von einer schroffen Schwester bemannt wurde, die uns zwang, uns ins Gästebuch einzutragen und uns anschließend Tickets ausstellte, als wären wir auf einem Rummel. Das Namensschild an ihrer Schürze identifizierte sie lediglich als »Woolley«, und sie war ein regelrechter Quell hilfreicher Informationen.

»Guten Morgen. Wir wollen zu Mr Hardcastle.« Miss Judsons Stimme war heiter, doch Schwester Woolley starrte sie nur nichtssagend an. »Heute Nacht hat es einen Vorfall gegeben?«

»Darüber weiß ich nichts. Möchten Sie etwas spenden?« Neben ihrem Ellbogen stand ein großes Glas, halb gefüllt mit Münzen, auf dem stand: KRANKENHAUS-BENEFIZ-SONNTAGSFONDS. Daneben stand ein zweites Glas, das geradezu überquoll: S.H.S.W.W.-SPENDENFONDS FÜR ETHEL SNOWCROFT.

Miss Judson versuchte es noch einmal: »Wir wüssten gern, wie es einem der Patienten geht.«

Schwester Woolley blickte nicht einmal auf. »Da müssen Sie die Stationsschwester fragen. Hier unterschreiben, bitte.«

Krankenhauspersonal wuselte umher, schob Patienten in Rollstühlen durch die Flure, schleppte Arme voll Wäsche und warf uns misstrauische Blicke zu. Als ich meinen Namen in das Buch eintrug, krampften meine Finger. Ich hatte das Gefühl, von allen angestarrt zu werden.

Endlich riss Schwester Woolley uns unsere Pässe aus dem Buch: steife Blätter aus perforiertem Papier, auf denen Datum, unsere Namen und der Patient vermerkt waren, den wir besuchen wollten. »Die sind *nicht übertragbar*, denken Sie dran!« Ich nickte stumm – Schwester Woolley schien nicht die Sorte Mensch, mit der man sich anlegen sollte.

Die Männerstation war noch immer hell, riesig und kalt, außerdem nach wie vor unter der strengen Aufsicht von Oberschwester Finch mit ihrem tadellosen grünen Kittel und der rüschenreichen Kopfbedeckung. »Wären Sie nicht gekommen, hätten wir ihn ruhiggestellt.« Sie klang selbstgefällig. Oder enttäuscht.

»Was ist passiert?«, wollte ich wissen und scherte mich nicht darum, ob es vorlaut war. »Warum will uns keiner Auskunft geben?«

»Nun, *nichts* ist passiert«, sagte sie. »Obwohl ich bezweifle, dass *der gnädige Herr* das ebenso sieht.« Wenn Köchin Vater *den gnädigen Herrn* nannte, dann voller Zuneigung und Respekt. So wie Oberschwester Finch es betonte, klang es, als würde sie über ein verzogenes Kind sprechen.

Doch die Oberschwester hatte ihre Meisterin gefunden. »Ist es hier üblich, frisch operierte Patienten mitten in der Nacht zu verlieren und unbeaufsichtigt umherwandern zu lassen? Was, wenn er sich verletzt hätte?« Miss Judsons abschätzender Blick überflog die polierten Böden, Wände und Einrichtungsgegenstände sowie Oberschwester Finchs Uniform, vom gestärkten Saum bis zu den Rüschenzipfeln. »Wie Ihnen bekannt ist, handelt es sich bei Mr Hardcastle um einen Staatsanwalt.« Die

Drohung einer Klage – vielleicht sogar eines Strafantrags – hing unausgesprochen in der Luft.

Die Oberschwester verzog keine Miene, doch mir fiel auf, dass die schmalen Schlitze ihrer Augen noch schmaler wurden und die roten Wangen ein klein wenig an Farbe verloren. »Ich bin fest davon überzeugt, dass so etwas auf *meiner* Stationen noch nie geschehen ist«, sagte sie. »Ihr Mr Hardcastle hat seit seiner Ankunft bei uns nichts als Unruhe gestiftet.« Schwungvoll öffnete sie die Tür zur Männerstation. »Sehen Sie selbst.«

Wir betraten den endlosen Raum und hasteten an Vaters Bett. Er saß aufrecht und wirkte wieder fiebrig: die Augen zu glasig, die Haut zu rot und feucht.

»Vater, was ist los?«, rief ich.

Mit einem Wink gab er mir zu verstehen, dass ich still sein solle, was meine Sorge nur steigerte. Während er sich verstohlen im Zimmer umsah, winkte er uns mit einem gekrümmten Finger näher zu sich. »Igh –«, krächzte er, bevor er frustriert den Kopf schüttelte und auf seinen Hals deutete. Natürlich konnte er nach der »unangenehmen« Prozedur vom Vortag, ganz zu schweigen von seinen Eskapaden während der Nacht, nicht sprechen.

Miss Judson legte eine sehr dreiste Hand auf seine feuchte Stirn, die er jedoch abschüttelte. »Wo ist Dr. Kinkaid? Dr. Belden?« Sie sah sich in dem gewaltigen Raum um, doch so früh am Morgen war er ausschließlich von fleißigen Schwestern bevölkert, die sich um ihre Patienten kümmerten. »Schwester –«

Vater packte sie am Arm und runzelte vollkommen übertrieben die Stirn, um ihr zu verstehen zu geben, dass sie nichts sagen sollte.

Da kam mir ein Geistesblitz. »Geben Sie ihm Ihr Skizzenbuch!« Miss Judson hatte so gut wie immer eines bei sich.

Hastig nahm Vater Buch und Stift aus ihrer Hand. Hektisch kritzelte er etwas hinein und hielt es dann hoch, damit wir es lesen konnten – vier ungestüme Buchstaben, die er regelrechts ins Papier geritzt hatte:

*MORD!*

Einen Augenblick standen Miss Judson und ich neben Vaters Krankenbett und starrten ihn mitsamt dem Blatt, das er uns hinreckte, an. Vater erwiderte unseren Blick mit Ungeduld, während er auf eine Reaktion wartete.

Miss Judson brachte ein einziges Wort heraus – »Das« –, bevor sie es aufgab. »Fühlen Sie sich auch wirklich wohl?«

Vielleicht machte Vater einen Scherz. Immerhin war er nicht völlig humorlos – auch wenn das niemand vor Gericht bezeugen würde, ohne rot zu werden. Noch einmal hielt er uns demonstrativ das Buch vor die Nase. Ich nahm es ihm ab und blätterte auf der Suche nach dem Rest des Scherzes um. Vater stierte mich an, bevor er sich umdrehte, um aus seinem großen, zugigen Fenster zu zeigen.

»Ich verstehe nicht«, sagte ich hilflos.

Noch einmal riss er das Skizzenbuch an sich und kritzelte drauflos.

*Ich habe einen MORD beobachtet!!!!!*

Miss Judson war gegangen, um Hilfe zu holen. Vater glühte förmlich und seine Augen leuchteten, wie nach einem seiner energischen Morris-Tänze, allerdings sah er nicht unbedingt krank aus. Er legte einen Finger auf die Lippen und notierte noch etwas.

»Ich – wir werden keinem was verraten«, sagte ich mit klopfendem Herzen. »Was sollen wir tun?«

Er kam nicht dazu, mir noch mehr zu sagen, denn gerade kehrte Miss Judson mit einem Arzt zurück. Mehr oder weniger zumindest. Der Mann schien schrecklich jung (er hatte noch Pickel). Vater schob das Skizzenbuch unter seine Decken.

»Und Sie sind …?« Miss Judsons Stimme war hoch, sodass man sie unmöglich ignorieren konnte.

»Stewart«, quiekte der Arzt. »Alfred Stewart. Assistenzarzt. Äh, das heißt Arzt im Praktikum.«

»Sind Sie mit Mr Hardcastles Fall vertraut?« Am Fuß seines Betts hing an einem Haken ein Patientenblatt, das Miss Judson Dr. Stewart nun reichte.

»Äh, nein – eigentlich nicht. Das heißt, ich habe ihn letzten Abend während der Visite gesehen. WIE GEHT ES IHNEN, MR HARDCASTLE?« Dr. Stewart brüllte beinahe.

»Er kann nicht *sprechen*«, sagte ich. »Sein Gehör ist bestens.« Oder nicht? Mit gutem Gewissen konnte ich nicht beschwören, dass bei ihm im Augenblick überhaupt etwas bestens arbeitete. Meine Gedanken überschlugen sich – Vater war Zeuge eines Mordes geworden? Hier, im Krankenhaus?

Miss Judson hielt sich ans Sachliche. »Welche Medikamente hat er gestern Abend bekommen? Hier steht *Morphium*. Das ist ein Narkotikum, richtig?«

Dr. Stewart wirkte entsetzt, als wäre Miss Judson aufgetaucht, um ihn unangekündigt über Vaters Fall abzufragen. »Äh, ganz recht, das stimmt. Es schwächt die Schmerzempfindlichkeit ab.«

»Und verursacht Halluzinationen.«

Vater stieß einen Laut aus, der von Peony hätte sein können, wenn man auf sie getreten wäre: ein wortloser Ruf der Kränkung und Empörung.

Dr. Stewarts Blick huschte zu Vaters Gesicht, richtete sich jedoch schnell wieder auf seine Inquisitorin. »Nun ja, nein, im Allgemeinen nicht.«

»*Mah!*«, stieß Vater eine Silbe des Triumphs aus.

»Und lebhafte Träume?«

Diesmal nickte Dr. Stewart nachdrücklich. »Oh ja. Das ist sehr häufig der Fall. Immerhin wird es aus Opium hergestellt.« Seine wissenschaftliche Genauigkeit war nicht besonders überzeugend.

»Verstehe.« Diesen Kommentar richtete Miss Judson an Vater, der ihren Blick beleidigt und finster erwiderte. Dann bedachte sie Dr. Stewart mit einem durch und durch friedlichen Ausdruck. »Hatten Sie die ganze Nacht lang Dienst, Doktor?«

Dr. Stewart versteckte sich nickend hinter seinem Klemmbrett.

»Ist denn sonst noch irgendetwas vorgefallen?«

»Letzte Nacht?« Panisch schaute Dr. Stewart sich um. »Hier? Ein Vorfall? Wie … was meinen Sie?«

»Irgendetwas außer der Regel«, antwortete sie. »Das vielleicht die Polizei involviert hätte?«

Er entspannte sich. »Oh nein, ganz bestimmt nicht. Die haben ihren eigenen Arzt – Munjal heißt er. Die sieht man hier zum Glück nicht allzu oft!«

Ein gewaltiges Donnern von Vaters Nachttisch ließ uns alle auffahren. Vater funkelte uns an, während der komplette Inhalt seines Beistelltischchens – Wasserkrug, Metalltablett und ein winziger eingetopfter Farn – auf mysteriöse Weise auf dem Boden gelandet war.

Prompt kam Oberschwester Finch angerannt. »Mr Hardcastle! Was hat das zu bedeuten? *Ling!*«, blaffte sie. »Dieser Patient muss ruhiggestellt werden.« Sie beugte sich über Vater und ergriff seine Arme.

Vater machte alles nur schlimmer, indem er sich wehrte, und einen schrecklichen Moment lang meinte ich, Oberschwester Finch würde gleich Gewalt anwenden, doch Dr. Stewart griff ein und wenig später hatten sie Vater mit vereinten Kräften auf die Matratze gedrückt. Lernschwester Ling eilte herbei und Oberschwester Finch keifte sie an, gefälligst das Chaos zu beseitigen, das Vater angerichtet hatte.

Nachdem sie sich zu ihrer vollen Größe aufgerichtet hatte – fast so groß wie ich, liebe Leserin, lieber Leser –, schenkte die Oberschwester uns einen mörderischen Blick. »Sie. Raus.«

»Wir gehen nirgendwohin!«, sagte ich, doch Miss Judson nahm mich am Arm. In einem Griff wie aus Stahl, schob sie mich aus dem Krankenzimmer auf den Gang hinaus, die Treppe hinunter und in die zum Zähneklappern kalte Luft des Innenhofs. (Was immer noch wärmer war als drinnen.)

»Ich wusste, das würde passieren!«, rief ich. »Genau davor hatte ich Angst!«

Miss Judson sah mich geduldig an. »Du hattest Angst, dein Vater würde während seines Krankenhausaufenthaltes einen Mord beobachten?«

»So wörtlich müssen Sie das nicht verstehen. Ich wusste, dass *etwas* schiefgehen würde. Dieser Chirurg hat Vaters Behandlung viel zu *laissez-faire* genommen, und jetzt hat er Wahnvorstellungen! Was wenn …« Ich konnte die Worte kaum *denken*, erst recht konnte ich ihnen nicht auch noch Leben einhauchen. Was wenn sie ihn irgendwie verrückt gemacht hatten – *dauerhaft* verrückt? So etwas kam vor. Ich hatte davon gelesen. Wütend stapfte ich über die gepflasterten Gehwege. Wir würden Vater in einem Sanatorium mit grässlichen kalten Bädern und Zwangsernährung besuchen müssen. Ich wirbelte herum.

»Und was, wenn sich das herumspricht? Die Presse lauert doch nur auf die neuesten Entwicklungen in der Snowcroft-Sache – wenn die herauskriegen, dass Vater nicht mehr alle Tassen im Schrank hat, dann zerreißen die ihn in der Luft! Wir werden die Stadt verlassen müssen, einen neuen Namen annehmen …«

Miss Judson verschränkte die Arme, legte den Kopf schief und wartete ab, während ich umhertigerte und mich in Rage redete. Nach einem weiteren Moment sagte sie: »Bist du endlich fertig?«

»Nicht annähernd.« Ich versetzte den unebenen Pflastersteinen einen Tritt. »Was machen wir denn jetzt?«

»Nun«, setzte sie vernünftig an. »Ich weiß nicht, ob es notwendigerweise etwas zu tun *gibt*. Eher zu erledigen.«

»Wir müssen ihn hier rausholen.«

»Nur keine voreiligen Entscheidungen. Er wurde eben erst operiert. Er braucht ordentliche medizinische Versorgung, was du, ich und Köchin nicht leisten können. Außerdem ziehst du übereilt Schlüsse, die jeglichen Beweises entbehren.«

»Ach ja?«, entgegnete ich. »Entweder hat Vater tatsächlich einen Mord beobachtet, was hieße, dass der Mörder eine Gefahr für ihn ist –«

»Was erklären würde, warum er so zurückhaltend damit war, das Verbrechen zu schildern.«

»– oder er hat *keinen* Mord beobachtet, was bedeutet, dass er an irgendwelchen üblen Nebenwirkungen der Operation leidet. In beiden Fällen ist er zu Hause besser aufgehoben.« Da. Sollte sie dieser Logik was entgegensetzen.

Tat sie nicht. Stattdessen legte sie mir die Hände auf die Schultern. »Durchatmen«, sagte sie. »Wie du und ich wissen, lässt sich ein Mord nicht einfach so aus der Welt zaubern. Es gibt Zeugen, Beweise … eine Leiche.«

»Gut«, sagte ich und fixierte dieses letzte Detail. »Dann gehen wir sie suchen.«

»Suchen …« Sie zog eine Augenbraue in die Höhe.

»Die Leiche! Das Opfer dieses angeblichen Mordes!«

»Und wie sollen wir das deiner Meinung nach anstellen?« Einen Augenblick später sollte sie diese schlecht überlegte Frage bereuen, denn ich machte auf dem Absatz kehrt und deutete über den Hof auf ein schwerfälliges Backsteingebäude, das mir dank seiner nüchternen Eisenbeschilderung schon bei unserem ersten Besuch hier aufgefallen war.

»Da drüben ist die Leichenhalle.« Die meisten Morde spielten sich nicht in so praktischer Nähe zu einer Einrichtung ab, in der man eine Leiche verstauen konnte. Doch ein Krankenhaus war für solch eine Gelegenheit perfekt geeignet.

Miss Judson hegte Zweifel. »Leichen tauchen nicht einfach unangekündigt auf. Dafür braucht es sicherlich jede Menge Papierkram. Du hast gesehen, was allein dein Vater an Dokumenten ausfüllen musste. Er musste für die Operation unterschreiben, dafür, dass die Lernschwestern ihn versorgen dürfen, dass wir ihn besuchen dürfen und für das, was er gerne isst. Ich bin sicher, in der Leichenhalle hier wiehert ebenfalls ein solcher Amtsschimmel.«[12]

»Umso mehr ein Grund dafür, sie einmal gründlich zu durchsuchen«, fand ich. »Bestimmt wüssten sie dort drin gerne Bescheid, wenn etwas Verdächtiges vor sich geht.« Mit dieser unanfechtbaren Rede machte ich mich auf den Weg, beschwingt von einem nicht gerade schwachen Gefühl von Vorahnung.

Das Gebäude sah aus wie eine Mischung aus einer Scheune und einer Kirche. Es hatte zwei Stockwerke, ein schwungvoll abfallendes Dach und Fenster mit Läden davor. Ich wusste, dass darin der Anatomielehrsaal untergebracht war, in dem Medizinstudenten – wie meine Mum früher – Obduktionen mitverfolgen konnten. Die schwere Außentür klemmte, war aber nicht verriegelt, was ich als Zeichen dafür nahm, dass die Öffentlichkeit herzlich willkommen war. Sie führte uns in einen langen, etwas weniger einladenden Flur, älter und dunkler als das übrige Krankenhaus, da hier die großen Fenster und

12 der wahrscheinlich jedoch keine Menü-Vorlieben abfragt

glänzenden Fliesen fehlten. Der Steinboden fühlte sich kalt unter den Füßen an und von Haken in der Decke hingen Öllampen, die auf Ziegelmauern in der Farbe von getrocknetem Blut kränkliches Licht warfen. Wie bitte sollte man unter diesen Bedingungen vernünftige Anatomiearbeit leisten?

»Sehen Sie!« Ich zog Miss Judson in einen der vielen Schatten.

Dr. Kinkaid war uns zuvorgekommen. Auf eine Art, die *eindeutig* verdächtig war, schritt er aus der anderen Richtung kommend durch einen langen Gang. Minute für Minute war ich von dem *brillanten Chirurgen* weniger beeindruckt.

»Ich bin sicher, dass *er* einen absolut guten Grund dafür hat, hier zu sein«, murmelte Miss Judson. Lauter rief sie: »Guten Morgen, Dr. Kinkaid!«

Erschrocken hielt er inne. In diesem Licht wirkten seine grünen Augen nicht mehr ganz so aufgeweckt.

»Was machen Sie hier?«, fragte ich. *Anstatt sich auf der Männerstation um Vater zu kümmern.*

Sein Stirnrunzeln wurde intensiver. »Ich glaube, das ist mein Text. Sie haben sich wohl ganz schön verlaufen.«

»Keineswegs«, sagte Miss Judson. »Myrtle ist ein sehr wissbegieriges Mädchen, wie Sie bereits festgestellt haben.«

Liebe Leserinnen und Leser, ich musste mir kräftig auf die Zunge beißen, um dieser empörenden (und dennoch zutreffenden) Aussage nicht zu widersprechen. Außerdem fiel mir auf, wie entschieden ihre »Erklärung« unsere Anwesenheit hier tatsächlich *nicht* erklärte, zumindest in keiner auch nur annähernd zufriedenstellenden Weise.

»Die Leichenhalle hat keine Besuchszeit«, sagte Dr. Kinkaid. »Aber ich schätze, die Bewohner werden sich daran nicht stören.« Er drückte auf einen Klingelknopf, der an der Wand neben der Innentür angebracht war, und wir hörten selbst von draußen den resultierenden Ton auf der anderen Seite: ein tiefes, klagendes Ächzen. Einen Augenblick später tauchte im Türrahmen ein Kopf auf.

»Wer ruft mich?« Ein stämmiger, bärtiger junger Mann in einem zerknitterten Anzug musterte uns überrascht. »Kinkaid, schon so früh zurück? Und – Sie haben mir Mädchen mitgebracht? Lebendige?«

Neugierig spähte ich an ihm vorbei – zumindest versuchte ich es. Er blieb wie festgewachsen in der Tür stehen und verstellte jede Möglichkeit, hinter ihn blicken zu können.

»Davis, mein Bester. Wie läuft es an diesem schönen Tag in der Leichenhalle?«

»Ist heute hier wie ausgestorben«, antwortete der andere. Keiner lachte.

»Darf ich Ihnen die Familie eines meiner Patienten vorstellen? Miss Judson und Miss Hardcastle.«

Mr Davis blinzelte. »Hardcastle? Wie in …?«

»Ganz recht.« Dr. Kinkaids Stimme war gelassen. »Sie wissen, wie der Hase läuft.«

Augenblicklich stellte Mr Davis sich aufrecht und zupfte am Saum seiner Jacke. Beunruhigt fasste er sich an sein Haar, das aussah, als hätte er vergessen, es zu kämmen. Es freute mich zu sehen, wie viel Respekt jeder – nun, mit der Ausnahme gewisser Anwesenden und Oberschwester Finch – Vater entgegenbrachte.

»Ladys, erklären Sie dem netten Herrn, was Sie hierherbringt.«

»Wir sind auf der Suche nach einer Leiche. Offensichtlich.« Mir war meine Unverschämtheit durchaus bewusst. Noch hatte ich Dr. Kinkaid nicht vergeben für was auch immer er getan hatte, dass Vater meinte, einen Mord gesehen zu haben. »Was tun *Sie* hier?«

»Ich arbeite hier. Erlauben Sie mir, es zu demonstrieren: Davis, sagen Sie meine Anatomievorlesung heute Nachmittag ab. Es ist etwas dazwischengekommen.«

Mr Davis nickte. »Soll ich das Objekt für Sie aufheben?«

»Hat sie einen dringenderen Termin?« Dr. Kinkaid war sarkastisch. »Ihre Familie hat die Unterlagen unterschrieben, oder nicht?«

»Richtig.« Mr Davis Brauen knitterten. »War es das?«

»Nun, um die Wahrheit zu sagen, hat mich eine gewisse *Wissbegierde* gepackt, zu erfahren, was diese beiden Damen heute Morgen hierher verschlagen hat.« Dr. Kinkaid lehnte sich beiläufig gegen die Ziegelmauer – obwohl ich spürte, dass an seiner Haltung in Wirklichkeit rein gar nichts beiläufig war.

Miss Judson erbarmte sich des Pathologieassistenten. »Mr Davis, wir wollen nur sicherstellen, dass Ihre Einrichtung auch die richtige Anzahl von Leichen beherbergt.«

»In Ordnung.« Mr Davis blinzelte kurzsichtig, als wäre er an Besucher nicht gewöhnt. »Äh, wozu?«

»Nun, es ist professionelle Neugierde«, sagte Dr. Kinkaid. »Das muss nun schon das – warten Sie – vierte Mal diese Woche sein, dass jemand Wildfremdes hier hereinmarschiert und sich nach den Leichen in unserer Halle erkundigt.«

»Kein Grund, unverschämt zu werden«, sagte ich. »Es ist eine einfache Anfrage.«

»Es ist eine seltsame Anfrage, und ich wüsste gern, warum Sie sie stellen. Ach, aber ich vergesse!« Dr. Kinkaid warf seine Hände in die Luft. »Schließlich handelt es sich um ein *Hardcastle*-Anliegen, also müssen wir alle natürlich sofort springen.«

Jetzt starrten Miss Judson und ich ihn mit offenem Mund an. »Dr. Kinkaid«, sagte sie mit ehrlicher Neugier, »haben wir irgendetwas getan, um Sie zu kränken?«

»Ach, achten Sie gar nicht auf ihn«, warf Mr Davis unerwartet ein. Er grinste, was schiefe gelbe Zähne zum Vorschein brachte, die ihn umso freundlicher erscheinen ließen. »Alle Chirurgen glauben, dass die Welt sich nur um sie dreht, und sind regelmäßig überrascht, wenn sie feststellen, dass es nicht so ist. Sie sagten, Sie suchen nach jemandem in meiner Leichenhalle? Jemand Bestimmtes?«

»Jemand, der innerhalb der letzten vierundzwanzig Stunden unerwartet eingetroffen ist«, antwortete ich. »Womöglich ermordet?«

Dr. Kinkaid gab es endgültig auf, Heiterkeit vorzutäuschen. »Sie erklären besser, worum es hier geht. Sofort. Hardcastle hin oder her.«

Bevor Miss Judson mit einer abgemilderten Version der Ereignisse eingreifen konnte, platzte ich heraus: »Mein Vater sagt, er habe vergangene Nacht einen Mord beobachtet.«

»Einen *Mord*, sagt er?« Mr Davis sah sich im Flur um.

Dr. Kinkaid ruderte zurück. »Das ist so ziemlich das genaue Gegenteil von dem, was wir hier tun, müssen Sie wissen.«

»Wir versuchen, die Details nachzuprüfen«, sagte Miss Judson.

»Lassen Sie mich das noch einmal zusammenfassen.« Dr. Kinkaid musterte mich. »Ihr Vater verspürte einige verwirrende Nebenwirkungen, während er sich von der Narkose erholte und außerdem betäubende Schmerzmittel erhielt, und Ihr erster Gedanke war es, in einer Krankenhausleichenhalle nach Mordopfern zu suchen.«

»Selbstverständlich nicht! Unser erster Gedanke war es, Sie um Rat zu bitten«, fuhr ich ihn an. »Aber Sie waren nicht da. Also haben wir natürlich das Nächstvernünftige getan.«

»Natürlich.« Dr. Kinkaid sah über meinen Kopf hinweg irritiert Miss Judson an.

»Wenn man sie erst kennt, hört man auf zu fragen«, meinte sie.

Dr. Kinkaid wusste, wann er sich geschlagen geben musste. Seufzend sagte er: »Davis, macht es Ihnen etwas aus, wenn wir uns die Einträge des letzten Tages oder so ansehen?«

Mr Davis hatte da seine Zweifel. »Russ?«

»Nur, um einige nervöse Familienmitglieder zu beruhigen. Kein Regelverstoß.«

»Wir sind nicht nervös!«

»Wir sind, unter Umständen, *ungeduldig*.«

Mr Davis' Gesicht wurde vor Aufregung feuerrot. »Ist da draußen wirklich etwas passiert? Ein Mord?«

»Selbstverständlich hat es keinen Mord gegeben!«, beteuerte Dr. Kinkaid.

Mr Davis kratzte sich das ungepflegte Haar. »Ein Krankenhaus kam mir immer wie der ideale Ort für einen Mord vor.«

»Mir auch!« Ich mochte Mr Davis. Und ich überlegte, wie man wohl Aufsicht einer Leichenhalle wurde.

»Es gibt so viele Möglichkeiten, um unbemerkt damit durchzukommen. Da wäre Gift – eingenommen, injiziert, aufgetragen auf die Haut. Die falsche Arzneimitteldosis und …« Seine Finger beschrieben einen Hauch Luft – oder Seele –, der sich auflöste. »Oder ein Patient segnet während einer Operation das Zeitliche.« Mr Davis schaute Dr. Kinkaid wissend an. »Zu viel Äther, keiner merkt was.«

»In Ordnung, das reicht jetzt«, meinte Dr. Kinkaid, doch Mr Davis war nicht fertig.

»Einen Herzinfarkt kann man leicht herbeiführen«, fuhr er fort.

»Digitalis!«, sagte ich, woraufhin er grinste.

»Genau! Oder Arsen – man kann darauf testen, aber wir tun es nie. Immer sieht es aus wie Cholera oder Gastritis. Schmermetallvergiftung – obwohl sich das hinzieht …«

»Strangulation?«, schlug ich vor, als ich an frühere Fälle dachte.

Davis winkte ab. »Das geht unmöglich als Unfall durch. Man müsste die Leiche schon verstecken, und wozu das tun, wenn man so leicht eine natürliche Todesursache vorgaukeln kann?«

»Ich sagte, die Familie *beruhigen*, Davis.«

Jedoch sorgte Mr Davis' Herangehensweise an die Lage komischerweise tatsächlich dafür, dass ich mich besser fühlte. Was auch immer Vater meinte, gesehen zu haben, schien weniger wahrscheinlich, je mehr wir erfuhren. Dennoch hätte ich meine Pflicht als Detektivin vernachlässigt, hätte ich nicht auf eine nähere Befragung des Zeugen bestanden. »Und Sie sind sicher, dass es keine unerklärten Tode gegeben hat? Vielleicht könnten wir uns selbst davon überzeugen.«

Davis wirkte überrascht – oder erfreut. »In der Leichenhalle? Ich bekomme nicht gerade oft Besuch …« Er strich sich den struppigen Bart glatt.

»Ich glaube, das ist nun weit genug gegangen«, schritt Miss Judson ein, obwohl wir Mr Davis' Papiere noch gar nicht durchgesehen hatten.

»Ganz Ihrer Meinung«, sagte Dr. Kinkaid. »Danke, Davis.«

»Jederzeit«, sagte er. »Mir ist jeder willkommen.«

Ich schüttelte seine Hand und gab mir Mühe, meine Enttäuschung darüber, nicht einmal einen *kurzen Blick* in die Leichenhalle werfen zu dürfen, zu überspielen. Ich war sicher, das Kutschenhaus-Laboratorium des Gerichtsmediziners konnte nicht mithalten mit den modernen, mit großzügigen Mitteln finanzierten Räumlichkeiten des Swinburne Royal Hospital.

Dr. Kinkaid riss mich aus meinen Gedanken. »Worauf warten Sie, ein Souvenir? Lassen wir den armen Mann in Ruhe. Die viele Gesellschaft muss ihn regelrecht erschöpft haben.«

Mr Davis hielt auf seinem Weg zurück in die Halle noch einmal inne. »Ach übrigens, Russ …«

»Aye?«

»An Ihrer Stelle würde ich mich heute vom Chef fernhalten. Er hat wegen irgendetwas so richtig miese Laune. Vorhin habe ich mitangehört, wie er eine Schwester angebrüllt hat, nur wegen ihrer Uniform.«

»Dr. Greeley?« Dr. Kinkaid runzelte die Stirn. »Das sieht ihm gar nicht ähnlich. Danke für die Warnung.«

Draußen auf dem Hof wirkte Dr. Kinkaid gelangweilt. »Tja, das war meine gute Tat für heute. Ich vertraue darauf, dass sich diese Mord-Geschichte damit erledigt hat?«

Miss Judson kam meiner Antwort zuvor. »Gewiss. Haben Sie vielen Dank, Doktor. Wir überlassen Mr Hardcastle Ihren fähigen Händen.«

Mit einem finsteren Blick, der glühend genug war, um Löcher in seinen feinen weißen Kittel zu brennen, sah ich zu, wie er ging. »Haben Sie wirklich den Eindruck, die Angelegenheit habe sich erledigt?«

Sie ließ den davonschreitenden Chirurgen keine Sekunde aus den Augen. »Nicht einmal annähernd.«

Zurück auf der Männerstation war Vater ruhig. Nicht, dass er wirklich schlief, aber er wirkte schläfrig und irgendwie weggetreten, außerdem versuchte er nicht mehr, uns etwas so überaus dringend mitzuteilen. Das Chaos seines umgestoßenen Beistelltischchens war beseitigt, selbst der winzige Farn ersetzt. Es war beinahe so, als wäre es zu der Unruhe, die wir heute Morgen selbst miterlebt hatten, nie gekommen. Auch Dr. Stewart war verschwunden.

»Ich habe ihm zur Beruhigung etwas Laudanum verabreicht«, sagte Oberschwester Finch. »Nun, Mr Hardcastle, wollen Sie sich nicht bei den Damen für Ihren Ausbruch heute Morgen entschuldigen?«

Vater nickte schläfrig. »'tschulidu«, nuschelte er.

»Und ein solches Benehmen wollen wir nie wieder an den Tag legen?«

Er schüttelte den Kopf.

»Sie werden auf die Ärzte hören und aufhören, die Schwestern zu erschrecken? Gut.« Brüsk straffte sie die ohnehin straffen

Decken und klopfte laut mit der flachen Hand auf das untere Ende des Betts. »Ich habe eine Station zu verwalten. Sie sind hier nämlich nicht der einzige Patient, wissen Sie? Wenn mir noch einmal zu Ohren kommt, dass Sie sich nicht zu benehmen wissen, müssen wir Sie ans Bett schnallen. Bei uns gelten Regeln.«

Als sie mit im Nacken auf und ab hopsenden Spitzenbändern davonschwebte, wurde Miss Judsons Blick entschlossener. »Also schön«, sagte sie forsch. »Gehen wir dieser Sache auf den Grund. Mein Skizzenbuch?« Sie streckte Vater erwartungsvoll die Hand hin, doch der starrte sie lediglich an.

»Ich habe es Ihnen geliehen.«

»Du hast es unter den Decken versteckt«, erinnerte ich ihn.

Vater schüttelte langsam den Kopf, während sein Blick unsteter wurde. Mit beiden Händen griff er unter das ordentliche Bettzeug und ich konnte sehen, wie er immer hektischer die Fläche darunter abtastete. Peony hätte ekstatisch versucht, seine Hände zu fangen. Schließlich warf er die Decke ganz beiseite, sodass sein weißer Krankenhausschlafanzug und ein schockierender Anblick nackter Füße zum Vorschein kamen.

Das Skizzenbuch war weg.

# 7

# Nullum corpus, nullum crimen[13]

Das moderne Krankenhaus bietet der gerichtsmedizinischen Ermittlerin mehrere unschätzbare Extras, einschließlich Zugang zu Personal, Ausrüstung und Räumlichkeiten.

– H. M. Hardcastle: *Grundlagen der Rechtsmedizin.*

Auf der Stelle zog ich die schlimmsten voreiligen Schlüsse: »Sie haben es gestohlen!«, rief ich – allerdings leise. Oberschwester Finch trieb sich noch immer ganz in der Nähe herum. »Sie versuchen, es zu vertuschen.«

Vater nickte so nachdrücklich, wie das Laudanum es zuließ, doch Miss Judson war nicht überzeugt. »*Was* vertuschen? Wir wissen nicht, was Sie gesehen haben.« Sie warf ihm einen spitzen Blick zu, wie um ihn aufzufordern, es endlich näher auszuführen.

»Gahl?«, raspelte er.

»Behelligen Sie meinen Patienten immer noch?« Wie aus dem Nichts tauchte die Oberschwester am Fuß von Vaters Bett auf. »Ich muss darauf bestehen, dass Sie ihn nun ausruhen lassen.«

Ich war verzweifelt und wollte ihn nicht sich selbst überlassen. »Vater, bist du in Gefahr?«

13 Im Wesentlichen: »Ohne Leiche kein Verbrechen«

»Ob er *was* ist? Sind Sie denn alle verrückt? Scheren Sie sich raus, bevor ich Ihnen die Pfleger auf den Hals hetze!«

Vater schüttelte verschlafen den Kopf und winkte vage ab. »Sallesdud.« Das Laudanum forderte sein Opfer, und wie es aussah, hatten wir die Geduld von Oberschwester Finch ausgereizt.

»Ich vermute, wir können ihn ebenso gut einfach schlafen lassen.« Miss Judson klang unsicher, trotzdem ließ ich mich von ihr erneut fortführen. Unsere Schritte dröhnten lauter denn je, und mehrere Schwestern warfen uns strafende Blicke zu. Hatte eine von ihnen das Buch gestohlen? Hatte eine von ihnen jemanden *ermordet*? Es war zu abstrus, um wahr zu sein – dennoch konnte ich ein Schaudern nicht unterdrücken. Könnte all diese glänzende wissenschaftliche Ordnung womöglich in Wahrheit ein solch heimtückisches Verbrechen wie Mord verbergen?

Wir kamen an einer Schwester mit einer Ladung voll Wäsche vorbei, deren verkniffener Blick einen Moment zu lange auf uns ruhte. Hinter ihr ließen Pflegehelfer in Grün von ihrer Arbeit ab, Hämmer in den schwieligen Händen. Eine elegant gekleidete Dame und ihre Tochter unterhielten sich am Empfangstresen und warfen einige Münzen in Schwester Woolleys Gläser. Das *Kling-kling-kling* hielt abrupt inne, als wir vorübergingen.

Außer Hörweite – hoffte ich – platzte es aus mir heraus: »Wir können ihn nicht hierlassen! Er ist ihnen hilflos ausgeliefert. Sie könnten ihm alles Mögliche antun.«

»Was sie tun *werden*«, sagte Miss Judson düster, »ist ihm die ›exzellente Fürsorge‹ zukommen zu lassen, für die die Privatstation des Swinburne Royal sich rühmt.« Das klang bedrohlich. »Es gibt keinen Grund anzunehmen, dass irgendjemand hier ihm etwas Böses will.«

»Und was ist mit dem Skizzenbuch? Das ist der Beweis, dass er ihnen auf die Schliche gekommen ist.«

Sie seufzte. »Das Buch gehört mir, und du und ich sind beide dafür bekannt, bereits in mehrere Mordermittlungen verwickelt gewesen zu sein. Es könnten *meine* Notizen sein, zu einer vollkommen anderen Angelegenheit.«

Ich ließ mich nicht besänftigen. »Wenn im Krankenhaus ein Mörder sein Unwesen treibt, wird er nicht das Risiko eingehen, dass Vater sein Verbrechen aufdeckt. Wir müssen wissen, was er sonst noch aufgeschrieben hat.«

»Welches Verbrechen?«, fragte sie. »Wir haben nicht die geringste Ahnung, was er beobachtet hat –«

»Weil er uns keine Einzelheiten sagen konnte!« *Kahl* war zwar interessant, lieferte uns allerdings nicht gerade einen Anhaltspunkt.

Sie redete weiter, als hätte ich sie nie unterbrochen. »*Wäre* etwas geschehen, denkst du nicht, im Krankenhaus würde es von Polizei nur so wimmeln?«

»Sie haben Mr Davis doch gehört. In einem Krankenhaus könnte ein Mord leicht wie ein gewöhnlicher medizinischer Umstand aussehen. Wollen Sie etwa, dass Vater so ein Gewöhnlicher Medizinischer Umstand zustößt?« Meine Stimme war schrill geworden.

Das Klappern gut geölter Räder kündigte eine Schwester mit einem Patienten im Rollstuhl an. Ein älterer Mann, den ich von Vaters Zimmer her kannte, sah uns argwöhnisch an, als sie vorüberrollten.

*Aber kahl ist er nicht*, stellte ich fest, während Miss Judson mich aus dem Weg manövrierte – nicht, dass es ein großer Trost gewesen wäre.

»Für den *höchst unwahrscheinlichen Fall*, dass sich auf dem Gelände ein Mörder herumtreibt«, sagte sie leise, »wird er kaum riskieren, noch mehr Aufmerksamkeit auf sich zu ziehen, indem er dem Staatsanwalt von Swinburne etwas antut. Das würde die Polizei definitiv auf den Plan rufen, ganz zu schweigen von zwei äußerst unzähmbaren Amateurdetektivinnen, die einen Aufstand machen würden, sollte irgendetwas Bedauerliches vorfallen.«

»Wir sind keine Amateure«, erhob ich Einspruch.

»Ich kann mich nicht daran erinnern, je einen Scheck von irgendeinem dankbaren Beteiligten erhalten zu haben«, rief sie mir in Erinnerung. »Eins steht jedenfalls fest. Dein Vater erwartet von uns, dass wir in dieser Angelegenheit ermitteln.«

»Wie?«, fragte ich. »Wie sollen wir eine solche Ermittlung überhaupt beginnen? Wir wissen nicht, wer ermordet wurde, auch nicht wo, nicht einmal wann.« Oder ob *überhaupt*, ergänzte ich in Gedanken.

»Da irrst du dich«, sagte sie. »Das Zeitfenster, während dessen ein Mord möglich gewesen wäre, ist begrenzt. Gestern sahen wir deinen Vater zuletzt vor neun Uhr, und gegen null Uhr fünfundvierzig rief er uns an.«

»Das sind sechzehn Stunden!«

»Ah, aber wir können es weiter eingrenzen.« Sie begann, auf und ab zu gehen, wobei ihre ordentlichen Röcke über den gebohnerten Boden rauschten. »Höchstwahrscheinlich geschah es nach dem Eingriff bei deinem Vater, im Anschluss an die Verabreichung des Morphiums. Auf seinem Patientenblatt konnte ich sehen, dass seine Operation um fünfzehn Uhr stattfand, und um einundzwanzig Uhr erhielt er eine zweite Dosis Morphium.« Die Hände auf Taillenhöhe ineinander verschränkt, erwartete sie wie ein fleißiges Schulmädchen meine Reaktion.

»Ja wahrscheinlich«, sagte ich. »Aber das bedeutet, wir müssen jeden befragen, der zwischen drei Uhr nachmittags und ein Uhr morgens im Krankenhaus war.« Das waren Dutzende – wenn nicht gar Hunderte – von Ärzten, Schwestern, Pflegern, Zimmermädchen, Patienten und verschiedene andere Mordverdächtige.

»Wir haben schon mit weniger gearbeitet«, sagte sie unbekümmert. Halluzinierte *sie* nun? »Warte – wohin gehst du?« Sie flitzte los, um zu mir aufzuschließen.

»Damit anfangen, die Zeugen zu befragen natürlich. Wir müssen jemanden finden, der letzte Nacht Dienst hatte.« Und sollte kein Zeuge aufkreuzen, könnte ich zumindest denjenigen aufspüren, der Vater aus den Augen gelassen hatte, und ihm meine Meinung sagen.

Ehrlich gesagt fühlte sich dieser Auftrag immer sinnloser und lächerlicher an. Während meine Füße müder wurden, erschienen Vaters fiebrige Behauptungen immer weiter hergeholt. Die Flure des Krankenhauses waren blitzblank, das Personal so leistungsstark und diszipliniert wie die Armee Ihrer Majestät. Selbst die Patienten wirkten für Kranke unnatürlich gesund. Ich konnte mir kaum vorstellen, dass das Swinburne Royal einen Mord innerhalb seiner so durchstrukturierten Stationen *erlauben* würde.

Als Erstes suchten wir nach Vaters Nachtschwestern. Ein hilfreicher Pflegehelfer, der offensichtlich von seinem Kollegen vor Miss Judson gewarnt worden war, da er sich in einen Türrahmen verkrümelte und hinter seinem Mopp versteckte, sobald sie anrauschte, wies uns die Richtung zum Pausenraum der Schwestern und verlor kein Wort darüber, dass Miss Judsons Absätze auf seinem Bohnerwachs Striemen hinterließen.

Der Pausenraum befand sich im selben Stockwerk wie Vater, allerdings auf der anderen Seite des Gebäuderings, fast genau gegenüber der Männerstation. Die Patientenseite des Krankenhauses hatten wir hinter uns gelassen. Hier bestanden die Böden aus demselben gebohnerten Holz, doch die Wandfliesen wurden von dunklen Vertäfelungen ersetzt – sehr kultiviert – und die Räume erklärten sich mit Messingschildern selbst: FLORA FINCH, OBERSCHWESTER; SITZUNGSSAAL

AUFSICHTSRAT; JULIUS GREELEY, LEITUNG; und auf einer Glastür standen die ordentlichen Worte CHIRURGIE-LABOR, R. KINKAID, M.R.C.C.[14]

Gegenüber dem Labor schwang gerade eine Tür auf, die mit SCHWESTERN-AUFENTHALTSRAUM beschriftet war.

»Oh, Hardcastles!« Das kam wie eine Interjektion heraus – ein Ausruf der Überraschung und Bestürzung, als hätte sie ein Tablett Kekse fallen lassen. Auf der Schwelle stand Lernschwester Ling, die einen schwarzen Überwurf mit lavendelfarbenen Paspeln über dem Kittel trug. »W...was tun Sie denn so weit hier drüben?«

»Tatsächlich sind wir auf der Suche nach Ihnen«, antwortete Miss Judson.

Schwester Ling fasste sich an den Hals. »Nach mir? Oh, ich bin nicht mehr im Dienst.« Sie wollte sich an uns vorbeischieben und lief rasch auf den Ausgang zu. Miss Judson hielt jedoch Schritt und ging neben ihr her.

Das schien die junge Schwester nervös zu machen. Mit zugeschnürter, aufgesetzter Stimme fragte sie: »Und wie geht es Mr Hardcastle heute Morgen?«

Ich wollte brüllen: *Man hat ihn betäubt!* oder *Er hat Wahnvorstellungen!*, doch Miss Judson ging der Frage gekonnt aus dem Weg. »Oberschwester Finch ist nun bei ihm.«

»Gewiss könnte er nicht in besseren Händen sein. Sie wird alles im Handumdrehen geregelt haben.«

14 Mitglied des Royal College für Chirurgie, eine Zusatzqualifikation, also mehr als ein gewöhnlicher Arzt. (Angeblich bevorzugen sie die Anrede »Mister« anstelle von »Doktor«, da sie den königlichen Status eines Gentlemans erreicht haben. Die meisten Leute ignorieren das allerdings, was ärgerlich sein muss.)

»Was genau?« Ich fragte freundlich (na ja, also ich versuchte es).

»Wie bitte?« Lernschwester Ling lief unaufhaltsam den Flur hinab, ganz auf den Ausgang konzentriert.

»Was genau wird sie regeln? Was ist passiert?«

»Nichts.« Sie zog sich in ihren Umhang zurück und eilte weiter. »Bestimmt war Ihr Vater nur aufgewühlt. Das geht vielen Patienten im Krankenhaus so, müssen Sie wissen.«

Wir hatten die Tür zum Treppenhaus erreicht und Miss Judson streckte eine Hand aus, um sie zuzuhalten. »Lernschwester Ling, haben Sie vergangene Nacht zufällig irgendetwas Ungewöhnliches bemerkt?«

Das brachte sie zum Lachen. »Ha! Etwas Ungewöhnliches auf der Privatstation? Das würde die Oberschwester niemals gestatten.« Und irgendwie glaubte ich ihr das.

Danach ließen wir sie gehen. Es war mehr als offensichtlich, dass sie uns nichts Weiteres zu sagen hatte – oder nichts Weiteres sagen *wollte.* »Sie hat gelogen«, meinte ich, während ich zusah, wie ihr schwarzer Mantel die gewundene Treppe hinab verschwand, wie Wasser, das im Abfluss versickerte.

»Tja, ich vermute, sie war nicht vollkommen offen mit uns«, stimmte Miss Judson mir vorläufig zu. »Leider kommen wir damit nicht viel weiter.«

»Es verrät uns, dass sie *lügt.*«

Was auch immer Miss Judson dazu zu sagen gehabt hätte, wurde unterbrochen von zwei Personen, die die Treppe heraufkamen. »Vorsicht da vorne! Aus dem Weg!«

Im nächsten Moment fand ich mich eingezwängt hinter meiner Gouvernante wieder und hielt die Tür zum Treppenhaus offen, um einen Gepäckboten einzulassen, der einen beladenen Handkarren die Treppe hinaufzerrte. Hinter ihm folgte mit schnellem Schritt ein Chirurg, der Anweisungen blaffte.

»Vorsicht, Mann! Das sind lebende Objekte. Nicht genug, dass Sie einen Tag zu spät liefern – wenn in diesen Kisten kein Dutzend glücklicher und kerngesunder *Rattus rattus Norvegicus* sind, bricht hier die Hö– der Himmel auf uns nieder.« Dr. Kinkaids Tirade ging der Dampf aus, als er sah, wer ihnen da die Tür aufhielt.

Leider hatte der kurze Moment, in dem er abgelenkt war, beinahe katastrophale Folgen, denn die Kisten auf dem Bollerwagen des Boten wackelten bedenklich. »Um Himmels willen!«, schnauzte Dr. Kinkaid. »Sie richten mehr Schaden an, als dass Sie eine Hilfe wären! Verschwinden Sie. Ich kümmere mich selbst darum. Los!« Er scheuchte den Boten fort – der nur zu gern gehorchte. Die Worte, die der Mann auf seiner Flucht die Treppe hinunter von sich gab, waren alles andere als geeignet für die Ohren einer jungen Dame aus gutem Hause.

Dr. Kinkaid war ebenso erfreut, uns zu sehen, wie wir umgekehrt. »Sie schon wieder? Was sagt man doch gleich über ein Unglück, das selten allein kommt?«

»Ich darf doch sehr bitten!«, sagte ich erzürnt.

»Nun, dann machen Sie sich wenigstens nützlich.« Dr. Kinkaid griff in seine Manteltasche und holte einen Schlüsselring heraus. Bevor ich mich noch recht darauf einstellen konnte, kam er schon über den Bollerwagen hinweg auf mich zugeflogen. Ich freue mich, berichten zu können, lieber Leser, liebe Leserin, dass ich mich bewundernswert anstellte, obwohl Sport nicht zum akademischen Fokus gehört, den Miss Judson für mich vorsieht.

»Dann laufen Sie mal voraus und sperren das Labor auf.« Dr. Kinkaid stellte sich an die Zugstange des Bollerwagens, während Miss Judson die Fracht überwachte und ich den Gang hinabflitzte, um – einigermaßen aufgeregt – die Tür zu Dr. Kinkaids Labor zu entriegeln.

Es war genauso beeindruckend, wie man es erwarten würde. Der Großteil des Raums wurde von reihenweise schönen hölzernen Werkbänken eingenommen und an jedem Arbeitsplatz gab es glänzende Messingmikroskope, Bunsenbrenner und Ständer mit Reagenzgläsern. Nahe der Tür standen Kanister mit Chloroform und Karbol bereit, und auch dieses Zimmer war erfüllt vom typischen Swinburne-Royal-Geruch nach Frischluft.

»Worauf warten Sie? Machen Sie Licht. Warum zum Teufel ist es hier drin so kalt?«

»Dr. Kinkaid, darf ich Sie daran erinnern, dass ein Kind anwesend ist. Bitte zügeln Sie Ihre Ausdrucksweise.«

»Ich zügle was immer mir passt, vielen Dank auch.« Dr. Kinkaid zog den Handkarren – nicht allzu behutsam – ins Labor, während ich nach Streichhölzern suchte. Als ich an einem der Arbeitsplätze eine Schublade öffnete, fand ich darin eine Schachtel. Solange ich mich nach einem Gaslicht umschaute, das ich entzünden könnte, erklang ein knisterndes Zischen und eine Reihe von Glühbirnen an der Decke tauchte den Raum in Licht. »Strom«, sagte Dr. Kinkaid trocken. »Der letzte Schrei.«

Als ich die Schublade wieder zuknallte, gab ich mir keine Mühe, die Lautstärke zu dämpfen.

Doch Dr. Kinkaid hatte uns längst vergessen. Voller Begeisterung packte er den Karren aus. »Stemmeisen!« Er streckte eine Hand in meine Richtung, winkte ungeduldig und schnippte schließlich mit den Fingern. »Stemmeisen – entschuldigen Sie, Sie wissen ja gar nicht, wo die sind.« Reumütig fuhr er sich mit der Hand durchs dunkle Haar. »Außerdem sind Sie nicht mein chirurgischer Assistent. Obwohl Sie vermutlich einen guten abgeben würden.«

Das besänftigte mich ein wenig. Ich wäre eine ausgezeichnete Operationsassistentin. Ich bin geduldig, präzise und scheue vor gar nichts zurück. Während Dr. Kinkaid am Ende einer Werkbank wühlte, um Hammer samt Stemmeisen zu suchen, sah ich mich im Labor um. Die großen Fenster blickten direkt auf den Hof und beinahe konnte ich die Bewegungen der Leute auf der Station gegenüber ausmachen.

»Tut mir leid, wenn ich Sie vorhin angefahren habe.« (Er ging nicht näher darauf ein, ob er mit »vorhin« gerade eben oder heute Morgen in der Leichenhalle meinte.) »Nur herrscht heute im ganzen Haus so ein heilloses Durcheinander. Meine Lieferung kommt zu spät, der Chef hat schlechte Laune und *warum* ist es hier drin so kalt? Ich muss den Wartungsdienst kommen lassen, bevor meine neuen Versuchsobjekte noch erfrieren und meine Studie zur kürzesten in der Geschichte der Medizin Englands machen.« Während er das sagte, drehte er schnaufend die Kiste und zog sämtliche Nägel heraus. »Aha!« Mit einem Mal fielen alle Seitenteile der Kiste gleichzeitig um, wie bei einem Zaubertrick.

»Ratten!« Ich schnappte überrascht und erfreut nach Luft, wenn auch leise, und eilte dann zu Dr. Kinkaid, um seine neue Lieferung zu begutachten.

»Aye«, sagte er liebevoll. »Die norwegische Ratte. Nun gilt es: Ich gegen die Wikinger, und diesmal, Junge, behalten die Kelten die Oberhand.«

Dr. Kinkaids Ratten sahen dem Ungeziefer aus den Kellern und Gossen wenig ähnlich. Sie hatten herrlich weiches lohbraunes Fell, rosa Pfoten und Ohren und außerdem schlaue kleine Schnurrhaare. In ihrem engen Käfig verursachten sie einen ganz schönen, unglücklich quietschenden Lärm. Eine kam vor, um an meinen Fingern zu schnuppern. Miss Judson, wie mir auffiel, war in ihrer Bewunderung weit zurückhaltender. Sie stand in einiger Entfernung und musterte interessiert die Decke.

»Der Chef hat eine Studie über die Langzeitwirkung von kurzfristigem Nahrungsentzug angeordnet«, erklärte Dr. Kinkaid. »Der Verwaltungsrat ist wahnsinnig knickrig, was Experimente an Patienten angeht.«

»Sie wollen sie verhungern lassen?« Natürlich war mir bewusst, dass das Schicksal von Labortieren selten ein schönes war, trotzdem kam mir dieses besonders grausam vor, selbst nach wissenschaftlichen Standards.

Doch Dr. Kinkaid lächelte tatsächlich. »Wozu wäre eine Studie über die Langzeitwirkungen von etwas gut, wenn die Testobjekte nicht lange leben? Sie werden ihr gesamtes Leben hier bei mir verbringen, bis zu ihrem natürlichen Tod. Diese Kerlchen sind wohl die glücklichsten Ratten Englands.«

»Wie ungeheuer froh sie sich schätzen müssen.« Manchmal ist es schwer zu sagen, ob Miss Judson einen Scherz macht.

Während wir Dr. Kinkaid dabei halfen, für die Ratten Platz zu schaffen, fragte er uns über Vater aus. »Was Sie vorhin über Mr Hardcastle sagten, meinten Sie das ernst?«

Miss Judsons Lächeln wirkte gezwungen. »Mr Hardcastle ist letzte Nacht aus der Männerstation ausgebrochen, um sich Zugang zu einem Telefon zu verschaffen und einen Mord zu melden.« Achtsam ließ sie aus, dass Vater es nicht geschafft hatte, während dieses schicksalhaften Gesprächs auch nur einen nützlichen Hinweis zu geben.

Dr. Kinkaid starrte uns kurz an, die grünen Augen weit aufgerissen. »Ich kann mir vorstellen, dass das für eine gewisse Unruhe gesorgt hat. Patienten auf Morphium …« Er schüttelte den Kopf.

»Ohne der Sache ordentlich nachgegangen zu sein, können wir seine Behauptung nicht entkräften«, sagte ich steif. Meine Loyalität zu Vater wog schwerer als wissenschaftliche Wahrscheinlichkeit. Wenn auch nicht viel.

»Ich dachte, genau das hätten wir heute Morgen getan.«

Miss Judson stieß ein bemitleidendes Lachen aus. »Oh, Doktor, wir haben noch nicht einmal richtig *angefangen.*«

»Ihre Fenster liegen der Männerstation direkt gegenüber«, stellte ich fest. »Was er auch gesehen hat, es muss sich ganz in der Nähe abgespielt haben. Vielleicht sogar in genau diesem Raum.«

Dr. Kinkaid machte mehrere leichte Schritte durch sein Labor, um aus den Fenstern zu blicken. »Aye, ich kann ihn von hier aus sehen. Er schläft wie ein Wain.[15] Nun, dann wollen wir uns mal ordentlich umschauen.« Er beäugte mich von der Seite. »Verzeihung, ich meine natürlich: *gründlich ermitteln*.«

Langsam drehte er eine Runde durch den Raum, sah aufmerksam in die Ecken und das Innere der Schränke. Möglich, dass er helfen wollte – oder aber er versuchte, eventuelle Beweise vom Tatort verschwinden zu lassen. Vielleicht war *er* unser Schuldiger. Hastig trat ich an seine Seite, um sicherzugehen, dass er nichts Verdächtiges heimlich einsteckte, doch er überprüfte nur das Türschloss (stabil), testete die Haken der Fenster (fest angebracht) und machte eine schnelle, aber entschlossene Inventur seiner Ausrüstung (alles an Ort und Stelle und am richtigen Platz. *Wunderschön*, versteht sich von selbst). Dann stellte er sich an die Wand und fasste die ganze Szenerie in den Blick, wie einen Patienten, den er diagnostizieren wollte.

»Erzählen Sie mir noch einmal, was vorgefallen ist.«

Rasch fasste Miss Judson das Wesentliche von Vaters Geschichte zusammen, was zugegeben nicht viel war: weißer Mantel, erwürgt und Witwe.

»Vergessen Sie nicht *kahl*«, ergänzte ich.

15 Es stellte sich heraus, dass dies Irisch ist und »Kind« bedeutet – was im Zusammenhang viel mehr Sinn ergab als mein erster Gedanke. Ich kenne »wain« nämlich nur als das altenglische Wort für einen Heuwagen (wie in dem Gemälde von John Constable, das Miss Judson so gerne mag).

»Kahl?« Dr. Kinkaid kratzte sich den Bart. »Wer war kahl – der Mörder oder sein Opfer?«

»Das Opfer«, sagte ich automatisch, im selben Moment als Miss Judson antwortete: »Der Täter.«

Wir wechselten einen BLICK, und Miss Judson ergänzte entschuldigend: »Ich fürchte, wir wissen es nicht.«

»Vielleicht waren beide kahl.«

Sie warf die Hände in die Höhe und stieß einige *Erlesene Worte* auf Französisch aus. »Englisch! Was für eine unpräzise Sprache! Auf Französisch wüssten wir es. *Le chauve* – ein kahler Mann. *Les chauves*, mehrere Glatzköpfe.«

»Oder Irisch«, pflichtete Dr. Kinkaid ihr bei.

Ich überließ die beiden ihrer linguistischen Debatte, während ich mit der Untersuchung des Tatorts fortfuhr – angenommen, es *war* der Tatort. Angenommen, es gab überhaupt einen Tatort.

Der Boden des Labors – Linoleum diesmal mit einem grünweißen Schachbrettmuster – war makellos. Allmählich war ich davon überzeugt, dass ein Krankenhaus wirklich der ideale Ort war, um einen Mord – oder sonst ein Verbrechen – zu begehen, weil hier überall so hervorragend geputzt wurde. Selbst Köchin hätte hier nichts zum Meckern finden können. Doch im Schatten der Hocker, die in einer Nische zwischen Boden und Werkbank standen, erspähte ich ein ganz schwaches Funkeln von etwas Glitzerndem. Da ich es lediglich für eine verlorene Schraube oder den Deckel eines winzigen Glases hielt, zwängte ich mich zwischen die Beine des Hockers und zog es mit den Fingernägeln hervor.

Sofort war deutlich, dass es in einem Labor eigentlich nichts zu suchen hatte. Ich trat einen Schritt von den Werkbänken zurück und hielt den Gegenstand hoch, sodass er im kühlen Morgenlicht leuchtete.

»Dr. Kinkaid, haben Sie Ohrlöcher?«

Hinter der Werkbank ertönte ein Glucksen. »Aye, wie bitte?«

Ich zeigte ihm und Miss Judson meinen Fund: ein kalter kleiner Ring aus Gold. Ein Ohrring.

# 8

# Pas de nouvelles, bonnes nouvelles[16]

Eine Gerichtsmedizinerin muss mit der Kontrolle durch ihre Kollegen von der Polizei rechnen, die durchgängig verlangen werden, dass sie mehr arbeitet, in kürzerer Zeit, mit weniger Ressourcen, aber besseren Ergebnissen.

– H. M. Hardcastle: *Grundlagen der Rechtsmedizin.*

»Wie erklären Sie das?«, verlangte ich zu erfahren.

»Ah.« Dr. Kinkaid unterdrückte ein wissendes Lächeln. »Sie haben die Nuss geknackt. Rätsel gelöst.«

»Was meinen Sie?«

Miss Judson für ihren Teil war sehr schweigsam geworden, während sie missbilligend die Lippen zusammenkniff.

Dr. Kinkaid schlenderte zurück zu den Fenstern und betrachtete das Labor aus diesem Blickwinkel. »Ihr Vater hat – unter dem Einfluss schwerer Medikamente – zwei Menschen bei einem Handgemenge beobachtet …«

Ich nickte misstrauisch.

»… oder womöglich bei einer *Umarmung*?«, gab er zu bedenken. »Es hat ganz den Anschein, als wäre mein Labor zum Schauplatz eines – äh«, er warf Miss Judson einen Blick zu, »eines unerlaubten Stelldicheins geworden, fürchte ich.«

16 »Keine Nachrichten sind gute Nachrichten.«

Es dauerte etwas, bis ich begriff, was er meinte, dann stieg mir die Hitze in die Wangen. Ich drehte mich zu Miss Judson um. »War es *das*, was Vater gesehen hat?«

Eine Zeit lang blieb sie mir die Antwort schuldig. »Ich möchte doch hoffen, dass selbst dein Vater den Unterschied zwischen … amourösen Annäherungen und einem Mord erkennt.«

Also wenn ich so seine Erfolgsbilanz bei Miss Judson in Betracht zog, hätte ich nicht darauf gewettet.

»Danke, Doktor. Ich glaube, wir haben Ihre Zeit lange genug beansprucht.« Zufrieden rauschte Miss Judson aus Dr. Kinkaids Labor in Richtung Männerstation und über den polierten Holzboden direkt zum Fuß von Vaters Bett. Wesentlich schlechter gelaunt folgte ich ihr.

Vater schlief, doch Miss Judson versetzte dem Bett keinen allzu sanften Ruck. Grummelig blinzelnd wachte er auf. »Myrtle, den Ohrring.«

»Vater, wir haben das hier gefunden …« Ich wollte es ihm zeigen, doch Miss Judson nahm ihn mir aus den Fingern.

»Ihr Bericht wurde einer sorgfältigen Untersuchung unterzogen, und wir freuen uns, Ihnen versichern zu können, dass es keinen Mord gegeben hat.« Sie reichte den Ohrring Vater, der ihn mürrisch anblickte. »Lediglich die Spur eines spätnächtlichen Rendezvous[17].«

Er verschränkte die Arme und legte die Stirn in noch tiefere Falten. Seine Stimme brauchte er nicht einmal, um uns zu verstehen zu geben, was er dazu zu sagen hatte: »Ich weiß, was ich gesehen habe.«

[17] Als ich klein war, hielt ich das für eine Art faszinierendes nordamerikanisches Säugetier. Stellen Sie sich meine Enttäuschung vor, als ich herausfand, dass es nur eine weitere Schönmalerei für die albernen Dinge sind, die Erwachsene sich einfallen lassen.

»Vater, wir haben *ermittelt*«, blieb ich überzeugt. »Wir haben das Zimmer, das dir gegenüber liegt, durchkämmt«, ich deutete zu den Fenstern, »Dr. Kinkaids Labor, und waren sogar in der Leichenhalle.« Nun, eigentlich waren wir nur vor der Leichenhalle. »Es gibt keine vermissten Patienten oder Ärzte, keine dokumentierten Verletzungen, keine überzähligen Leichen.«

»Ich gehe davon aus, dass die Sache damit erledigt ist.« Miss Judsons Stimme klang folgenschwer.

Vater schüttelte so entschieden den Kopf, dass er vor Schmerz das Gesicht verzog. Miss Judson gab ihm einen Schluck Wasser aus der Tasse neben seinem Bett zu trinken.

»Vater, du musst vorsichtig sein«, sagte ich. Meine Stimme war tief und leise, da ganz in der Nähe eine wutschäumende Oberschwester Finch lauerte und jedes Wort belauschte. »Du kannst nicht durchs Krankenhaus rennen und den Leuten einen Mord vorwerfen! Das ist …« Ich schielte zur Oberschwester, die so tat, als wäre sie mit dem Krankenblatt eines anderen Patienten beschäftigt.

»Ungehörig?«, schlug Miss Judson vor. »Unverantwortlich? Unsozial?«

»Ich wollte sagen *gefährlich*.«

»Ahhb–«, krächzte Vater.

»Kein *Aber*«, unterbrach ich ihn streng. »Du bist nicht hier, um einen Mord aufzuklären. Du bist hier, um dich von deiner Mandelentzündung zu erholen. Haben wir uns verstanden? Gut.« Ich beugte mich zu ihm, schüttelte sein Kissen auf und richtete seine Decken. »Schön. Miss Judson und ich gehen jetzt, damit du dich ausruhen kannst. Morgen Vormittag kommen wir wieder und dann will ich kein Wort mehr von wegen Mord hören.«

Als wir aus der Männerstation traten, ließen wir einen perplexen Vater zurück, der uns verdattert nachblickte.

Ich war nicht so erleichtert, wie ich es hätte sein sollen, während wir uns von seinem Bett entfernten, um ihn in einem Krankenhaus zurückzulassen, in dem es, wie wir festgestellt hatten, *keinen* Mord gegeben hatte. Noch immer wühlte Sorge in meiner Brust. Ich gab mir Mühe, mir einzureden, dass kein Mord eine gute Sache war – eine hervorragende Sache! Nur bedeutete es leider, dass Vater sich etwas Grauenhaftes eingebildet hatte – und was das hieß, war zu grauenhaft, um auch nur darüber nachzudenken.

»Wir hätten bei ihm bleiben und helfen sollen«, murmelte ich, unsicher, ob ich wollte, dass Miss Judson mich hörte oder nicht. Wir standen an der Kreuzung und warteten auf einen Omnibus.

»Sei nicht enttäuscht.« Miss Judson tätschelte gedankenverloren meine Hand. »Der nächste Mord kommt bestimmt.«

»Miss?«

Als sie begriff, was sie da gerade gesagt hatte, verzog Miss Judson das Gesicht. »Es war ein langer Tag. Konzentrieren wir uns einfach auf die nächste Erledigung, damit wir nach Hause können, um uns einen Tee zu gönnen und ein wochenlanges Nickerchen zu halten.«

»Welche Erledigung?«, fragte ich argwöhnisch.

»Ich habe deinem Vater versprochen, dass wir die neuesten Antworten auf seine Anzeige im *Boten* abholen würden.«

»Er soll sich ausruhen«, sagte ich.

»Ja, aber keiner hat gesagt, was *wir* in der Zwischenzeit tun sollen, oder?«

Der Omnibus ließ uns etwa einen Block von der Zeitungsredaktion entfernt aussteigen, und ich war froh, dass die frische Luft meine wirbelnden Gedanken abkühlte. In all der Aufregung hätte ich um ein Haar die *andere* Angelegenheit vergessen, die das Haus Hardcastle derzeit auf Trab hielt. Vielleicht hatte Vater deswegen einen Mord herbeihalluziniert – schuld war der Stress, ausgelöst durch das Snowcroft-Vermächtnis. Schließlich war dadurch auch seine Krankheit schlimmer geworden. Entschlossener denn je, Vater vor Belastungen und Überarbeitung abzuschotten, streckte ich die Schultern.

Noch bevor wir das Backsteingebäude der Swinburner Tageszeitung erreichten, stand fest, dass dies leichter gedacht als getan war. Ein Zeitungsjunge, der lautstark die Morgenausgabe anbot, war von einem dichten Gedränge an Menschen umringt. Prompt entdeckte jemand aus dem Pulk Miss Judson und mich.

»Schaut!«, hörte ich einen Ruf. »Da sind sie! Heda – Sie sind Hardcastles Tochter und Kinderfrau, oder?« Mit wehendem Schal rannte ein Mann auf uns zu. In seiner Eile, uns einzuholen, hätte er beinahe seine Melone verloren.

»Gouvernante«, murrte ich und lief geradewegs gegen Miss Judson, die unvermittelt stehen geblieben war und sich gefasst nach einer Fluchtroute umsah.

»Kein Wort zu ihnen, Myrtle«, befahl sie – unklugerweise.

»Sie *sind* es! Wo ist der Staatsanwalt? Wann kommt er wieder ins Gericht? Die Snowcroft-Nachfolge muss geklärt werden!«

»Hmm.« Miss Judson machte ein Geräusch wie von einer wartenden Dampfmaschine, nicht dass dies über den Rufen »Snowcroft! Snowcroft!« und den dröhnenden Fragen, die wie Hagelkörner auf uns niedergingen, zu hören gewesen wäre.

Plötzlich packte mich eine Hand am Arm, sodass ich aufquiekte.

»Pst!«, erklang eine vertraute Stimme, die zu dem Arm gehörte und von einer kess gekleideten jungen Frau mit schlampig hochgestecktem Haar, Brille und einer Krücke stammte, mit der sie gestikulierte. »Es gibt einen Seiteneingang. Da finden die Sie nie.« Genie Shelley, Reporterin vom *Swinburne Boten*, führte Miss Judson und mich durch eine Nebengasse, wo wir durch eine Tür verschwanden, bevor die Menge überhaupt begreifen konnte, dass wir fort waren.

»Feldhockey«, sagte sie und fuchtelte mit ihrer Krücke wie mit einem Hockeyschläger. Ihr Fuß steckte noch immer in einem Gips, was sie jedoch meistens ignorierte und schwungvoll umherhumpelte. (Ich wusste aus zuverlässiger Quelle, dass sie ihre vorübergehende Schwäche schamlos ausgenutzt hatte, um Mitleid und Zugang zu Nachrichtenquellen zu erheischen – wie etwa gerichtliche Testamentsveröffentlichungen, die theoretisch nicht öffentlich zugänglich waren –, und ich hatte begründete Zweifel, dass sie ihr so nützliches Anhängsel aufgeben würde, selbst wenn es von medizinischer Seite her nicht länger vonnöten war.)

Genie schob uns in einen Flur, der von schummrigen Gasflammen erleuchtet wurde, und anschließend in ein Zimmer, das wir von früheren Ermittlungen her kannten: den wundervollen (wenn auch seltsam bezeichneten) Leichenkeller der Zeitung, ein Archiv früherer Ausgaben und anderen Recherchematerials. »Was führt Sie beide zu mir? Dumme Frage – und nur eine *beiläufige*«, fügte sie hinzu. »Das hier ist kein Interview. Bei meiner Ehre.« Wie um ihre Kapitulation zu erklären, hob sie beide Hände in die Höhe, allerdings glaube ich, dass sie eigentlich so tun wollte, als würde sie vor Gericht einen Eid schwören.

»Danke«, sagte Miss Judson förmlich. »Wir sind Ihnen sehr verbunden.« Sie legte sich eine Hand auf die Stirn, die ungewöhnlich feucht war.

»Nun«, sagte Genie, die sich an einem langen Tisch, beladen mit Büchern, Zeitungen und Notizblöcken, einen Stuhl griff, »wer hätte gedacht, dass Erbschaftsrecht so faszinierend sein kann! Man könnte meinen, außer dem Snowcroft-Vermächtnis passiert in England nichts anderes.«

Miss Judson nahm sich die aktuelle Morgenausgabe des *Swinburne Boten*, deren einzige andere Berichterstattung einem

Rugbyspiel zwischen England und Irland galt. »Warum, ist mir schleierhaft.«

Ich brannte darauf, zu erzählen, was Vater uns erzählt hatte – doch Genie war vermutlich der letzte Mensch in ganz Swinburne, dem gegenüber ich es hätte erwähnen sollen. Und ich merkte Miss Judson an, dass ihr genau dasselbe durch den Kopf ging. Langsam knöpfte sie ihren schweren Ulstermantel auf und hängte ihn über die Rückenlehne des Stuhls, bevor sie ihre Handschuhe ordentlich zusammengelegt in die Taschen steckte.

»Ich hoffe, Ihr Tag läuft besser als meiner.« Genie klang verärgert. »Eigentlich hatte ich vorgehabt, heute Vormittag ein Interview zu führen, aber das fiel ins Wasser.«

»Mit Ihrer Quelle zum Snowcroft-Fall?«

»Daraus wurde nichts. Er ist nicht aufgetaucht.« Sie zuckte mit den Schultern. »Das kommt vor – die Leute meinen, mit der Presse sprechen zu wollen und dann redet es ihnen jemand aus oder sie haben eine spontane Gewissensattacke.« Ihre Lippen wurden schmal. »Oder sie bekommen von Gray Baker vom *Upton Verzeichnis* ein besseres Angebot.« Angewidert warf sie ihre Ausgabe des Konkurrenzblatts auf den Tisch.

»Spüre ich da etwa einen Hauch von Rivalität?« Miss Judson unterdrückte ihr Lächeln nicht ganz.

»Er ist ein Schmierfink«, sagte Genie einigermaßen hitzig. »Mit wem ich wirklich reden will, ist Ethel persönlich – aber diese Agentin, die sie da hat, diese Dudley, lässt mich nicht in ihre Nähe. Der *Bote* ist ihnen nicht gut genug. Sagen Sie …?« Nachdenklich beäugte sie uns.

»Denken Sie nicht einmal daran«, sagte Miss Judson streng.

»Könnten Sie Miss Snowcroft nicht einfach sagen, dass wir Freundinnen sind?« Genie versuchte, besonders charmant dreinzublicken, was Miss Judson zum Lachen brachte. »Hier. Als Geste meines guten Willens, zeige ich Ihnen meine neuesten

Rechercheergebnisse.« Nachdem sie in dem Stapel auf dem Tisch gewühlt hatte, beförderte Genie ihre Notizen zutage. »Damals, '85, beantragte ein Kerl namens Edwin Cooke eine Genehmigung zur Eröffnung eines Kurzwarenladens in Melbourne.«

»Das ist Sallys ... äh, Adoptivvater«, sagte ich.

»Genau«, bestätigte Genie. »Doch vorher gibt es von ihm keinerlei Akten. Es ist, als wäre er eines schönen Tages einfach so aus der Botany Bay aufgetaucht.«

»Port Phillip Bay«, korrigierte ich sie. »Botany Bay liegt in der Nähe von Sydney.« (Das hatte ich selbst nachgeschlagen, liebe Leserschaft.)

»Wie auch immer«, tat Genie ab. »Jedenfalls ist der Pa eurer Sally ein Geist. Auf der Passagierliste der *Persephone* gab's keinen Cooke, also denke ich mir, es gibt drei Möglichkeiten.« Genie, die mit ihrer Theorie allmählich Fahrt aufnahm, hockte mit baumelndem Gips auf der Tischkante. »Entweder die ganze Sache ist erstunken und erlogen – Cooke holt sich den Chronometer und das Medaillon von jemand anderem –«

»Wem?«, unterbrach ich sie.

»Wen kümmert's? Hat sie bei einem Pokerspiel gewonnen, hat sie als Pfand für verliehenes Geld bekommen, sie gefunden, als er den Strand absuchte. Spielt keine Rolle. *Die* Fährte ist schon lange kalt.« Sie machte eine wegwerfende Geste. »Oder zweitens: Cooke ist ein Deckname, den ein Crewmitglied nach einer Meuterei auf der *Persephone* angenommen hat.«

»Hmm«, machte Miss Judson.

»Oh, unmöglich ist es nicht«, meinte Genie. »Snowcroft war ein Halunke – bekannt dafür, dass er ganze Mannschaften mit den Schiffen ins nasse Grab schickte, nur um die Versicherungssumme zu kassieren. Oder drittens«, fuhr sie fort, »Cooke ist wie eine Million anderer Australier – einer der alten Strafgefangenen, der seinen Namen änderte, nachdem er seine Strafe abgesessen hatte und ein neues Leben beginnen wollte. So oder so, der gute Mann ist eine Sackgasse.«

»Ihrer Einschätzung nach ist Miss Cooke also eher nicht die rechtmäßige Erbin.«

»Nun, also *sie* ist ein interessanter Fall.« Genie holte sich einen weiteren Stapel Notizen und reichte ihn mir. »Das erste Mal erscheint ihr Name in einem Mietvertrag in Melbourne, für eine Adresse ganz in der Nähe des Ladens, gemeinsam mit Edwin und Martha Cooke. Keine Geburtsurkunde, auch keine Adoptionsnachweise. Sie taucht einfach aus dem Nichts auf, zur selben Zeit wie Edwin Cooke. Und hier …« Sie blätterte in den Seiten, die ich in den Händen hielt, bis sie die Kopie einer Melbourner Zeitung gefunden hatte, die eine junge Familie vor einem sauberen Geschäft zeigte, über dem stand: MARKETENDER COOKE. Eine Frau mit müdem Gesicht hielt die Schultern eines Mädchens, das direkt vor ihr stand. Das Mädchen schaute nicht in die Kamera, sondern auf etwas in der Straße hinter sich …

»Haben Sie Ihre Lupe dabei?«, fragte Genie, also fischte ich sie heraus und warf einen genaueren Blick auf das Bild.

»Sie hat das Muttermal!«, rief ich. »Also jedenfalls ist da irgendein Fleck.« Ich zeigte es Miss Judson, die es ebenfalls einer genauen Prüfung unterzog. »Das beweist, dass Sally 1885 in Australien war. Genau wie sie behauptet. Wie hilft uns das weiter?«

Genie ließ die Schultern sacken. »Gar nicht. *Noch* nicht. Daran arbeite ich noch. Und das«, sie nickte zu einem beeindruckenden Stapel Zeitungen, Magazine, Telegramme und Bücher, der sich am Rand des Tischs gefährlich hoch türmte, »ist jeder bekannte Bericht über gesunkene Schiffe zwischen 1875 bis 1890. Sollte irgendjemand die *Persephone* überlebt haben, müsste sich sein Name in diesem Wust finden lassen.« Diesen Stapel durchzuarbeiten, erschien mir ungefähr genauso einfach, wie jede Person zu überprüfen, die sich in einem Zeitrahmen von sechzehn Stunden in einem Krankenhaus aufgehalten hatte.

Beim Versuch, mich davon nicht entmutigen zu lassen, überflog ich die übrigen Materialien: die Passagierliste der *Persephone*, ein überschwänglicher Kommentar von Mrs Dudley über S.H.S.W.W. (begleitet von der Skizze eines ehrwürdigen Gebäudes mit weißen Säulen, überschrieben mit *Internationales Hauptquartier des wohltätigen Vereins »Sicherer Hafen für Seefahrtswitwen & -waisen«, Liverpool*) und ein Brief eines angeblich entfernten Snowcroft-Cousins, der Miss Snowcroft eine Heirat anbot, vorausgesetzt, der Besitz werde ihm überschrieben. Ich seufzte.

»Also«, meinte Genie. »Fair ist fair. Ich habe Ihnen gezeigt, was ich habe. Wie steht es mit Ihnen?«

»Keine Chance«, sagte Miss Judson grinsend, im selben Moment, in dem ich sagte: »Kein Kommentar.«

»Tja, dann sagen Sie Mr H., er soll sich beeilen und den Fall abschließen«, sagte sie. »Ich weiß ehrlich nicht, wie lange das noch so weitergehen kann.«

»Wäre es Ihnen denn nicht recht, wenn die Story sich noch über Wochen hinzieht?«

Genies Miene wurde grimmig. »Sie haben die Menge da draußen gesehen – allmählich benehmen die Leute sich hässlich. Einige der Briefe, die wir erhalten, lesen sich wie ernsthafte Drohungen.«

»Drohungen? Gegen Sally?« Ich runzelte die Stirn. »Gegen *Sally*, richtig?«

»Was? Oh – nein, nicht gegen Ihren Dad, keine Bange.« Genie drückte mich freundschaftlich ins Knie, was mich kein bisschen tröstete. »Müll wie dieser trudelt bei uns regelmäßig ein. Sie sollten *meine* Sammlung mal sehen!« Kurz funkelten ihre Augen vor Stolz. »Aber Sally ist noch ein Kind. Selbst *wenn* sie sich als Hochstaplerin herausstellen sollte, hat sie das nicht verdient.« Sie sortierte ihren Papierstapel und klopfte ihn auf der Tischplatte gerade.

»Moment, was ist das?« Inmitten der Zeitungsausschnitte erweckte etwas meine Aufmerksamkeit, und zwar nicht *Snowcroft*, *Erbe* oder *Persephone*. Unter den Nachrichten über Sally berichtete eine Zeitung aus Manchester etwas ganz anderes.

### JAHRESTAG DER GASWERK-TRAGÖDIE

**Zu Ehren der Polizisten, die von Fenian-Bombenattentätern** ermordet wurden, versammelten sich heute Verwandte und Freunde, um des niederträchtigen und tödlichen Bombenattentats in den Gaswerken von Manchester von 1883 zu gedenken, bei dem zwei Polizisten aus Manchester und ein Fenian ums Leben kamen und das zu zahlreichen Verletzungen, Terror und Schäden führte. Das »Hilfskomitee der Frauen von Manchester« hat in Gedenken an die Opfer dieses schrecklichen Verbrechens einen Baum gepflanzt.

»Was ist ein Fenian?«, fragte ich, woraufhin Genie mich entsetzt ansah.

»Sie wissen allen Ernstes nicht, was ein Fenian ist? Ach!«

»Die irischen Republikaner«, erklärte Miss Judson, was um einiges hilfreicher war.

Jetzt fiel es mir wieder ein. Proteste gegen eine britische Regierung hatten in Irland zu brutalen Auseinandersetzungen geführt. In den 1880er Jahren hatten radikale Unterstützer der Unabhängigkeit Irlands überall in England Ladungen von Dynamit gesprengt, um zu demonstrieren, wie sehr sie sich für eine freie irische Republik einsetzten. Noch immer murrten viele Leute, und selbst ich wusste, dass zwischen den Iren und den Engländern eine gewisse Spannung herrschte. Vielleicht erklärte das Dr. Kinkaids seltsames Verhalten ein Stück weit.

Ich zog den Zeitungsausschnitt aus dem Stapel, um mir die Fotografien von den Opfern des Attentats anzusehen: zwei junge Polizisten in ihren schwarzen Uniformen und hohen Helmen – und ein gutaussehender junger Mann mit dunklem Haar und funkelnden Augen … und einem vage vertrauten Gesicht.

*Michael R. Kinkaid, 25 Jahre alt*, stand da, *gilt mutmaßlich als der Erbauer der Vorrichtung, die in unserer Stadt eine solche Verwüstung angerichtet hat. Seine Mitverschwörer kamen nie vor Gericht, doch sein Tod setzte seiner Karriere der Gewalt und des Schreckens ein Ende.*

Miss Judsons Blick traf meinen. »Dr. Kinkaid!«, riefen wir.

# 9

# Ad hoc[18]

Zur Ausrüstung einer Gerichtsmedizinerin gehören eine Reihe von Spezialwerkzeugen, einschließlich Messgeräte (für Länge, Gewicht und Volumen), Messer, Sägen und Löffel zum Sammeln von Beweisen sowie Vergrößerungsgeräte, um die Funde in mikrofeinen Details zu untersuchen. Das wichtigste Werkzeug jedoch ist ihre Beobachtungsgabe.

– H. M. Hardcastle: *Grundlagen der Rechtsmedizin.*

Endlich entkamen wir dem *Boten* – zum Glück, ohne Genie zu verraten, wo Vater wirklich war oder wie er seine »Mysteriöse Auszeit« verbrachte. »Diese Schlagzeile werden Sie *nicht* verwenden«, sagte Miss Judson.

»Besorgen Sie mir das Interview mit Ethel, dann denke ich darüber nach!« Genie schleuste uns auf einem weiteren Hinterausgang hinaus ins Dämmerlicht, vorbei an dem Mob, der angefangen hatte, sich zu langweilen, und größtenteils zum Abendbrot nach Hause gegangen war.

An diesem Abend setzte Miss Judson ihre Pläne für ihr monatliches Bad um, sodass Peony und ich uns in aller Ruhe den Kopf über Vaters vermeintlichen Mordfall, Sallys Erbe und die wütende Menge zerbrechen konnten, die auf eine Entscheidung drängte. Wenigstens waren sie uns nicht bis nach Hause gefolgt. Es kam mir vor, als würde ich mir um die völlig

18 »aus dem Stehgreif«

falschen Dinge Sorgen machen, allerdings war ich nicht sicher, ob ich mich um die richtigen sorgen wollte.

Stattdessen kramte ich mein Notizbuch hervor, um mir Fallnotizen zu machen – nicht dass es wirklich einen Fall gegeben hätte. Aber immerhin hatte ich so etwas Sinnvolles zu tun. »Es kann ja nicht schaden, oder?«, fragte ich Peony. »Vielleicht hat Vater ja doch etwas beobachtet. Und wenn nicht, dann können wir herzlich darüber lachen, wenn er wieder gesund ist und wir Sally, Charley und Mrs Dudley endlich los sind.«

Liebe Leserin, lieber Leser, Peonys Reaktion können Sie sich sicher vorstellen.

Das Problem war, dass es kaum Anhaltspunkte gab. Das Verschwinden von Miss Judsons Skizzenbuch war merkwürdig und das Verhalten von Lernschwester Ling verdächtig, aber ansonsten hatten wir nichts in der Hand. Keine Leiche, kein Verbrechen, keinerlei Beweis dafür, dass im Swinburne Royal Hospital etwas Unrechtes vorgefallen war. Abgesehen natürlich von Vaters Aussage. Doch so sehr ich ihm glauben *wollte*, konnte ich die Spuren nicht ignorieren. Oder besser gesagt, das Fehlen eben solcher.

Seufzend schob ich mein Notizbuch beiseite und griff mir die Zeitung. Vielleicht hatte jemand eine kahle Witwe in einem weißen Mantel verloren und eine Anzeige aufgegeben.

In der Zeitung drehte sich alles um Sally: ihr Bild, ihr Medaillon, ihre Vortragsreihe, die Spenden, die von ihren glühenden Unterstützern gesammelt wurden, ihre Nächstenliebe (keine Ahnung, woher *das* irgendjemand über sie zu wissen glaubte), ihren Hund. Eine Fabrik in Camden, die Dienstuniformen herstellte, hatte ihm zu Ehren ihren Namen geändert, und eine Yacht, die in Falmouth zu Wasser gelassen wurde, war frisch[19]

[19] ganz zu schweigen von Unheil verkündend

auf den Namen *Ethel Snowcroft* getauft worden. Ich fragte mich, was Sally von all dem hielt. Steckte sie das alles mühelos weg oder wusste sie vor Sorgen nicht mehr wohin?

Ich musterte das Bild von Sally in ihrem schwarzen Trauerkleid mit Charley auf dem Arm. Wie mutig es von ihr gewesen war, um die halbe Welt zu segeln, nachdem sie ihren Vater verloren hatte – den Mann, den sie für ihren Vater gehalten hatte. Wie verkraftete sie das? Und das nicht nur einmal, sondern gleich *zwei*mal durchzumachen? (Selbst wenn sie sich an das erste Mal nicht erinnern konnte.) Ich hatte nur einen Vater – Gott sei Dank – und die Vorstellung davon, ihn zu verlieren, war unerträglich. Nun unterwarf sich Sally freiwillig dem prüfenden Blick eines ganzen Landes und dem Urteil des Gerichts, nur um herauszufinden, ob ihr Vater wirklich ihr Vater war – oder ein Fremder, der sie zehn Jahre lang belogen hatte.

Meine Finger friemelten am Rand des Papiers. Vater erzählte mir auch nicht immer alles, weshalb ich gelegentlich gezwungen war, gewisse entscheidende Informationen auf anderem Weg zu erlangen – aber ich glaubte nicht, dass er mich je belügen würde, wenn es um etwas wirklich Wichtiges ging. Das traute ich ihm nicht zu. Niemandem waren Wahrheit und Gerechtigkeit wichtiger als Arthur Hardcastle. Ich versuchte, mir jemand anderen an seiner Stelle auszumalen, einen anderen Mann, der mir etwas über Gesetze beibrachte und mich für damenunwürdiges Verhalten tadelte, Peony an seinem Bart knabbern ließ … doch es ging nicht. Vater war *Vater*.

Ich drückte meinen Bleistift ins Papier, bis die Miene abbrach. »Würden wir Vater den Rücken zukehren, sollten wir erfahren, dass er … sich wegen etwas geirrt hat?«, fragte ich Peony, und auch ihre Antwort darauf war vorhersehbar.

»*Nein*«, sagte sie, was sie mit einem extra lauten Schnurren unterstrich.

»Du hast recht«, sagte ich. »Wir stehen auf seiner Seite – egal was für verrückte Geschichten er uns erzählt.«

Mittwochmorgen rief Miss Judson zuallererst im Krankenhaus an und stellte sicher, dass Vater seine Morgendosis Morphin erhalten hatte und wohl noch bis nach dem Mittagessen schlafen würde. Daher wanderten wir erst am Nachmittag zurück ins Swinburne Royal, in dem sogar noch mehr los war als sonst. Im Innenhof hingen Pfleger unter der Aufsicht eines kleinen, adretten Manns in einem dunklen Anzug und mit einem Homburg auf dem Kopf grün-weiße Wimpel auf. Wir blieben lange genug stehen, um die Worte darauf zu entziffern, als das Banner sich ausbreitete: WILLKOMMEN, KRANKENHAUSDAMENKOMITEE!

»Was ist ein Krankenhauskomitee?«, fragte ich.

Miss Judson nahm ihren forschen Schritt Richtung Privatstation wieder auf. »Ich glaube, das könnte eine der Wohlfahrtsorganisationen deiner Tante sein.«

Vaters Tante Helena (meine Großtante und Quelle meines ersten Vornamens – den ich aus offensichtlichen Gründen *nie* verwende) steckte ihre Nase zu gern in fremde Angelegenheiten. Was hatten die Kranken Swinburnes verbrochen, sie hier verdient zu haben? Litten sie nicht schon genug?

Als wir in Vaters Stockwerk ankamen, empfing uns ein vertrauter Anblick. »Da ist Caroline«, stellte ich fest. Mrs Munjal und ihre Töchter, die freudig winkten, trugen grün-weiße Ansteckrosetten an ihrem Kragen.

»Was verschlägt Sie hierher?«, fragte Miss Judson.

»Das KDK«, antwortete Nanette in einem Tonfall, den man noch nicht als Ächzen bezeichnen konnte.

Caroline zeigte mir ihr Glas mit Münzen. »Wir sammeln für das Krankenhausfest am Sonntag.« Ganz Swinburne trieb es für diese jährliche Benefizveranstaltung aus dem Haus, um

Sixpence Eintritt zu zahlen und dann noch einmal extra für Essen, Spiele und sonstige Unterhaltung. Ein Rummel im Krankenhaus *klingt* nicht besonders spaßig, aber Sie wären überrascht. Vergangenes Jahr trat ein Pferd auf, das rechnen konnte.

Caroline ergänzte: »Deine Tante ist hier auch irgendwo.«

Jetzt war ich an der Reihe, nicht zu ächzen (nicht auffällig). Das hatte uns gerade noch gefehlt. »Lassen Sie sie nicht zu Vater«, flüsterte ich Miss Judson zu. »Sie würde sofort ermitteln wollen!« Ich ging nicht davon aus, dass ich zwei eigensinnige Hardcastles der älteren Generation gleichzeitig im Auge behalten könnte.

»Wir haben versucht, deinen Dad zu besuchen, aber diese Oberschwester wollte uns nicht reinlassen«, sagte Caroline. Ausnahmsweise einmal war ich für Oberschwester Finchs drakonische[20] Regeln dankbar. Das Letzte – na ja, Vorletzte –, was wir brauchen konnten, war, dass auch noch die Munjals in Vaters Halluzinationen verstrickt wurden. Nanette reichte mir eine Ladung gelber Blumen, die in ein Papiertuch gewickelt waren, bevor Mrs Munjal sie fortführte. »Für deinen Vater. Mutter hat es endlich geschafft, dass ihre Forsythien blühen.«

Während wir uns aus dem Gewirr, bestehend aus den Munjals und den anderen Damen des Komitees mit ihren Blumen und Spenden, lösten, hörten wir im Treppenhaus Stimmen. In den gemauerten Türmen, die an jeder Ecke des Krankenhauses verankert waren, wurde Schall hervorragend weitergeleitet und jedes Mal, wenn die schweren Türen aufschwangen, drang er heraus. Eine dieser speziellen Stimmen war leicht als die von Oberschwester Finch zu erkennen. »Ein kleines Vögelchen hat

[20] benannt nach Drakon, einem antiken griechischen Beamten, der besonders gerne Strafpunkte verteilte. Und die Todesstrafe.

mir gezwitschert, dass Sie gestern ohne Erlaubnis mit Familie Hardcastle geredet haben.«

Keuchend zerrte ich Miss Judson zum Treppenhauseingang. Durch die Lücke zwischen den Flügeltüren erspähten wir Lernschwester Ling.

»Ich habe ihnen nichts gesagt! Ich schwöre, ich habe nichts gesehen.«

»Gesehen?«, schnurrte die Oberschwester. »Ich frage mich, wovon in aller Welt Sie reden.«

Schwester Lings Furcht war greifbar. »Ich … gar nichts!«

»In meinen Stationen dulde ich weder Ungehorsam noch das Verbreiten von Gerüchten, *Miss* Ling.«

»Selbstverständlich nicht, Oberschwester. Das würde mir im Traum nicht einfallen.«

»In England gibt es nicht viele Krankenhäuser, die Sie einstellen würden, müssen Sie wissen. Direktor Greeley hat Ihnen eine einzigartige Gelegenheit geboten – Sie sollten klug genug sein, sie nicht zu vergeuden.«

»Das bin ich«, sagte Schwester Ling. »Das werde ich nicht. Versprochen.«

Oberschwester Finch war offensichtlich nicht überzeugt. »Das wird als Strafpunkt in Ihre Akte eingehen.« Sie streichelte ihr Notizbuch und genoss es offenbar, eine Untergebene aufschreiben zu können. »Außerdem werden Sie auf die Wohlfahrtsstation versetzt. Passen Sie auf, sich dort nichts Weiteres zuschulden kommen zu lassen. Wir sähen es nicht gerne, eine so vielversprechende Schwesternanwärterin zu verlieren, Ling.«

Lernschwester Ling machte aufgrund dieser offenkundigen Degradierung ein langes Gesicht. »Ja, Oberschwester.«

»Holen Sie Ihre Sachen aus dem Aufenthaltsraum. Ihr Zimmer im Wohnheim können Sie behalten. Vorerst.« Während Lernschwester Ling die Flucht ergriff, sah die Oberschwester ihr voller Genugtuung hinterher, die roten Hände fröhlich auf Bauchhöhe ineinander verschränkt.

Als sie aus dem Treppenhaus trat, fand sie sich meiner Gouvernante gegenüber. Ihr fieses Lächeln wurde breiter. »Nun, wenn das nicht die Hardcastles sind.« In mir sträubte sich alles. Deutlich spürte ich, dass sie Vater – und uns – nur zu gerne ebenfalls Strafpunkte geben würde.

Miss Judson ließ sich nicht einschüchtern. »Oberschwester. Und wie geht es Mr Hardcastle heute?« (Nur diejenigen mit außergewöhnlicher Beobachtungsgabe hätten die feine Spitze in ihrer Stimme bemerkt.)

»Wie Sie sehen können, sind wir heute sehr beschäftigt, und noch hatte ich keine Gelegenheit, mich um jeden kleinen Patienten persönlich zu kümmern.«

»Es ist Ihre Aufgabe, sich um sie zu kümmern!«, sagte ich und unterstrich es nachdrücklich mit einem Schwung Forsythien.

»Ich habe sehr fähiges Pflegepersonal. Er ist bestens versorgt.«

»Oh, so wie *das* Personal, das Sie gerade aus Ihrer Station geworfen haben?« Miss Judsons Tonfall war lieblich.

In den Augen der Oberschwester blitzte Wut – oder vielleicht Furcht – auf. »Das ist nicht Ihre Angelegenheit.«

»Sie haben von *uns* geredet.«

Die Oberschwester fasste mich mit ihren funkelnden Augen in den Blick. »Wie ich sehe, fällt der Apfel nicht weit vom Stamm.«

Ich bekam keine Chance, auf diese empörende Aussage zu reagieren – oder, noch wichtiger, herauszufinden, was sie damit sagen wollte –, denn in diesem Moment wurden wir von der Ankunft einer Person unterbrochen, die uns einen Deut weniger unwillkommen war. Donnernde Schritte, das Pochen eines Gehstocks und eine laute, hochmütige Stimme hallte um die

Ecken und durch die Gänge, sodass jeder die Augen aufriss und sich umdrehte.

»Aber, Julius, Viscountess Snowcroft ist der *ideale* Ehrengast für den diesjährigen Krankenhaus-Benefizsonntag. Denken Sie nur, was Sie für den Hilfsfonds Kostenfreie Sprechstunde bedeuten würde. Die Hardcastles sind *enge persönliche Freunde* der Viscountess, müssen Sie wissen.« Die Person, die zu der Stimme, den Schritten, dem Gehstock und der Übertreibung gehörte, war keine andere als meine Großtante Helena höchstpersönlich.

»Zu schade, dass Mrs Dudley nicht hier ist«, murmelte Miss Judson. »Die beiden würden zueinander passen wie Pech und Schwefel.«

»Denken Sie nicht mal dran«, sagte ich. »Am Ende würden sie die arme Sally vor lauter Gier noch in Stücke reißen.« Was allzu zutreffend erschien, bedachte man die Ansprüche auf ihr Vermögen.

Was Tante Helenas Begleiter von ihrem »genialen Plan« hielt, konnte man unmöglich sagen, denn sie gab ihm keine Gelegenheit zu einer Antwort. Sie hatte uns entdeckt. »Julius, ich möchte Ihnen meine Nichte und ihre Gouvernante vorstellen, die die liebe Lady Ethel unter ihre Fittiche genommen haben. Helena Myrtle, Judson, sagt guten Tag zu Dr. Greeley, dem Direktor des Krankenhauses.«

Direktor Greeley entpuppte sich als der Mann, den wir vorhin im Hof dabei beobachtet hatten, als er die Wimpel beaufsichtigte (er trug noch immer seinen Homburger Hut). Als Miss Judson mich zu sich zog, bemerkte ich den Ausdruck im Gesicht von Oberschwester Finch: Voller Bewunderung sah sie Direktor Greeley an. Fast sah sie dabei freundlich aus.

»Na so was.« Dr. Greeleys Stimme war ernst, dafür waren seine Augen gütig. »Das also sind die beiden jungen Damen, die in meinem Krankenhaus so viel Unfug angestellt haben.«

Meiner Auffassung nach war *Vater* für den Unfug verantwortlich, aber natürlich gab man uns die Schuld daran. »Ich möchte Ihnen versichern, dass man sich um den … Vorfall gekümmert hat, und nichts dergleichen wird je wieder geschehen.«

Er war ein überkorrekt erscheinender Bursche in einem peniblen Anzug mit einem hageren, blank rasierten Gesicht und kleinen durchdringenden Augen hinter rahmenlosen Brillengläsern, die mich an die norwegischen Ratten erinnerten. Wie ein Doktor sah er nicht unbedingt aus, zumindest konnte ich mir nicht vorstellen, wie er bis zum Ellbogen in unschönen Körperteilen steckte – er wirkte eher wie die Sorte Mensch, der man all seine wichtigen Dokumente anvertraute, vor allem wenn es dabei um Berechnungen und Geschäftsbücher ging, mit denen man viel Zeit unter einer einsamen Lampe verbrachte. Was er als Leitung eines Krankenhauses vermutlich auch tat.

Miss Judsons »Hmm« überzeugte Direktor Greeley wahrscheinlich nicht. »Und wie geht es Mr Hardcastle heute? Keine weiteren ›Vorfälle‹, wie ich hoffe?«

»Sie wollen doch nicht andeuten, Arthur sei *hier*? Im Krankenhaus? Oh, mein armer guter Junge!« Tante Helena schlug die behandschuhten Hände über ihrem großzügigen Busen zusammen. Einen Augenblick später bohrte sich ihr Blick in Dr. Greeley. »Es ist doch nichts Ernstes?«

Schlagartig sah sich der Krankenhausdirektor der Übermacht von gleich drei Hardcastle-Damen gegenüber, die ihn niederstarrten – und wir können ein wirklich prächtiges Komitee abgeben, lieber Leser, liebe Leserin. Der arme Mann hatte keine Chance.

Dr. Greeley zögerte eine Winzigkeit zu lange.

Tante Helena zog die Nase hoch. »Ich sehe schon, ich muss mich selbst überzeugen.« Die Spitze in *ihrem* Tonfall konnte niemand überhören.

»Das dürfte kaum nötig sein!« Die Oberschwester stürmte herbei. »Er hatte nur eine Mandeloperation.«

Tante Helena begutachtete die Oberschwester durch ihre Lorgnette. »Und *Sie* sind …?«

Leider war es uns nicht bestimmt, mitzuerleben, wie dieses Aufeinandertreffen sich abgespielt hätte, denn schon donnerten Schritte – definitiv *nicht* leise – vom Verwaltungsflügel aus durch den Gang und eine rothaarige Schwester platzte in unsere Gruppe, dicht gefolgt von Lernschwester Ling.

»Dr. Greeley!«, rief die unbekannte Schwester. Als sie bemerkte, dass der Direktor nicht allein war, geriet sie ins Stocken. »Sir, also … nun, es geht mal wieder um Mr Hardcastle, und Sie sagten doch –«

»Ja, ja«, unterbrach er sie ungeduldig. »Was ist es denn diesmal? Diese Damen sind die Angehörigen von Mr Hardcastle – Sie können frei heraus sprechen, Pethwick, Ling.«

Weder Schwester Pethwick noch Lernschwester Ling schienen geneigt, irgendetwas Derartiges zu tun. Doch das war auch nicht nötig. Ich hatte das ungute Gefühl, ganz genau zu wissen, was es denn diesmal war.

»Sie haben meinen Vater schon wieder verloren, richtig?«

# 10

# Guardian ad litem[21]

Bevor der Anatomy Act von 1832 das Sezieren von Menschen erlaubte, griffen Medizinschulen häufig zu geschmacklosen Methoden, um zu Unterrichtszwecken an Lehrexemplare zu kommen, einschließlich des Plünderns von Gräbern. Einige geschäftstüchtige Verbrecher verdienten sich ein hübsches Sümmchen, indem sie Chirurgen mit Kadavern belieferten.

– H. M. Hardcastle: *Grundlagen der Rechtsmedizin.*

»Helena Myrtle, sei nicht so vorlaut.«

»Es tut mir schrecklich leid, Direktor«, sagte Schwester Pethwick. »Er hat sich einfach … fortgeschlichen.«

»Schon gut, Mädchen«, sagte Dr. Greeley. »Ich bin sicher, Sie haben nichts falsch gemacht. Nach allem, was ich gehört habe, ist Mr Hardcastle ziemlich schwierig.«

»Für gewöhnlich nicht«, murmelte Miss Judson.

»Das Wichtigste ist es jetzt, unseren eigenwilligen Patienten wiederzufinden und sicherzugehen, dass er sich nichts getan hat, ja? Kopf hoch, Ling. Alles kommt in Ordnung.«

Lernschwester Ling starrte auf ihre Hände, die sie so fest ineinander verschränkt hatte, dass sie blau anliefen.

»Was ist passiert?«, wollte ich wissen. »Ich dachte, man hätte ihn ruhiggestellt?«

21 eine Art Rechtsbeistand, der ernannt wird, um Minderjährige während gerichtlicher Prozesse zu begleiten und zu vertreten

Dr. Greeley schenkte mir ein gequältes Lächeln. »Offenbar reagiert Ihr Vater auf Opiate nicht auf die typische Weise. Gelegentlich regen sie unsere Patienten auf, anstatt sie zu beruhigen. Wir müssen womöglich auf – andere Mittel zurückgreifen. Aber wollen wir ihn zuerst einmal finden, ja?«

Das stellte sich als Kinderspiel heraus. Im Verwaltungsflügel herrschte Tumult und panische Schwestern flohen aus dem Raum, der sich gegenüber Dr. Kinkaids Labor befand. Die aufgescheuchten Schreie hätten einen glatt auf die Idee bringen können, in diesem Zimmer könnte eine wilde Bestie toben – ein Tiger vielleicht oder ein Orang-Utan.

Und damit hätte man nicht einmal allzu falsch gelegen. Tatsächlich hatte eine wild gewordene Kreatur das Allerheiligste der Schwestern des Swinburne Royal Hospital, nämlich ihren Pausenraum, in Beschlag genommen und stellte ihn nun mit leidenschaftlicher Hingabe auf den Kopf. Allerdings handelte es sich dabei nicht um ein aus dem Zoo ausgebrochenes Raubtier, sondern um einen hysterischen Patienten, der wieder einmal aus seinem Bett ausgebrochen war.

»Oh!«, rief Tante Helena. »Was haben Sie nur mit meinem armen Jungen angestellt?«

»Zum Donnerwetter, Sie alle sind Krankenschwestern!« Dr. Greeley dirigierte die Schwestern Ling und Pethwick zurück ins Gefecht, wie Lord Cardigan, der während des Krimkriegs seine zum Untergang verurteilten Soldaten ins »Tal des Todes«[22] schickte. Das beflügelte auch den Rest der Truppe und schon bald hatten Pethwick und die Oberschwester den Eindringling fest im Griff. Überall lagen verstreute Zeitschriften, außerdem ein umgestürzter Stuhl und eine Teetasse, die auf jemandes liegen gelassene Stickarbeit gekippt war. Im Herzen

22 wie Alfred Lord Tennyson es in seinem berühmten Gedicht so treffend beschreibt

dieses Chaos zeichnete sich ein rotbärtiger Mann im Schlafanzug ab.

Vater hielt seine Trophäe in der Hand: ein unauffälliges Buch mit Pappeinband, das ich sofort wiedererkannte. »Hab's ja gsagd«, erklärte er etwas heiser. »Die habms gesdohln.«

(Nun, rein technisch betrachtet, hatte *ich* das gesagt, aber nun war nicht der rechte Augenblick, um wegen Kleinigkeiten zu streiten.)

»Ihr Skizzenbuch!« Ich packte Miss Judson und zog sie an Tante Helena vorbei, um durch Zeitungen und Kissen zu Vater zu waten. »Woher hast du das gewusst?«, fragte ich ihn, doch bevor er antworten konnte, riss Miss Judson ihm das Beweisstück aus der Hand.

»Arthur Hardcastle, das ist ja wohl die Höhe!« Drohend schüttelte sie ihr Skizzenbuch vor seiner Nase, während Vater sich gegen den Griff der Schwestern stemmte. So wütend hatte ich sie selten erlebt – dabei habe ich sie tatsächlich *schon oft* wütend erlebt. Mein Versprechen, Vater beizustehen, komme was wolle, wurde unter den gegebenen Umständen ziemlich strapaziert.

»Die sdeggn alle mid drin – dem Mood.«

»Was?«, kreischte Tante Helena. »Was hat er gesagt?«

»Mr Hardcastle, bitte! Ersparen Sie uns diesen Unsinn!« Zum ersten Mal erhob Dr. Greeley die Stimme. »Bitte benehmen Sie sich meinen Schwestern gegenüber. Oberschwester, einen Rollstuhl, wenn Sie so gut wären.«

Sie zögerte, wollte die Szene »Vaters dramatischer Untergang« offenbar ungern verpassen, doch ihre Pflichtversessenheit gewann. »Ja, Direktor«, sagte sie und hastete davon, um einen zu holen.

»Nun, Mr Hardcastle, was hat das alles zu bedeuten?« In Dr. Greeleys sanfter Stimme schwang ein Anflug von Belustigung mit. »Sie sind also auf Mörderjagd, was? Nun, hier drin werden

Sie keinen finden, das versichere ich Ihnen! Dafür haben Sie diesen Mädchen einen Mordsschreck eingejagt, noch dazu, während Sie sich eigentlich erholen sollten, guter Mann.« Er gluckste, was irgendwie weise klang.

Schwester Ling klammerte sich an Vaters Arm, als hinge ihr Leben davon ab. Miss Judson war sehr still geworden und hob sich ihre Reserven wohl für die anstehende Lektion auf. Tante Helena sagte: »Sagten Sie *Mörder*?« Mit einem schmerzhaften Schlag fiel von einem zierlichen Beistelltisch eine Vase auf den Boden. Doch alles, was ich wahrnahm, war der Ausdruck auf Vaters Gesicht: eine eigentümliche Mischung aus Triumph und Trotz. *Diese* Miene kannte ich nur zu gut. Mein Gewissen regte sich. Vater hatte sich den ganzen weiten Weg hierhergeschleppt, um zu beweisen, dass er sich ein Verbrechen nicht nur eingebildet hatte, und nun fühlte ich mich dazu verpflichtet, ihn zu unterstützen. Selbst wenn ich nicht davon überzeugt war, dass ich ihm *glaubte*.

Doch bevor ich mein Versprechen wahr machen konnte, kam eine Schwester mit dem Rollstuhl und machte dem ganzen Hergang ein Ende. Die Schwestern Pethwick und Ling drückten Vater – von Miss Judson mit finsterer Miene überwacht – fest in den Stuhl und hielten ihn dort fest.

»Bitte sorgen Sie dafür, dass unser Patient in sein Bett zurückkehrt – und *dort bleibt*. Dann schicken Sie Oberschwester Finch zu mir. Pethwick, Ling, Sie bleiben bitte hier.« Dr. Greeley wandte sich Vater zu. »Ich bin beeindruckt, Mr Hardcastle. Die meisten unserer Patienten benötigen keine drei Frauen, um sie zu zügeln.« Miss Judson und mir schenkte er einen anerkennenden Blick. »Sie beide müssen über außergewöhnlich viel Geduld verfügen. Sie alle drei«, ergänzte er, um Tante Helena nicht außen vor zu lassen.

»Einzigartige Selbstbeherrschung«, konnte ich mir nicht verkneifen. Miss Judson sah im Moment nicht einmal annähernd selbstbeherrscht auf. Vater kauerte schmollend im Rollstuhl. Tante Helena legte selbst Hand an die Griffe und fasste Dr. Greeley in einen tödlichen Blick.

»Wenn ich zurückkomme, Julius, erwarte ich eine *vollständige* Erklärung.« Damit schob Tante Helena Vater schwungvoll und mit elegantem Hochmut, wie allein sie ihn zur Schau zu stellen vermochte, davon.

In der Männerstation wurden wir bereits von Oberschwester Finch erwartet. Wie eine Braut einen Brautstrauß hielt sie ein Bündel Lederriemen in den Händen und glühte förmlich vor schadenfrohem Triumph.

*Riemen?* »Das können Sie mit ihm nicht machen!« Ich wandte mich zu Miss Judson und Tante Helena um. »Das dürfen wir nicht zulassen! Er hatte recht wegen des Skizzenbuchs. Was, wenn er sich auch bei allem anderen nicht täuscht?«

»*Alles andere?*«, versuchte Tante Helena es noch einmal.

Doch Miss Judsons Geduld hatte endgültig ein Ende. »Im Gegenteil«, sagte sie, »ich halte es für vollkommen gerechtfertigt. Höchste Zeit, dass Sie diese fixe Idee aufgeben und sich wie der respektable englische Gentleman benehmen, der Sie sein sollten. Miss Finch, bitte fahren Sie fort.«

Lieber Leser, liebe Leserin, ich werde Ihnen die Einzelheiten der folgenden Minuten ersparen und will nur eines festhalten: Bisher hatte ich mir nicht ausreichend bewusst gemacht, dass Miss Judson in unmittelbarer Nähe einer Strafkolonie[23] geboren worden war und dort auch ihre prägenden Jahre verbracht hatte. Offensichtlich hatte sie dort einige Tipps in Bezug auf den Umgang mit Gefangenen aufgeschnappt. Nachdem Vater fest an Hand- und Fußgelenken, deren Fesseln mit beeindruckenden Schlössern gesichert waren, ans Bett geschnallt war, wandte sich

23 die berüchtigte Insel Île du Diable, auf der ihre Eltern als Missionare arbeiteten

Miss Judson an Oberschwester Finch. »Wenn ich um einen Moment allein mit meinem Arbeitgeber bitten dürfte.«

Die Oberschwester zog noch einmal zufrieden an den Riemen, bevor sie davontrippelte. Sobald die grünen Schwingtüren sich endlich hinter ihr geschlossen hatten, ließ Miss Judson ein Donnerwetter auf Vater los, in dem sich die volle Wucht ihres Zorns entlud. Sie baute sich neben seinem Bett auf und redete so gefasst, wie nur möglich, während ihre Stimme vor Zorn regelrecht zitterte. »Ich weiß gar nicht, wo ich anfangen soll«, fing sie an. »Diese letzte Eskapade ist jenseits der Grenzen.«[24]

Vater gab einen Laut von sich, doch Miss Judson schnitt ihm schneller das Wort ab, als jeder Richter es gekonnt hätte. »Nicht nur, dass Sie dem Personal dieses Hauses, das wirklich mehr als geduldig mit Ihnen war, wilde Vorwürfe machen, Sie setzen auch Ihre Gesundheit aufs Spiel! Dr. Belden hat Sie mit bestem Gewissen hierhergeschickt, Dr. Kinkaid hat eine Menge Zeit und Können in Ihre Behandlung gesteckt und Sie behandeln sie und ihre Bemühungen mit dem äußersten Maß an Respektlosigkeit.«

Ich versteckte mich hinter Tante Helena, wo ich vor Feigheit in mich zusammenschrumpfte. Selbst Tante Helena blieb stumm, entgegen jedem einzelnen ihrer angeborenen Instinkte. Vater, der unfähig war, die Vorwürfe abzustreiten, erwiderte lediglich Miss Judsons stierenden Blick, ohne das kleinste bisschen Reue an den Tag zu legen. Er rüttelte an seinen Fesseln.

»Das haben Sie sich selbst zuzuschreiben«, sagte Miss Judson. »Unter den gegebenen Umständen frage ich mich, ob es

24 Dieser scheinbar unsinnige Ausdruck kommt meist dann daher, wenn die Frage nach einer genaueren Definition nicht ratsam scheint, und spielt auf ein Gebiet außerhalb einer bestimmten Abgrenzung an – das zu betreten offenbar unverzeihlich ist. (Ich musste das einmal nachschlagen.)

nicht am besten wäre, Sie mit nach Hause zu nehmen. Natürlich müssten wir eine eigene Krankenschwester einstellen und ich will mir gar nicht vorstellen, wie unsere Glaubwürdigkeit unter Ihrem Benehmen gelitten hat, da Klienten –«

»Nein!« Das Wort platzte aus Vater heraus, auch wenn er sofort das Gesicht verzog und vor Schmerz die Augen zudrückte.

Miss Judson hielt in ihrer nüchternen Tirade inne und hob kaum merklich eine Augenbraue. »Sie möchten ein Gegenargument vorbringen? Ich rate Ihnen, Ihre Position besonders überlegt zu wählen. Das Gericht ist nicht geneigt, Ihren Fall gnädig zu betrachten.«

»Müühl könnd blaibn.« Es dauerte einen Augenblick, um dieses Genuschel in etwas Verständliches zu übersetzen – dann jedoch entlockte es Miss Judson einen erstickten Laut. Oder nein, das war womöglich ich.

»Wenn Sie auch nur einen Moment lang glauben, ich würde es angesichts Ihres derzeitigen Verhaltens erlauben, dass Myrtle über Nacht hier bei Ihnen bleibt –«

»Eigentlich«, mischte sich eine neue Stimme in die Debatte ein, »soweit es Ideen betrifft, ist das nicht die dümmste.« Als wir uns umdrehten, sahen wir in seinem reinweißen Kittel Dr. Kinkaid durch den Raum auf uns zuschlendern. »Sie kann das unmöglich schlechter machen als unsere Schwestern.«

»Führen Sie sie nicht in Versuchung«, meinte Miss Judson.

»Mir ist aufgefallen, dass Sie auf den Patienten eine positive Wirkung haben. Was sagen Sie dazu, Miss Hardcastle?«

»Warum ich? Was habe ich getan?«

»Nun, ich kann ja wohl kaum hierbleiben«, gab Miss Judson zu bedenken. »Das wäre vollkommen unangebracht.«

Zu der Idee, dass ich hierbleiben sollte, fielen mir gleich mehrere Wörter ein, und *angebracht* gehörte definitiv nicht dazu. Und seit wann bitte machte Miss Judson derart abrupte

Kehrtwenden? War es möglich, dass Dr. Kinkaids grüne Augen auch auf ihr Urteilsvermögen eine bedenkliche Wirkung hatten?

»Als Vertreterin des Krankenhaus-Damenkomitees würde ich ja *meine* Dienste anbieten«, sagte Tante Helena großzügig. »Es wäre sicher nicht meine erste Nachtwache an einem Krankenbett. Doch leider bin ich schon anderweitig verplant.« Bedeutsam erklärte sie: »Ich werde heute Abend den Vortrag der Viscountess Snowcroft besuchen.«

*Tja*, fuhr es mir durch den Kopf, *wenigstens kann sie* jemanden *im Auge behalten*.

»Kommen Sie, Hardcastle«, sagte Dr. Kinkaid. »Auf mich wirken Sie ganz wie ein Mädchen, das vor keinem Abenteuer zurückscheut. Interessiert es Sie nicht, was nachts in einem Krankenhaus so vor sich geht?«

»Was hier vor sich geht, haben wir gehört«, murmelte ich.

»Nun, einen weiteren Mord kann ich Ihnen nicht versprechen«, gab er zu. »Ich bin nun schon seit fast sechs Monaten hier, ohne dass ich selbst einen erlebt hätte. Ihr Vater ist ein ungemeiner Glückspilz.«

»Ach, da müssen Sie nur in unserer Nähe bleiben«, meinte Miss Judson müde. »Wir scheinen sie magisch anzuziehen. Tante, ich erkläre Ihnen alles auf dem Heimweg.«

Am Ende bekamen Miss Judson, Vater und Tante Helena ihren Willen. Bevor ich eine Verteidigung zusammenstellen konnte, die mir erlaubt hätte, dieser ungerechtfertigten Forderung zu entkommen, traf Dr. Kinkaid schon die Vorbereitungen und eine Lernschwester brachte mir ein Bündel verschiedener Sachen, die sie hastig aus der Kinderstation zusammengesucht hatte: ein Nachthemd, das vom vielen Waschen schon fast durchsichtig war und nur noch von der grünen Stickerei zusammengehalten wurde; eine Dose Zahnpulver und dazu eine Zahnbürste, die zumindest neu *aussah*; und einen weißen Flanellmorgenmantel, der Vater gepasst hätte. All das drückte ich an mich, während ich zusah, wie Miss Judson und Tante Helena davongingen und mich in der Höhle von Krankenstation mit Vater und einer Armee von inzwischen feindlich gesinnten Schwestern allein ließen.

»Du kommst schon zurecht«, sagte Miss Judson – aber ich hörte vor allem die schreckliche, unausgesprochene Anweisung: *Sorge dafür, dass dein Vater nichts mehr anstellt.*

Einen letzten Kommentar zum Abschied konnte ich mir nicht verkneifen. »Was das Skizzenbuch angeht, hatte er recht.«

Seufzend blätterte sie gedankenverloren durch das wertvolle Buch. »Es spielt kaum mehr eine Ro–« Sie unterbrach sich, die Hand wie über den Seiten erstarrt.

»Was ist?«

Grimmig drehte sie das Buch zu mir um. Neben einem lustlos hingeschmierten Bild von Leichen, die auf einem Schlachtfeld auf der Krim verstreut lagen, ragten die schroffen Überreste einer ausgerissenen Seite hervor. Wer das Buch auch aus Vaters Bett genommen hatte, hatte seine Notizen zu dem Mord an sich genommen.

# 11

# Mitgefangen, mitgehangen

Die Pflichten einer Rechtsmedizinerin beinhalten nicht nur die Arbeit mit den Toten, sondern auch die mit den Lebenden. Eine dieser Gruppen hält für Ermittler mit wesentlich höherer Wahrscheinlichkeit verlässliche Informationen bereit als die andere.

– H. M. Hardcastle: *Grundlagen der Rechtsmedizin.*

Das Wiederauftauchen von Miss Judsons Skizzenbuch machte es mir kein Stück leichter, die Nacht bei Vater im Krankenhaus zu verbringen. Ganz im Gegenteil: Schlagartig schien die mögliche Gefahr sehr real, und ich war so gar nicht sicher, ob ich der Aufgabe, Vater im Alleingang zu beschützen, gewachsen war.

»Mach dich nicht lächerlich.« Miss Judson funkelte noch einmal Richtung Vater, der seine Lederriemen inzwischen musterte, als hätte er sich in sein Schicksal ergeben – hoffte ich zumindest. »Du musst ihn nur vor sich selbst beschützen. Sorge dafür, dass er beschäftigt und abgelenkt ist. Lies ihm etwas vor.«

»Haben Sie Ihr Lehrbuch über den Krimkrieg dabei?«, fragte ich sarkastisch.

Angesichts Vaters Verhalten war das Krankenhaus erstaunlich dienstbeflissen. Schwester Pethwick war Vater zugeteilt worden und behandelte ihn wie eine bockige Nuss, die sie unbedingt, um jeden Preis knacken wollte. Als sie zur Nachtschicht auftauchte, brachte sie außer Vaters Abendessen auch einen Emaillekrug mit wässrigem Kakao und einen krümeligen Keks für mich.

»Was ist das für eine Geschmacksrichtung?«, fragte ich. Das sandige Gebäck hinterließ ein süßliches Aroma.

»Mandel«, sagte sie, woraufhin ich ihn unvermittelt weglegte. Tödliches Zyanid hatte auch Mandelessenz in sich. »Es tut mir leid, Mr Hardcastle, noch können Sie leider nichts Festes zu sich nehmen. Dafür habe ich Ihnen etwas kühle Brühe mitgebracht.«

Während sie ihn mit einem Löffel mit der kalten Rinderbrühe fütterte, wandte ich den Blick ab. Es war mir peinlich, dass Schwester Pethwick so nett zu uns war, nachdem Vater ihren privaten Rückzugsraum so zugerichtet hatte. Zu gern hätte ich mich entschuldigt, wusste aber nicht recht, wie ich das in Vaters Anwesenheit anstellen sollte. Also sagte ich gar nichts, nicht einmal, als sie uns fragte, ob sie uns noch etwas bringen könnte.

Vaters Gesicht glänzte vom Waschen rot, wie bei einem Baby nach dem Füttern. Er wirkte, als wäre er am liebsten im Boden versunken.

»Eine Zeitung?«, schlug ich schließlich vor.

»*Swinburne Bote*, *Upton Verzeichnis* oder *London Times*?«

Ich wollte nicht gierig erscheinen, aber es würde immerhin eine lange Nacht werden. »Alle drei?«

Schwester Pethwick zögerte. »So lange Sie ihn nicht überanstrengen. Immerhin erholt er sich noch von einer Operation.«

Ich nickte emsig und Vater stieß einen rauen Laut aus, den die Schwester und ich als Zustimmung ansahen.

Das Letzte, was Schwester Pethwick tat, bevor sie Vater meiner Obhut überließ, war es, seine Fesseln zu lösen und die Lederriemen unter das Bett zu stopfen, sodass man sie nicht mehr sehen konnte.

»Sind Sie sicher?«, fragte ich.

»Ich werde der Oberschwester nichts verraten«, sagte sie mit einem freundlichen Augenzwinkern. »Ich vertrau Ihnen.«

»Das sollten Sie lieber nicht«, nuschelte ich – mit einem besorgten Blick zu Vater. Sollte er noch einmal gegen die Regeln verstoßen, wäre es ganz allein meine Schuld. Doch er blickte uns beide mit großen unschuldigen Kulleraugen an, was Schwester Pethwick ein Schnauben entlockte.

Die *Times* aus London war schon zwei Tage alt, aber das *Upton Verzeichnis* und der *Swinburne Bote* stammten von heute Morgen. Vater war ruhig – im Moment –, also machte ich es mir mit der Zeitung auf dem Schoß und dem Notizbuch im Anschlag auf dem kleinen Klappbett bequem, das sie mir bereitgestellt hatten (eine weitere Leihgabe der Kinderstation). Schwester Pethwick machte mit ihrem Abendrundgang weiter, verabreichte Medikamente, deckte die anderen Patienten zu und drehte das Licht herunter. Ganz dunkel wurde es jedoch nicht – die Schwestern mussten bei ihren Runden die Patienten ja sehen können –, dennoch wirkte der Raum plötzlich wie ein ganz anderer als die helle, sonnenbeschienene Tagvariante. Die Nischen verloren sich in Schatten und jeder seltsame Einrichtungsgegenstand nahm etwas Unheilverkündendes und Bedrohliches an. Gefahr – nicht nur unsichtbare Bazillen, sondern auch unerkannte Bösewichte – konnte hinter jedem Vorhang, unter jedem Bett lauern. Selbst die eingetopfte Schusterpalme ähnelte einem sprungbereiten Schurken mit irrer Frisur.

Ich konnte verstehen, warum Vater nicht im Bett hatte bleiben wollen.

Wenigstens hatte man die Fenster weitgehend geschlossen, damit wir schlafen konnten, ohne zu erfrieren.

»Fangan«, nuschelte Vater. Seine Stimme war noch immer schwach und ich vermutete, dass ich mich glücklich schätzen sollte, weil er mich im Moment nicht schimpfen konnte. Nicht dass *ich* irgendetwas falsch gemacht hätte. Nachdem ich mich geräuspert hatte, ging ich die Schlagzeilen durch, die nicht allzu interessant waren. PARLAMENT DISKUTIERT VER-

WALTUNGSREFORM und KANALARBEITEN AUF HAUPTSTRASSE BEGINNEN.[25]

Ich blätterte den ganzen *Swinburne Boten* durch. »Dein Mord wird nirgends erwähnt.«

»Beweihst gah nigs.«

Mrs Dudley und S.H.S.W.W. hatten für Miss Snowcrofts neueste Auftritte eine komplette Seite Werbung geschaltet: MIT CHARLEY, DEM HUND und MATINEE ZUM HALBEN PREIS. Der redaktionelle Teil wurde von verschiedenen Meinungen der Swinburner eingenommen – darüber, was mit dem Snowcroft-Vermögen geschehen sollte. Es fand sich alles, vom Zurückfallenlassen an die Krone bis hin zum Bau eines Heims für Arbeitspferde im Ruhestand.[26] Was ich, zum Glück, *nicht* sah, war einer der Drohbriefe, die Genie erwähnt hatte. Natürlich würde man die bösartigsten ohnehin nicht abdrucken.

Unter normalen Umständen hätte ich meine Bedenken mit Vater geteilt. Beinahe hätte ich etwas gesagt – bis mir die Lederriemen einfielen, die Schwester Pethwick gerade erst versteckt hatte. Es gab keinen Grund, ihn noch weiter aufzuregen.

Vater stieß ein mürrisches Geräusch aus und stierte finster durch das Krankenzimmer.

Forsch faltete ich die Zeitung zusammen, so wie Miss Judson es getan hätte. »Wir sollten etwas von der liegen gebliebenen Arbeit erledigen. Miss Judson bringt dir morgen die Papiere, die du unterschreiben musst, aber ich kann dir schon

25 Jüngste Ereignisse, die in Zusammenhang mit der Kanalisation standen, hatten auf ihren furchtbar schlechten Zustand aufmerksam gemacht.

26 Eine Idee, die man sich meiner Meinung nach wirklich durch den Kopf gehen lassen sollte. Ich würde sie Sally vorschlagen.

mal eine Zusammenfassung von den Schreiben geben, die angekommen sind, seit du weg bist.«

»Besse'e Idee.« Vater sah sich im dunklen Raum um, und warf, nachdem weder schwesterliche noch ärztliche Aufsicht zu finden war, seine Decken beiseite. »*Gehnwia*.«

»Was soll das werden?«, zischte ich und warf die Decken wieder über seine Schlafanzugbeine. »Ich habe versprochen, dafür zu sorgen, dass du in diesem Bett bleibst.« Drohend hielt ich meine Hand über die Klingel an seiner Wand, mit der man Alarm auslösen und jede Schwester der Privatstation im Handumdrehen herholen konnte.

Vater schluckte schwer und wollte etwas sagen, überlegte es sich dann jedoch anders und schnappte sich stattdessen das Notizbuch. Einen kritzelnden Moment später zeigt er mir dies:

2 h bis Schwestern zurück
Jetzt suchen

Ich nahm es ihm ab. »*Nix* suchen! Vater, wir haben es *versprochen*! Miss Judson wird uns zu Hackfleisch verarbeiten.« Was eine ziemlich blutrünstige Redewendung war, wenn man darüber nachdachte, allerdings absolut im Bereich möglicher Bestrafungen zu liegen schien, zu denen meine Gouvernante imstande wäre, sollte sie herausfinden, dass ich bei meiner einzigen Aufgabe für heute Nacht versagt hätte.

»Nuh guhds«, sagte Vater. Er rang mir das Notizbuch sanft ab. *Du bist auch neugierig*, schrieb er. *Das ist unsere Chance, meine Theorie zu beweisen.*

Ich verschränkte die Arme und funkelte ihn böse an. »Welche Theorie?«, fragte ich misstrauisch.

Verspielt wackelte er mit den Augenbrauen und lockte mich mit einem übertrieben gekrümmten Finger zu sich. Ich seufzte, schloss kurz die Augen und stieß im Geiste jedes *unangebrachte* Wort aus, das ich kannte – in vier Sprachen (sollten diese Worte je *angebracht* sein, dann war dies der Moment). Anschließend warf ich meine eigenen Decken beiseite.

»Faahn«, sagte Vater und ich blinzelte ihn verständnislos an.

»*Was?*«

Ungeduldig deutete er auf den eingetopften Farn auf seinem Nachttisch, den ich ihm zögernd reichte – und den er prompt auf den Kopf stellte, um eine Portion Erde und einen glänzenden Messingschlüssel in seine ausgestreckte Hand zu kippen.

»Woher hast du –?« Ich warf die Arme in die Höhe. »Nein! Sag's mir nicht! Ich will es gar nicht wissen.« Mit einem selbstgefälligen Grinsen schob Vater sich den Schlüssel in die Tasche seines Morgenmantels, ich schnappte mir meine Ausrüstung und wir zogen los.

Immerhin hatten wir Pantoffeln, liebe Leserschaft, was es unendlich einfacher machte, über die polierten Holzböden des Swinburne Royal zu schleichen.

»Fürs Protokoll: Ich bin gegen diese Idee. Und Miss Judson würde sie auch nicht gutheißen.«

Während Vater sich durch die Schatten entlang der gefliesten Wand stahl, schaute er kurz zu mir zurück – und zu meinem enormen Schreck funkelten seine Augen.

»Du gehörst ins Bett.«

Er schenkte mir ein enttäuschtes Stirnrunzeln und schlich auf Zehenspitzen weiter. Nachts waren die breiten, gebohnerten Korridore des Swinburne Royal immer noch beeindruckend, immer noch erhellt von (nun gedimmten) künstlichen Lichtern und immer noch blitzblank, so neu war alles. Doch Gott sei Dank waren sie weit weniger bevölkert. Zu so später Stunde war der Nicht-Willkommens-Schalter am Eingang unbesetzt. Vermutlich hatte Vater hier das Telefon gefunden, mit dem er uns angerufen hatte – und wahrscheinlich hatte er hier auch den Generalschlüssel gemopst, von dem ich am liebsten nichts gewusst hätte.

»Wie oft genau hast du dich nachts hier schon herumgetrieben, seit wir dich hergebracht haben?« Ich fühlte mich wie ein ungezogener Schuljunge, der sich nach dem Zapfenstreich[27] noch auf den Gängen herumdrückte.

Vater dagegen wirkte keineswegs beunruhigt, sondern flitzte durch die Flure, leise und flink wie Peony auf einer mitternächtlichen Mission in der Küche. Er führte mich um Ecken herum, vorbei an Treppenhäusern, und er schob mich außer Sicht, als ein pfeifender Pfleger an uns vorbeischlenderte, mit seinen Schlüsseln klimperte und nach Patienten Ausschau hielt, die mit Hilfe und Unterstützung ihrer Töchter aus dem Bett getürmt waren.

Nach einer gefühlten Ewigkeit, die keinesfalls länger als einige mörderische Minuten gedauert haben konnte, blieben wir vor der schwach erleuchteten Glastür zu Dr. Kinkaids Labor stehen. »Hiea.« Vaters Flüstern war überraschend robust, daher blickte ich ihn schief an. Machte ihn diese unerlaubte Exkursion etwa gesünder? *Ich* dagegen hatte alle möglichen alarmierenden Symptome entwickelt: Herzrasen, schauderhafte Hautausdünstungen an unaussprechlichen Stellen, juckende Handflächen, eine Art Ausschlag auf der Zunge …

Ich riss mich aus meinen Gedanken. »Und hier hast du den …« *Zum Teufel!* »… Mord gesehen?«

Vater nickte heftig.

[27] Der alte Brauch der Sperrstunde, auf Altfranzösisch übrigens »cuevrefeu« (»bedeckt die Feuer«), war für mittelalterliche Dorfbewohner der Zeitpunkt, zu der sie sämtliche Lichter zu löschen hatten, damit sie weder Angreifer anlocken noch das Dorf niederbrennen konnten. Dass man heutzutage so nachlässig damit umgeht, vernachlässigt die *äußerst realen Gefahren* davon, sich nach Ausgehsperre noch herumzutreiben, *Vater*.

»Da drin haben wir den Ohrring gefunden.«

Vater streckte auffordernd die Hand aus und ich holte das Beweisstück aus meiner Tasche. Er nahm den goldenen Ring zwischen Daumen und Zeigefinger, um ihn in den Lichtschein zu heben, der durch das Glas fiel. Doch nachdem er ihn aufmerksam begutachtet hatte, zuckte er nur mit den Schultern und gab ihn mir zurück.

Hoffnungslos rüttelte er am Türknauf des Labors, sodass ich ihn daran erinnern musste, dass er einen Schlüssel hatte. Statt ihn zu nutzen, führte Vater eine übertriebene Pantomime auf. Er schüttelte den Kopf, deutete den Gang hinab, ließ zwei Finger über seine Hand laufen und hielt dann beide Hände in die Höhe, wie um mich um Erlaubnis zu bitten.

Zu gern hätte ich meine eigenen Finger in Richtung seines Betts wandern lassen. Doch ich nickte – woraufhin Vater strahlte und weiter durch den Flur schlich.

Ich fürchtete schon, er würde noch einmal zum Aufenthaltsraum der Schwestern wollen – ein Ort, der selbst zu dieser Stunde sicher *nicht* verlassen wäre –, aber er hatte ein weit schlimmeres Ziel im Sinn. Auf direktem Weg führte er uns zur nächsten Tür, einem Büro, dessen Plakette ich mit Mühe entziffern konnte – und es sofort bereute: DIREKTOR JULIUS GREELEY, F.R.C.C.,[28] KRANKENHAUSLEITUNG.

Ich stockte und hielt mir die Hand vor den Mund, um meinen Einspruch zu unterdrücken. Es war viel zu spät, um jetzt noch einen Rückzieher zu machen. Oder Alarm zu schlagen. Oder zu fliehen. Zum (Un-)Glück funktionierte Vaters gestohlener Schlüssel und einen unabänderlichen Moment später standen wir im geschäftlichen Zentrum von allem, was hier im Swinburne Royal Hospital vor sich ging.

[28] Fellow des Royal College der Chirurgen, ein sogar noch höherer Rang als Mitglied. Keine Ahnung, wie die genannt werden möchten.

Es dauerte, bis meine Augen sich an die Dunkelheit gewöhnt hatten und mein Herz nicht länger so laut klopfte, dass es sämtliche Pfleger, Direktoren und Mörder vor Ort verständigt hätte. Dr. Greeleys Büro war wie ein Wohnzimmer eingerichtet, mit Kamin – der noch immer einige Wärme verströmte –, dunkler Holzvertäfelung, Bücherregalen und einem dicken Teppich. Vor dem Fenster waren dicke Seidenvorhänge fest zugezogen, um die »gesunde Frischluft« auszusperren, die das Krankenhaus Personal und Patienten zumutete.

»Gönnde augh hiea pahsied sein.« Vater deutete auf die verhüllten Fenster.

Pflichtbewusst lief ich auf Zehenspitzen durchs Zimmer, um behutsam die schwere Seide beiseitezuschieben. Dabei stieg ein durchdringender staubiger Duft auf, daher scheuchte ich Vater mit einem Wink weiter zurück, damit das einzige Staubkorn im ganzen Swinburne Royal nicht ausgerechnet seinen Weg in Vaters entzündeten Hals fand. Als ich hinter den Vorhang spitzte, linste mir durch die Nacht verschlafen und schummrig die verdunkelte Männerstation entgegen. »Die sind seit Ewigkeiten nicht geöffnet worden. Das Labor ist als Tatort wahrscheinlicher.«

»Sdimme szu.« Als ich mich wieder umdrehte, schlüpfte Vater gerade aus seinem Morgenmantel. Kurz war ich nur verdattert – bekam er wieder Fieber? Doch dann rollte er ihn ein und legte ihn vor den Spalt unter der Tür. »So siehd man das Ligh nigh«, erklärte er stolz.

»Oh.« Wie viele solcher Tricks hatte Vater noch auf Lager? Ich hatte mich getäuscht – dies hier war gar nicht *mein* Vater.

Um mir darüber nicht weiter den Kopf zu zerbrechen, hastete ich zum Schreibtisch und zündete eine Lampe an. Sie war klein und altmodisch mit einem geschwungenen Messinggriff über dem Zylinder, an dem man sie offenbar aufhängen konnte.

Das passte so gar nicht zur übrigen Einrichtung, weshalb ich mich fragte (vollkommen gegen meinen Willen, möchte ich klarstellen), warum sie hier war.

Mit einem Knurren, das ich nicht einmal zu überspielen versuchte, drehte ich mich um die eigene Achse, um den Raum näher zu inspizieren, während Vater … tat, wozu auch immer wir in das Büro einer Krankenhausleitung eingebrochen waren. Zwischen den Fenstern und den Bücherregalen hingen triste Seefahrtsgemälde. In einem Rahmen befand sich ein Brief von Ihrer Majestät anlässlich der königlichen Schirmherrschaft über das Krankenhaus, in dem Dr. Greeleys Menschenfreundlichkeit gelobt wurde. In einem anderen war eine Fotografie von Tante Helena zu sehen, auf der sie Dr. Greeleys Hand schüttelte – ich stieß ein Quieken aus. »Er ist *kahl*!«

Doch Vater konzentrierte sich auf etwas vollkommen anderes, daher fuhr ich mit meiner eigenen Untersuchung der Umgebung fort. Auf den langen, niedrigen Schränken standen verschiedene exotische Artefakte aus tropischen Gefilden: eine gewebte, gruselig aussehende Reetmaske, eine Trommel mit Tierhautbezug (an dem noch immer das Fell saß) und ein hübscher grellbunter Papagei aus Holz. Dies war eindeutig das Büro eines erfahrenen Weltenbummlers. Doch wie die Lampe wirkte auch ein altes Taschenmesser, das auf einem Podest stand, fehl am Platz.

Das Gerät (Werkzeug? Waffe?) war klein, voller Gebrauchsspuren und gewöhnlich, dennoch war es mit offensichtlicher Achtsamkeit auf dem Schreibtisch ausgestellt. Als ich die Lampe näher heranrückte, entdeckte ich zwischen den eingravierten Schnörkeln auf dem einklappbaren Elfenbeingriff kaum mehr erkennbare, grobe und vom Alter getrübte Buchstaben in die Oberfläche geritzt.

»*Cutty*«, las ich vor.

»Hmbf?«

»Das steht hier auf dem alten Messer«, sagte ich. »Wie heißt Dr. Greeley gleich wieder mit Vornamen?« Julius, erinnerte ich mich – es stand auf dem Schild an der Tür.

»Sbidsname?«, würgte Vater hervor. »Wie Bohs oder Dog?« (Ich glaube, das sollte *Bones oder Dok* heißen.) »Eh wae Schiffsahszsd.«

»Ein Schiffsarzt? Woher weißt du das?« Doch als ich die Hinweise in diesem Zimmer zusammensetzte, war es eine logische Schlussfolgerung. Ich betrachtete die Form des Messers genauer: auf einer Seite flach, auf der anderen leicht geschwungen und nur wenig länger als meine Finger. Eigentlich ein winziges Ding. Dennoch zweifellos seiner Aufgabe gewachsen.

Vater fand den Terminkalender von Direktor Greeley und schlug ihn auf. Enttäuschenderweise enthielten die Notizen für den 19. Februar nicht: *Deutlich sichtbar vor dem Fenster einen Mord begehen, während Patient zusieht.* Genau genommen gab es für den Abend gar keinen Eintrag, dafür hatte er um 16 Uhr einen Termin mit »A.P.« gehabt. Darauf stürzte Vater sich wie Peony. Auf der Suche nach weiteren Erwähnungen des geheimnisvollen A. P. blätterte er im Kalender vor und zurück.

Ich widmete mich in der Zwischenzeit der Briefablage. Zu versenden gab es aktuell nichts, doch in dem Fach für eingetroffene Post stapelten sich geöffnete Briefe von fröhlichen Spendern: *Anbei finden Sie £5 für die Kinderabteilung*; *Meine Gattin und ich haben das Swinburne Royal Hospital in unserem Testament bedacht; Das Krankenhaus-Damenkomitee ist erfreut, für den Hilfsfonds Kostenfreie Sprechstunde Spenden in Höhe von £500 gesammelt zu haben* (schon wieder Tante Helena). Im Mülleimer befand sich nur ein in Fetzen gerissener Handzettel, der Miss Snowcrofts und Charleys Vorträge bewarb (offenbar hatten wir die eine Person in ganz England identifiziert, die nicht von dem Geheimnis um die *Persephone* besessen war). Absolut nichts Verdächtiges.

Vater hatte mehr Glück. »Müühl!« Winkend lenkte er meine Aufmerksamkeit auf den Terminplaner, in dem stand, dass Dr. Greeley sich vor mehreren Wochen mit einer gewissen Mrs Velma Dudley von einem Wohlfahrtsverein für Seefahrtswitwen und -waisen getroffen hatte.

»Der *Hafen*«, wisperte ich. »Das muss ein Zufall sein.«

»*Vieheigd*«, sagte Vater. »Abeh ghaube igh nighd.«

Rasch rechnete ich nach – das musste gewesen sein, kurz bevor Mrs Dudleys mit Sally zum ersten Mal bei uns gewesen war. Es war viel zu weit hergeholt, dass Dr. Greeleys Verbindung zu Mrs Dudley in irgendeiner Weise mit Vaters Fall zu tun haben sollte – egal welchem Fall. Doch Vater war da offenbar anderer Ansicht.

Er riss die Seite einfach aus dem Kalender. Ich unterdrückte einen Aufschrei. »Vater! Das können wir nicht einfach mitnehmen. Das ist ein Beweisstück!«

Er nickte heftig. »Sieghasdelln. Offisziella Vadehda des Gehieghts.« Er faltete die Seite sorgsam und steckte sie in die Brusttasche seines Schlafanzugoberteils.

»So geht das nicht«, sagte ich der Verzweiflung nahe. »Bei dir finden sie das doch sofort. Gib es mir.«

Vater zögerte. Mehr als ungern trennte er sich von dem, was sich wie ein erstes handfestes Indiz anfühlte.

»Ja, du bist offizieller Vertreter des Gerichts. Und wir gehen der Sache nach«, versprach ich, als ich fordernd die Hand ausstreckte. Nachdem er das Blatt endlich hergegeben hatte, steckte ich es in die Tiefen meiner Tasche – immerhin außer Vaters Reichweite.

Mehr schien Dr. Greeleys Schreibtisch nicht preiszugeben zu haben. Wir machten also im restlichen Zimmer weiter, öffneten Schränke, die zum Bersten voll waren mit Wollwesten (man hätte sie auch *Strickjacken* nennen können), Wärmflaschen und einem Lebensvorrat an Tee – selbst ein Paar übergroße gestrickte Handschuhe. Exzentrisch, aber kaum belastend.

»Aa-aaa!«, rief Vater aus. Als ich zu ihm blickte, sah ich, dass er ein breites Lederbuch in Händen hielt. »Füh das Geld!«

Ich konnte nicht anders. »Welches Geld?«

Mit leuchtenden Augen drehte Vater mir seinen Fund zu. Es war ein Kontenbuch, unzählige Seiten voll ordentlich notierter Zahlenreihen. Er trug es zum Schreibtisch, wo er es sich in Dr. Greeleys Lederstuhl bequem machte. »Das gönnde ein Wheilghen dauan«, meinte er.

»Wir *haben* kein Weilchen!«

»Wih habn eine Sdunde und sszehn Minudn«, sagte er. »Sedss digh.«

Ich zögerte, doch er warf mir einen sehr *väterlichen* Blick zu und deutete auf den übermäßig gepolsterten Lehnsessel am Kamin. »Sedss digh.«

Grummelnd gehorchte ich. Während Vater arbeitete, holte ich mein eigenes Notizbuch heraus und ging noch einmal die Liste durch, die ich am Abend erstellt hatte, doch unsere Durchsuchung von Dr. Greeleys Büro schien nichts Neues ergeben zu haben, was sich ergänzen oder schlussfolgern ließe. Missmutig notierte ich die Treffen mit A.P. und Mrs Dudley, bevor ich meine müden Augen auf Dr. Greeleys Masken und Trommeln richtete, Erinnerungen an ein Leben auf See.

Im schummrigen Licht der einsamen Lampe sahen sie noch faszinierender aus. Namen und Bilder all der interessantesten fremden Länder in meiner Enzyklopädie wirbelten durch meinen Kopf: *die Galapagosinseln, Neuguinea, die Antipoden, Madagaskar* … Warum sollte sich jemand ausgerechnet in Swinburne niederlassen, wenn er in all diesen anderen (wärmeren) Ländern gewesen war? Kein Wunder, dass er so viele Pullover brauchte.

Hinter den Vorhängen ratterten die Fenster und ich hörte den Jagdruf einer Eule. Ich mummelte mich in den geborgten

Morgenmantel, zog die Beine angewinkelt auf den Sessel und stützte den Kopf gegen die Lehne, während ich Vater dabei zusah, wie er fiebrig über dem Kontenbuch grübelte.

»Müühl. Gehn wieh.« Vater stand neben mir und legte eine Decke zusammen, mit der er mich offenbar irgendwann zugedeckt hatte. Hastig schreckte ich hoch. Ich war eingeschlafen. Ich war *eingeschlafen*, obwohl ich doch Vater hätte beaufsichtigen sollen! Torkelnd und mit hämmerndem Herzen stand ich auf.

»Lhangsam«, sagte er. »Alles in Ohdnung.« Seine Stimme wurde kräftiger.

Kritisch beäugte ich ihn. Sein Haar stand nach allen Seiten ab und hinter seinen Ohren klemmten gleich *zwei* Bleistifte. Doch er hatte endlich wieder Farbe im Gesicht – warm und gesund –, und der Glanz in seinen Augen stammte nicht vom Fieber. So gut hatte er seit Wochen nicht mehr ausgesehen.

»Du hast etwas gefunden«, mutmaßte ich. Meine Schläfrigkeit verpuffte. »Was? Was hast du gefunden?«

Vater grinste. »Schau.« Er führte mich an den Schreibtisch und öffnete das Kontenbuch. »Misses Duhley. Eine Sbende – nuh andehsum.«

Ich merkte, wie meine Stirn sich zusammenzog, während ich mir Mühe gab, das zu übersetzen. »Was?«

»*Geehley* hat an den *Hafen* gesbended. Swansigahalb Bfund fünfsig! Und schauhea.« Vaters Notizen zufolge war im Lauf der vergangenen zwei Jahre alle paar Monate eine solche Spende (zwanzig Pfund und fünfzig Pence!) aus den Kassen des Krankenhauses geflossen, womit bis zum heutigen Tag eine Gesamtsumme von über fünfhundert Pfund zusammengekommen war.

»Das ist äußerst wohltätig«, sagte ich skeptisch. *Eine* solche Spende wäre großzügig – so viele grenzten an verdächtig. Das war fast so viel wie Vaters gesamtes Gehalt (nicht dass ich das hätte wissen sollen). »Also … hat Dr. Greeley Mrs Dudley erwürgt, damit sie ihn nicht länger erpressen kann?« Dieser Gedanke nahm erst langsam Gestalt an, bevor er rasend schnell an Tempo gewann und in einer Sturzflut der Erleichterung endete. Endlich ein Fall! Nun ja, *Erleichterung* sollte man es wohl nicht nennen. Arme Mrs Dudley! Arme Sally!

»Miss Duhly ehwühgt?« Vater sah mich stirnrunzelnd an. »Was gedest du da?«

»Wovon redest *du*? Das Mordopfer mit dem Ohrring – es könnte Mrs Dudley gewesen sein! Hat – hatte sie Ohrlöcher?« Ich konnte mich nicht erinnern.

»Was had dehn deh Ohhing damid szu dun?« Einfach so fegte Vater den einzigen handfesten Beweis, den ich gefunden hatte, vom Tisch.

»Nun, entweder er gehört dem Opfer oder dem Mörder«, fuhr ich ihn an. »Und bisher haben wir keinen kahlen weiblichen Arzt gefunden.«

»Gahle Ähdsin …?« Vater legte sich eine Hand an die Stirn. »Müühl, geine Ahnung, wovon du sbigst.«

»Natürlich von der Witwe, die ermordet wurde. Von dem Arzt. Es ist *dein* Mord – warum schaust du mich so an?«

»Geine Fhau«, sagte Vater und ich stockte, starrte ihn ungläubig an.

»Was?«

»Das Obfah. Ehs wah ein *Mahn*. Geine Fhau.«

Entnervt warf ich die Arme in die Höhe. »Die ganze Zeit suchen wir nach einer Frau!«

»Wahum? Von Fauhen hab igh nie was gesagd.«

»Du hast nie überhaupt was gesagt!« Meine Stimme war gefährlich schrill geworden, also zwang ich mich zur Ruhe. »Deinetwegen sind Miss Judson und ich auf der Suche nach kahlen Witwen durchs ganze Krankenhaus gehetzt. Warum hast du nichts gesagt?«

»Meine Mandehln wuhdn endfehnd.«

Ich stieß einen wortlosen Laut aus und stopfte alle meine Sachen zurück in meine Tasche. »Ich hätte auf Miss Judson hören sollen. Du *hast* Wahnvorstellungen. Wahrscheinlich hat es gar keinen Mord gegeben und wir haben im Büro eines unschuldigen Krankenhausdirektors vollkommen grundlos randaliert.«

Vater wurde sehr still. »Feihn. Wenn du mieh night helfn willsd, gann igh digh nighd sswingn. Gomm, högsde Szeid, dahs wieh suhüggehn. Bumml nigd.«

Als wäre es *meine* Idee gewesen, herzukommen! »Pass gut auf, dass hier alles wieder so ist wie vorher«, sagte ich verärgert. »Sonst merkt Dr. Greeley, dass wir hier waren.«

Wie durch ein Wunder schafften wir es überpünktlich und (noch ein Wunder) ohne weitere Diskussionen zurück in die Männerstation, wo Vater (Wunder gibt es immer wieder) unschuldig in sein Bett gekuschelt dalag, als Schwester Pethwick auf ihrer nächtlichen Runde vorbeikam.

»Sie sehen ja schon viel besser aus!«, sagte sie fröhlich, als sie zuerst Vaters Kissen, dann meins aufschüttelte. »Wie wäre es mit noch einer Portion Brühe?« Die widerliche Mischung und einen Löffel hatte sie schon im Anschlag.

»Wie wä's mid eina Dasse Dee, Schwesda?«, bat Vater.

»Sie wissen doch, dass Sie nichts Heißes trinken dürfen«, schalt sie ihn.

»Unsere Nachbarin aus Amerika trinkt Eistee«, versuchte ich zu helfen – und erntete sowohl von Vater als auch von Schwester Pethwick entsetzte Blicke. (Als wäre in lauwarmem Wasser aufgelöste Fleischpaste ein Festessen!)

»Tja, über den Geschmack der Amerikaner lässt sich nicht streiten, was?« Schwester Pethwick machte sich daran, Vaters Vitalwerte zu überprüfen, kramte dann aber suchend in den Taschen ihres Kittels. »Wo ist nur meine Uhr? Vor einer Minute hatte ich sie noch. Also wirklich, was hier alles wegkommt …« Kopfschüttelnd richtete sie ihren Blick stattdessen auf die Wanduhr. »Ihr Puls ist gestiegen, Mr Hardcastle. Sie sind doch nicht etwa aufgestanden?«

»Nuh sum WC«, schwor er, die Unschuld in Person.

Ich blickte stur auf meine Finger und hielt mich aus diesem Gespräch heraus. Vaters scherzhafter Umgang mit der Schwester machte mich nur angespannter. Sobald Schwester Pethwick sich den übrigen Patienten widmete, kehrte Vater zu dem Fall zurück.

»Schnehl. Magh eine Lisde mid Saghen, die igh aus dem Büho bauche.«

»Miss Judson wird das ganz und gar nicht nicht gefallen. Du solltest besser schlafen. Wenn du morgen früh wieder Fieber hast, dann –«

»Was is nuh in digh gefahn?«, fragte er. »Eben wahsd du nogh begeisdad, diesn Moad mit mih aufzuglähn.«

»Du bist aber nicht hier, um einen Mord aufzuklären! Du sollst dich von deiner Mandelentzündung erholen!«

»Igh gann beides«, sagte er unbekümmert – in einem Tonfall, den ich von ihm gar nicht kannte (und mit dem ich doch so vertraut war). »Wahum solln imma nua du und Miss Juhdsn Sbahs habn?«

»Es ist kein *Spaß*! Hier geht es um eine sehr ernste Sache und du tust so, als wäre es ein Spiel!« Ich musste an Miss Judsons Bemerkung vom Abend bei Richter Fox denken, und noch bevor ich es mir verkneifen konnte, fügte ich hinzu: »Nur weil du eifersüchtig auf die Fälle bist, die wir gelöst haben –«

»*Eifasüghdi?*«, krächzte er. »Juhge Dahme, igh habe Moade aufgegläad, da gonndes du Dötugsdeligd nogh nigh mal *buchsdabian*!«

»Oder *nicht* aufgeklärt«, murmelte ich – nicht zu leise.

»Wea is hia gindisch?«, feuerte er zurück.

»Ich weiß nicht – vielleicht dein *Kind*? Das wäre zur Abwechslung doch mal ganz nett!« Ich warf mich in mein Kissen und verschränkte empört meine Arme.

»Aber, aber, was soll denn das? Sie wecken die ganze Station mit ihrem Gezanke!« Über uns stand Schwester Pethwick, die Hände in die grüngestreiften Hüften gestemmt. »Junge Dame, Sie sind hier, um Ihrem Vater dabei zu helfen, sich zu erholen.«

Ich funkelte sie an. »Ich habe ja gleich gesagt, Sie sollten ihn festgeschnallt lassen.«

»Führen Sie mich nicht in Versuchung«, meinte sie. »Wenn es sein muss, verabreiche ich Ihnen beiden ein Schlafmittel. Letzte Warnung!«

Danach drehte ich Vater den Rücken zu, rollte mich in meinem nicht-knarrenden kleinen Klappbett zur Seite und zog mir die grüne Decke über den Kopf. Sollte Vater einschlafen – oder für ein weiteres spätnächtliches Abenteuer aus dem Bett klettern –, würde ich es nicht sehen und es war mir auch egal.

# 12

# Besuchszeiten

Eine Leiche in situ, also direkt am Tatort zu untersuchen, ist unersetzlich. Aufmerksames Beobachten der Position und des Zustands des Körpers können entscheidende Hinweise liefern …

– H. M. Hardcastle: *Grundlagen der Rechtsmedizin.*

Liebe Leserin, lieber Leser, es mag Sie überraschen, dass der Aufenthalt in einer Krankenstation nicht zu einem gesunden Schlaf beiträgt. Andauernd wird man gestört – von den anderen Patienten (Husten, Stöhnen, Flüstern, Schnarchen und Beschwerden über verlegte Gegenstände), von den Schwestern, die pünktlich zu jeder Stunde ihre Runde drehen und einen wecken, um Temperatur zu messen oder noch mehr Rinderbrühe zu verabreichen, und von schmollenden Eltern, die einen über die Lücke zwischen den winzigen unbequemen Betten hinweg finster anstarren. Außerdem wäre da noch das beklagenswerte Fehlen von Katzengesellschaft.

So kam es, dass weder Vater noch ich besonders guter Laune waren, als Schwester Pethwick während ihrer Morgenrunde zum letzten Mal vorbeischaute, die Lampen ausdrehte und sämtliche Fenster aufriss. Sofort fiel ihr auf, dass etwas nicht stimmte.

»Sie sind doch nicht etwa immer noch im Klinsch, oder?« Mit kritischem Blick beäugte sie uns. Was sie sah, kann ich nicht berichten, denn Vater und ich vermieden es, uns gegenseitig anzuschauen. »Miss Myrtle, am besten Sie flitzen schon mal los und ziehen sich an, solange ich Ihrem Vater sein Frühstück gebe. Und ihn rasiere, würde ich meinen. Schließlich sollen Sie zur Führung gut aussehen.«

Als Vater einen gequälten Laut ausstieß, schnalzte Schwester Pethwick missbilligend mit der Zunge. »Da haben Sie wohl über die Stränge geschlagen. Nun, Dr. Kinkaid hatte Sie ja gewarnt, dass der dritte Tag der schlimmste ist.«

»Welche Führung?«, fragte ich misstrauisch, während ich mich aus den Bettsachen schälte.

»Heute ist Besichtigungstag! Das Damenkomitee kommt zu uns.«

»Waren die nicht gestern schon da?«

»Das war nur die Vorhut. Die eigentlichen Truppen rücken heute an. Und am Sonntag natürlich, zum Fest. Diese Woche ist im Royal wirklich was los!« Sie gab mir einen aufmunternden kleinen Klaps auf mein Hinterteil, als wäre ich ein Pferd. »Na los. Ihre Miss Judson hat heute Morgen schon zweimal angerufen.«

Ich nahm mein Bündel Kleidung mit zum öffentlichen Wasserklosett, um mich umzuziehen. Schwester Pethwick hatte recht: Heute ging es hier noch geschäftiger zu als sonst. Ich ging Helfern aus dem Weg, die mit Frühstückstabletts hin und her wuselten, und an einem Pfleger mit polierten Anzugschuhen und einer schlecht sitzenden Uniform vorbei, der sich Mühe gab, Dr. Kinkaid auf eine dringende Mission, die mit Ratten zu tun hatte, in dessen Labor zu begleiten. Auf meinem Weg zurück zur Station erspähte ich Oberschwester Finch, die wie ein hungriger Hai durch die Korridore kreiste. Auf das, was ich als Nächstes tat, bin ich nicht stolz, lieber Leser, liebe Leserin. Ich hechtete zurück in das WC, um ihr zu entgehen.

Aber sie kam nicht. Nachdem ich eine Ewigkeit angespannt gewartet hatte, wagte ich einen Blick und rechnete schon damit, dass sie mir direkt vor der Tür auflauern würde, bereit, mich wegen Regelverletzung an ein Bett zu fesseln und mich mit Strafpunkten zu überhäufen. Bestimmt hatte sie mir an der Nasenspitze angesehen, dass ich mich *nachts aus dem Bett geschlichen hatte* – oder Schlimmeres. Doch sie war noch immer weiter vorne im Flur, wo sie für einen untersetzten, bärtigen Pfleger, der auf einer Leiter stand, das Ende einer Girlande hielt.

Und sie *lächelte* ihn an. Ich bleibe bei meiner Einschätzung, liebe Leserschaft: Irgendwie wirkte sie dadurch noch unfreundlicher. »Ausgezeichnet, Mr Bentley.«

Mr Bentley stieg von der Leiter. »Danke. Oberschwester …?«

»Ja, Mr Bentley?« Die unsichtbaren Augenbrauen der Oberschwester schoben sich in die Höhe, und Mr Bentley ließ was auch immer er hatte sagen wollen, verpuffen.

»Nichts.«

Die Oberschwester trat näher und legte ihre pummelige kleine Hand auf seinen Arm. »Sie haben doch nicht etwa Zweifel an unserer Absprache, Mr Bentley.«

»A-absprache?«

»Heute Abend zu dem Vortrag zu kommen, natürlich.« Sie stieß ein schrilles, kleines Lachen aus, das nicht überzeugte. »Was dachten Sie denn?«

»Oh, der Vortrag. Richtig. Ich hole Sie dann um acht ab, aye?«

»*Punkt* acht Uhr. Und es versteht sich von selbst, dass ich nichts übrig habe für Herren, die nicht zu ihrem Wort stehen.« Damit tätschelte sie ein letztes Mal seinen Arm und widmete sich dann der Inspektion ihres hoheitlichen Reichs. Mr Bentley überließ den Rest seiner Girlanden sich selbst und hastete davon, zurück blieb nur die Leiter, einsam gestrandet im Gang.

Ich löste mich aus meinem Versteck und schob meine geborgte Krankenhauskleidung in den Schacht einer riesigen Wäscherutsche (eine famose Erfindung, die ich zu Hause ebenfalls gern hätte – Köchin sicher auch). Einen Augenblick stand ich da und spähte stirnrunzelnd in die gähnende Tiefe. Hatte Oberschwester Finchs Unterhaltung mit dem jungen Mann etwas Verdächtiges an sich gehabt? Wahrscheinlich bildete *ich* mir nun auch schon Dinge ein. Jedenfalls tat mir jeder, der ihr den Hof machen sollte, von Herzen leid.

»Miss! Bummeln Sie hier nicht herum. Ihre Familie wartet schon.« Schwester Pethwick segelte vorüber – ich konnte es nicht glauben, dass sie nach ihrer langen Schicht noch immer so viel Energie hatte. »Ich bin dann weg. Um Ihren Pa kümmere ich mich heut Abend wieder.«

»Danke, dass Sie auf ihn aufpassen.« Das meinte ich ernst, auch wenn ich vielleicht noch immer etwas verärgert klang, denn bevor sie sich verabschiedete, warf sie mir einen abwägenden Blick zu.

Auf der Männerstation erwartete mich eine Überraschung – diesmal eine schöne. »Köchin!« Gemeinsam mit Miss Judson und einem Picknickkorb auf dem Schoß saß sie neben Vaters Bett.

Kaum war ich da, reichte sie mir den Korb. »Frühstück. Ich kann mir nur zu gut vorstellen, was hier als Essen durchgeht.«

Als ich den Deckel anhob, kam ein herrlicher Haufen frisch gebackener, wunderschön mit Zuckerguss verzierter, perfekt klebriger Hefeschnecken mit Zimt und Johannisbeeren zum Vorschein. Ich seufzte glücklich, während ich das warme Hefeteigaroma einatmete.

Vater für seinen Teil stöhnte melodramatisch.

Während ich meine Schnecke mit damenhafter Effizienz verputzte, bedachte Miss Judson (»Tu dir keinen Zwang an!«) Vater und mich mit ihrem aufmerksamsten Blick. »Also«, sagte sie, nachdem sie sich elegant die Fingerspitzen abgeleckt hatte, »was gibt es zu berichten?«

Vater und ich tauschten aus Versehen einen Blick, den wir hastig wieder abbrachen, schwiegen aber.

»Wie bitte?« Miss Judson musterte uns. »Wollt ihr mir allen Ernstes erzählen, ihr hättet euch die ganze Nacht tatsächlich *ausgeruht*? Alle beide? Und ich hatte erwartet, ihr hättet den Fall längst geknackt.«

»Ist mal wieder typisch.« Köchin reichte ihr eine zweite Schnecke. »Die harte Arbeit bleibt immer an einem selber hängen, Ada.«

Im Chor stießen Köchin und Miss Judson ein wissendes Seufzen aus, in dem die Bürde der ganzen Welt lag, wodurch ich mich ausgeschlossen fühlte – und überaus verärgert. Es war nicht fair. Das alles war allein Vaters Schuld, trotzdem schien es, als würde ich nun (von den Zimtschnecken mal abgesehen) dafür bestraft. Ich seufzte. Hörbar.

»Ach, ist das nicht nett?« Aus dem Nichts tauchte die Oberschwester auf, einen leeren Rollstuhl vor sich herschiebend und einen Ausdruck im Gesicht, als hätte sie eine unserer Zimtschnecken vergiftet und könnte es nicht erwarten, herauszufinden, wer der glückliche Gewinner sein würde. »Da heute ein so herrlicher Morgen ist, ist es höchste Zeit, dass Mr Hardcastle an die frische Luft kommt.«

»Kommt nicht schon genug davon durch die Fenster herein?«, grummelte ich, nicht leise genug. Ich hörte etwas, das einem Hüsteln ähnelte und aus dem Krankenbett zu kommen schien – ignorierte es aber. Betont.

Miss Judson war augenblicklich auf den Beinen. »Wollen wir?«

Jede Art von Einwand wurde kurzerhand abgewiesen, und wenig später fanden sich die Hardcastles im Hof wieder – wo eine *Höchst Verdächtige Person* auf einer Einpflanzung hockte und sich sittsam die schwarzen Ohren putzte, als wäre es vollkommen normal, dass sie ein Bad in einem Krankengarten nahm.

Das schwarze Fell, von dem das frühe Sonnenlicht regelrecht angezogen wurde, glänzte.

»Sie haben Peony mitgebracht?«, fragte ich, ohne nachzudenken.

»Sie hat sich selbst mitgebracht, wie du dir denken kannst«, antwortete Miss Judson. Längst hatte Peony die Trambahnfahrer um ihre kleine Kralle gewickelt und beteiligte sich regelmäßig an Erledigungen in der Innenstadt. Da Vater von allen Menschen auf dem ganzen Planeten ihr erklärter Liebling war und sie jederzeit gern auf seinem Schoß willkommen hieß (der im Augenblick noch dazu in eine flauschige Wolldecke gehüllt war), streckte Peony sich ausgiebig, schüttelte eine weiße Hinterpfote aus und sprang elegant in den Rollstuhl, wo sie sich einmal im Kreis drehte und schließlich selbstzufrieden schnurrend einrollte.

»Die Oberschwester darf sie nicht sehen!«, warnte ich. Peony gähnte.

Miss Judson konzentrierte sich aufs Wesentliche. »Da sich das Hardcastle-Plenum[29] nun eingefunden hat, wäre es die ideale Gelegenheit, uns zu berichten, was ihr herausgefunden habt.« Erwartungsvoll legte sie die Arme übereinander.

»Vorschlag unterstützt.« Auch Köchin legte die Arme übereinander.

»Nichts?« Miss Judson beugte sich vor und sah uns beide durchdringend an. »Mandelentzündung ist nicht ansteckend«, sagte sie kritisch, bevor sie sich an Köchin wandte: »Möglicherweise haben sie ihre Aufgabe gar nicht verstanden.«

[29] Dieses bedauerlich selten genutzte lateinische Wort bedeutet das genaue Gegenteil von *vacuum* und bezeichnet die vollständige Anwesenheit einer bestimmten Gruppe (anders als *quorum*, was die minimale Anzahl von Personen bezeichnet, die für eine bestimmte Aufgabe benötigt wird – wie etwa den eigenen Arbeitgeber und dessen Kind niederzumachen).

Köchin erwiderte: »Ich wette, Sie waren deutlich genug.«

»Aufgabe!«, rief ich. »Sie haben mir gesagt, ich soll dafür sorgen, dass Vater im Bett bleibt!«

»Und, ist es dir gelungen?«

»Äh …«

Miss Judson trommelte mit den Fingerspitzen auf ihrem Ärmelaufschlag. »Ganz recht. Vermutlich habt ihr stattdessen den Fall des … *Mitternachtsmords* gelöst?« Sie warf Köchin einen Blick zu.

»… oder der *verschwundenenn Leiche*«, schlug die vor, woraufhin Miss Judson anerkennend nickte.

»Nicht so richtig.« Ich bohrte mit der Schuhspitze in den Pflastersteinen.

Vaters Antwort übernahm Peony. »*Nein.*« Sie klang untröstlich, während er schuldbewusst den Kopf hängen ließ.

Miss Judsons frostige Pause, die das Ausmaß ihrer Enttäuschung verdeutlichen sollte, wurde von Schritten und Stimmen unterbrochen, die durch die frische Morgenluft schnitten.

»Du meine Güte, was ist das denn? Patienten im Hof, um diese Zeit? Sie da, Schwester, holen Sie auf der Stelle die Oberschwester!« Eine Frau mit einem Spazierstock stapfte in den Hof, begleitet von einer wesentlich jüngeren Dame – und einer ganzen Schar Mitläufer aller Art: Schwestern, Pfleger, Männer in schwarzen Anzügen, die entweder Ärzte, Medizinstudenten oder Wildfremde von der Straße waren, selbst eine Handvoll kleiner Kinder, die eine Spur aus Morgenmantelgürteln, Stoffpuppen und verlorenen Pantoffeln hinterließen.

»Tante Helena haben Sie auch mitgebracht?«, stellte ich missmutig fest.

»Also das ist ja nun wirklich eine Beleidigung«, sagte Miss Judson.

»MuhMmmmfh Mmmh-mmhm Mmmmmbhbh.« Das war Vater, der versuchte, durch einen Mundvoll Peony zu sprechen.

»Das Krankenhaus-Damenkomitee!«, übersetzte ich. »Schwester Pethwick hat sie uns schon angekündigt.«

»Erwähnte sie auch, dass sie Miss Snowcroft mitbringen?«, fragte Miss Judson. »Arme Sally. Wo steckt Mrs Dudley?«

»Nun, angeblich ist sie nicht *tot*, falls Sie darüber nachgedacht haben«, sagte ich.

»*Pardon?*« Miss Judson blickte zwischen mir und Vater hin und her. »Zwischen euch ist doch irgendetwas«, sagte sie. »Und ich *werde* es herausfinden, also könnt ihr es ebenso gut gleich beichten.«

»Wo ist Köchin geblieben?«, fragte ich – nicht nur, um Miss Judsons peinlichem Verhör zu entgehen.

»Ach, du lieber Himmel, haben wir denn niemanden in der Familie, der *nicht* verloren geht?« Miss Judson packte die Griffe des Rollstuhls und rauschte auf der Suche nach unserer Haushälterin durch den Hof. Peony klammerte sich an Vaters Beinen fest und hielt sich tapfer wie ein Seemann, während der Wind ihr das Fell zerzauste.

Der geschwungene Fußweg hatte nichts Besseres zu tun, als uns geradewegs zu Sally und Tante Helena zu führen. Vater wurde in seinem Rollstuhl unruhig und schaute sich nach möglichen Fluchtwegen um, doch Sally hatte uns bereits entdeckt und winkte uns freudig zu. Auf dem freien Arm hielt sie Charley – der einen gestrickten Pullover trug. Nachdem sie sich aus dem Gewimmel an Kindern und Schwestern gelöst hatte, trottete sie zu uns.

»Myrtle, Sie sind auch hier!« Sally strich ihre geknitterten Röcke glatt, die nur bis kurz übers Knie reichten, wie die eines kleinen Mädchens. Genau genommen war ihr ganzes Ensemble seltsam kindlich und altmodisch – mit viel Spitze und Bändern, und die Haare trug sie in kleinen Ringellöckchen unter einem haubenartigen Hut. »Aber Mr Hardcastle – mir hat ja niemand gesagt, dass Sie krank sind! Ich hoffe, das ist nicht meine Schuld.«

Vater, der sich noch immer hinter Peony versteckte – die Charley musterte und dabei argwöhnisch mit dem Schwanz zuckte –, lächelte zaghaft und schüttelte den Kopf.

»Was tun Sie hier?« Das hatte bei Weitem nicht so schroff klingen sollen. Offenbar steckte mir die Nacht noch in den Knochen.

»Und woher kennen Sie unsere Miss Hardcastle?« Miss Judson machte eine Geste in Richtung Tante Helena, die sämtliche Kinder in Stellung zu bringen schien und dabei ihren Gehstock wie einen Kommandostab schwang.

Sally strahlte. »Ist sie nicht wundervoll? Gestern Abend war sie bei meinem Vortrag und hat mir alles über den Krankenhaus-Benefizsonntag und das Damenkomitee erzählt. Schließlich bot sie mir an, mir alles persönlich zu zeigen. Sie Hardcastles sind einfach alle so hinreißend.«

Ich schaffte es, mir auf die Zunge zu beißen, und Miss Judson schnitt geschickt ein anderes Thema an. »Und Mrs Dudley? Ich glaube, das ist das erste Mal, dass wir sie nicht an Ihrer Seite sehen, Miss Snowcroft.«

Nun wirkte sie beschämt. »Ich … habe ihr womöglich nichts davon gesagt. Sie ist ziemlich …« Sie holte tief Luft und streichelte Charleys braungesprenkeltes Ohr.

»Überfürsorglich?«, half Miss Judson aus.

Loyalität sollte die Oberhand behalten. »*Beschäftigt.* Sie hat mit dem *Hafen* sehr viel zu tun, wissen Sie? Und Sie will ich ebenso wenig aufhalten! Sie sehen aus, als wären Sie auf einer *dringenden Mission.*« Das sagte sie mit einem Augenzwinkern und einem Nicken, wie aus einem Groschenroman. Was dachte sie denn, was wir taten?

Bevor Vater etwas ausplaudern konnte, sagte ich: »Wir haben unsere Köchin verloren.« Er käme noch auf die Idee, Sally für unsrer Ermittlungen zu rekrutieren – und dieses arme Mädchen hatte weiß Gott schon genug um die Ohren.

»Die Frau in der prächtigen Hose? Ich glaube, sie ist in eins dieser Nebengebäude dort gegangen.« Sally wies uns die Richtung, indem sie subtil den Kopf neigte, da es nicht sehr viscountessmäßig gewesen wäre, mit dem Finger darauf zu zeigen. Mit einem Dank steuerten wir Vater und Peony darauf zu. Vater kauerte schmollend in seinem Rollstuhl.

»Dahs issoh endwühdigend«, murrte er.

»*Entwürdigend*«, bekräftigte Peony.

Die breite Flügeltür des soliden Ziegelbaus stand einen Spaltbreit offen. Direkt davor stand ein Metallschild mit der Aufschrift »WÄSCHEREI #2« höflich Wache, während ein handschriftlicher Hinweis auf der Tür sich entschuldigte: *Außer Betrieb.*

»Nun«, sagte Miss Judson. »Damit wäre klar, was aus Köchin wurde.«

»Mmbf«, stimmte Vater ihr zu, der von ihr geradewegs durch die Tür geschoben wurde. Ich folgte ihnen auf dem Fuß.

In der Krankenhauswäscherei war es merkwürdig still. Nun, zumindest das Klappern der Dampfrohre, das Rattern von Mangeln und Waschzubern und das Platschen von Wasser war verstummt – die Waschfrauen dagegen wuselten frustriert umher und warfen einer gewaltigen Maschine, die untätig in der Mitte des Raums stand, seltsame Blicke zu. Weit seltsamere Blicke schenkten sie der fremden Frau, die sich bei ihnen gerade umsah und nach möglichen Fehlfunktionen suchte.

»Braucht er mehr Kohle?«, fragte jemand.

»Vielleicht ist der Schlot verstopft.«

Das Gerät – mit Mühe konnte ich das Etikett an der gewölbten Seite lesen: HOWARDS PATENTIERTER DAMPFDESINFEKTIONSAPPARAT – sah aus wie eine Lokomotive ohne Räder und Fahrerkabine. Auf einem gewölbten Ziegelpodest stand wie ein übergroßer Dampfkocher eine riesige schwarze Trommel mit einer gigantischen runden Klappe.

Daneben reihten sich große Karren voll mit gefalteten Laken, grünen Decken und haufenweise Schürzen.

»Ich sag den Wartungsleuten Bescheid«, sagte eine der Frauen – doch die stämmige Kollegin neben ihr packte ihren Arm mit Fingern, die aussahen wie rote Würste.

»Das lass ma schön bleibn. Wenn wir *die* holn, passiert nur eins: tonnenweise Papierkram. Füll den Schrieb aus, füll jenen Schrieb aus und lass alles von denen in der Verwaltung unterschreibn. Und in der Zwischenzeit dauert's nen Monat, bevor überhaupt irgendwer herkommt und sich das Ding anschaut. Und bis dahin türmt sich hier die Wäsche, die nirgends trocknen kann – dann erklär *du* mal der Oberschwester, warum die Privatstation keine saubren Laken kriegt!«

Vater, Miss Judson, Peony und ich fielen inmitten der mechanischen Problematik kaum auf. Nur Köchin erspähte uns und sah uns lange genug an, um einmal brüsk zu nicken. »Na schön. Dann wolln wir uns den Patienten mal anschaun. Geht zur Seite, Mädels, und macht Platz.« Die Angestellten traten mit einer Mischung aus Ehrfurcht und Gehorsam zurück, während Köchin die Lage abschätzte.

»Er lässt sich nicht mehr in Gang bringen«, erklärte eine der Waschfrauen. »Wir können nicht sagen, warum er nicht zündet.«

»Hmpf.« Köchin betrachtete den Desinfektionsapparat mit einer Art Skepsis der Gerechten, als könnte sie ihn zum Funktionieren *starren*. Dann ging sie einmal um das Gerät herum und versetzte verschiedenen Bauteilen leichte Schläge, zog daran oder klopfte mit den Fingerknöcheln und einem Schraubenschlüssel dagegen – einmal trat sie erschreckenderweise sogar danach. Mit wachsendem Respekt und Bewunderung sah ich ihr zu. Bisher war mir nicht klar gewesen, was für eine talentierte Ermittlerin Köchin war!

Nach und nach begriff ich, dass ein Dampfdesinfizierer – zumindest wenn er funktionierte – wohl einen kräftigen Dampfstoß auf einen hineingeschobenen Wagen voll Wäsche abfeuerte und so alle Bazillen abtötete, die sich nach dem Waschen noch darauf befinden könnten. Mein Blick wanderte von der Maschine zum eigentlichen Gebäude mit seiner hohen Decke und dem Netzwerk aus Dampfrohren, außerdem den erforderlichen riesigen Fenstern in den Ziegelwänden. Schließlich hatte Köchin eine mögliche Ursache des Problems ausfindig gemacht und widmete sich der gewaltigen Trommel des Apparats.

»Tür klemmt«, schnaubte sie. Sie steckte den Griff ihres Schraubenschlüssels wie einen Hebel unter die Türluke und begann, sich dagegen zu stemmen.

Schlagartig gab die Metallklappe ein hässliches Quietschen von sich und schwang auf, sodass eine Ladung Bettzeug auf den Boden der Wäscherei kippte.

»Tja«, meinte Köchin bedächtig. »Da haben wir das Problem.« Sie pikte in die Laken hinein und hob die Ecke einer grünen Decke an.

Nach einer stutzigen Pause stieß eine der Waschfrauen einen kräftigen Schrei aus.

Mit einem ehrenrettenden Ausruf hüpfte Vater auf. »Aha!«

Inmitten der Wäsche war eine Leiche zu Boden gepurzelt.

# 13

# Schmutzige Wäsche

> … und ebenso können entscheidende Hinweise unwiederbringlich verloren gehen, wenn die Leiche vom eigentlichen Schauplatz des Verbrechens entfernt wird. Man muss jede Anstrengung unternehmen, um den ursprünglichen Tatort zu finden und in allen Einzelheiten zu untersuchen.
>
> – H. M. Hardcastle: *Grundlagen der Rechtsmedizin.*

Danach ging alles ganz schnell. Vater drückte mir Peony in die Hand, woraufhin ich sie in den Rollstuhl setzte, woraufhin sie sich augenblicklich absetzte, um den Tatort mit Fell und schlechter Laune zu kontaminieren. Vater schnippte herrisch mit den Fingern – behandelte er etwa so seine Assistenten in der Arbeit? – und alle sprangen. Nur dass niemand zu wissen schien, *was* genau zu tun war. Vaters Pantomime half nicht wirklich weiter.

Köchin riss das Ruder an sich. »Na schön«, sagte sie und klatschte vor der Armee schockierter Waschfrauen in die Hände. »Das hier ist ein Tatort und damit fällt er ab sofort in die Zuständigkeit der Staatsanwaltschaft. Miss Ada?« Niemand schien sich daran zu stören, dass Miss Judson rein technisch betrachtet gar nicht für die Staatsanwaltschaft arbeitete, zumindest nicht direkt.

»Ganz recht«, sagte sie. »Wir brauchen die Polizei, einen Arzt, der die Leiche untersuchen muss, und … Direktor Greeley, würde ich meinen.« Vater machte einen unnötigen Laut der Zustimmung und Miss Judson rekrutierte mehrere Waschfrauen, um sie umgehend loszuschicken. »Köchin, lassen Sie sich von jemandem dabei helfen, den Fundort zu räumen, bis die Polizei hier ist. Nun gut. Was haben wir hier?«

Während die Schaulustigen widerwillig abzogen, zückte Miss Judson ihr Skizzenbuch und dokumentierte die Szene: den Dampfdesinfektionsapparat mit weit offen stehender Luke, die Flut an Wäsche, die herausströmte, die Leiche. Vorsichtig näherte ich mich dem Toten und versuchte herauszufinden, was passiert war, bevor –

»Vater!«, schrie ich. »Komm da sofort weg!«

Vater hatte seinen Rollstuhl stehen lassen und preschte auf direktem Weg zu dem Mann in der Wäsche, als wollte er einen alten Freund begrüßen, den er lange nicht gesehen hatte. Ich versuchte, ihn abzuhalten, bevor er sich – oder den Spuren – etwas antat, doch er schüttelte mich grunzend ab.

Miss Judson blickte von ihrer Zeichnung auf. »Also wirklich, Mr Hardcastle, Sie sollten zurückbleiben. Setzen Sie sich wieder hin! Sie sehen blass aus.«

»Igh bin night blass«, knurrte er. »Und eh isd *mein* Moadopfa!«

Miss Judson und ich wechselten über Vaters gesenkten Kopf hinweg einen Blick.

»Also erkennst du ihn wieder?«, fragte ich. »Wer ist er?«

Das konnte Vater nicht beantworten. Der arme Kerl war fast vollständig verdeckt von verdrehten Laken, doch immerhin war er so gelandet, dass sein Kopf zu sehen war. Das Auffälligste daran war die Glatze und dass sowohl Kopf- als auch Gesichtshaut sehr rot waren, als hätte er einen schlimmen Sonnenbrand. Er wirkte älter als Vater, obwohl sich das nicht mit Gewissheit sagen ließ.

»Ist er Arzt?« Meiner Stimme war deutlich der Zweifel anzuhören. Inmitten der übrigen Wäsche erspähte ich eine schäbige Tweedjacke und einen abgetragenen Hemdkragen, aus dem das Kragenstäbchen ragte. Kein weißer Kittel, sollte er je einen getragen haben. »Er wirkt eher wie ein Patient aus der Wohlfahrtsstation.«

Bevor ich Vater aufhalten konnte, griff er – mit den nackten Händen! – an den Kragen des Manns und zog ihn beiseite. »Vater!«, jammerte ich. »Was tust du denn da?«

»Nagh Valetzsungn suhen«, antwortete er nüchtern. »Wügemale oder …«, er wedelte mit der Hand, »Taadifleggn?«

»Tardieu-Flecken«, sagte ich leise.

»Hoo – wasisdas?« Vaters heisere Stimme war erfüllt von beklemmender Begeisterung, als er Miss Judson anblickte. »WahsfüaMann had Ohlöcha?«

»In diesem Fall ein toter«, sagte sie und kniete sich neben ihn. Sie gaben ein seltsames Paar ab: Sie in ordentlichem Wollkleid und Mantel mit einem schicken Filzhut auf dem dunklen, hochgesteckten Haar – er in seinem weißen Schlafanzug und dem Flanellmorgenmantel; beide in einem Haufen Wäsche mit einem Toten, als hielten sie gerade ein Picknick ab. In meinem Bauch flatterte es seltsam und ich biss mir auf die Lippe.

»Woheh had ea den Sonneband?«, überlegte Vater. »Im Febua?«

»Vielleicht hat der Dampf ihn verbrüht?«, schlug Miss Judson vor.

»Wäre seine Kleidung dann nicht nass?«, gab ich zu bedenken, doch sie hörten mir nicht zu.

Nachdem Vater den Kragen bewegt hatte, kam noch etwas anderes zum Vorschein. »Is dasein Blutaguss?« Er zog den Stoff noch etwas weiter weg, wodurch sich ein konturloser roter Fleck zeigte, ähnlich Sallys Muttermal. Ich glaube, hätte Vater gekonnt, er hätte einen Pfiff ausgestoßen. »Ein Dadu!«

Miss Judson beugte sich näher über diese neue Spur, wobei ihre Fingerspitzen die von Vater streiften. Ihre Blicke trafen sich, und blieben viel zu lange aneinander hängen.

Ich hustete. »Das Tattoo?«, hakte ich nach. Laut.

Vater verzog das Gesicht. »Eine Ohse. Gaub igh?« (Für mich sah es mehr nach einer zerdrückten Pflaume aus als nach einer Rose, liebe Leserin, lieber Leser.)

»Ohrringe und ein Tattoo«, überlegte Miss Judson und skizzierte drauflos. »Ein Matrose?«

»In Swuinbuhn?« Vater runzelte die Stirn. Nirgendwo in ganz England war man vom Meer weiter entfernt als in Swinburne.

»In einem Wäschesterilisationsapparat eines Krankenhauses?«, erwiderte sie. »Aber ich verstehe, was Sie meinen.«

Auf diese Art fuhren sie mehrere Minuten fort und veranstalteten auf dem Tatort ein ordentliches Chaos, wobei sie bestimmt allerlei Hinweise durcheinanderbrachten. Obwohl dies sehr wahrscheinlich nicht der eigentliche Tatort war, könnte es noch immer Spuren sicherzustellen geben, daher war es das Beste, die Dinge so wenig wie möglich anzufassen. Miss Judson sollte es eigentlich besser wissen. Allmählich schlich ich weiter zurück, immer näher zum Rollstuhl, auf dem Peony wartete und dabei unerträglich selbstgefällig wirkte.

Da kam Köchin zurück, die zufrieden schnaufte. »Die Polizei ist bald hier und Ihre Zeugen sind schon aufgereiht und warten. Außerdem möchte die gnädige Frau ein Wort mit Ihnen wechseln.« Sie betrachtete die Leiche mit demselben Ausdruck, den sie dem Dampfsterilisator geschenkt hatte – sodass man sich unweigerlich dachte, der Kerl könne sich glücklich schätzen, tot zu sein.

»Die Farbe ist nicht normal«, merkte sie an und schnalzte mit der Zunge, als würde sie einen halbgaren Braten kosten. »Das kann man von nem Kohleofen kriegen. Vom Rauch.«

»Miess Sdansbehi, Sie sind ein Genie«, sagte Vater. »Garbomonogsid, nadüligh!«

Ich verschränkte die Arme. Auf Kohlenmonoxidvergiftung wäre ich auch gekommen. Irgendwann.

»Dann ist das die Todesursache?« Miss Judson hob den Kopf, um das gewaltige Innere des Sterilisators zu begutachten. »Er ist in das Gerät gekrochen und erstickt?«

»Gegoaghn – oda gestossn wodn?«, sagte Vater.

Köchin grunzte unbestimmt. Ich muss schon sagen, liebe Leserschaft, dass sie ihre erste eigene Post-Mortem-Untersuchung bemerkenswert gelassen hinnahm. »Ich glaube, vorher hätte ihn die Hitze umgebracht«, meinte sie. »Ist aber ein gutes Versteck. Hier drin ist es eiskalt, solange das Wasser nich kocht.«

Sie hatte recht. Der kühle Wäschereischuppen bot die perfekten Bedingungen, um eine Leiche zu konservieren. Was vermutlich unser Glück war – seit Vater den Angriff beobachtet hatte, waren über achtundvierzig Stunden vergangen, und die ganze Zeit über hatte der Tote hier gelegen.

»Schätze, man hätt ihn in einem der Karren da schieben können«, fuhr Köchin fort. »Oder eine Wäscherutsche runterstoßen.«

Abrupt blickte ich auf – hielt aber den Mund. Wenn Vater den Wäscheschacht direkt neben dem WC nicht bemerkt hatte, war das nicht meine Schuld.

Ein Keuchen von der Tür setzte dem Vergnügen ein Ende. Auf der Schwelle war Sally erschienen. Mit einem Arm hielt sie Charley, mit der freien Hand fasste sie sich entsetzt an den Hals. »Ich kenne den Mann«, flüsterte sie.

»Was?« Ich weiß nicht mehr, wer von uns das sagte, lieber Leser, liebe Leserin, doch vereint drehten wir uns zu ihr um. »Woher?«, wollte ich wissen, im selben Moment, als Miss Judson fragte: »Wer ist er?«

Sally schüttelte den Kopf. »Nein, ich kenne ihn nicht *wirklich* – ich meine, ich habe ihn gesehen. Glaube ich. Bei einem Vortrag. Ein Mann – jemand, der ein bisschen so wie dieser da aussah, kam nach der Veranstaltung zu mir. Ich dachte, er würde ein Autogramm wollen, doch er hat sich über irgendwas schrecklich aufgeregt – ich bin daraus nicht schlau geworden. Mrs Dudley hat ihn zum Glück fortgeschickt.«

Vater stand auf. »Wo wa deh Vohdag?« Nun, da seine Klientin in Nöten war, kam sein Beschützerinstinkt wieder zum Vorschein. »Ihn Swuinbuhn?«

Sally schüttelte den Kopf. »Ich weiß nicht mehr. Ich treffe so viele Menschen, und sie sind nicht … immer freundlich.« Als ich daran denken musste, was Genie uns über die Drohbriefe erzählt hatte, die die Zeitung erhielt, schauderte ich, was nicht an dem kalten Raum oder der Leiche zu unseren Füßen lag. »Aber das kann nicht derselbe Mann sein«, sagte sie zweifelnd. »Wie auch?«

»Maghense sigh daühba keine Gedangn, Mihss Snoacoafd«, sagte Vater in beruhigendem Tonfall. »Deh ahme Mann is wahscheinligh nua ein Obdaghlosa, deh unglügliga Weise da eingegleddad is, weil es wahm wah.«

Was für einen Unsinn spann Vater da für Sally zusammen? Mir fiel auf, dass er *sie* nicht mitten in der Nacht ins Büro eines Krankenhausdirektors geschleppt hatte. Auf einmal überkam mich ein hässliches, unbekanntes Gefühl, doch ich versuchte, es zu ersticken. Schließlich war nichts von all dem hier Sallys Schuld.

»Sie mühssn das night sehen.« Vater wollte Sally den Blick auf die Leiche versperren. »Müühl, bing Sahly dogh igendwohin, wos nigh so gald is.«

*Vielleicht würde ihr eine Führung durch die Leichenhalle gefallen.*

Ich nahm Sally am berüschten, kindlichen Arm und zog sie – fester, fürchte ich, als sie es verdient hatte – vom Tatort fort. Charley stieß ein tonloses Jaulen aus, weil ich sein Frauchen so grob behandelte, bevor er sich für seine Frechheit schämte und mein Handgelenk abschleckte. Sally blickte immer wieder zurück und reckte den Kopf nach dem Toten. »Wer könnte das sein?«, fragte sie.

Ich gab mir Mühe, mir in Erinnerung zu rufen, dass Sally (wahrscheinlich) eine Viscountess war und darüber hinaus Vaters Klientin – und da Vater unpässlich war, fiel sie in meinen Verantwortungsbereich. »Bitte zerbrechen Sie sich darüber nicht den Kopf, Miss Snowcroft.« Ich schlug meinen professionellsten Tonfall an. »Ich bedauere, dass Sie einen so schauderhaften Anblick ertragen mussten.« Ich meinte es ehrlich, trotzdem fühlten sich meine Worte irgendwie falsch und fast wie Verrat an. Sanfter führte ich Sally zur nächsten Einpflanzung, damit sie sich setzen konnte, außer Sichtweite der Wäscherei. »Soll ich Ihnen Charley abnehmen?«

Es war kein bisschen so wie Peony zu halten, die sich fest gegen die Schulter schmiegt und mit nadelspitzen Krallen festhält. Charley hörte nicht auf zu *zappeln*, sein Fell, das aus dem Pullover ragte, war rau und komisch. Und seine kleine pfeilschnelle Zunge war einfach überall.

Es dauerte nicht lange, da lachte Sally über mich. »Sie können ihn runterlassen«, sagte sie. »Er wird nicht weglaufen.« (Noch ein Unterschied zwischen diesen Tierarten, liebe Leserin, lieber Leser.)

Während Charley sich auf Sallys Füßen einrollte, setzte ich mich neben sie, hin- und hergerissen zwischen dem Drang, sie zu dem Toten zu befragen, und dem, sie zu beschützen, wie Vater es getan hätte. Nachdenklich zog sie an einer langen sandfarbenen Locke, während ihr sommersprossiges Gesicht recht verkniffen dreinblickte. »Ich werde gleich etwas furchtbar Egoistisches sagen«, warnte sie mich vor, »aber wird Ihr Vater trotzdem noch in der Lage sein, mir zu helfen, wenn er nun auch an einem Mordfall arbeiten muss?«

*Egoistisch* war nicht ganz der Ausdruck, der mir dazu einfiel. Noch immer dem Beispiel meines Vaters folgend, presste ich hervor: »Mord? Oh nein – wie er schon sagte, war es sicher nur ein schrecklicher Unfall.«

Sallys Miene war genauso spöttisch wie Peony, wenn sie zu Höchstform auflief. »Ich habe die blauen Flecken an seinem Hinterkopf gesehen. Jemand hat diesen armen Mann getötet.«

Nun war ich hin- und hergerissen zwischen dem Bedürfnis, sie zu befragen, dem, sie zu beschützen, und dem, zurückzuflitzen, um mir den Schädel des toten Seefahrers noch einmal genauer anzusehen. Ich brachte ein sehr Hardcastle'sches »Äh« zustande, bevor ich meine Professionalität wiederfand. »Machen Sie sich keine Sorgen«, sagte ich entschieden. »Diese Sache hier wird die Polizei übernehmen und Ihr Fall ist in den *besten* Händen. Vaters fähigste Leute arbeiten Tag und Nacht daran.« Vaters fähigste Leute waren selbstverständlich Miss Judson, Mr Blakeney, Peony und ich (was ich für mich behielt – würde meine Klientin erfahren, wie genau ihr erstklassiges Juristenteam sich zusammensetzte, wären meine Anstrengungen, sie zuversichtlich zu stimmen, wohl aussichtslos). »Er ist kurz davor, Ihre Identität beweisen zu können.«

»Das wird aber auch nicht wirklich helfen, oder? Was mir zugestoßen ist – wie Charley und ich in Australien bei den Cookes landen konnten oder was aus allen anderen an Bord der *Persephone* wurde, werde ich trotzdem nicht wissen. Wir werden ein ungelöstes Rätsel bleiben.« Sally öffnete ihr eckiges Medaillon und betrachtete traurig die schweigenden Gestalten darin. »Manchmal wünschte ich, ich wäre in Melbourne geblieben. Ich selbst wäre gar nicht auf die Idee gekommen, nach England zu reisen, doch Mrs Dudley …« Sie wischte sich Tränen aus den Augen. »Ich fürchte, sie hat Ihrem Vater die Wahrheit gesagt. Als Vater – Mr Cooke – starb, war nichts mehr übrig. Ich konnte das Schulgeld nicht zahlen und ich konnte den Laden nicht weiterführen. Also nahm ich das Geld aus dem Beihilfefonds des *Hafens* und kam hierher. Es hat gerade so für die Überfahrt gereicht.«

Ein Beihilfefonds war eine Art billige Versicherungspolice. Sehr beliebt bei Ladenbesitzern. Manchmal stand dahinter auch ein sogenannter »gemeinnütziger Verein« (wie in »Gemeinnütziger Verein der Seefahrer« oder »der Wollarbeiter« oder »der Verwaisten Viscountesses«). Die Idee dahinter war es, dass mehrere Familien sich zusammentaten und jede Woche einige Pence in einen Fonds einzahlten, und sollte ein Familienmitglied sterben oder nicht mehr arbeiten können, erhielt man eine Beihilfesumme. Etwas in meinem Hirn begann zu rattern. »Ihr Vater war über den *Hafen* versichert? Sagten Sie nicht, er sei kein Seefahrer gewesen?«

Ihre Augen leuchteten auf. »Dann muss er ja doch einer gewesen sein, wenn er dem Verein beitreten konnte und die Beihilfe bekam! Warum habe ich nicht schon früher daran gedacht?« Es war das erste Mal, dass ich einen Funken Aufregung in ihr spürte. Stürmisch fasste sie nach meinen Händen.

»Wir gehen der Sache nach«, versprach ich ihr, selbst aufgeregt, eine neue Spur zu haben.

Sally schüttelte sich dermaßen, dass Charley sicher beeindruckt war. »Oh, ich bin nun wirklich schrecklich!«, rief sie. »Rede hier ohne Unterbrechung über meinen Nonsens, wo Ihr Vater doch im Krankenhaus und dieser Mann tot ist.« Sie biss sich so fest auf die Lippe, dass ich schon meinte, sie müsse zu bluten anfangen. Charley hob besorgt eine Augenbraue.

»Das ist kein Nonsens«, konnte ich mir nicht verkneifen. »Ihr Fall ist wichtig.«

Sie schniefte tapfer. »Vielleicht kann ich zumindest helfen, irgendwie. Dabei, meine ich.« Sie deutete grob in Richtung Wäscherei. Zugegeben war meine Erfahrung mit Viscountesses recht begrenzt, doch Sally schien sich mehr für Mordermittlungen zu interessieren, als ich vom Durchschnitt ihres

Standes erwartet hätte. Andererseits hatte sie selbst natürlich ebenfalls nicht allzu viel Erfahrung mit dem Viscountess-Dasein.

Der verräterische Teil von mir, der wusste, was Vater nun sagen würde, hätte sich um ein Haar eingemischt, aber ich unterdrückte ihn streng. »Versuchen Sie, sich daran zu erinnern, wo Sie diesen Mann schon einmal gesehen haben könnten.«

Sie nickte unsicher. »Ich glaube wirklich nicht, dass er es war. Aber ich will's versuchen.«

Ob Sally den Toten schon einmal getroffen haben könnte, sollte ich nie erfahren, denn im nächsten Moment löste sich unsere Idylle in ihre Bestandteile auf. Wie ein aufziehendes Donnerwetter ragte in ihrem lila-grauen Vormittagskleid Tante Helena vor uns auf.

»Helena Myrtle, wie *konntest* du nur?!« Sie riss mich geradezu auf die Füße, woraufhin auch Sally solidarisch aufsprang. Charley hopste indessen wie ein kleiner Wirbelwind durch die Gegend und wuffte wie wahnsinnig. »Euer Ladyschaft, ich bitte vielmals um Verzeihung. Meine Nichte sollte mehr Verstand besitzen, als Euch etwas so Unschicklichem auszusetzen. Im Ernst, Helena Myrtle, du bist kein Stück besser als dein Vater.«

»Oh, aber das hat sie gar nicht. Sie haben mich nicht –«, setzte Sally an, doch es hatte keinen Zweck. Tante Helena hatte sie fest gepackt und brachte sie, wie ein Hirtenhund ein verirrtes Schaf, von der Wäscherei fort.

Weit kamen sie nicht, bevor sie schnurstracks in den Pulk des restlichen Krankenhaus-Damenkomitees liefen, der nicht allzu erfreut darüber war, dass sein Besuch von einem Mord überschattet wurde. Erst recht waren die Damen nicht begeistert darüber, festzustellen, dass ihre hochgeschätzte Neuerwerbung – die Recht Ehrenwerte Ethel, Viscountess Snowcroft – von Tante Helena und deren makabrer Großnichte in Beschlag genommen wurde.

Ein Mitglied war besonders niedergeschlagen. Kaum hatte Caroline Munjal mich bemerkt und gesehen, dass ich neben – nun ja, ein wenig hinter – Sally stand, machte sie ein langes Gesicht, dem man das Gefühl, hintergangen worden zu sein, deutlich ablesen konnte. »Myrtle!«, rief sie. »Du bist mit Ethel hier – ohne mich?!«

# 14

# Amtsanmaßung

> Bahnbrechende Wissenschaftler experimentieren mit »Optografie« und versuchen, auf der Netzhaut von Toten Bilder sichtbar zu machen, ganz ähnlich wie bei einer Fotografie. Eines Tages wird es sich vielleicht als möglich erweisen, darzustellen, was Mordopfer zuletzt gesehen haben.
>
> – H. M. Hardcastle: *Grundlagen der Rechtsmedizin.*

Liebe Leserin, lieber Leser, zwangsläufig stellen manche Tage im Leben einer angehenden Detektivin eine größere Herausforderung dar als andere. Auf den eigenen Vater im Krankenhaus aufpassen, Mordopfer identifizieren, verzweifelte Klientinnen trösten, wütende Tanten loswerden und beleidigte Freundinnen beschwichtigen zu müssen, genügt, um selbst die einzigartigste Selbstbeherrschung auf die Probe zu stellen.

Tante Helena und das Damenkomitee nahmen uns Sally ab, obwohl ich ehrlich gesagt überzeugt bin, dass sie bei uns besser aufgehoben gewesen wäre. Anschließend wurden Miss Judson, Köchin, Peony und ich mit dem Eintreffen der Polizisten von den offiziellen Ermittlungen fristlos ausgeschlossen. Vater übernahm selbstverständlich den Vorsitz über das Geschehen, ungeachtet dessen, dass er noch immer seinen Krankenhauspyjama trug. Höflich taten die Beamten so, als würden auch sie es nicht bemerken.

Kriminalbeamter Carstairs hatte drei Männer mitgebracht, einschließlich zweier Polizisten in Ausbildung, die ich schon kennengelernt hatte. Erst vor Kurzem war Carstairs befördert worden (gleich drei Morde innerhalb eines Monats zu lösen, wirkt Wunder für die Karriere) und ich kannte ihn gut. Obwohl ich sagen muss, dass er nicht allzu erfreut schien, mich wiederzusehen.

Miss Judson und ich verabschiedeten uns von Köchin und Peony (die sich nur zu gern in den Korb setzen ließ, in dem zuvor die Zimtschnecken untergebracht gewesen waren) und zogen uns in eine sonnige Ecke des Hofs zurück.

»Und jetzt?«, wollte ich wissen.

»Jetzt warten wir ab«, antwortete Miss Judson mit angestrengter Gelassenheit. »Hoffen wir, dass sie die Leiche schnell identifizieren, der Mörder sich stellen wird und diese ganze unschöne Episode noch vor heute Abend ein Ende hat.«

»Sie haben wohl Fieber«, sagte ich. »Was wird aus Vater? Er ist hier nicht sicher – nicht nur, dass er sich zum Narren macht! Was, wenn der Mörder es als Nächstes auf ihn abgesehen hat? Wir müssen ihn nach Hause bringen.«

Seufzend richtete sie ihren Hut. »So ungern ich es zugebe, bin ich keine ausgebildete Krankenschwester. Weißt du vielleicht, wie man für jemanden sorgt, der sich von einer Mandeloperation erholt?«

Das Klinikhandbuch hatte ich nicht gelesen, doch ich konnte mir vorstellen, dass in diesem Fall mehr Ruhe und weniger Einbrüche empfohlen wären. Miss Judson fuhr fort: »Außerdem kann ich mit wissenschaftlicher Gewissheit voraussagen, dass die Wahrscheinlichkeit, deinen Vater jetzt dazu zu bewegen, das Krankenhaus freiwillig zu verlassen, gegen null geht.«

»Auf welcher Grundlage?«, spottete ich, und sie beäugte mich unbeirrt.

»Würdest *du* gehen?«

»Schon verstanden.« Mit hängenden Schultern setzte ich mich auf eine der Einpflanzungen, deren kalte Ziegel mein

Hinterteil selbst durch die Röcke und Unterröcke hindurch kalt werden ließ. Ich kramte mein Notizbuch hervor. »Dann machen wir uns wohl besser an die Arbeit.«

»Angefangen mit dem, was du und dein Vater letzte Nacht herausgefunden haben.«

»Sind Sie sicher, dass er Ihnen das nicht lieber *selbst* erzählen soll?«

Sie blickte über den Hof zu Vater, der sich wieder einmal als Pantomime versuchte und für die amüsierten Polizisten etwas nachstellte. Mich erinnerte es an einen Gorilla auf einem Einrad. »Nein. Nur zu.«

Ich berichtete also von unserem Ausflug in Direktor Greeleys Büro, von den seltsamen Artefakten darin und von Vaters Entdeckung der Spenden an S.H.S.W.W. »Obwohl mir das nicht mehr allzu verdächtig vorkommt, seitdem feststeht, dass das Opfer ein Mann ist.«

»Dein Vater kennt ihn nicht.« Sie blätterte in ihrem Skizzenbuch zu der Zeichnung von dem Opfer. »Wir sollten dieses Bild dem Personal und den Patienten zeigen, vielleicht erkennt ihn jemand anderes.«

»Seinen Ohrring haben wir in Dr. Kinkaids Labor gefunden«, rief ich ihr in Erinnerung. »Wir sollten ihn als Verdächtigen in Erwägung ziehen. Er hat sich von Anfang an seltsam benommen.«

»Er könnte über uns genau dasselbe sagen.«

Das überhörte ich. »Vater behauptete, der Mörder sei ein Arzt. Wissen Sie noch? *Weißer Mantel.*«

»Er sagte auch *kahl* und *erstickt*. Bisher liegt er nur mit dreißig Prozent richtig. Alle unsere früheren Gründe, seine Aussage anzuzweifeln, bestehen weiterhin: Er stand unter den Nachwirkungen der Narkose und unter dem Einfluss von Morphium, außerdem hat er den Angriff aus beträchtlicher Entfernung beobachtet. Bei Nacht. Vielleicht wird er uns noch einen stichhaltigeren Bericht abliefern können, aber bis dahin – was haben wir sonst?«

Ich blickte erneut auf meine Notizen. »Schwester Ling weiß etwas. Und die Oberschwester wahrscheinlich auch – Sie haben selbst erlebt, dass sie die Lernschwester zurückgestuft hat, nur weil sie mit uns geredet hatte. Aber sind sie Verdächtige oder Zeugen?«

»An Miss Ling werden wir subtiler herantreten müssen. Wir wollen sie nicht noch mehr in Schwierigkeiten bringen.«

»Warum erzählen wir es nicht einfach den Polizisten?« Sollten die sich ausnahmsweise einmal mit dem Mord befassen, während die Hardcastles sich auf Hardcastle-Probleme konzentrierten. So wie eitrige Mandeln und das Snowcroft-Erbe.

»Ich sagte *subtil.*« Sie schaute zum Kriminalbeamten Carstairs, dessen Befragung offenbar dazu geführt hatte, dass eine der Waschfrauen in Tränen ausgebrochen war. »Was wissen wir über das Opfer? Abgesehen davon, dass er ein Seemann war, meine ich?«

»Ein vom Glück verlassener Seemann. Haben Sie gesehen, wie schäbig seine Kleidung war?« Noch während ich das aussprach, dämmerte in Miss Judsons Augen ein leidenschaftliches Leuchten herauf – und ich glaube, ich hatte denselben Geistesblitz.

»Tja, was für ein Glück, dass wir jemanden kennen, der sein Leben der Hilfe von glücklosen Matrosen widmet. Vielleicht erkennt Mrs Dudley ihn.«

Ich malte einen Kreis in die Erde der Einpflanzung, dann noch einen und verband die beiden mit einem einzelnen Strich. »Außerdem wissen wir, wie er gestorben ist. Kohlenmonoxidvergiftung macht die Haut rot.« Es ist ein faszinierendes, wenngleich teuflisches Gift: Es gaukelt dem Körper vor, Sauerstoff zu sein, und verdrängt den wirklichen Sauerstoff aus dem Blut, bis das Opfer einfach aufhört zu atmen. Oft trifft es Menschen, die in Räumen mit schlecht gedichteten Gasleitungen oder lecken Öfen schlafen. Die tiefrote Färbung ließ darauf schließen, dass er vor seinem Tod einer signifikanten Menge davon ausgesetzt gewesen war.

»Aber wie war es dazu gekommen? Vielleicht ist er auf der Suche nach einem warmen Plätzchen tatsächlich in den Dampfsterilisator geklettert, wie dein Vater sagte.«

»Vater hat beobachtet, wie jemand erwürgt wurde. Das bedeutet, im Hauptgebäude des Krankenhauses kam es zu einem Angriff – *einem Verbrechen*. Wie stehen die Chancen, dass noch in derselben Nacht, vollkommen unabhängig davon, jemand rein zufällig in der Wäscherei ums Leben kam?« Ich warf die Hände in die Höhe, da eine solche Berechnung meine Fähigkeiten überstieg. »Das dort ist Vaters Leiche, und der Täter hat sie in diesem Gerät versteckt.«

»Mmmm. Aber wer ist unser Täter?«

Ich stand auf. Die Polizisten schwärmten gerade aus – und ich wollte noch einmal an den eigentlichen Tatort, bevor Vater sie dorthin führte. »Sagte ich doch schon. Dr. Kinkaid. Oder die Oberschwester. Vielleicht stecken sie auch unter einer Decke.« Man hätte zu zweit sein müssen, um die Leiche zu bewegen, zumindest wenn eine der Beteiligten die winzige Oberschwester Finch gewesen war.

»Und wie sollen sie deiner Meinung nach einen Mann mit Kohlenmonoxid vergiftet haben? Mal ganz abgesehen von dem Warum.«

»Das Warum werden wir wissen, wenn wir das Wer geklärt haben«, meinte ich. »Doch das *Wie* können wir gleich herausfinden.»

Wenig später klopften wir wieder einmal an Dr. Kinkaids Labortür. Im Flur davor hielt sich der Pfleger mit der schlecht sitzenden Uniform und den polierten Schuhen auf, ging jedoch schnell in Deckung, als er uns kommen sah.

Dr. Kinkaid arbeitete an einem der Mikroskopstationen und studierte etwas in einer Petrischale durch eine Stirnlupe, die er sich vom Kopf zog, als wir eintraten. »Was ist denn nun schon wieder?«, schnauzte er mürrisch – was Miss Judson dazu brachte, ihm ihr strahlendstes Lächeln zu schenken.

»Wir dachten, wir warnen Sie vor, weil Ihnen jeden Moment die Polizei einen Besuch abstatten wird.«

»Haben Sie sich Ihren Phantommord noch *immer nicht* aus dem Kopf geschlagen? Ich dachte, das wäre geklärt.«

»Haben Sie noch nichts von dem Toten in der Wäscherei gehört? Mein Vater hatte recht.« Diese Worte erfüllten mich mit einem warmen Gefühl der Genugtuung.

Dr. Kinkaid knallte eine Schublade zu, schien sich aber mehr belästigt als bedroht zu fühlen. »Und wer war der arme Teufel?«

»Wir dachten, das könnten Sie uns vielleicht verraten.« Miss Judson hielt ihm ihre Zeichnung hin, die selbst die durchstochenen Ohren und das Tattoo der zerdrückten Pflaume zeigte.

Dr. Kinkaid lieferte uns die todsichere Antwort eines jeden Verdächtigen, der das Opfer in Wahrheit sehr gut gekannt hatte: »Hab den Mann im ganzen Leben noch nie gesehen.«

Das fasste ich als konkreten Beweis auf. »Wo waren Sie am Montag zwischen drei Uhr nachmittags und ein Uhr morgens?«

»Ah, mein Alibi. Dachte mir schon, dass Sie das irgendwann wissen wollen.«

»Alibi?«, wiederholte ich.

Er verstand mich falsch. »Lateinisch für *woanders*. Ich hätte erwartet, dass Sie das wissen.«

»*Tue* ich. Aber warum haben sie es *gesagt*?«

Dr. Kinkaid gähnte. »Für gewöhnlich geht man bei einem *Er*mordeten davon aus, dass es einen dazugehörenden *Mörder* gibt. Sie wollten wissen, wo ich war, als – davon gehe ich aus –

das Verbrechen geschah. Und vermutlich erwarten Sie von mir eine Geschichte, die von einem unantastbaren Zeugen bestätigt werden kann. Am besten von einem Bischoff oder einem Mitglied des Königshauses.«

»Ihr Sarkasmus bringt uns wenig weiter«, merkte Miss Judson an. Ich gab ihr recht – und außerdem machte ihn dieses Abwehrverhalten noch verdächtiger. Ich dachte an den Zeitungsartikel über die Fenian-Bombenattentäter. Vielleicht hatte der hinreißende, aber herablassende Dr. Kinkaid eine dunkle Vergangenheit, die er vertuschen wollte. Zugegeben, jemanden mit Dynamit zu töten, war etwas ganz anderes, als mit Kohlenstoffmonoxid zu morden – aber für beides musste man sich mit Chemie auskennen. Was auf Dr. Kinkaid eindeutig zutraf.

»Haben Sie nun ein Alibi oder nicht?«, ließ ich nicht locker.

Dr. Kinkaid stand auf, um die Petrischale abzuwaschen. »Rein zufällig nicht. *Ebenso wenig* habe ich ein Motiv. Ich bin Arzt, kein Mörder.«

»Trotzdem passierte es in Ihrem Labor«, gab ich zu bedenken. »Wo wir den Ohrring des Opfers fanden.«

Dr. Kinkaid konzentrierte sich auf seinen Aufwasch. »Was war die Todesursache bei diesem sogenannten Mord? Falls Sie sich erinnern: Wir fanden keinerlei Hinweise auf einen Kampf, auch keinen einzigen Tropfen Blut, nicht einmal einen Messbecher, der nicht an seinem Platz gestanden hätte.«

»Er wurde mit Kohlenmonoxid vergiftet.« Ich beschrieb den körperlichen Zustand des Toten.

Dr. Kinkaid bekundete sein Interesse durch einen Pfiff. Dann stellte er die Schale in die Spüle und drehte sich zu uns um. »Das ist beinahe genial. Aber wie sollte man das anstellen? Vermutlich könnte man es während einer Operation verabreichen, aber es ist ja nicht so, als hätten wir Kanister mit dem Zeug auf Vorrat …« Er verstummte.

»Was ist?«

Er fluchte leise. »Das erklärt es. Hardcastle! Beschreiben Sie diesen Raum, als Sie gestern früh hier hereinkamen. Schnell.«

»Dunkel«, sagte ich automatisch.

»Und?«, hakte er nach.

Ich überlegte. »Kalt. Sie dachten, die Heizung sei kaputt.«

Dr. Kinkaid nickte. »Ich habe sogar den Hausmeister kommen lassen, damit er den Heizkörper überprüft. Aber *die* hier hat keiner überprüft.« Er tatschte mit einer Hand gegen eine der Messingvorrichtungen, die auf den langen Werkbänken angebracht waren: eine zierliche Leitung, die aus einem runden Sockel ragte und einen hölzernen Knauf hatte, mit dem man Einstellungen vornehmen konnte. Der Bunsenbrenne.[30] Der *Gas*-Bunsenbrenner. Ich schnappte hörbar nach Luft – ich konnte nicht anders. Allein die Vorstellung ließ mich den Atem anhalten, als ob auch ich nicht genug Sauerstoff bekommen könnte.

Dr. Kinkaid drehte am Ventil und wir hörten das verräterische Zischen von Gas. Es funktionierte genau wie bei einer Lampe. Wenn man das Gas aufdrehte, aber keine Flamme entzündete, flutete es den Raum mit giftigen Dämpfen.

»Ist Ihr Labor denn vierundzwanzig Stunden am Tag zugänglich?«, fragte Miss Judson.

»Sicherlich nicht. Ich bewahre hier drin wertvolle Experimente und Ausrüstung auf.« Er stockte, als ihm vermutlich klar wurde, dass seine Sicherheitsvorkehrungen nicht annähernd so effektiv waren, wie er gedacht hatte – oder dass er sich gerade selbst belastet hatte.

30 Eine der vielen nützlichen Erfindungen des deutschen Chemikers und Tausendsassas Robert Bunsen, der nebenbei zwei Elemente entdeckte, Vulkane auf Island erforschte und eine Arsenvergiftung überlebte. Obendrein wurde ein Mineral nach ihm benannt (wahrscheinlich jedoch nicht alles gleichzeitig).

»Jemand muss gewusst haben, welchen tödlichen Ausgang es hat, eins der Ventile zu öffnen«, sagte ich. »Kohlenstoffmonoxid tötet nicht sofort. Das Opfer müsste lange genug ohnmächtig gewesen sein, damit das Gift wirken kann.« Was den Bluterguss erklärte, den Sally entdeckt hatte.

Miss Judson musterte grimmig den Bunsenbrenner. »Das bedeutet Vorsatz.«

»Moment, Moment.« Die Falten auf Dr. Kinkaids Stirn gruben sich tiefer. »Gehen wir noch mal auf Anfang. Was *genau*, sagte Ihr Vater, habe er gesehen?«

»Einen kahlen Mann, erwürgt von jemandem in einem weißen Mantel«, sagte ich tonlos.

Instinktiv tätschelte Dr. Kinkaid sein eigenes Revers. »Ah. Erwähnte auch jemand rein zufällig, *warum* ich einen vollkommen Fremden töten sollte, einfach so, aus – aus Spaß?«

Unbeabsichtigterweise huschte mein Blick zu den armen Norwegerratten, von denen einige bereits schmollten, weil ihnen ihr Frühstück verwehrt worden war. (Liebe Leserschaft, sollten Sie je ein Haustier gehabt haben, können Sie diese Formulierung unmöglich missverstehen.)

Dr. Kinkaid stieß ein Lachen aus. »Aha, ein teuflisches Experiment! Sie halten mich für so eine Art Jekyll-und-Hyde-Typ, was?« Er rieb sich die Hände, machte einen Buckel und tat bedrohlich.

»Nun, da Sie es erwähnen …«, meinte Miss Judson.

Nachdem er seinen Kittel wieder gerichtet hatte, sagte er: »Darf ich fragen, wer Ihre anderen Verdächtigen sein könnten? Oder bin ich der glückliche Gewinner?«

»Wer sonst hat Zugang zum Labor? Oberschwester Finch?«

Dr. Kinkaid verzog angewidert das Gesicht. »Ich fürchte, sie hat Schlüssel zu jedem Raum im ganzen Krankenhaus. Aber hier drin habe ich sie noch nie gesehen. Zum Glück.«

Ich schaute Miss Judson an. »Sie wüsste, wie die Bunsenbrenner funktionieren.«

»Genau wie jeder andere, der in einem Krankenhaus arbeitet«, entgegnete Dr. Kinkaid. »Oder jeder, der je mit einem Gaslicht hantiert hat – was praktisch auf jeden zutrifft.«

»Aber *nicht* jeder wüsste, wie man damit mordet«, sagte Miss Judson düster.

# 15

# Selbstbelastende Aussage

Das menschliche Skelett ist das akribische Zeugnis eines Menschenlebens. Die Überreste eines Skeletts können viele Details über jemanden verraten – nicht nur Alter, Größe und Ethnie, sondern auch Beruf, Ernährungsgewohnheiten, Einkommensverhältnisse und Gesundheitszustand. Unsere Lebensgeschichte ist buchstäblich in unsere Knochen geschrieben.
– H. M. Hardcaslte: *Die Grundlagen der Rechtsmedizin.*

Danach kam die Polizei tatsächlich in Dr. Kinkaids Labor, und er hieß sie weit großmütiger willkommen als uns. Wie ein Reiseführer seine Sehenswürdigkeiten, zeigte er ihnen die Brenner und die Stelle, an der wir den Ohrring gefunden hatten. Nur war Vater nicht mehr bei ihnen, was mich in Alarmbereitschaft versetzte.

»Entspann dich«, sagte Miss Judson. »Zwischen dem Hof und der Männerstation kann ihm nichts zugestoßen sein.« Nach dieser Bemerkung hing eine unheilvolle Spannung in der Luft – und einen Moment danach sausten wir durch den glänzenden Gang zu Vaters Zimmer.

Just in dem Moment, als wir schwungvoll durch die grünen Türen kamen, wurde er von einer vertrauten Schwester ins Bett gesteckt. »Heute Nacht werden Sie gut schlafen«, sagte sie voraus, »nach so viel Aufregung und frischer Luft!« Jetzt erkannte ich sie – an dem Morgen, als Vater aufgenommen wurde, hatten wir sie gemeinsam mit Lernschwester Ling getroffen.

Vater wirkte müde, aber siegreich, wie immer, wenn er einen schwierigen Prozess gewonnen hatte. »Vater, du hattest recht!«, rief ich und ergriff seinen Arm. Eine Umarmung schien nicht wirklich angebracht, doch irgendwie sollte dieser Moment dennoch gewürdigt werden. Vater nickte mir warmherzig zu und erwiderte meinen Druck.

»Schwester Keene, haben Sie schon von dem Mann gehört, den man in der Wäscherei fand?« Miss Judson stellte die Frage so beiläufig, als hätte sie sich nach dem Wetter erkundigt.

Die Schwester blickte nicht sofort auf, sondern richtete weiter Vaters Decken. »Schwesda?« Vaters Stimme war betont leise. »Wissn Sie was?«

Sie beugte sich unter sein Bett, wie um nach dem Nachttopf zu sehen. »Vorsicht«, murmelte sie. »Hier gibt es überall kleine Vögelchen.«

Kleine Vögelchen – Finken, wie in *Finch*? Die Spione der Oberschwester! Ich versteifte mich und umklammerte Vater umso fester, doch Miss Judson zog in aller Seelenruhe ihren Mantel aus und legte ihn über die Rückenlehne des Stuhls, der neben dem Bett stand, als wäre alles in bester Ordnung. Nachdem sie sich gesetzt hatte, tätschelte Vater den Rand seiner Matratze, damit auch ich Platz nahm. Ich wusste nicht, was vor sich ging, merkte Miss Judson aber an, dass sie einen Plan hatte.

»Nun«, sagte sie mit ihrer Schulzimmerstimme (diejenige, die von Wänden und Decken widerhallt und bis in die hintersten Winkel eines jeden Zimmers vordringt, oder eines Kricketfelds). »Es ist gut, dass die Polizei sich nun um die Sache kümmert. Sie müssen so erleichtert sein, Mr Hardcastle.« Sie stieß mich mit dem Knie an, dass mir das Herz bis in die Kehle hüpfte – doch rasch erholte ich mich, um ihren Wink zu verstehen.

»Vor allem, da du dich nicht erinnern kannst, was passiert ist«, sagte ich, womit ich Vater einen verwirrten Blick entlockte.

»Aba igh hab alls gsehn …«

»Ja, und wie schade, dass es *zu dunkel war, um irgendetwas Genaues zu erkennen.*« Miss Judsons Blick bohrte sich in den von Vater. »Und Sie den Schuldigen nicht identifizieren können.«

Endlich begriff er. »Nein, gann-i nighd«, nuschelte er – was tatsächlich der Wahrheit entsprach. »Undas is geine Hilfe.«

»Dr. Kinkaid meint, es sei nicht damit zu rechnen, dass du dich noch an mehr erinnern wirst«, ergänzte ich. Natürlich hatte er nichts in der Art gesagt, doch alles in allem drückte mich mein Gewissen keinen Deut dabei, einem Mordverdächtigen gegenüber eine Falschaussage zu machen. Zwei Betten weiter hatte eine andere Schwester mitten beim Kissenüberziehen innegehalten und uns neugierig das Gesicht zugedreht. »Aber wir werden die Zeichnung herumzeigen und fragen, ob irgendjemand weiß, wer das O– … der arme Mann ist oder wie es sein könnte, dass er in der Wäscherei eingeschlafen ist.«

Vaters Stirnrunzeln kehrte zurück, und Miss Judson erhob sich elegant, wie um ihn auf die Wange zu küssen. Verblüfft wich er zurück, doch sie flüsterte ihm etwas ins Ohr, das ich nicht verstehen konnte. »Gute Nacht. Wir sehen Sie dann morgen, Sir.«

Dann packte sie mich an der Hand (wenn sie so weitermachte, würde sie mir noch irgendwann die Schulter auskugeln) und zerrte mich aus dem Zimmer, wobei sie sich von jeder Schwester und jedem Patienten, an denen wir vorbeikamen, persönlich verabschiedete. Mir fiel allerdings auf, dass sie ihren Mantel zurückgelassen hatte, der noch immer über Vaters Stuhl hing.

Draußen im Hof drückten wir uns herum und taten so, als würden wir die krummen Büsche bewundern. Pfleger nahmen gerade das Willkommensbanner ab, nachdem sich der Besuch des Krankenhaus-Damenkomitees in diesem Monat als Enttäuschung entpuppt hatte, und die Polizei hatte die Wäscherei abgeriegelt. Ich überlegte, wo sie die Leiche wohl hingebracht hatten – zu Dr. Munjal in die Leichenhalle der Polizei oder zu Mr Davis, gleich hier im Krankenhaus?

Wenige Minuten später hörten wir das leise Huschen von Gummisohlen auf Pflastersteinen. Als wir uns umdrehten, rechneten wir eigentlich mit Vaters neuer Schwester. Stattdessen hastete eine atemlose Lernschwester Ling mit Miss Judsons Wintermantel unterm Arm auf uns zu.

»Sie sollten besser aufpassen«, sagte sie leise. »Bei uns verschwindet gern was.«

Mein Herz machte einen Satz, als bei mir schlagartig der Groschen fiel. »*Sie* haben das Skizzenbuch genommen!«

»Das tut mir leid – ich wollte nicht, dass die Oberschwester es findet, und etwas Besseres ist mir nicht eingefallen.« Schwester Ling fischte in ihrer Tasche und holte zwei gefaltete Blatt Papier heraus, genau die Seiten, die man aus Miss Judsons Buch gerissen hatte.

»Wie liebenswürdig von Ihnen.« Miss Judson hakte sich bei Schwester Ling unter, um sie in eine unbeobachtete Ecke ziehen zu können. Doch Miss Ling schlug eine andere Richtung ein.

»Hinter dem Stall. Da gibt es eine nicht einsehbare Stelle, wo die Pfleger zum Rauchen hingehen.« Sie brachte ein kleines Lächeln zustande. »Und einige der Schwestern.«

Der Stall grenzte direkt an das alte Anatomiegebäude und die Leichenhalle. Schwester Ling führte uns in einen schmalen Durchgang zwischen den beiden Gebäuden. Der Ort stellte sich als warm und geschützt, allerdings nicht besonders einladend heraus. Der geziegelte Platz war voller Unrat, Zigarillostummel und Streichhölzer, außerdem stank er durchdringend nach Pferden und Mist. Und nach anderen Dingen, über die ich nicht genauer nachdenken wollte.

»Eigentlich sollte ich wirklich nicht mit Ihnen reden«, fing sie an, während sie sich in der Backsteinecke nach lauernden

Finken umblickte. Auf dem Dachgiebel hockte eine Taube, die mir besonders verdächtig vorkam, weshalb ich sie fortscheuchte.

»Wie kann die Oberschwester es wagen, Ihnen mit einer Entlassung zu drohen!«, platzte ich heraus. »Das können wir ihr nicht durchgehen lassen!« Sollte Schwester Ling ihre Anstellung am Swinburne Royal verlieren, könnte es das Ende ihrer medizinischen Laufbahn bedeuten. Sollte man sie ohne persönliches Empfehlungsschreiben feuern, könnte es sogar bedeuten, dass sie nie wieder Arbeit finden würde.

»Die Wohlfahrtsstation ist gar nicht so übel. Und meinetwegen sollten Sie kein Aufhebens machen.«

In Miss Judsons Augen loderte das Feuer der Gerechtigkeit. »Ich fürchte, kein Aufhebens zu machen gehört nicht zu den Dingen, die uns besonders liegen.«

Schwester Ling trat mit dem Anflug eines Lächelns gegen ein Streichholz. »Ist mir aufgefallen.«

»Wir wissen, dass Sie etwas gesehen haben«, sagte ich. »Sonst hätte die Oberschwester Ihnen gar nicht erst gedroht.«

Ihr Blick wanderte überall hin, nur nicht in unsere Gesichter. »Tratschen verstößt gegen die Verhaltensregeln hier im Swinburne Royal«, sagte sie schließlich.

»Tja, Sie wurden dafür doch schon herabgestuft«, stellte ich fest. »Wenn Sie es uns jetzt tatsächlich erzählen, richten Sie also keinen neuen Schaden an.«

»Ich bin nicht sicher, ob diese Logik tatsächlich greift«, meinte Miss Judson. »Aber fahren Sie doch bitte fort, Miss Ling. Was immer Sie wissen, könnte wichtig sein.«

»Haben Sie in der Mordnacht etwas beobachtet? Vielleicht in Dr. Kinkaids Labor?«

»Dr. Kinkaid?« In ihrer Stimme lag deutliche Überraschung und sie schüttelte den Kopf. »Nein, da nicht.«

»Wo *dann*?«

Miss Judson legte beschwichtigend eine Hand auf meinen Arm. »Wenn es Ihnen lieber ist, können Sie es natürlich einfach jederzeit der Polizei erzählen.« Dieser gezielte Kommentar garantierte, dass Miss Ling eine Zeugenaussage direkt bei den Wachtmeistern *nicht* als bevorzugte Alternative ansah.

Nach kurzem Zögern sagte sie entschlossen und schnell: »An dem Morgen, als Ihr Vater aufgenommen wurde, wechselte ich auf der Männerstation die Laken – das ist Teil unserer Aufgaben als Lernschwestern, wissen Sie … das Bettzeug frisch beziehen. Und als ich mit der Schmutzwäsche hier herunterkam, sah ich hinten nahe der Wäschereien Dr. Kinkaid, der sich mit jemandem stritt.« Sie sah sich um, da ihr wohl allzu bewusst war, dass wir hier nicht so gut versteckt waren, wie uns lieb gewesen wäre. »Ein Mann. Keiner aus dem Krankenhaus. Ich habe ihn nicht gekannt.«

Ich schnappte nach Luft. »War es dieser Mann?« Ich gab Miss Judson zu verstehen, dass sie ihr die Skizze zeigen sollte. Schwester Ling betrachtete sie, schüttelte dann aber den Kopf.

»Er trug einen Hut. Tut mir leid.«

»Schon in Ordnung. Bitte erzählen Sie weiter. Konnten Sie zufällig hören, worum es bei dem Streit ging?«

»Verstehen konnte ich sie nicht. Sie haben Französisch gesprochen oder etwas in der Art.«

Miss Judson wirkte nachdenklich. »Vielleicht Gälisch?«

»Kann sein.« Diese Idee schien Schwester Ling zu faszinieren. »Ich habe ihn – also den Chirurgen, meine ich – manchmal singen hören. Die Melodien klangen irisch, aber die Worte habe ich nie begriffen.«

Ich ließ mich gegen die warmen Ziegel sinken und versuchte, aus ihrem Bericht klug zu werden, während mir Bildfetzen von Fenian-Bombenattentätern durch den Kopf schwirrten (nicht dass ich gewusst hätte, wie genau sie aussahen). Dr. Kinkaid hatte sich mit einem unbekannten Iren gestritten, ganz in der

Nähe der Wäscherei, wo wir den Toten gefunden hatten. Doch das war Stunden vor der Auseinandersetzung gewesen, die Vater beobachtet hatte, was es unwahrscheinlich machte, dass es sich dabei um das Opfer gehandelt hatte. Es sei denn, der fremde Ire war später noch einmal zurückgekehrt.

»Haben Sie das Ende des Streits abgewartet?«, fragte ich.

»Ich hatte die *Wäsche* dabei.« Nun grinste sie offen. »Bin geradewegs zwischen den beiden durchmarschiert. Die Verhaltensregeln gelten schließlich auch für die Ärzte, nicht? Hab ihn zum Teufel gejagt – gebe ich gern zu.«

Miss Judson verbarg ihr Lächeln. »Recht so. Haben Sie Oberschwester Finch davon erzählt?«

»Natürlich nicht«, antwortete sie. »Aber den anderen Mädchen habe ich es gesagt, damit sie ein wachsames Auge haben konnten, für den Fall, dass der Kerl zurückgekommen wäre. Ich glaube, er und Dr. Kinkaid haben sich sehr gut gekannt.«

Ich stellte die Frage, die ich so lange vermieden hatte. »War Dr. Kinkaid wütend?«

In den Augen der Schwester blitzte es auf. »Fuchsteufelswild, würde ich sagen. Möchte fast meinen, er wäre dem Kerl an die Gurgel gegangen, hätte ich die zwei nicht gestört.«

Während Miss Judson und ich uns auf den Weg durch die Außengebäude machten, um uns für heute (in meinem Fall für heute und den Tag zuvor) vom Swinburne Royal zu verabschieden, entdeckten wir Sally, die darum bemüht war, sich aus einer Horde Kinder zu befreien, die sie anhimmelte. Von Tante Helena und dem Rest des Damenkomitees, einschließlich Caroline, fehlte jede Spur. Sally drückte Charleys Pfote auf ein Stempelkissen und bestempelte damit jede Oberfläche, die ihr geboten wurde, einschließlich einer Reihe von Gipsverbänden. Charley ließ das Ganze überraschend bereitwillig über sich ergehen.

»Das arme Ding muss vollkommen erschöpft sein«, sagte Miss Judson. »Lass uns die beiden retten.«

»Sie haben ein Schiffsunglück überlebt«, knurrte ich. »Ich glaube, mit ein paar kranken Kindern kommen sie klar.«

Als wir uns näherten, hellte Sallys Miene sich auf, und endlich gab sie das letzte »Pfotengramm« – einem kleinen Mädchen, dessen Gesicht fast völlig bandagiert war und dessen Arm in einer Schlinge hing. Die Kleine drückte es wie einen Schatz an sich und tappte davon, nur um von Dr. Kinkaid, der aus dem Nichts erschien (und zwar *nicht*, wie mir auffiel, in Begleitung der Polizei – offenbar hatte sie seine Geschichte überzeugender gefunden), in die Höhe gehoben und fest gedrückt zu werden.

»Polly«, sagte er streng, wobei seine grünen Augen funkelten, »wie geht's uns denn heute?«

Aufgrund der Verbände war ihr Mund nicht zu sehen, doch ihre Augen leuchteten und sie ließ zu, dass Dr. Kinkaid ihren verletzten Arm untersuchte. »Sehr schön«, sagte er. »In Nullkommanichts bist du wieder zu Hause und kannst mit deinen Brüdern spielen. Aber nicht mehr auf die Straße rennen, aye?« Er wirbelte sie noch einmal durch die Luft, bevor er sie behutsam wie eine Feder auf das Pflaster stellte. Die ganze Zeit über strahlte sie ihn voller Bewunderung an. Schließlich führte eine wartende Schwester die kleine Polly mit den anderen Kindern wieder zurück, während Dr. Kinkaid ihnen liebevoll hinterherblickte.

»Der Arm der Kleinen wurde bei einem Kutschenunfall zertrümmert«, teilte er uns mit. »Wir konnten ihn retten. Narben werden zurückbleiben, aber sie hat ihren rechten Arm.« Er schien über seinen eigenen Erfolg zu staunen.

»Sind Sie der Arzt, der die Kostenfreie Sprechstunde leiten wird?« Sally klang begeistert. »Das Damenkomitee redet von nichts anderem mehr als dem gutaussehenden, gütigen Chirurgen aus Irland.«

Dr. Kinkaid – sonst so selbstsicher – wurde hochrot.

Miss Judson eilte zur Hilfe. »Miss Snowcroft, darf ich Ihnen Dr. Russell Kinkaid vorstellen, den Chirurgen von Mr Hardcastle? Doktor, dies ist die Sehr Ehrenwerte Lady Snowcroft.«

Dr. Kinkaid musste ihr Name ein Begriff sein, doch er ließ sich nichts anmerken. »Hocherfreut, gnädige Frau.«

»*Sally*«, ertönte ihre automatische Antwort, während sie nach einer freien Hand suchte, mit der sie die seine schütteln konnte. Nachdem sie das Stempelkissen in ihren kleinen Pompadour gesteckt hatte, zauberte Dr. Kinkaid galant ein Taschentuch hervor, mit dem sie Charleys Pfote abwischen konnte. Ihr Erfolg hielt sich in Grenzen – auf ihrem mit Rüschen besetzten Rock blieben mehrere Schmieren zurück. Als Dr. Kinkaid sie darauf hinwies, lachte sie nur. »Das ist noch gar nichts. Sie sollten mal sehen, was ich mit einer Hockeyhose alles anrichten kann!«

»Sie spielen Feldhockey?« Dr. Kinkaid klang amüsiert.

Sallys Lächeln verdunkelte sich. »Sally Cooke spielte Hockey«, antwortete sie. »Ethel Snowcroft wahrscheinlich nicht.«

»So ein Sch– Schwachsinn«, entgegnete Dr. Kinkaid. »Ich weiß aus zuverlässiger Quelle, dass eine Viscountess tun kann, was immer ihr beliebt.«

»Sagen Sie das mal Mrs Dudley«, meinte sie. »Oje. Heute Abend halten wir einen Vortrag und jetzt werde ich zu spät kommen. Myrtle und Miss Judson, würden Sie mich hinausbegleiten?« Sie ergriff meinen Arm und lief Richtung Ausgang.

»Wo ist meine Tante?«, fragte ich.

»Sie scheinen ein Talent dafür zu haben, Ihren Aufpasserinnen zu entwischen«, stellte Miss Judson fest.

Sally antwortete indirekt. »Wussten Sie, dass die Leute einem so gut wie jeden Wunsch erfüllen, wenn man eine Adelige ist? Das ist wirklich ziemlich verblüffend.«

»Äh«, sagte ich, unsicher, ob ich wissen wollte, welche Bitte Sally an Tante Helena herangetragen hatte, die so wundersamerweise erfüllt wurde. Bevor wir sie um nähere Einzelheiten bitten konnten, beugte sich Sally zu mir und flüsterte in mein Ohr.

»Myrtle – der Mann da drüben. Ich glaube, er verfolgt mich.«

Mit klopfendem Herzen blieb ich wie angewurzelt stehen. Doch Sally zog mich weiter. »Nicht hinsehen!«, zischte sie. »Ich meine, doch, sehen Sie hin, aber nicht, als ob sie *hinsehen*. Sehen Sie ihn?«

Ich riskierte einen Blick über Charleys Kopf hinweg, vorbei an Sallys lockigem Haar und den Bändern ihrer Haube, und erkannte den dürren Pfleger mit den Lackschuhen wieder, der zwischen den Außengebäuden umherstreifte. Mir war gleich klar, warum sie ihn verdächtig fand: Die Schultern in der übergroßen Jacke eingezogen, bewegte er sich auf eine Art, die man wohl am besten als *Schleichen* beschreiben konnte. »Alles in Ordnung«, sagte ich. »Er arbeitet im Krankenhaus.«

Sally ging schneller und drückte Charley so fest an sich, dass er zu zappeln begann. »Das glaube ich nicht. Sehen Sie seine Schuhe? Sie *quietschen*. Das Personal hier trägt ausnahmslos weiche Sohlen.«

Miss Judson flankierte Sally von der anderen Seite. »Sie haben recht«, sagte sie leise. »Gut beobachtet.«

Ich gab mir Mühe, mit den beiden Schritt zu halten. »Ich habe ihn schon mehrfach mit Dr. Kinkaid gesehen. Was machen wir jetzt? Wir können Sally nicht allein lassen – was, wenn …?« Ich hielt inne, nicht fähig, nicht willens, auszusprechen, was Sally sich vermutlich bereits dachte: *Was, wenn er der Mörder ist? Was, wenn er zurückgekommen ist? Was, wenn er Sally etwas antun will?* Und das führte zu noch schlimmeren Gedanken: *Was, wenn er wegen Vater hier ist?* Mitten im Schritt erstarrte ich, absolut nicht in der Lage, eine Entscheidung zu treffen.

Noch nie habe ich mich über ein aufziehendes Unwetter mehr gefreut, liebe Leserin, lieber Leser. In diesem Moment wehte eine gewaltige purpurne Wolke zu uns herüber, die mit Donnerschlägen (und ihrem Gehstock) auf uns zuwalzte. »Oh, Eure Ladyschaft!« Tante Helena wedelte mit einem Päckchen aus Papier. »Ich fürchte, ich konnte keine Birnendrops finden, Mylady, aber ich habe Hustenbonbons, Pfefferminzdrops und ein Fruchtgummi.«

Sally schlug die Hände zusammen. »Miss Hardcastle, Sie sind ein wandelndes Wunder! Aber meinem Hals geht es schon viel besser.«

Tante Helena beäugte uns argwöhnisch, als hätten Miss Judson und ich etwas damit zu tun, dass ihre Besorgung nun belanglos war. Sehnsüchtig betrachtete ich die Süßigkeiten. Pfefferminzbonbons mochte ich sehr und seit Köchins Zimtschnecken von heute Morgen hatte ich nichts mehr gegessen, was sich nach einer Ewigkeit anfühlte. Doch Tante Helena riss sie an sich. »Die sind für die Viscountess!«

»Tante Helena«, kam Miss Judson zu Hilfe, »wir wollten Miss Snowcroft gerade zur Trambahn begleiten.«

Tante Helena wirkte zutiefst schockiert. »Ihr könnt unmöglich mit diesem schmutzigen öffentlichen Verkehrsmittel fahren. Ich hole uns eine Kutsche. Kommt, Eure Ladyschaft.«

Damit nahm Tante Helena Sally erneut unter ihre Fittiche. Sally warf uns einen dankbaren Blick zu, und wenn ich mich nicht sehr irre, hat Charley gelacht.

Ich selbst war weniger zuversichtlich, doch Miss Judson fasste die Lage nett zusammen: »Sei nicht albern. Könnte eine junge Dame aus gutem Hause einen besseren Leibwächter haben als Tante Helena?«

# 16

## Beweislast

> Die genaue Untersuchung einer Wunde kann mikrofeine Details eines Mordes ans Licht bringen: Art und Größe der Tatwaffe, ob der Angreifer Links- oder Rechtshänder war, ob das Opfer kämpfte oder sich gewehrt hat, selbst Zeit oder Ort des Verbrechens. Diese Hinweise sprechen so deutlich wie jeder Augenzeuge.
>
> – H. M. Hardcastle: *Grundlagen der Rechtsmedizin.*

Sally sicher vom Gelände des Swinburne Royal zu schleusen, löste das Problem mit dem auf der Lauer liegenden Pfleger natürlich nicht gänzlich. Ich schaute mich auf dem Hof um, doch von ihm fehlte jede Spur. »Wo ist er hin? Was, wenn er Vater etwas antun will?«

Miss Judson versuchte, ihre eigenen Bedenken zu überspielen, doch mir entging ihr Stirnrunzeln nicht. Damit war die Sache besiegelt. Ich machte auf dem Absatz kehrt und eilte los, quer durch den Hof in die Richtung, in der Quietschsohle verschwunden war. Eigentlich hätten wir ihn allein durch seine lauten Schritte aufspüren können sollen, doch die Geräuschkulisse eines Krankenhauses, das sich für den Abend bereit macht, bietet ein überraschend gutes Ablenkungsmanöver.

Unser Weg führte uns erneut hinter die Außengebäude, von wo aus er uns in einer Schleife zurück zum Haupttor brachte. »Da ist er!« Ich zog Miss Judson hinter mir her. Quietschsohle drückte sich in dem Ziegeldurchgang herum, wo er sich mit einer Schwester in einem schwarzen Mantel unterhielt, die Hand auf ihren Arm gelegt. Zuerst erkannte ich sie nicht, doch als wir verstohlen näher schlichen, erspähte ich rote Locken. »Das ist Pethwick, die zu ihrer Schicht kommt.« Ich stieß ein Seufzen aus. »Scheint, als wäre er nur schuldig daran, gegen die Verhaltensregeln zu verstoßen.«

»Das kann man kaum einen Verstoß nennen«, merkte Miss Judson an, als Quietschsohle Schwester Pethwick kollegial zunickte und sich vom Krankenhaus entfernte – entgegengesetzt der Richtung, in die Sally und Tante Helena gegangen waren. »Tja, das ist eine Erleichterung«, ergänzte sie mit fester Stimme, die *verlangte*, dass wir erleichtert zu sein hatten, ob es uns passte oder nicht.

Auf der Tramfahrt nach Hause ergab sich keine Gelegenheit, den Mord weiter zu besprechen, da außer uns viel zu viele Passagiere an Bord waren. Doch das hielt mich kaum davon ab, mir den Kopf darüber zu zerbrechen. Wer war das Opfer? Was hatte ein Seemann nach den Schließzeiten noch im Swinburne Royal Hospital zu suchen? Jemand aus dem Krankenhaus muss ihn gekannt haben – nur wer? Dr. Kinkaid? Die Oberschwester und ihre »kleinen Vögelchen«? Was hatte es mit diesem zwielichtigen Pfleger auf sich? Das Problem war, sie alle hatten Zugang zum gesamten Tatort, ganz zu schweigen von der Kenntnis darüber, wie man diesen Mord ausüben und vertuschen könnte – Mittel und Gelegenheit –, was aber war das Motiv? Und warum das Opfer in der Wäscherei verstecken, anstatt es klammheimlich in die Leichenhalle zu schmuggeln, sodass keiner etwas davon mitbekommen hätte?

Grübelnd biss ich auf meinen Fingern herum. So sehr ich mich darauf freute, endlich nach Hause zu kommen, gefiel es mir gar nicht, Vater allein zu lassen. Möglich, dass wir den

Mörder fürs Erste von Vater abgelenkt hatten, aber das hieß leider nicht, dass er seine Meinung nicht später noch ändern und Vater doch noch attackieren könnte.

In der High Street kam die Tram scheppernd zum Stehen und eine uns wohl bekannte und sehr willkommene Person stieg zu, die überrascht war, uns hier anzutreffen. »Stephen, Miss J.! Ich bin gerade auf dem Weg zu Ihnen.« Mr Blakeney, unser Lieblingsrechtsgehilfe, zwängte sich neben uns in die Bahn, womit er eine Dame verärgerte, deren rüschenbesetzte Röcke weit mehr als den Platz einnahmen, der ihr zugestanden hätte. Bei sich hatte er einen spröden Aktenordner, den er mir reichte. »Für Ihren Vater«, sagte er. Als ich einen Blick hineinwerfen wollte, legte er eine Hand darauf. »Ist leider nur für die Augen des gnädigen Herrn bestimmt. Dabei geht es nicht um die Snowcroft-Sache.«

*Gnädiger Herr?* So nannten die Angestellten Vater. Doch bevor ich Mr Blakeney dazu fragen konnte, ergänzte er: »Dafür habe ich gute Neuigkeiten von der Snowcroft-Front.«

»Gute Neuigkeiten könnten wir gut gebrauchen«, meinte Miss Judson, was Mr Blakeney jedoch den Wind aus den Segeln nahm.

»Womöglich doch schlechte Neuigkeiten«, sagte er. »Nun, sagen wir einfach *Neuigkeiten*.«

»Vielleicht sagen Sie es uns einfach, damit wir uns selbst ein Urteil bilden können«, schlug Miss Judson freundlich vor.

»Richtig. Also das Nachlassgericht hat einen Termin für die Anhörung von Miss Snowcrofts Fall angesetzt.«

»Das sind gute Neuigkeiten!«, meinte ich. »Sie wird so erleichtert sein.«

»Warten Sie mit Ihrem Urteil, bis sie alles gehört haben.« Es kam selten vor, dass Mr Blakeney ernst wurde, weshalb mir augenblicklich Bedenken kamen, und zwar nicht gerade wenige. »Es hat den Anschein, als habe der Kronrat ein Interesse an dem Fall. Jemand dort lässt seinen Einfluss spielen, damit das Gericht ein endgültiges Urteil fällt. Wenn wir Sallys Identität nicht beweisen können, wird der Besitz infolgedessen an die Krone zurückfallen. Sie könnte alles verlieren.«

Ich funkelte ihn an. Das war das genaue Gegenteil von guten Nachrichten! »Das dürfen die?«, regte ich mich auf. »Es ist ein Zivilprozess. Wie kann es sein, dass die Regierung überhaupt etwas zu sagen hat?«

Er schnitt eine Grimasse. »Nun ja, rein formell betrachtet geht es hierbei um Land Ihrer Majestät, erinnern Sie sich? Ich vermute, dass die Eisenbahngesellschaft dahintersteckt – sie will nicht, dass der Fall über Jahre beim Nachlassgericht festhängt. Also hat wohl jemand jemandem einen Wink gegeben, bei dem er noch einen oder zwei Gefallen offenhatte, und nun haben wir den Salat.«

Ich kaute auf meiner Wange. Die Berater Ihrer Majestät – der Kronrat – stammten unter anderem aus dem Handelsministerium, das auch die Eisenbahnen beaufsichtigte (und außerdem offenbar nicht in der Lage war, den Untergang von Schiffen ordentlich zu untersuchen). Es sähe ihnen ähnlich, sich in so etwas einzumischen. Schäumend vor Wut trat ich gegen die Halterung meines Sitzplatzes.

»Dabei fällt mir ein: Wie ist der Stand der Dinge?«, erkundigte Mr Blakeney sich. »Gibt es neue Einblicke, was Sallys Vorgeschichte betrifft?«

Ich blickte zu Miss Judson, die leise seufzte. »Ich fürchte, wir waren etwas zu sehr mit anderen Dingen beschäftigt.« Was es mit diesen »anderen Dingen« auf sich hatte, führte sie nicht näher aus, also tat ich es ihr gleich.

»Was ist mit Genies Quelle?«, fragte ich. »Wenn sie ihn dazu bringen könnte, auszusagen …« Ich verstummte. Ihre Quelle könnte ebenso gut Beweise dafür haben, dass Sally *nicht* Ethel Snowcroft war.

Doch Mr Blakeney schüttelte den Kopf. »Davon habe ich nichts mehr gehört. Obwohl«, er schnippte mit den Fingern, »hätte ich um ein Haar vergessen. Sie hat mir das hier gegeben. Gelesen habe ich es nicht, daher trifft mich keinerlei Verantwortung für den Inhalt.« Er reichte mir einen Umschlag und hob die Hände zu einer Geste, die deutlich machte, dass er nichts damit zu tun hatte. Ich öffnete ihn – Nachrichten von Genie Shelley waren grundsätzlich für eine Überraschung gut! – und zu dritt steckten wir die Köpfe zusammen, um diese gleich hier in der Tram zu lesen.

*Myrtle & Miss J.: Wissen Sie, wie man Velma Dudley erreicht? Ich würde gerne einen biografischen Artikel über ihren Verein bringen. Das Hauptquartier von S.H.S.W.W. in Liverpool habe ich schon zu kontaktieren versucht, aber ohne Erfolg. Wussten Sie, dass dieses Gebäude, das wir abgebildet haben, in Wirklichkeit eine Bank ist? (Mein Chefredakteur ist NICHT ERFREUT.) Ich habe den Königlichen Wohlfahrtverein für Schiffbrüchige Seefahrer in Surrey ausfindig gemacht, aber die haben nie von ihr gehört. Anbei finden Sie meine Karte – wären Sie wohl so freundlich, sie Mrs Dudley bei nächster Gelegenheit zu überreichen? – Alles Liebe, G. S.*

»Ich überlasse es Ihnen, ob Sie der armen Frau meine Schwester auf den Hals hetzen wollen.« Das machte nur deutlich, dass Mr Blakeney Mrs Dudley noch nicht kennengelernt hatte.

»Oder umgekehrt«, murmelte Miss Judson.

»Für die Vorstellung würde ich Eintritt zahlen!«, warf ich ein. »Genie und Mrs Dudley, Frau gegen Frau!«

Miss Judson verstaute den Brief mit Genies Visitenkarte sicher in ihrem Pompadour. »Wie es der Zufall so will, haben wir ohnehin etwas mit Mrs Dudley zu besprechen«, sagte sie.

»Vielleicht schauen wir morgen im *Sicheren Hafen* vorbei, nachdem wir deinen Vater besucht haben.«

»Das wäre in Upton?«, hakte Mr Blakeney nach. »Macht es Ihnen etwas aus, wenn ich mitkomme? Ich muss Richter Fox einige Akten vorbeibringen.«

Diesen Vorschlag fand ich wundervoll. »Machen wir das?«, fragte ich Miss Judson. Jemand, irgendwo musste doch ein paar Antworten für uns haben.

»Na schön«, sagte Miss Judson, »dann unternehmen wir also einen Ausflug.« Niemand wies darauf hin, dass Ausflüge normalerweise so etwas wie Picknicks, Drachensteigenlassen oder Eisessen beinhalteten, nicht das Identifizieren von Mordopfern.

Als wir an diesem Abend nach Hause kamen, machte ich mich sofort an die Arbeit und setzte mich an Sallys Fall. Das Gericht ließ Vater – also mir – nicht gerade viel Zeit, um Sallys Anspruch zweifelsfrei zu beweisen, und Vater war in keiner Verfassung, mit dieser neuesten Wendung umzugehen, nicht zusätzlich zu allem anderen. Ich war zwar nicht sicher, was ich allein an einem Donnerstagabend bewerkstelligen konnte, aber ich durfte Sally nicht so im Stich lassen, nur weil Vater »unpässlich« war.

Ich begab mich also in Vaters Arbeitszimmer und zündete eine Lampe an. Einen Augenblick stand ich mit dem brennenden Streichholz auf Zehenspitzen da. Würde ich die Flamme nun nicht entfachen, würde sich der Raum mit giftigem Gas füllen, bis ich zuerst bewusstlos und dann tot wäre.

Bevor meine makabren Gedanken mit mir durchgehen konnten und ich mich versehentlich erstickte, hielt ich das Streichholz an die Düse. Die Lampe erwachte zum Leben – sicherem, goldenem, glühendem Leben. Wie hatte Vaters Opfer vom Gas der Bunsenbrenner überwältigt werden können? Dass er nicht von allein ins Labor spaziert und sie angestellt hatte, lag auf der Hand. Außerdem hatte jemand im Nachhinein seine Leiche *versteckt*, was eine vorsätzliche Tötung nahezu garantierte.

»Autsch!« Das Streichholz brannte nieder und versengte meine Finger. Schnell trat ich den Stummel aus und verrieb den Rußfleck auf dem Teppich, einigermaßen sicher, dass Köchin das wieder herausbekommen würde. (Im Vergleich zu Vaters Tintenflecken, die er überall hinterließ, war das gar nichts. Seit Ewigkeiten schon versuchten wir, ihn von einem modernen Füllfederhalter zu überzeugen, doch er behauptete, dass er den Geruch von Tusche so mochte.)

»*Nein.*« Peony kam hereingetrottet und schnupperte vorwurfsvoll an dem verräterischen Rußfleck. Ihre nächsten Laute klangen verdächtig nach *mens rea.*[31]

»Weißt du, andere Katzen sagen einfach *miau.*«

»*Nein.*«

»Französische Katzen sagen *miaou.* Walisische Katzen sagen *meow.* Sogar griechische Katzen sagen *νιάου*!«

»*Non.*«

»Du wirst mich nicht verpetzen«, wagte ich zu behaupten – obwohl sie nicht zu *hundert* Prozent vertrauenswürdig ist. Dafür ist sie überaus anfällig für Bestechungen. »Wollen wir uns an die Arbeit machen?« Peony liebt Vaters Schreibtisch sogar noch mehr als ich,[32] also hopste sie nach oben, wo sie mit den Schnurrhaaren über den Tintenlöscher und die Briefablage und die Schreibmaschine und das Tintenfass strich – das ich rettete, bevor ihre Zuneigung zu leidenschaftlich werden konnte und ich Köchin einen *ernsthaften* Fleck erklären müsste.

31 »subjektiver Tatbestand«

32 Um das zu untermauern, kann ich anführen, dass ich für meinen Teil noch nie etwas von dem, was ich darauf fand, gegessen habe.

Einen Augenblick lang saß ich einfach nur auf Vaters Stuhl, atmete die bürohafte Luft ein und versuchte, mörderische Gedanken beiseitezulegen. Die Akte von Mr Blakeney starrte mich an. Was könnte nur darin sein? Es ging mich nichts an, sagte ich mir streng, trotz des nagenden Gefühls, dass Vater – und Mr Blakeney! – Geheimnisse vor mir hatte. Einigermaßen entschlossen konzentrierte ich mich auf Sallys Fall. Was würde Vater als Nächstes tun, wäre er hier? (Vermutlich hätte es mit Kaffee zu tun, was mir nun wirklich keine Hilfe wäre.) Den Großteil der relevanten Korrespondenz hatte Mr Blakeney mitgenommen, aber vielleicht hatte er ja etwas übersehen – etwas so Entscheidendes, dass selbst das Gericht es nicht anfechten konnte, egal wie viele Leute im Hintergrund ihre Fäden ziehen mochten.

»*Nein.*«

Ausnahmsweise stimmte ich ihr zu. Trotzdem gab ich mir Mühe, nicht den Mut zu verlieren und überflog die noch ungeöffneten Briefe. Ein dicker Umschlag stach hervor: teures Papier mit einem Poststempel aus Upton, den ich kannte, außerdem aufwendig mit Wachs versiegelt und einem kleineren Umschlag im Innern. Dieser war verblichen und vergilbt, der ausländische Stempel darauf nicht zu entziffern. Ich nahm zuerst das Schreiben des Richters zur Hand.

Lieber Arthur,
oder Miss Myrtle, da ich vermute, Sie haben die Aufgabe einer Rechtsanwaltsgehilfin übernommen, sehen Sie es einem alten Mann nach, dass er etwas eigene Detektivarbeit angestellt hat. All das Gerede über die Persephone hat alte Erinnerungen geweckt, sodass ich letzten Endes einige alte Erinnerungsstücke meiner Frau zutage beförderte. Und siehe da! Sie hatte einen Brief von ihrer Nichte

Audrina aufbewahrt, den ich Ihnen hiermit weiterleite. Zumindest wird Sally eine Freude daran haben, die Neuigkeiten von ihren Eltern - und sich selbst - zu lesen.

Mit herzlichen Grüßen
Ihr Friedensrichter Magnus Fox

Ich ließ den alten Brief auf den Schreibtisch rutschen und bestaunte den Umschlag. Er war in Portugal abgeschickt worden, noch vor Beginn der Reise der *Persephone*. Wie seltsam, dass etwas so Gewaltiges und Solides wie ein ganzes Schiff – sowie sämtliche Menschen an Bord – spurlos verschwinden konnten, während jemandes vergängliche kleine Gedankenfetzen bestehen und nach so langer Zeit auf Vaters Tisch landen sollten.

19. Mai '84

Liebe Tante Jane,
dies ist der letzte Hafen, den wir anlaufen, bevor wir zu den Antipoden aufbrechen! Klingt das nicht viel exotischer als "Melbourne"? Wie öde und englisch das ist! Entgegen deiner Frotzeleien habe ich mich auf meinem kleinen Schiff gut eingelebt, und du solltest sehen, wie die Männer Ethel verhätscheln! Einer von ihnen hat ihr sogar einen Welpen geschenkt, einen kleinen Terrier mit einem gefleckten Ohr. Andrew wollte ablehnen (was sonst), doch sie hat ihm bereits einen Namen gegeben - Charley, nach dem edlen Spender - und da er die gesamte Crew gegen sich hatte, musste selbst der strenge Kapitän Snowcroft einlenken. Sollte dieses Kind nicht jeden

Wunsch erfüllt bekommen, würde es wahrlich eine Meuterei auslösen! Bis wir an Land laufen, wird sie eine kleine Tyrannin geworden sein.
Dabei ist es gut, dass sie Ethel so gernhaben, denn ich fürchte, für ihren Vater haben sie wenig übrig. Unter den Männern herrscht Spannung, aber niemand will mir den Grund dafür verraten, schließlich bin ich nur die Frau des Käpt'ns. Allerdings habe ich belauscht, wie sie sich über die Gelder unterhalten haben, die Andrew für die Eisenbahn mit an Bord genommen hat. Das Ende dieser Reise kann gar nicht schnell genug kommen.
Denk an mich, die ich auf Hoher See verschollen bin, mit nichts als einem kleinen Hund zur Gesellschaft, sowohl von Ehemann als auch Kind verlassen!

In Liebe, Deine Nichte Aud

Arme Audrina! Sie war so fröhlich gewesen, hatte sich auf ihr großes Abenteuer gefreut und von ihrer kleinen Tochter geschwärmt. Leider erwies sich ihr ungutes Gefühl als allzu gerechtfertigt. Arme Ethel. Arme alle. Ich fuhr über die verblasste Schrift auf dem Umschlag und fragte mich, warum Richter Fox diesen Brief an Vater geschickt hatte, anstatt ihn Sally direkt zu geben. War es möglich, dass selbst er noch Zweifel hatte?

»Mmmmmrrrrb.« Peony suchte sich schlängelnd einen Weg über den Schreibtisch, um sich ausgerechnet dort niederzulassen, wo es am ungünstigsten war: genau auf Audrinas Brief. Sie rollte sich auf die Seite und packte mit Krallen und Zähnen nach meiner Hand, als ich ihn unter ihr wegziehen wollte.

»Auf wessen Seite stehst du eigentlich? Willst du etwa nicht beweisen, dass Sally die Erbin ist? Und Charley?«, ergänzte ich neckisch.

Sie antwortete mir, indem sie versuchte, meine Elle auszuweiden.[33]

Merkwürdigerweise hatte sie mich jedoch auf eine Idee gebracht. Wenn ich diese Angelegenheit nicht auf juristischem Weg lösen konnte, würde ich sie eben wissenschaftlich angehen. Was bedeutete, dass ich im vollkommen falschen Zimmer war. Ich nahm den Stapel mit allem, was Mr Blakeney zurückgelassen hatte – sämtliche Aufzeichnungen, die wir von der *Persephone* hatten, die Fotografie von den Snowcrofts und die Notizen zu Erbschaftsrecht, die Miss Judson und ich vorbereitet hatten – und platzte uneingeladen in Miss Judsons Zimmer. Sie war nicht da. Und es ist mir peinlich, zuzugeben, lieber Leser, liebe Leserin, wo ich als Nächstes uneingeladen auf sie traf – doch als ich mich eines Besseren besann, war es bereits zu spät.

»Myrtle!« Miss Judson stieß ein dampfiges Japsen aus und schnappte sich ein Handtuch, während sie sich tiefer in die Badewanne gleiten ließ. Ich wirbelte mit brennenden Wangen herum, starrte die feuchte Tapete an und versuchte, mir einzureden, ich hätte nichts Hochnotpeinliches gesehen.

»Es tut mir leid!«, rief ich. Einige entsetzte Entschuldigungen brummelnd, wollte ich wieder zur Tür hinaus.

»Warte. Komm zurück. Du musst doch etwas gewollt haben.«

»Das kann warten«, nuschelte ich. Hin und wieder hatte ich bereits einen Blick auf Miss Judsons faszinierende Erwachse-

33 Glauben Sie ja nicht, Katzen hätten keine Vorstellungskraft, liebe Leserschaft. Mein Unterarm war eindeutig ein Double für ein Gnu oder ein Krokodil, das sie in der Savanne erlegt hatte.

nenunterwäsche erhascht – Korsetts, Strumpfbänder und Chemisettes –, die mir ungeheuer fremd und mysteriös erschien. Ich hatte auch die alten Sachen von Mum gesehen, die fortgeräumt worden waren. Womöglich habe ich sogar einmal etwas anprobiert, ein- oder zweimal, als niemand hinsah. (Die Dinger waren komplizierter als erwartet.) Miss Judson hatte versprochen, mich eines Tages in diese geheimen Rituale einzuweihen, wobei sie allerdings ärgerlich vage gewesen war, was den genauen Zeitpunkt anging. Doch sie in ihrem Bad vollkommen *déshabillée* zu sehen – das war …

Nun, liebe Leserschaft, es überschritt die Grenzen des Erlaubten.

»Ich bin bedeckt«, sagte sie. »Du kannst dich wieder umdrehen.«

Das tat ich denn auch, langsam, mit fest zugedrückten Augen.

Als ich ein unterdrücktes Prusten hörte, öffnete ich ein Auge einen Spaltbreit. Über dem weißen geschwungenen Rand der Wanne und einer Schicht Seifenwasser war nur ihr Kopf – verhüllt von einer Rüschenhaube – zu sehen. »Tatorte und Mordopfer – und Leichenhallen! – bereiten dir kein Kopfzerbrechen, aber der Anblick einer anderen jungen Dame aus gutem Hause im Bad kannst du nicht ertragen? Der Himmel stehe dir bei, wenn du erst auf dem Internat bist!«

»Unwichtig«, nuschelte ich.

»Was wolltest du? Mein Wasser wird kalt.«

Doch gemeinsam mit dem Dampf im Bad hatte sich auch mein Ausbruch an Enthusiasmus aufgelöst. »Ich dachte nur, wir könnten uns gemeinsam noch einmal den Snowcroft-Fall vornehmen.« Halbherzig zeigte ich ihr meinen Stapel. »Vielleicht haben wir beim letzten Mal etwas übersehen. Bei den letzten Malen.« Selbst ich musste zugeben, dass ein schönes Schaumbad einladender war.

Mit einem entschiedenen Nicken beendete Miss Judson meine Schmach. »Ich ziehe mich rasch an und treffe dich dann im Unterrichtsraum. Dort können wir alles ordentlich besprechen.«

In mir stieg eine Wärme auf, die nichts mit dem dampfigen Badezimmer oder damit zu tun hatte, dass ich mich bis auf die Knochen blamiert hatte. »Ich frage Köchin, ob sie uns Kakao macht.« Damit schlüpfte ich aus dem Bad, während Peony entschlossen hineinschlüpfte.

»Nein! Raus mit dir! Husch! Hör gefälligst auf, mir in die Zehen zu beißen – du bist keine Löwin und ich bin keine Gazelle.«

Zehn Minuten später erschien Miss Judson, sittsam in ihren Morgenmantel gewickelt, im Schulzimmer. Ich hatte all die ursprünglichen Dokumente mit Bezug auf die *Persephone* herbeigeschleppt, einschließlich eines von Mums Medizinbüchern und einer alten Ausgabe von *Archives de l'Anthropologie Criminelle*, einem forensischen Wissenschaftsmagazin. Für alle Fälle hatte ich außerdem jede Notiz mitgebracht, die ich während der hektischen Ermittlungen im Krankenhaus hatte verfassen können, obwohl die beiden Fälle unmöglich miteinander in Zusammenhang stehen konnten – es sei denn, auch Vater zog Morde nun magisch an, ein Gedanke, den ich keinesfalls näher verfolgen wollte.

»Er hat Morde schon immer angezogen. Er ist Staatsanwalt«, gab Miss Judson zu bedenken.

»Das ist nicht hilfreich.« Als könnte ich vergessen, dass Vater sich mutterseelenallein in einem zwielichtigen Krankenhaus befand, umgeben von zwielichtigen Gesellen und *allen* unseren Verdächtigen! »Was, glauben Sie, war in der Akte, die Mr Blakeney uns mitgegeben hat?« Eigentlich hatte das nur neugierig klingen sollen, jedoch konnte ich meine Sorge nicht ganz aus meinem Tonfall verbannen. »Ermittelt er ohne uns?«

Miss Judson gab ihr Bestes, keinerlei eigene Neugier preiszugeben. »Gewiss würde ihm das nicht einmal im Traum einfallen«, sagte sie. »Zurück zum Thema, *s'il te plaît.*«

(Dezent) grummelnd erklärte ich ihr meine Idee, die Beweise aus einem neuen Blickwinkel zu betrachten. »Mit Testamenten, Geburtsurkunden oder Ausweispapieren haben wir Sallys Identität nicht nachweisen können.«

»Richtig ...?« In ihrer Stimme lag ein Funken Ungeduld. Ich entschied, es als »anspornend« zu betrachten.

»Doch der Tote brachte mich auf eine Idee. Was, wenn wir es auf anderem Weg belegen könnten?«

»Ich muss darauf hinweisen, dass wir bisher auch noch *keinen* Weg beschreiten konnten, um besagten Verstorbenen zu identifizieren.«

»Aber über Sally wissen wir viel mehr! Hier.« Ich begann, ihr verschiedene Dinge zu reichen, die sie eilig an die Tafel heftete. »*Wissenschaftliches* Beweismaterial, um ihre Identität zu bestätigen, können wir zusammentragen.« Ich weigerte mich, mir von Miss Judsons Skepsis den Wind aus den Segeln nehmen zu lassen.

»Faszinierend. Lege deinen Fall dar.« Sie nahm ihren angestammten Platz an der Tafel ein und studierte mein Material.

»Zunächst einmal: ihr Medaillon. Es liefert eine *Menge* Hinweise. Wie etwa den Stempel des Herstellers. Das sollte man zurückverfolgen können. Womöglich erinnert sich der Juwelier sogar noch daran, es Sallys Eltern verkauft zu haben.«

»Ich sage es wirklich nicht gern, aber meine Zeichnung des Medaillons – *und* dessen Stempel – wurde im *Swinburne Boten* veröffentlicht und hat zu nichts geführt.« Sie deutete auf genannte Skizze, die jetzt an der Tafel hing.

»Nur kam das Medaillon ja nicht aus Swinburne«, sagte ich. »Das hat also nichts zu bedeuten. Genie kann sie anderen

Zeitungen im ganzen Land weiterreichen. Irgendjemand muss es erkennen.«

»Wir dachten auch, dass irgendjemand Sally wiedererkennen müsste.«

Zähneknirschend fuhr ich fort. »Es geht weiter: die Haarlocke.« Theoretisch war es möglich, die Probe aus Sallys Medaillon mit dem Haar von Sallys Kopf zu vergleichen. Ich könnte es sogar hier tun, mit Mums Mikroskop, doch ich vermutete, das Nachlassgericht würde eventuell Beweise aus einem Labor von jemand, nun ja, *Älterem* bevorzugen. »Dr. Munjal könnte den Abgleich machen.« Ich war sicher, Caroline würde keinerlei Schwierigkeiten haben, ihren Vater dazu zu überreden, sich zu beteiligen. Einmal hatten wir einen ganzen faszinierenden Nachmittag damit zugebracht, mit der feinen Ausrüstung des Doktors unsere Haare – ihre glatten schwarzen Strähnen und meine eher mausgrauen[34] – mit Peonys und Miss Pigeons (das Kutschpferd der Munjals mit der Engelsgeduld) zu vergleichen.

Miss Judson wirkte vorsichtig beeindruckt. »Obwohl Sally ganz leicht eine Locke ihres eigenen Haars in den Anhänger hätte stecken können.«

Ich funkelte sie an. Man könnte glatt meinen, sie wollte nicht beweisen, dass Sally Ethel Snowcroft war.

»Zu schade, dass der Tote deines Vaters kahlköpfig ist«, meinte sie. »Sonst hätten wir ihn auch testen können. Sonst noch etwas?«

Ich zögerte, bevor ich antwortete. Meine nächste Idee stand auf sogar noch wackligeren Beweisbeinen. »Bertillonage.« Ich schlug das Kriminologiemagazin auf und präsentierte einen Artikel, in dem das Vorgehen im Detail vorgestellt wurde. »Wenn wir Sallys Körpermaße mit denen ihrer Eltern vergleichen

[34] nicht *buchstäblich* mausgrau, obwohl ich noch keine Probe von M. musculus beschaffen konnte, um sie zu vergleichen

könnten, könnten wir vielleicht einen Richter davon überzeugen«, angenommen, wir würden für die Verhandlung von Sallys Fall einen wissenschaftlich aufgeschlossenen finden, was beileibe nicht zu garantieren war, »dass sie ihre Tochter ist.«

Miss Judson tippte mit den Fingern gegen ihren Ellbogen. »Wie, schlägst du vor, kommen wir an die Körpermaße zweier Menschen, die vor zehn Jahren auf See verschollen gingen?«

Ich präsentierte mein nächstes Indiz. »Durch ihre Fotografie. Mr Snowcroft blickt geradeaus, was es ein bisschen schwieriger macht, trotzdem können wir seine Größe anhand von diesem Säulending da neben ihm ableiten. Mrs Snowcroft sieht man im Dreiviertelprofil, daher können wir sogar ihre Ohren und alles weitere ausmessen.«

Miss Judson schloss das Magazin und strich das Deckblatt glatt. »Das ist ziemlich viel erwartet. Etwas anhand einer alten Fotografie zu vermessen, bringt keine wirklich akkuraten Ergebnisse, zudem könnte Sally noch im Wachstum sein.«

»Aber es wäre ein *triftiger* Hinweis«, argumentierte ich. »Vater muss nur einen *glaubhaften* Beweis liefern, schon vergessen? Dass Sally Ethel ist, muss nur wahrscheinlicher sein, als dass sie es *nicht* ist. Und soweit sind wir eigentlich schon. Wir haben ihr Muttermal, die Ähnlichkeit zu ihren Eltern – vor allem wenn wir es durch die Indizien, die wir gesammelt haben, wissenschaftlich untermauern –, den Chronometer, das Medaillon. Alles passt zusammen.«

»Für *uns* passt es zusammen«, sagte sie behutsam, »weil wir Sally kennen und sie unterstützen wollen.«

»Im Tichborne-Fall hat es funktioniert«, sagte ich. Man hatte die Ansprüche des Klägers ein für alle Mal abgewiesen, allein aufgrund einer Tätowierung.

»Du meinst, es hat *gegen* ihn funktioniert. Und vergiss nicht, dass dieser Gerichtssaal voll war mit Menschen, die Roger Tichborne kannten, einschließlich seiner Mutter.«

»Nun, wir haben Sallys Mutter aber leider nicht, oder?«, keifte ich. Warum nur war sie so, so … *sokratisch*? Ich schnaubte laut und unprofessionell. »Etwas Besseres können wir nicht bieten. Wollen Sie ihr denn nicht helfen?«

»Selbstverständlich will ich das.« Miss Judson legte mir den Arm um die Schultern. »Und du hast dir wirklich Mühe gegeben. Ich finde nur, wir sollten uns keine falschen Hoffnungen machen.«

»Sie meinen, wir sollten Sally keine Hoffnungen machen«, murrte ich und riss mich los, um mir die Nase zu putzen, bevor ich aufgeben und all meine Indizien in den Müll werfen würde.

# 17

# Gute Werke

> Ein gebrochenes Zungenbein (ein kleiner hufeisenförmiger Knochen in der Kehle) präsentiert uns einen unwiderlegbaren Beweis für Strangulation: Es ist überaus selten, dass dieser Knochen aus irgendeinem anderen Grund bricht als einem gewaltsamen und brutalen Angriff durch Würgen.
>
> – H. M. Hardcastle: *Grundlagen der Rechtsmedizin.*

Selbst nachdem Miss Judsons Gegenargumente meinen gesamten Ansatz Stück für Stück zerlegt hatten, weigerte ich mich, meinen Enthusiasmus von ihren Zweifeln ersticken zu lassen – oder, um akkurat zu bleiben, meine sture Überzeugung entgegen aller vernünftigen Gründe aufzugeben. Miss Judson und ich hatten Vater immerhin dazu gedrängt, Sallys Fall überhaupt anzunehmen. Ich fühlte mich für sie verantwortlich – und für ihn.

Um meine deutlichen Argumente möglichst bezwingend zu formulieren, kehrte ich in Vaters Arbeitszimmer zurück. Zu meiner Enttäuschung ließ selbst Peony mich im Stich und bevorzugte die Verlässlichkeit von Köchins Bett gegenüber meinen fadenscheinigen gerichtsmedizinischen Bemühungen.

»Von mir aus«, rief ich ihr nach. »Mir doch egal.« Ich zog an der Schreibtischschublade, doch auch sie ließ sich von meinem Flehen nicht bewegen. Abgesperrt? Vater schloss seinen Schreibtisch nie ab. Oft genug vergaß er, die *Türen* abzusperren. Zum Glück wusste ich, wo er den Schlüssel aufbewahrte (~~unter dem Tintenfass~~), so hatte ich diese Anomalie schnell aus der Welt geschafft. Die Schublade sprang auf und eine Handvoll Papiere sprang mir entgegen.

*Brrb?* Obwohl Peony gar nicht hier war, hörte ich ihre fragende Stimme in meinem Kopf, während ich alles durchging. Es erschien mir nicht die Art von Dokumenten, die man notwendigerweise wegsperren musste: ein Zugfahrplan, zwei Kataloge von Juwelieren und mehrere Broschüren für Internate, darunter auch Boswell, Miss Judsons geliebte *alma mater*.[35] Die Kataloge sah ich mir genauer an – vielleicht hatte Vater dieselbe Eingebung gehabt wie ich und bereits Informationen eingeholt. Allerdings entdeckte ich nirgends Medaillons, die dem von Sally ähnlich gewesen wären. Trotzdem konnte es nicht schaden, wenn ich sie als unterstützende Dokumente für meine Beweisführung mit einbaute.

Doch während ich weiterarbeitete, nagte etwas an dieser Auswahl von Werbeprospekten an mir. Warum sollte Vater nach Internaten für Sally suchen? Das war doch sicherlich eher Mrs Dudleys Aufgabe – oder die von Richter Fox. Mikroskopische Haaranalyse und Anthropometrie traten kurz in den Hintergrund, während ich auf meinem Stift kaute und durch eine der Internatsbroschüren blätterte, wobei mir die »akademische Disziplin« und »rigorosen moralischen Standards« auffielen. Das nagende Gefühl wurde nagender. Hatte Vater all das weggeschlossen, weil *ich* es nicht finden sollte? Immerhin hatte ich selbst gesehen, wie er etwas hatte verschwinden lassen, und als er erfahren hatte, dass ich hier gearbeitet hatte, war er wütend geworden. Erneut wanderte mein Blick zu der Akte, die Mr Blakeney für Vater abgegeben hatte, und meine Finger brannten förmlich darauf, die rote Kordel zu lösen und den Inhalt zu untersuchen.

35 ein sehr kluges Wort für eine weiterführende Schule oder Universität

Was konnte so wichtig sein, dass Vater es mit Mr Blakeney teilte – aber nicht mit uns? Mit *mir*? Gewiss konnte ein kurzer Blick nicht schaden …

»*Nein.*« Genau im richtigen Moment kehrte Peony zurück. Vielleicht um mich vor mir selbst zu bewahren, sprang sie elegant auf den Schreibtisch und pflanzte sich – wie ein unverrückbarer Briefbeschwerer – direkt auf Vaters geheime Akte. Ich gab es auf.

Allmählich gewann ich den Eindruck, dass absolut niemand auf meiner Seite war.

Am nächsten Morgen fiel es mir einigermaßen schwer, zu verbergen, wie enttäuscht ich noch immer von Miss Judson war. Und von Peony. Und von Mr Blakeney. Und von Vater. Und von dem gesamten britischen Rechtssystem. Miss Judson war jedoch klug genug, es nicht anzusprechen, daher erreichten wir das Swinburne Royal als schweigsames Duo. Ich hatte meine sorgfältig vorbereiteten Notizen und meine untermauernden Beweise dabei, einschließlich Audrinas Brief (mit zu vernachlässigenden Abdrücken von Katzenzähnen darauf), aber es wurde sofort deutlich, dass wir nicht die Einzigen waren, die sich die Nacht um die Ohren geschlagen hatten. Vater saß aufrecht im Bett, hatte sich sein Tweedjackett über den Krankenhausschlafanzug gezogen und strahlte mit rosigen Wangen, während er liebenswürdig mit keinem anderen als Mr Davis aus der Krankenhausleichenhalle plauderte – nun ja, zumindest kommunizierte. Ein Meer aus Papierkram überschwemmte sein Bett und er kritzelte emsig auf einen Notizblock. Wer hatte den für ihn hier reingeschmuggelt?

Entgegen aller Vernunft fühlte ich mein eigenes Interesse wieder entfacht. »Liegt der Autopsiebericht schon vor?« Vorerst legte ich meine Streitigkeiten beiseite und wetzte eilig, ohne auf die vorwurfsvollen Mienen der Schwestern und Patienten zu achten, durch die Krankenstation. »Ist das Opfer identifiziert?«

Ausnahmsweise bedachte Vater meine Neugier nicht mit einem finsteren Blick, sondern gab Mr Davis mit einer Geste zu verstehen, dass er antworten sollte.

»Leider nein, Miss. Aber – also ich erzählte gerade schon Ihrem … äh, Mr Hardcastle von einigen Unstimmigkeiten in meinen Unterlagen, auf die ich gestoßen bin.«

Vater schien sich über diese Neuigkeiten sehr zu freuen, also stürzte ich mich darauf. »Welche Art Unstimmigkeiten?«

»Ein Pfleger tauchte nach Dienstschluss auf und fragte nach Zulassungspapieren. Allerdings müssen die Neuzugänge immer von einem Arzt abgezeichnet werden. Er hatte nicht die notwendige Befugnis.«

»Jemand wollte eine nicht autorisierte Leiche in die Leichenhalle bringen? Wann war das?«

»Montag gegen Mitternacht. Der Mitarbeiter aus der Nachtschicht hat jedoch nicht vermerkt, welcher Pfleger es war, und soweit ich weiß, kam er kein zweites Mal. Mit jemandem, meine ich.«

Das war in etwa der Zeitpunkt, als Vater den Mord beobachtet hatte. »Das erklärt, warum die Leiche im Waschhaus versteckt wurde«, sagte ich. Der Mörder musste also aus dem Krankenhaus stammen und war niemand, der zufällig von draußen hereingeschneit war. Mir war sofort klar, wer der geheimnisvolle Pfleger gewesen sein musste. »Quietschsohle!«

Ohne Vater die Gelegenheit für einen düsteren Blick zu geben, erklärte ich, was es mit dem dürren Pfleger auf sich hatte, der uns aufgefallen war – der, von dem Sally glaubte, dass er sie verfolgt hatte. (Nun blickte Vater allerdings düster drein.)

»Sagt mir gar nichts.« Mr Davis kratzte sich am strubbeligen Kopf. »Aber ich kann mich umhören. Sonst noch etwas, das ich für Sie tun kann, Miss – äh, Sir?«

Durch ein Pantomimenspiel entließ Vater ihn gütigst und Mr Davis verbeugte sich doch tatsächlich, bevor er ging. Vater schien das nur angebracht zu finden (offenbar hatte Peony einen schlechten Einfluss auf ihn). Jetzt streckte er den Arm aus und drückte mich an sich. Eine Entschuldigung war das nicht gerade – oder vielleicht doch. Er roch komisch, nach fremder Seife und Wäschepuder und eigenartig süßlich nach Medizin. Doch er *verhielt* sich wie Vater, und das war alles, was zählte. Ich erwiderte seine Umarmung, fest.

»Schon besser«, trällerte eine Stimme. Die fröhliche Schwester Pethwick erschien, beladen mit frischer Bettwäsche. »Dann haben sie also noch nicht herausgefunden, wer der arme Mann war?« Sie schnalzte mit der Zunge.

»Sie hatten ihn vorher noch nie gesehen?«, fragte ich sie und ersparte Vater die Mühe, sie befragen zu müssen.

»Noch kenne ich hier nicht alle.« Schwester Pethwick tauschte Vaters Kissen gegen ein neues. »Ich hab erst diese Woche angefangen. Montagnachmittag hatte ich ein Einstellungsgespräch mit dem Chef und der hat mich direkt an die Arbeit geschickt. Sie sind mein erster Patient.«

Wir beide starrten sie verdutzt an. »Sie wirken gar nicht neu«, sagte ich skeptisch und sie unterdrückte ein herzhaftes Lachen.

»Das nehme ich als Kompliment. Ich muss schon sagen, bei meiner letzten Anstellung gab es nicht annähernd so viele Polizisten. Der Chef hätte sie alle gern noch vor dem Krankenhaus-Benefizsonntag los.« Sie nickte zu dem Plakat, das an der Wand prangte, und ergänzte in gespielt geschraubtem Tonfall: »Daher soll ich *Sie höflich darum bitten, sich etwas zu beeilen*.«

In all der Aufregung hatte ich die bevorstehende Wohltätigkeitsveranstaltung ganz vergessen. »Wir tun unser Bestes«, versicherte ich ihr – obwohl mir ein Rätsel war, wie wir in nur zwei Tagen den Mord an dem Unbekannten lösen *und* Sallys

Identität beweisen sollten. Wenigstens fiel der Krankenhaus-Benefizsonntag nicht mit in meinen Zuständigkeitsbereich.

Während Schwester Pethwick sich fleißig und effizient um Vaters Bedürfnisse kümmerte, plapperte sie fröhlich weiter und erzählte von dem Snowcroft-Vortrag, den sie am Vorabend besucht hatte. Da wurde ich hellhörig. »Haben Sie dort irgendjemand Verdächtigen gesehen? Ist jemand Sall– Miss Snowcroft gefolgt?«

»Wohl kaum. Diese Dudley ist wie eine Bulldogge, so wie sie Ihre Ladyschaft bewacht. Erinnert mich fast ein bisschen an die Oberschwester und Direktor Greeley, wenn Sie verstehen, was ich meine.«

Nach einem langen Augenblick, in dem sie diese seltsame Bemerkung nicht näher erläuterte, gaben wir ihr einen Wink. »Ach, jetzt sagen Sie nicht, *Sie* hätten nichts bemerkt, Sie schlauen Schnüffler! Wenn Sie die beiden nächstes Mal zusammen sehen, schauen Sie mal genau hin. Ich glaube, sie macht ihm schöne Augen.«

»Deh alde Heghse?« Vater riss ungläubig die Augen auf.

»Von mir haben Sie diesen Spitznamen *nicht.*« Bedächtig falzte sie den Kissenbezug, den sie gerade zusammenlegte. »Natürlich verehren die meisten der Angestellten hier Direktor Greeley. Die würden fast alles für ihn tun. Und kein Wunder. Aber bei Oberschwester Finch ist das was ganz andres. Von mir haben Sie das nicht, verstanden …« Sie beugte sich näher zu Vater hinab, um sein Bettzeug aufzuschütteln, und redete leise weiter: »Aber irgendwas stimmt nicht mit ihr – ich mein, wie sie ihre letzte Stelle verloren hat.«

»Was meinen Sie?«, hakte ich nach.

»Weiß nicht. Ein Haufen Gerüchte. Irgendein Skandal in ihrem letzten Krankenhaus. Wurde natürlich hübsch untern Teppich gekehrt, und der Direktor hat sie trotzdem angestellt.«

Vielleicht hatte sie einen Patienten ermordet.

»Also hat sie für den Mann selbstverständlich noch mehr übrig als die meisten anderen. Von uns. Trotzdem hab ich sie gesehen – die Oberschwester, mein ich –, wie sie sich im Büro des gnädigen Herrn rumgedrückt hat, als ich mein Einstellungsgespräch mit ihm hatte. Wenn ich's nicht besser wüsste, hätte man glatt meinen können, dass sie ihn ausspioniert.«

Ein weiteres Detail fiel mir ins Auge. Das Schnüffeln der Oberschwester und ihre möglicherweise mörderische Vergangenheit konnten warten. »Montagnachmittag? War das gegen vier Uhr?«

»Ganz genau«, antwortete sie etwas überrascht.

Vater blickte sie durchdringend an (was man leicht als einen finsteren Blick hätte missdeuten können). »Schwesdah, wie lauhdat Ia Uhfname?«

Als ich ihren verdutzten Ausdruck bemerkte, übersetzte ich für sie. »Wie lautet Ihr Vorname?« Enttäuschung machte sich in mir breit – dachte Vater dasselbe wie ich? Noch eine Spur, die in einer Sackgasse endete?

»Aber Mr Hardcastle, jetzt machen *Sie mir* mal keine schönen Augen!« Schwester Pethwick versetzte ihm einen freundschaftlichen Klaps mit dem Kissenbezug. »Ich heiße Annie.«

Vater und ich sagten es im Chor: »*A. P.*« Die Notiz aus Dr. Greeleys Kalender. Wir seufzten.

Schwester Pethwick stemmte die Hände in die Hüften und fasste Vater streng in den Blick. »Sie *werden* doch dafür sorgen, dass diese Kleine bekommt, was ihr zusteht, oder?«

Während unseres Gesprächs war Vater und mir irgendwie entgangen, dass ein Mitglied unserer Gruppe fehlte. Jetzt schien es uns beiden gleichzeitig aufzufallen. Gerade als ich mich anschickte, meine wissenschaftliche Beweisführung für Sallys Snowcroftheit vorstellen zu wollen, schwangen die grünen Stationstüren nach innen und wir hörten zwei vertraute, wenn auch nicht zusammenpassende Laute: ein *Klickerti-Klack* wie von einem Telegrafen und das *Klonk-Klonk* eines Spazierstocks, der wuchtig in den Holzboden gerammt wurde. Als wir vereint aufblickten, sahen wir Miss Judson in Begleitung von Tante Helena hereinspazieren.

»Wo wahen Sie?«, fragte Vater.

»Ermitteln«, antwortete Miss Judson verschmitzt. »Die Oberschwester mag ihre kleinen Vögelchen haben, dafür haben *wir* das Krankenhaus-Damenkomitee.«

»Meine Damen haben uneingeschränkten Zugang zum Swinburne Royal«, meinte Tante Helena verschnupft.

»Perfekt, um unangetastete Bereiche des Krankenhauses zu erkunden«, fand Miss Judson.

»Nicht dass ich sie antasten *wollte*«, murmelte ich.

»Unfuagh«, sagte Vater herrschaftlich. »Dassis pafaeggt. Sbann meine Mädls ein, Tande.«

»Arthur, um Himmels willen, spar dir das Sprechen, solange du dich nicht verständlich ausdrücken kannst. Du klingst wie ein verstopftes Regenrohr.«

Miss Judson stieß einen unterdrückten Laut aus, während ihre Hand höflich ihren Mund verdeckte. Dann drehte sie sich mir zu und sah auf ihre Uhr. »Hast du deine Arbeit schon zur Durchsicht gegeben? Ich habe Tante Helena versprochen, dass wir zum Krankenhaus-Benefizsonntagstreffen kommen. Sally wird auch da sein«, ergänzte sie mit einem kleinen Lächeln. »Von Schwester Keene habe ich mir einen Zirkel und ein Patientenblatt geliehen, damit du ihre Maße nehmen kannst.«

Man drückte Miss Judson nicht, gewiss nicht in der Öffentlichkeit, dafür erwiderte ich ihren Blick voller Dankbarkeit.

»Was?«, erkundigte Vater sich, woraufhin ich zu einem Erklärungsversuch ansetzte, der jedoch von Miss Judson unterbrochen wurde.

»Myrtle hat in Vorbereitung für die bevorstehende Anhörung Erstaunliches geleistet. Steht alles in ihrem Bericht.« Mit einem entschiedenen Nicken gab sie mir zu verstehen, dass ich Vater alles überlassen sollte. »Sie erwartet Ihre Einschätzung«, ihr erwartungsvoller Blick wanderte zu Tante Helena, »bis spätestens Mittag. Also dann.« Sie drehte mich um und navigierte mich – weit behutsamer als sonst – aus dem Krankenzimmer, wobei Tante Helena wie ein stattlicher Schlepper hinter uns herzuckelte. »Weißt du, das wird eine hervorragende Lektion in Naturkundeunterricht abgeben. Ich weiß wirklich nicht, warum wir das nicht längst getan haben.«

»Was hat Ihre Meinung geändert?«, fragte ich sie draußen im Flur.

Sie blieb stehen und schenkte mir ein vages Lächeln. »Ich habe mich mit Sally unterhalten«, gab sie zu. »Ich fürchte, ich könnte ihr Hoffnungen gemacht haben.«

Am Ende erhielt ich an diesem Vormittag doch keine Gelegenheit dazu, Sallys Bertillon-Maße zu nehmen. Es kam etwas dazwischen.

Anfangs registrierte ich kaum, dass Miss Judson uns für einen von Tante Helenas guten Zwecken als Freiwillige gemeldet hatte, so überrascht war ich darüber, dass sie meine Idee befürwortete – doch auf einen Schlag stand auch der Krankenhaus-Benefizsonntag auf meiner beständig länger werdenden Aufgabenliste. Hätten zwölfjährige Detektivinnen einen Wochenplaner, wäre meiner unter seiner eigenen Last zusammengebrochen.

Wir begleiteten Tante Helena in einen Raum im Verwaltungstrakt, der den guten Taten des Damenkomitees zur Verfügung gestellt worden war. Sally war bereits anwesend und half Nanette Munjal dabei, Garn aufzuwickeln, während Charley auf ihrem rüschenbesetzten Schoß schlummerte. Eine ihrer von Wolle umwickelten Hände hob sie leicht, um mir zuzuwinken. Das Zimmer war zum Bersten voll mit Damen aus gutem

Hause, die sich versammelt hatten, um zu tun, was ein Krankenhauskomitee so tun mag. Eine Frau lehnte begierig über einer Kasse und zählte. Andere schrieben in perfekter Handschrift Adressen auf Umschläge. Wiederum andere sortierten Broschüren zu ordentlichen Stapeln, während eine letzte Gruppe unter der Aufsicht von Mrs Munjal energisch stickte.

»Also, Tante«, sagte Miss Judson. »Dann spann uns mal ein.«

Die Kassendame blickte gierig auf. »Wir brauchen jemanden, der sich um die Tombolapreise kümmert.« Doch Tante Helena schien der Ansicht, dass dies unter unserer Würde sei.

»Judson, Ihre Nähkünste sind brauchbar, denke ich. Sehen Sie doch einmal nach, ob Sie Mrs Wainthropps Stickerei retten können. Die Frau *weigert* sich, ihre Brille zu tragen. Wo ist Caroline?« Caroline schaute von ihrem Stapel Broschüren hoch. »Miss Munjal, gehen Sie mit Helena Myrtle in die Wohlfahrtsstation und verteilen sie unter den Patienten dort unsere Literatur.«

Während sie uns dies auftrug, lag ein geheimnisvolles, bedeutungsschweres Funkeln in Tante Helenas Augen, weshalb ich den Protest, der mir schon auf der Zunge lag, unterdrückte. Nicht dass ich besonderen Wert darauf gelegt hätte, den Tag in diesem stickigen Raum zu verbringen und Garn aufzuwickeln oder Tombolapreise zu sortieren (obwohl es wahrscheinlich der wärmste Platz im ganzen Krankenhaus war).

Caroline schien froh darüber, entkommen zu können, und Sally sah uns sehnsüchtig an. »Miss Hardcastle?«, meldete sie sich mit ihrem putzigen Akzent zu Wort, der den ganzen Raum dazu brachte, innezuhalten und hingerissen zu lauschen. »Darf ich sie begleiten? Ich würde zu gerne die Früchte all Ihrer guten Werke sehen.«

Tante Helena funkelte mich und Caroline mehrere Augenblicke ernst an, bevor sie antwortete. »Nun gut. Ich schätze, meine Nichte kann Euch dort nicht in allzu schlimmen Unfug verwickeln.« Diese Warnung war klar und deutlich: Meine Pflichten waren gerade um die einer Viscountess-Leibwächterin ergänzt worden.

Caroline hakte sich bei Sally unter und fing an zu plaudern, während sie uns nach draußen und zur Wohlfahrtsstation führte. »Die Patienten da wissen einfach *alles*, was sich hier so abspielt«, sagte sie. »Und Euch werden sie lieben, Eure Ladyschaft.«

Die Wohlfahrtsstation war nicht schwer zu finden. Wir mussten nur der langen Schlange folgen, die sich am Eingang gebildet hatte. Der Pfleger, der für die Aufnahme zuständig war (nicht Quietschsohle), erkannte sofort, dass wir keine Patienten waren, und begleitete uns nach innen. Dort stand Lernschwester Ling mit einem Klemmbrett Wache und glich die Gutscheine der Patienten mit ihrer Liste ab. Die Wohlfahrtsstation war für »Arme, die Hilfe verdienten« vorgesehen – arbeitende Menschen, die sich eine private Behandlung, wie Vater sie bekam, nicht leisten konnten. Arbeitgeber und wohlhabende Gönner unterstützten das Krankenhaus finanziell und erwarben damit so etwas wie Behandlungsgutscheine, mit denen sie Patienten unterstützen konnten. Und diese Gutscheine wurden streng kontrolliert, um Missbrauch und Betrug zu vermeiden. Was aus den Armen wurde, die *keine* Hilfe verdienten, wurde nicht erklärt.

Schwester Ling hielt inne, um uns zu begrüßen. »Hätte nicht erwartet, Sie hier zu sehen!« So weit entfernt von der Oberschwester wirkte sie fröhlicher und entspannter. Sie knickste flink. »Eure Ladyschaft.«

»*Sally.*« Sie zeigte ihr die Broschüren, die wir mitgebracht hatten.

»So zwischen uns, Mylady«, sagte Lernschwester Ling, »wahrscheinlich würden sie lieber die neueste Ausgabe der *Illustrierten Polizeinachrichten* lesen.«

»Die haben wir auch dabei!«, warf Caroline ein. »Charley ist auf dem Titelblatt. Ist Mr Collins noch hier?«, fragte sie. »Ihr werdet ihn lieben! Er weiß alles über jeden.«

Die Wohlfahrtsstation gab sich wirklich große Mühe, um sich von der blitzeblanken Modernität der Privatstation möglichst krass zu unterscheiden. Die Böden waren vom ständigen Schrubben zerschrammt und die weiß getünchten Wände ließen die funkelnden Fliesen und die fröhliche grüne Borte vermissen. Trüb flackernde Öllampen hingen von der niedrigen Decke und die dürftigen Nachttische der Patienten zierte kein noch so winziger Farn. Hier musste man sogar seinen eigenen Schlafanzug tragen. Den Eingang schmückte eine stattliche Fotografie von Direktor Greeley in einem pompösen Goldrahmen. »Das war ein Geschenk der Oberschwester«, erklärte Caroline.

Sallys Besuch löste auf der Stelle eine Sensation aus. Rasend schnell machte in der Station gedämpftes Getuschel die Runde und kurz darauf waren alle Augen auf uns gerichtet. Sally nahm Charley hoch und winkte ihren Fans mit seiner Pfote, während sie mit der freien Hand in ihrem Pompadour nach ihrem Stempelkissen kramte. Ich sah ein, dass aus unserem Abstecher, um »förderliche Literatur« zu verteilen, eine Autogrammstunde werden würde.

Als Erstes führte uns Caroline ans Bett eines älteren Mannes mit verbundenen Beinen. Neben ihm saß eine Frau in Sonntagsgarderobe mit einem Rüschenumhang und einem Hut voll bunter Samtblumen. »Mr Collins, ich habe meine Freundinnen Miss Hardcastle und Lady Ethel mitgebracht.«

»Colin Collins, zu Ihren Diensten!« Er hatte ein breites Grinsen und funkelnd graue Augen. »Und das hier ist meine Frau, Colleen!« Beide lachten über diesen wohl altbewährten Scherz. »Coll, sieh nur – das ist die Erbin! Mach Platz und lass die Mädchen hinsetzen.«

Wir erhoben Einspruch, doch Mrs Collins bestand darauf. Kaum war sie aufgestanden, klopfte Mr Collins auffordernd auf den Stuhl. »Also, was gibt's Neues?«

»Nun, Mr Collins«, erwiderte Caroline und schob mich auf den Stuhl, »warum verraten Sie es uns nicht?«

Gewitzt beäugte er Sally. »Weiß nicht so recht. Könnte die kleine Miss erschrecken.«

»Mich können Sie nicht erschrecken.« Grinsend schüttelte sie die sandblonden Locken.

Mr Collins brach in schallendes Gelächter aus. Ein Seitenblick auf Sally vermittelte mir das ungute Gefühl, dass sie die Wahrheit sagte. »Wissen Sie etwas über den … äh, den bedauernswerten Mann in der Wäscherei?«, beendete ich meinen Satz wenig elegant.

»Sie meint den Kerl, der ermordet wurde«, räumte Sally fröhlich jeden Zweifel aus. Ich versank in meinem Stuhl. Das hatte Tante Helena sicher nicht vorgeschwebt.

»Könnte schon sein, dass ich das ein oder andre weiß«, antwortete er. »Ja, ja, gut möglich. Haben Sie eins von diesen Autogrammen für mich, Gräfin?«

Sally lachte. »Nur *Viscountess*, und hier bitte.« Sie reichte ihm eine der Broschüren, auf die sie geschrieben hatte: *Für Mr C. – liebe Grüße, Sally.* »Eine Hand wäscht die andere. Jetzt sind Sie dran. Was wissen Sie?« Sally schien sich mit Mr Collins wesentlich wohler zu fühlen, als ich es bei ihr bisher erlebt hatte. Erbin oder nicht, im Herzen blieb sie die Tochter eines Ladenbesitzers und eine Hockeyspielerin, die ihren Hund überallhin mitnahm.

»Jedenfalls 'ne Menge mehr als diese tumben Polizisten.« Er setzte sich aufrecht und beugte sich verschwörerisch vor. »Haben die zum Beispiel schon rausgefunden, wer der Bursche war?«

Ich wurde unruhig, weil ich den Eindruck hatte, dass auf einmal wir uns im Kreuzverhör befanden. »Nicht dass ich wüsste.«

»Ha! War mir klar. Hören Sie mal her. Will wetten, Sie wussten nicht, dass er Patient war, genau auf der Station hier.«

»Schon besser«, sagte Sally. »Jetzt haben wir eine Spur, Myrtle.« Caroline nickte zufrieden.

»Er war *hier*?«, wiederholte ich. »Auf der Wohlfahrtsstation? Warum hat das denn keiner gesagt?«

»Ich mein ja nicht, als er umgebracht wurde. Das ist schon 'n paar Wochen her. Ich bin nämlich schon 'nen vollen Monat hier.« In Mr Collins Augen war das offenbar eine Leistung. »Ein paar Nächte haben sie ihn dabehalten – Lungenentzündung. Aber wenn Sie mich fragen, hätten die ihn lieber gleich ins Irrenhaus stecken sollen. Der hatte 'ne Schraube locker. Halb verhungert war er obendrein. Keine Ahnung, warum sich irgendwer die Mühe gemacht hat, den armen Tropf umzubringen.« Traurig schüttelte er den Kopf. »Hatte sich eh schon halb zu Tode gesoffen.«

Sally beugte sich weiter vor. »Was noch? Hat er irgendwas über sich erzählt?«

»Hab mit dem Mann nie geredet«, gab er zu. »Aber fragen Sie mal Mrs Hendricks in Bett zwölf. Die zwei scheinen sich recht gut verstanden zu haben. Hab sie nachts oft miteinander tuscheln hören.« Grinsend zeigte er seiner wartenden Frau sein Autogramm, während wir durch die Station zu unserer nächsten Zeugin schlurften.

In Bett zwölf lag eine Frau mit eingesunkenen Wangen und müden Augen, die Tante Helenas Broschüre mit zitternder Hand entgegennahm. »Gott segne Sie«, flüsterte sie. Behutsam legte Sally Charley neben sie ins Bett, der brav stillhielt, während Mrs Hendricks zerbrechliche Finger über sein raues Fell streichelten. Ich brachte es nicht über mich, sie auf den Mord anzusprechen, doch überraschenderweise war das gar nicht nötig. »Sie wollen etwas über Mr Jonah wissen.«

Ich fuhr zusammen. »Mr Jonah – Sie kennen seinen Namen?«

Sie setzte zu einem Nicken an – oder einem Kopfschütteln, wurde dann aber von einem Hustenanfall unterbrochen. Caroline gab ihr aus ihrer Tasse zu trinken (gesprungenes Porzellan, offenbar ebenfalls von zu Hause mitgebracht). »Ich bin nicht ansteckend«, versicherte sie uns. »Tumor in der Brust.«

Ich schnappte nach Luft. »Meine Mum hatte Krebs«, rutschte es mir heraus. Den Rest dieser Geschichte las sie offenbar in meinem Gesicht, denn sie drückte meine Hand. Sally tätschelte mich mitfühlend.

»Tapferes Mädchen«, sagte Mrs Hendricks. »Ich hoffe, meine Molly wird ebenso tapfer sein.«

Ich nickte, unsicher, was ich darauf sagen sollte. Während Mrs Hendricks weiter Charley streichelte, erzählte sie von Mr Jonah. »Als man mich herbrachte, war er nicht da. Aber nachts dann bin ich irgendwann aufgewacht und da hat er an meinem Bett gekniet. Gebetet.«

»Das war nett von ihm«, sagte Sally.

»Hab ihn zuerst für einen Engel gehalten. Aber er schien Probleme zu haben. Alkohol, Sie wissen schon. Danach haben wir jeden Tag zusammen gebetet.« Ihre Finger hielten ein Stück leuchtend bunten Stoffs fest, und als sie den Griff nun lockerte, kam ein zerknittertes Taschentuch zum Vorschein. »Das hat er mir gegeben, als er ging. Meinte, er würd's nicht mehr brauchen.«

»Was hat er damit gemeint?«, flüsterte Caroline, doch Sally und ich waren ganz auf das Tuch konzentriert. Nur dass es kein Taschentuch war. Es war ein Teil von etwas Größerem – weiße Seide mit einem aufgemalten Emblem, das mein Herz immer schneller schlagen ließ.

»Das ist eine Flagge«, hauchte Sally, die mir dabei half, den geknitterten Stoff auszubreiten. »Was ist das, eine Rose?«

*Für mich sah es eher wie eine zerdrückte Pflaume aus.* Doch nun, da ich es erneut vor mir hatte, war alles glasklar – ich hatte genau das hier schon einmal gesehen. Ebenso wie Sally. Augenblicklich war ich auf den Beinen und nahm Sally die Flagge ab. »Ich muss los«, sagte ich. »Mrs Hendricks, darf ich mir das ausborgen? Ich werde dafür sorgen, dass Sie es wiederbekommen.«

Sie drückte meine Hand. »Behalten Sie es, solange er nur seine Ruhe findet.«

»Myrtle, was ist los?« Sally war offenkundig verwirrt. Doch mehr als ein einziges Wort konnte ich ihr nicht bieten.

»Granatapfel«, sagte ich, während ich mit der gealterten Signalflagge der *Persephone* aus der Wohlfahrtsstation stürmte.

# 18

# Unter falscher Flagge

Obwohl der menschliche Körper uns vieles über seinen Tod verraten kann, kann er uns doch nichts über den Geisteszustand des Mörders erzählen.
– H. M. Hardcastle: *Grundlagen der Rechtsmedizin.*

Ich gab jeden Anschein von Etikette auf und sprintete zurück auf die Privatstation, preschte durch die Schwingtüren und donnerte an Vaters Bett. »Wo ist Miss Judson?«, keuchte ich.

Vater fing mich auf. »Uhig«, sagte er. »Dief duaghadmen.«

Ging nicht. Alles, wozu ich imstande war, war ihm mit Mr Jonahs Taschentuch vor der Nase herumzuwedeln, während ich ihm hastig erklärte, woher es kam. Vater nahm den Stofffetzen aus meinen Händen und breitete ihn auf seiner Zudecke aus. Er war eingerissen und voller Flecken, kaum erkennbar als der dreieckige Wimpel, der er einmal gewesen war. »Das schdammd von dea *Basephone*?«

»Du weißt doch noch – auf dem Schiffsmodell von Richter Fox gab es *genau so eine* Flagge.«

Vater nickte. Er war wieder blass geworden, legte mir aber eine Hand auf die Schulter. »Seds digh«, befahl er. »Adme. Beuhig digh.«

Ich gehorchte, auch wenn ich zu gern auf- und abgelaufen wäre. Mein Sprint an Vaters Bett hatte nicht dazu beigetragen, meine fiebrigen Gedanken abzukühlen. »Es ist ein Granatapfel«, sagte ich, »wie seine Tätowierung« – was Vater sicher schon selbst erkannt hatte. Immerhin hatte er mir die griechische Sage von Persephone in der Unterwelt und von den sechs schicksalsschweren Granatapfelkernen, die sie gegessen hatte, vorgelesen. »Woher hatte er das? Wer war er?«

Vaters Finger berührten seinen eigenen Hals, als könnte er dem Geist des tätowierten Mannes so irgendwie eine Antwort entlocken. »Seemahnn«, sagte er wenig hilfreich. »Aba von Miss Snowgofs Schiff? Schnell – hast du die Bassagirlisde dabei?«

Hektisch kramte ich in meiner Tasche – kippte dann den gesamten Inhalt auf Vaters Bett, sodass Notizen, Bonbonpapiere, benutzte Taschentücher und mein Detektivset überallhin purzelten. Inmitten von alldem fiel auch der Schädel einer Maus heraus, den Vater stirnrunzelnd musterte. »Der gehört Peony«, murmelte ich und steckte ihn wieder ein. Die offizielle Liste der Passagiere hatte ich natürlich nicht, aber ich hatte meine eigene angefertigt, mit den Besatzungsmitgliedern und den Fahrgästen der *Persephone* darauf. Schon lange hatte ich mir die Namen eingeprägt und einen Mr Jonah gab es definitiv nicht. Trotzdem war es ein viel zu großer Zufall, Granatäpfel bei Vaters Leiche zu finden.

»Er ist nicht dabei«, sagte ich, während Vater die Liste begutachtete. »Aber er muss auf dem Schiff gewesen sein. Richtig?«

Gedankenverloren nickte er, und ich gab mein Bestes, mich still zu verhalten (was nicht gut genug war). »Wie ist er *hier* gelandet? In deinem Krankenhaus? *Ermordet?*«

Nun schüttelte er gedankenverloren den Kopf und es kostete mich alle Beherrschung, ihm das Blatt nicht aus den Händen zu reißen. Stattdessen überflog ich meine übrigen Notizen und versuchte, die Verbindung zu erkennen. Irgendeine Verbindung. Wer war Mr Jonah? Nachdem ich Mrs Snowcrofts Brief erneut in die Hände genommen (und dabei eine brüchige Ecke eingebüßt) hatte, suchte ich in ihrem fröhlichen Text nach

Hinweisen. Und endlich fand ich einen, wenn auch nicht den, nach dem ich geforscht hatte.

»*Einer von ihnen hat ihr sogar einen Welpen geschenkt*«, las ich vor. »Ethel nannte ihn Charley, nach dem Crewmitglied, von dem sie ihn hatte. Kann ich die Passagierliste sehen?« Sallys Vater, den sie als Edwin Cooke kannte, war ebenso wenig aufgeführt, das war mir bereits bewusst. Dafür gab es … »*Da!*« Ich spießte die Seite praktisch mit dem Finger auf. »Nicholas *Charles*, Navigator.«

Vater sah mich mit großen Augen an und Mr Jonah war vorübergehend vergessen. »Daheh hadde ea den Gonomedah.«

Das zu entziffern, dauerte einen Augenblick. »Daher hatte er den … genau! Den Chronometer!« Den nächsten Satz sagten wir im Chor: »Aber warum (aba waum) hatte (hadde) er (ea) *Sally*?«

»Endfüahd?«

»Entführt! Vater! Das ist schrecklich.« Doch es hätte erklärt, warum sie sich nie gemeldet hatten, warum Cooke-Schrägstrich-Charles die kleine Ethel einfach mitgenommen und nie zu den Snowcrofts zurückgebracht hatte. Andererseits auch nicht. »Aber wozu? Warum kein Lösegeld verlangen? Warum sie *behalten*?«

Vaters Miene war unerbittlich. »Diesa Mahnn had die Waheid voa Eddel ein Leben lang veboagen. Welghes Geheimnis is so schlimm, dass man seinen Namen ändead, nach Ausdalien fliehd und sich bis zum Ende seina Dage vasdeggd?« Stirnrunzelnd betrachtete er das Blatt, schien in Gedanken aber weit entfernt. Die Geräusche der geschäftigen Krankenstation um uns herum traten in den Hintergrund und einen Augenblick lang gab es nur Vater und mich, die wir gemeinsam an unserem Fall arbeiteten. Seine blassen Finger lagen flach auf den Papieren auf seinem Schoß, und mit einem schmerzlichen Schreck fiel mir etwas auf. Vater trug seinen Ehering nicht.

Schlagartig erinnerte ich mich an die Mappe von Mr Blakeney, von der Vater nicht wollte, dass ich sie zu Gesicht bekam, und meine Gedanken überschlugen sich: Mr Blakeney, der für eine Kanzlei arbeitete, die sich auf Erbschaften und Immobilien spezialisiert hatte; die hastig geschlossene Schublade; der grimmige Ausdruck in Dr. Beldens Gesicht und die Internatsbroschüren. Mein klopfendes Herz sackte wie ein Stück Blei in meinen Magen. Was sonst konnten diese Hinweise bedeuten – welches grausige Geheimnis verbarg Vater vor mir? Forschend betrachtete ich sein bleiches Gesicht und wollte meine Schlussfolgerungen dazu zwingen, falsch zu sein. Sicherlich hätte Dr. Belden – oder Dr. Kinkaid oder Schwester Pethwick, oder *irgendwer*! – es mir gesagt. Es sei denn, Vater hatte sie alle zum Schweigen verpflichtet.

»Vielleicht wollte er sie beschützen«, schlug ich kleinlaut vor, den Blick auf meine eigenen Hände gerichtet.

Vater drückte meine Hand mit so viel Verständnis, dass mir innerlich eiskalt wurde. »Vielleight. Mag sein.« Noch einmal schüttelte er die Granatapfelflagge aus. »Also. Igh wüssde nun gehne, weh *genau* diesa Misda Jonah wah und was ea middn in da Naghd in diesem Gangenhaus zu sughen hadde.«

Die Notwendigkeit, den toten Matrosen zu identifizieren, hatte nun eine ganz neue Dringlichkeit gewonnen. Sobald Miss Judson wieder aufgetaucht und in unsere Schlussfolgerungen eingeweiht war, schickte Vater uns nach Upton, um Mrs Dudley einen Besuch abzustatten. Dank unserer neuesten Erkenntnisse hätte ich mich besser damit fühlen sollen, Vater allein zurückzulassen. Es war eine Sache, einen anonymen Patienten aus der Wohlfahrtsstation zu töten. So grauenhaft es auch war, ein solches Opfer konnte eine Ewigkeit unidentifiziert und un-vermisst bleiben. Ein vorsätzliches Verbrechen gegen ein hochrangiges Mitglied der Staatsanwaltschaft würde sich dagegen schwer unter den Teppich kehren lassen.

Doch in meinem Hinterkopf ratterten noch Mr Davis unheilvolle Bemerkungen darüber, wie leicht man in einem Krankenhaus einen Mord tarnen konnte.

Grimmig und entschlossen verließen wir die Privatstation, doch bevor wir das Haus verlassen konnten, stießen wir erneut auf Komplikationen. Als wir um die Ecke Richtung Treppenhaus bogen, hörten wir wütende Schritte, begleitet von wütenden Stimmen, die sich näherten.

»Oberschwester Finch!« Aus dem beschwingten Tonfall in Dr. Kinkaids Stimme war ein Knurren geworden.

Oberschwester Finch, die durch den Gang glitt, blieb stehen. Ihr weiter Saum schwang wie eine Glocke hin und her. »Ich bin äußerst beschäftigt, Mr Kinkaid.«

Ich zog Miss Judson in eine Türnische, um das Geschehen zu beobachten. War dies ein Streit zwischen Mitverschwörern? Durch Miss Judsons Ärmel hindurch konnte ich ihre Anspannung spüren. Doch kurz darauf wurde deutlich, dass die beiden vor uns andere Angelegenheiten als Mord zu klären hatten.

»Wo ist Schwester Ling? Sie war für meine Operation diesen Nachmittag eingeteilt.«

Oberschwester Finch drehte sich zu ihm um und lächelte. Nun ja, vermutlich sollte es ein Lächeln sein. »*Lernschwester* Ling wurde der Wohlfahrtsstation zugeteilt. Fürs Erste wird Schwester Pethwick Ihnen zur Hand gehen.«

»Pethwick würde den Unterschied zwischen einer Nahtnadel und einer Knochensäge nicht erkennen!« (Ich unterdrückte einen empörten Aufschrei, stellvertretend für Schwester Pethwick.) »Das ist inakzeptabel. Ich verlange, dass Sie mir Schwester Ling auf der Stelle zurückgeben.«

»Wie ich die Abteilungen besetze, kann ich vollkommen allein entscheiden. Das wissen Sie.«

Dr. Kinkaids Gesicht färbte sich bedrohlich rot. »Dr. Greeley wird diese Sache richten.«

Freundlich legte sie ihm eine Hand auf den Arm. »Direktor Greeley hat volles Vertrauen in mein Urteil. Ich bezweifle, dass es etwas bringt, ihn wegen dieser Kleinigkeit zu behelligen.«

Er schüttelte sie ab und stolzierte Richtung Verwaltungsflügel. »Wir werden sehen.«

»Oh, Dr. Kinkaid?«, rief Oberschwester Finch süßlich. »Da Sie neu bei uns sind, gebe ich Ihnen einen gut gemeinten Rat. Im Royal Geheimnisse zu haben, fällt schwer.«

Langsam schwenkte Dr. Kinkaid zu ihr zurück. »Worauf zum Teufel spielen Sie an?«

Sie faltete die winzigen Hände über der pummeligen Taille, wodurch sie mehr denn je wie Queen Victoria aussah. »Ach, nur dass sich Dinge an einem Ort wie diesem schnell herumsprechen.«

Einen Sekundenbruchteil später ragte er über ihr auf. »In der Tat, Miss Flora Finch aus Blackpool.« Einen langen, bedeutungsvollen Moment blickte er auf sie herab. Sie reagierte kaum – allenfalls ihr Blick flackerte ganz kurz den Gang hinab –, doch das schien Dr. Kinkaid zu genügen. »Ich glaube, wir verstehen uns.«

Die Oberschwester wischte einen unsichtbaren Fleck von ihrer Schürze. »Wenn Sie mit Miss Pethwick unzufrieden sind, kann ich vermutlich einen Ersatz vorschlagen.«

Er drückte den Rücken durch und antwortet in seinem normalen, schwungvollen Ton: »Ich erwarte Schwester Ling um Punkt vierzehn Uhr in Operationssaal Nummer acht.« Ein rebellisches irisches Liedchen pfeifend, schritt er durch den Flur, während Miss Finch wutschäumend verharrte, wo er sie zurückgelassen hatte.

»Was hatte das denn zu bedeuten?«, rief ich, als wir wieder allein im Gang waren. Die unterschwelligen Anspielungen ihrer Unterhaltung ließen mich frösteln, was ich nicht wieder loswurde.

Miss Judson schaute der Oberschwester interessiert hinterher, als hätte sie eine Schleimspur hinterlassen, wie eine Nacktschnecke. »Es hat ganz den Anschein, als wäre im Swinburne Royal mehr als eine Person daran interessiert, ihre Geheimnisse zu wahren.«

Vom Swinburne Royal aus begaben wir uns direkt zur Tramhaltestelle, wo wir Mr Blakeney einsammelten. Miss Judson war gefasst wie immer, doch – Geheimniskrämerei hin oder her – ich war erleichtert, Mr Blakeney dabei zu haben. Nicht dass ich davon ausging, wir würden es mit etwas zu tun bekommen, mit dem Miss Judson und ich nicht auch allein fertigwerden würden. Doch Mr Blakeney war einfach ein nützlicher Verbündeter. Während unserer Ermittlungen hatten wir uns mehr als einmal auf seinen Verstand, Einfallsreichtum und Mut verlassen können. Und Peony mochte ihn, was so ziemlich das beste Führungszeugnis war, das man sich wünschen konnte.

Am Bahnhof von Upton stiegen wir aus, woraufhin Miss Judson energisch über den Bahnsteig auf die wartenden Kutschen zulief, um eine Fahrt Richtung »Sicherer Hafen für Seefahrtswitwen und -waisen« zu organisieren.

Der Kutscher beugte sich zu uns herab. »Hä? Die Shorecross kenn ich, Miss, aber nich dieses Waisenwohlfahrtsdingens.«

»Eine wohltätige Organisation, Sicherer Hafen für Seefahrtswitwen und -waisen«, wiederholte Miss Judson problemlos. »*Der Hafen?*«

»Oh, aye«, sagte der Kutscher gedehnt. »Den kenn ich. Aber für Leute wie Sie is das nix.«

»Genau darum bin ich ja dabei«, sagte Mr Blakeney, was den Kutscher dennoch nicht überzeugte.

»Wie Sie wolln«, antwortete er, bevor er leise hinzufügte: »Is Ihr Problem.«

Natürlich war ich schon oft in Upton gewesen, und es ist keine Stadt, die sich »malerischer Schönheit« rühmen könnte. Doch während wir den Bahnhof immer weiter hinter uns ließen, wurden die schmutzigen Straßen zusehends schmutziger, das Schäbige schäbiger und die heruntergekommenen Gebäude heruntergekommener. Mit wachsender Abscheu blickte Mr Blakeney aus dem Fenster.

»Sagen Sie, kommt Ihnen das richtig vor?«, fragte er, als eine Frau in einem zerrissenen Opernumhang und mit einem Strohhut auf dem Kopf der Kutsche auswich, während sie unterm Arm etwas schleppte, das dem Anschein nach ein entführtes Kind sein mochte – oder eine gestohlene Hammelseite. Mit einer ungehobelten Geste schrie sie dem Kutscher etwas hinterher, das man unmöglich abdrucken kann.

Miss Judsons Griff um ihren Regenschirm verstärkte sich, doch *Hmm* war alles, was sie dazu sagte.

Vor einer Reihe von schmuddeligen Geschäften mit gesprungenen Fenstern, vor denen Männer herumlungerten, hielt unser Fahrer an. »Da wär'n wir also: Shorecross Street.«

Als wir ausstiegen, drängten wir uns instinktiv enger aneinander, wie ein Schwarm fröstelnder Tauben. Anders als die Baker-Street-Bande[36] stachen wir in dieser Umgebung krass heraus. Mr Blakeneys schicker neuer Anzug war viel zu schick und viel zu neu für diese Gegend, in der man offenbar matschverkrusteten Tweed und grellbunte Westen bevorzugte. Eine Gruppe von Jungen, die ein Spiel spielte, für das man augenscheinlich Würfel und Messer brauchte, kniete auf der Straße und warf uns argwöhnisch neugierige Blicke zu.

[36] die geschäftstüchtigen Straßenkinder* aus London, die für Sherlock Holmes als Spione arbeiten

* Das englische Wort für Straßenkind, *urchin*, stammt übrigens vom altfranzösischen Begriff für »Igel« ab, obwohl nicht klar ist, warum man dazu überging, auch obdachlose Kinder so zu bezeichnen.

Miss Judson funkelte den Kutscher an. »Wo sind wir?«, wollte sie wissen.

»Am Hafen. Wie Sie gesagt ham.« Er deutete auf das Schild der Schankstube hinter uns – ein verblichenes, schaukelndes Stück Holz, auf dem ein vor Anker liegendes Schiff zu sehen war. Über der Tür stand ZUM HAFEN und ich bemerkte, wie Mr Blakeneys Optimismus einen weiteren Dämpfer erhielt.

Ich runzelte die Stirn. »Was ist hier los?«

Doch Miss Judson sagte: »Ah, verstehe.« (Ich verstand rein gar nichts, liebe Leserin, lieber Leser.) »Bitte warten Sie hier auf uns«, wandte sie sich an den Kutscher.

»Nix da«, sagte der und hielt ihr die Hand hin, um sein Fahrtgeld zu kassieren. Miss Judson dachte darüber nach, es einzubehalten – gab schließlich jedoch nach, händigte ihm allerdings nur den exakten Betrag aus und keinen Penny Trinkgeld. Außer ihrer urteilenden Miene hatte er keine Zuwendung zu erwarten.

»Miss J.«, sagte Mr Blakeney, »sind Sie auch wirklich sicher? Ich glaube nicht, dass dies hier der richtige Ort für Stephen ist.«

»Seien Sie nicht albern«, sagte ich beherzt. »Ich war schon in Gasthäusern.« Was nicht so klang wie beabsichtigt.

Miss Judson machte ein entschlossenes Gesicht. »Ich hätte gerne eine Erklärung.« Sie riss die Tür auf, die schmerzerfüllt ächzte. Ein Schwall nach Hefe, Schweiß und Traurigkeit riechender Luft, begleitet von rußigem Kohlerauch, hieß uns willkommen. Dieser Tavernenausflug war nicht annähernd so nett wie mein früherer Besuch in einem Gasthaus. Damals war es ein Arbeiter-Pub gewesen, in dem sich Fischer am Ende eines langen Tages trafen, um sich ein Bier, eine Pastete und eine nette Unterhaltung zu genehmigen. Dies hier dagegen schien wie ein Ort, an dem sich die vom Glück Verlassenen vor der Welt verkrochen. Ich drängte mich näher an Miss Judson.

Über den klebrigen Holzboden kam eine vollbusige Frau in einem alten Kleid und einer schmutzigen Schürze auf uns zu. Sie hatte dunkles, hochgestecktes Haar und jede Menge Puder im blassen Gesicht.

»Mrs Dudley!«, rief ich.

Die Frau schaute mich an, entdeckte Miss Judson und ließ vor Schreck ihren Krug fallen, der auf die harten Dielen fiel und zerbrach. Soweit überhaupt möglich, war Mrs Dudleys Gesicht noch weißer geworden.

Miss Judson ging in die Hocke, um dabei zu helfen, die Glasscherben aufzuheben (zum Glück war der Krug leer gewesen), also tat ich es ihr gleich. Mr Blakeney verteidigte derweil unsere Flanke.

Nachdem der Großteil des Schlamassels beseitigt war, sah Mrs Dudley uns fest in die Augen. »Ich schätze, Sie wollen sich mit mir unterhalten.«

»Ich glaube, das wäre das Beste«, antwortete Miss Judson.

Mrs Dudley ließ die Scherben an der Bar und nicke dann seitlich Richtung Hintergebäude. »Dann kommen Sie mal mit rauf zu mir. Wenn's recht ist, kann Ihr Freund hier warten. Kann keinen Männerbesuch empfangen, Sie verstehen. Das könnte man falsch verstehen.«

*Falsch verstehen?* Verdattert sah ich mich um und überlegte, was von all den Dingen, die wir bei Mrs Dudley offenbar falsch verstanden hatten, überhaupt noch zu glauben war.

»Mr Blakeney wird uns begleiten, wenn es recht ist.«

Mrs Dudley kannte Miss Judson inzwischen gut genug, um zu wissen, dass dieser Tonfall keinen Widerspruch duldete. Also zuckte sie lediglich mit den Schultern und führte uns in eine kleine Wohnung hinauf: ein Wohn-Schlafzimmer mit einem Gasbrenner und einem Spülbecken als Küche. An Haken hinter der Tür hingen ein schlaffer elfenbeinfarbener Mantel und ein vertrautes purpurrotes Taftkleid.

Mrs Dudley blieb kurz stehen, um eine Handvoll Krümel durch die Stangen eines viel zu kleinen Käfigs zu schieben, in dem ein verschlafener Papagei hockte, der bei unserer Ankunft unruhig wurde. Jeder von uns suchte sich einen Sitzplatz – Mr Blakeney nahm das Fensterbrett, ich nahm ein Sitzkissen in Beschlag und Miss Judson hockte sich graziös auf den äußeren Rand des einzigen vorhandenen Stuhls (gesprungen; das fadenscheinige Polster hatte den Geist aufgegeben).

Mrs Dudley selbst ließ sich schwer auf die Bettkante sinken. »Also«, sagte sie ebenso schwer, »was wollen Sie zuerst wissen?«

Ich hatte eine Million Fragen, doch in meiner Verwirrung waren alle verpufft.

»Ihr richtiger Name wäre ein guter Anfang«, schlug Miss Judson vor.

»Velma Dudley, genau wie Sie mich kennengelernt haben.« Mit dem Daumen deutete sie auf eine gerahmte Fotografie an der Wand hinter ihr. Sie war gesprungen und schäbig wie alles andere, zeigte aber eine dralle junge Braut und ihren einst hinreißenden Bräutigam, der eine schicke schwarze Uniform mit Borten an den Ärmeln trug.

»Das is mein Roger. Der verstorbene Käpt'n Roger Dudley, auf See geblieben. Seit acht Jahren bin ich nun schon Witwe und überlebe nur durch Köpfchen.«

»Hat der *Hafen* Ihnen nicht geholfen?«, fragte ich – und begriff erst danach, dass wir vermutlich gerade im Hauptquartier der »wohltätigen Organisation« saßen. »Oh«, sagte ich und spürte, wie meine Wangen sich röteten. Aber warum sollte *ich* mich eigentlich schämen? »Sie haben uns *angelogen*.«

Mrs Dudley wurde ärgerlich. »Nicht wirklich, das stimmt nicht. Jedes Wort von mir, war die reine Wahrheit. Den *Hafen* gibt's – und er hält mich über Wasser, wirklich. Und sich vornehme Kleider anzuziehen, is kein Verbrechen.«

»Aber warum?«, wollte ich wissen. »Was sollte das alles?«

»Ich für meinen Teil bin reichlich verwirrt«, meldete Mr Blakeney sich gut gelaunt zu Wort. Sein unbequemer Platz am Fenster sorgte dafür, dass seine langen Beine ihm praktisch bis an die Ohren ragten. »Wie wäre es mit einer Runde Tee, während wir uns die ganze Geschichte der Dame anhören? Mrs Dudley, sind Sie einverstanden?« Er stand auf und machte sich daran, in ihrer Miniaturküche herumzuhantieren, während sie ihm erklärte, wo er Kessel und Tee fand. Unter den gegebenen Umständen war er ungewöhnlich ritterlich.

»Ich habe kein Gesetz gebrochen«, sagte Mrs Dudley, deren Stimme vor Tugendhaftigkeit nur so strotzte.

»Sie haben unter falschem Vorwand einen Anwalt engagiert«, gab Miss Judson zu bedenken.

Da platzte Mrs Dudley die Hutschnur. »Nein, das hab ich nicht«, sagte sie und deutete mit dem Finger auf meine Gouvernante. »Ich habe ihn engagiert, damit er beweist, dass Sally Ethel Snowcroft ist, und was anderes hab ich *nie* behauptet!«

»Aber wozu?«, fragte ich noch einmal, während ich versuchte, mir einen Reim auf diese Geschichte zu machen. »Sind Sie denn nur eine … eine Trickbetrügerin?«

Sie stieß einen Laut aus wie von einem schnaufenden Dampfschiff. »Andrew Snowcroft war der Eigentümer von Rogers Schiff«, sagte sie. »Immer hat er große Reden geschwungen – große Pläne für dies und jenes. Hat Roger dazu überredet, in irgendeine wahnsinnige Unternehmung zu investieren, in ein Schiff, das die Passagiere in die Antipoden bringen sollte, nach Australien und Neuseeland – befehligen sollte er es außerdem. Als es auf ein Riff auflief, gab Snowcroft Roger die Schuld und weigerte sich, ihm für die gesamte Reise auch nur einen Penny zu zahlen. Danach hat Roger keine anständige Anstellung mehr finden können und ging fünf Jahre später mit einem Dampfer, der schon ’n halbes Wrack war, unter. Und in der Zwischenzeit wurden die Snowcrofts immer reicher und reicher – dank der

Investition von Roger und mir. Also aye, ich finde, ich hab ein klein wenig von dem Erbe verdient. Aber Sally Cooke – sie ist wirklich Ethel. Da bin ich ganz sicher.«

Mrs Dudley strich ihre geflickten Röcke glatt. »Und ich hab nicht vor, der armen Sally *irgendwas* davon zu sagen. Sie wurde zur Waise, als die *Persephone* verloren ging, sie braucht nicht auch noch zu wissen, dass ihr Pa ein Gauner und Betrüger war. Aber *was* sie verdient hat, ist jeder Penny, den sie haben kann. Und was ist falsch dran, dass auch ich mir hol, was mir zusteht? Das frage ich Sie.«

Ich biss auf meinen Nägeln herum und hatte so meine Zweifel. Nichts von all dem passte zu dem, was Sally uns über die Beihilfe erzählt hatte, die sie über den Hafen erhalten hatte, und darüber, dass Mrs Dudley nach Mr Cookes Tod mit ihr in Kontakt getreten war. Dafür passte es sehr wohl zu Genies Behauptung, dass Kapitän Snowcroft ein Geschäftsmann ohne Ehre gewesen sei.

Mr Blakeney brachte den Tee, den ich mich jedoch nicht zu trinken traute. »Es ist möglich, dass Kapitän Snowcroft rein rechtlich nicht dazu verpflichtet war, Ihrem Mann etwas zu zahlen«, sagte er behutsam.

Mrs Dudley machte eine wegwerfende Geste. »Eine rechtliche Verpflichtung vielleicht nicht – aber eine christliche und eine menschliche! Seinetwegen sind wir um ein Haar in der Gosse gelandet – und Rogers Tod besorgte das Übrige. Seit er tot ist, überlebe ich nur dank dieser heruntergekommenen Spelunke. Jemand schuldet mir was.«

»Also haben Sie es auf das Erbe von Ethel Snowcroft abgesehen.« Miss Judson war skeptisch.

»Sie ist ein liebes Mädchen. Sie wird einer Witwe gegenüber ihre Pflicht tun.«

Ich sah mich im Zimmer um. »Weiß sie es? Die Sache mit dem Hafen meine ich.«

Mrs Dudley schnaubte empört und setzte sich kerzengerade, schon wieder viel mehr die Frau, als die ich sie kennengelernt hatte. »Ethel Snowcroft ist von adliger und edler Abstammung, auch wenn sie in den Kolonien großgezogen wurde. Eine Viscountess konnte ich ja wohl schlecht *hierher*bringen, oder?«

»Aber was ist mit all den Menschen, die in ihren Spendenfonds eingezahlt haben? Sie haben ihnen vorgegaukelt, einen guten Zweck zu unterstützen.«

Mrs Dudley sah mich böse an. »Ich bin sicher, das geht in Ordnung.«

»Sei es, wie es mag«, sagte Miss Judson und holte ihr Skizzenbuch hervor. »Eigentlich sind wir aus einem ganz anderen Grund hier, Mrs Dudley. Tatsächlich haben wir ein professionelles Interesse – obwohl Ihre Verbindungen zum seefahrenden Volk vielleicht doch nicht so gut sind, wie es den Anschein hatte?«

Nun errötete sie noch mehr. »Ich wurde in Liverpool geboren und lebte fünfzehn Jahre in Falmouth«, sagte sie. »Kenne noch immer jeden Kai und jeden Hafenmeister. Was wollen Sie?«

Miss Judson zeigte ihr die Zeichnung. »Kennen Sie zufällig auch diesen Mann? Zugegeben, allzu gelungen ist das Porträt nicht –«

Mrs Dudley griff nach dem Bild und musterte es stirnrunzelnd. »Das kann nich sein«, murmelte sie.

»*Wer* kann es nicht sein?«, wollte ich wissen.

»Herrje, der sieht aus wie Albert Pittman, Maat auf der *Persephone*!«

# 19

# Drei Männer in einem Boot

Die Anzahl der Knochen im menschlichen Körper wird allgemein mit 206 beziffert, tatsächlich variiert diese Zahl jedoch von Fall zu Fall. Kinder zum Beispiel haben typischerweise um die 300 separate Knochen, von denen sich mehrere während des Wachstums miteinander verbinden. Diese nützliche Tatsache ermöglicht es der Medizinerin, das Alter eines Verstorbenen zu schätzen – vorausgesetzt, sie verzählt sich nicht.

– H. M. Hardcastle: *Grundlagen der Rechtsmedizin.*

Ich war wie vor den Kopf gestoßen. »Sie kannten die Besatzung der *Persephone*? Woher? Wissen Sie, was damals passiert ist? Warum haben Sie denn nichts gesagt?«

»Ganz langsam, Stephen. Lassen Sie die Frau erst mal auf eine Frage antworten.«

Mrs Dudley wrang ihre Schürzenbänder, während sie auf Miss Judsons Skizze starrte. Es machte den Anschein, als wolle sie das Gesicht des Toten berühren, doch dann zog sie schnell die Hand zurück. »Bert Pittman, bei meiner Seele!«, hauchte sie. »Mir kam zu Ohr'n, dass er zurück is, aber ich hab's nicht glauben können.«

Ich konnte es auch kaum glauben. Selbst nachdem ich die Beweise mit Vater noch einmal durchgesehen hatte, war es schwer fassbar. Noch ein *Persephone*-Überlebender? Was wussten wir sonst noch nicht über dieses Schiffsunglück?

»Aber das ist brillant«, meinte Mrs Dudley. »Bert kann aussagen und Ethels wahre Identität bestätigen! Er kennt sie. Er wird sich an sie erinnern.« Sie gab Miss Judson triumphierend das Skizzenbuch zurück.

»Wohl eher nicht«, sagte Mr Blakeney.

Mrs Dudleys Blick wurde durchdringend. »Was soll das heißen? Was ist passiert?«

Miss Judson legte eine Hand auf meinen Arm, bevor ich antworten konnte. »Wir sind nicht sicher. Wissen Sie zufällig, wo man ihn finden kann? Es ist wichtig.«

Schwer ließ ich mich zurücksinken – oder hätte es zumindest gern getan. Nur hatte der schäbige Sitzsack keinerlei Lehnen. Sollte jemand dafür gesorgt haben, dass Mr Pittman nicht zu Ethel Snowcrofts Gunsten aussagen konnte …

Mrs Dudley wurde unruhig. »Er kennt mich nich«, sagte sie schließlich. »Hätte keinen Grund, sich bei mir blicken zu lassen, es sei denn, der Zufall würd ihn herführen, wenn er ein Bierchen trinken will. Aber da gibt's diese Pension, die alte Soldaten und Seeleute aufnimmt. Einer Mrs Hudson gehört die – ist gleich die Straße runter, am Nordende der Shorecross.«

Die Pension, die Mrs Dudley uns genannt hatte, war schnell gefunden, und stellte sich als Teil eines kleinen Imperiums heraus. »Aye, das is Pittman«, bestätigte uns eine griesgrämige Vermieterin, als wir ihr Miss Judsons Skizze zeigten. Sie deutete auf ein Gebäude auf der anderen Straßenseite. »Zweiter Stock, Dritte links. Ist im Verzug mit der Miete. Sechs Schilling.« Sie musterte uns und unsere saubere, wohlfeine Kleidung, bevor sie die offene Hand ausstreckte. »Für die Hälfte lass ich Sie rein.«

Schon wollte ich sie auf die gesetzlichen Regelungen des Mietrechts hinweisen, da hatte Miss Judson bereits ihren Pompadour geöffnet und der Frau die Münzen gereicht. »Und ein kleines Trinkgeld obendrauf, für Ihre Verschwiegenheit.« Wenn es sein musste, konnte Miss Judson ausgesprochen Respekt einflößend sein.

Die Pension bestand aus wenig mehr als leeren Fensterrahmen, die zaghaft von bröckelnden Ziegeln zusammengehalten wurden. »Ich hätte eine Idee, warum er etwas von Ethel Snowcrofts Vermögen hätte abhaben wollen«, stellte Mr Blakeney fest. »Vorsicht«, fügte er schnell hinzu, während er sich einen Weg durch den zugemüllten Innenhof bahnte. »Ich glaube, dieser Pumpbrunnen hat Cholera.«

Miss Judson fand eine Außentreppe und stieg ohne zu zögern sofort nach oben. Mr Blakeney dagegen hatte Bedenken, mit denen ich ihn zurückließ, um Miss Judson zu folgen. Seine Zurückhaltung erwies sich jedoch als klug – dass diese Stiege unser vereintes Gewicht getragen hätte, war mehr als unwahrscheinlich.

Am Ende erreichten wir einen Treppenabsatz mit einer Tür, die Miss Judsons Berührung nachgab, um mit einem Quietschen, wie unter einem Schrei, aufzuschwingen. Kaum war das Geräusch an Mr Blakeneys Ohr gedrungen, flitzte er wie ein Eichhörnchen die Stufen herauf, die besorgniserregend wackelten. Als erwartete er, das ganze Konstrukt könnte jeden Moment in sich zusammenbrechen, rettete er sich mit einem Hechtsprung auf den Treppenabsatz.

»Dritte Tür links.« Ich spähte in den schummrigen, stickigen Gang. »Dort.«

Auch Mr Pittmans Zimmer war nicht abgesperrt – oder aber so schludrig verriegelt, dass der Haken sich löste, sobald man an der wurmzerfressenen Tür auch nur etwas rüttelte. Als Mr Blakeney den Raum dahinter betrat, stieß er einen langgezogenen Pfiff aus, bevor er weiterlief, um auch uns Platz zu machen.

Das Zimmer »möbliert« zu nennen, war großzügig. (Es ein »Zimmer« zu nennen, war schon freundlich genug.) Es bot gerade einmal eine erbärmliche Ausrede von einem Bett, einen kaputten Stuhl und einen wackligen Waschtisch. Die gesprungene Schüssel darauf hatte wahrscheinlich extra gekostet. Ein tiefes, vorhangloses Fensterbrett beherbergte eine Reihe von leeren braunen Flaschen und eine zerdrückte Zigarrenschachtel neben einem säuberlich aufgerollten Hemd und einem Paar Socken: der weltliche Besitz von Mr Albert Pittman. Trotz der spartanischen[37] Einrichtung wurde überdeutlich, dass Mr Pittman viel im Kopf herumgegangen war.

Oder besser gesagt, hatte er offenbar nur eins im Kopf gehabt.

Die Wände waren geradezu tapeziert mit Flugblättern und Zeitungsberichten über Ethel Snowcroft. Der kleine Charley hatte seine eigene Ecke – Dutzende seiner Bilder waren hier vertreten, ausgeschnitten und an die rußverschmierten Wände gepinnt. Mr Pittman schien ausnahmslos jeden Artikel aufbewahrt zu haben, den Genie – oder sonst jemand – je über die *Persephone* geschrieben hatte. Das Bild des falschen *Hafen*-Hauptquartierts war eingekreist.

»Das erklärt, warum er Sally so bekannt vorkam«, sagte ich. »Er muss ihren Vortrag besucht haben. Vorträge.« Und zwar alle davon, wenn man sich hier so umsah. Im Rahmen des Spiegels steckten Ticketreste mit Charleys Pfotenabdruck darauf.

»Trotzdem hatte er offenbar ein reges Interesse daran gehabt, etwas zu vergessen.« Mr Blakeney hob eine der leeren Flaschen auf. Sie roch irgendwie säuerlich, was mich an Mrs Dudleys Kneipe erinnerte.

»Vielleicht gibt es hier etwas, das erklärt, warum er im Krankenhaus war.« Miss Judson reichte mir die Zigarrenschachtel. »Beide Male.«

Auf den Deckel hatte Mr Pittman seinen Namen geschrieben: *A. Pittman*, die erste handfeste Verbindung zwischen seiner

37 Benannt nach den griechischen Kriegern, die Wert darauf legten, sich mit keinerlei Luxus zu umgeben – mit Tante Helena wären sie so gar nicht ausgekommen.

mutmaßlichen Identität und diesem Zimmer mit diesen Habseligkeiten darin. Im Innern der Schachtel war ein Sammelsurium von komischen Sachen – die Sorte Sachen, die man in einer Zigarrenschachtel erwarten *würde*: ein Schlüssel zu einem lange verschollenen Schloss, eine Rolle Stopfgarn, Streichholzschachteln und Münzen aus fremden Ländern, außerdem ein leuchtend grünes Filzbündel.

»Aha!« Miss Judson stürzte sich auf diesen letzten Gegenstand. »Diese Füllerlappen kenne ich!« Sie glättete das Bündel, sodass auf dem äußersten der Filztücher ein eingesticktes *RSH* zum Vorschein kam. »Gerade erst habe ich drei Stunden damit zugebracht, diese albernen Dinger für das Krankenhauskomitee zu besticken. Sie verteilen sie an die Wohlfahrtspatienten, wenn sie entlassen werden, das und –«

»Förderliche Literatur?« Ich hielt eine Broschüre über »Mäßigung und Bescheidenheit« hoch, von derselben Art, wie ich sie der armen Mrs Hendricks zugemutet hatte.

»Nun, damit können wir zumindest nachweisen, dass Mr Pittman zu irgendeinem Zeitpunkt in der Wohlfahrtsstation war, genau wie eure Zeugin es erzählt hat. Leider beweist es nicht, dass er je Dr. Kinkaids Labor betreten hat.«

»Dieser Kinkaid vergibt vermutlich keine Tickets, oder?«, sagte Mr Blakeney ausdruckslos.

»Was?« Miss Judson und ich wirbelten gemeinsam zu Mr Blakeney herum, der dabei war, systematisch die Papiere zu sezieren, die an Mr Pittmans schmuddeligen Wänden hingen. Behutsam löste er einen Streifen mit eingerissener Ecke, einem Stempel und einer unleserlichen Notiz darauf.

»Und *das*«, sagte Miss Judson, »wäre dann ja wohl ein Besucherausweis für das Swinburne Royal Hospital.«

»Welches Datum steht darauf? Steht darauf, wen er besucht hat? Es könnte der Mörder sein!«

»Das ist leider nicht dokumentiert.«

Ich versetzte den Bodenbrettern einen Tritt. Wir würden es nie herausfinden!

»Kopf hoch, Stephen«, sagte Mr Blakeney. »Vielleicht hatte er noch ein zweites Versteck.«

Miss Judson und ich drehten uns langsam zu ihm um.

»Äh – was?«

»Ich glaube, dass ist Ihr Fachgebiet«, sagte Miss Judson.

»Oh, richtig.« Mr Blakeney trat in Aktion und durchquerte mit zwei kurzen Schritten den Raum. Dann bückte er sich, um die Sockelleisten zu untersuchen, spähte auf den Sims unter der Decke, drehte den Stuhl um, sodass die leere Unterseite zum Vorschein kam, und schob den kleinen angelaufenen Spiegel an der Wand beiseite, bevor er einigermaßen widerwillig die Matratze anhob. Als etwas herausflitzte, ließ Mr Blakeney sie mit einem Knall schnell wieder fallen.

»Tja, das war produktiv.«

Mr Pittmans Socken, die so ordentlich geflickt und aufgerollt am Fenster lagen und auf seine Rückkehr warteten, fand ich ungeheuer traurig. Ich hob sie hoch – sie knisterten. Mit wild klopfendem Herzen rollte ich sie aus.

»Jo-ho, Stephen!« Darin befanden sich zwei glatte Fünf-Pfund-Noten – gewiss mehr, als er für ein *Jahr* an Miete gebraucht hätte.

»Wenn er so viel Geld hatte, warum wohnte er dann hier?«, fragte ich. Natürlich war es sehr gut möglich, dass dies Mr Pittmans Ersparnisse eines ganzen Lebens waren, trotzdem. Leute mit Banknoten bewahrten sie für gewöhnlich in *Banken* auf – oder in Safes oder zumindest in Geldklammern, nicht im einzigen Paar aufgerollter Ersatzsocken.

Miss Judsons Stirnrunzeln verstärkte sich und sie durchsuchte den Rest seiner Kleidung, jedoch ohne weiteres Ergebnis. »Wir scheinen alles überprüft zu haben, und dieses Geld wirkt hier eindeutig fehl am Platz.«

»Was ist mit dem Kaminrost?« Ich ging in die Hocke. »Sehen Sie, die Schrauben sind locker.«

»Tatsache«, murmelte Mr Blakeney.

Allein mit meinen Fingern konnte ich sie ganz leicht abdrehen. Alle drei (eine fehlte) reichte ich Miss Judson, damit sie nicht davonrollten und verloren gingen. Das eiserne Schmuckgitter ließ sich ohne Schwierigkeiten wegziehen, ganz als wäre es regelmäßig bewegt worden. Ich schickte ein Stoßgebet zum Himmel, auf dass ich keiner Spinne begegnen mochte, und steckte dann die Hand in die Öffnung, um sie abzutasten. An den Seitenwänden war nichts, also griff ich ganz hinein und stieß am hintersten Ende auf einen Vorsprung. Und auf diesem Vorsprung …

Diesmal holte ich kein Geld, sondern ein Bündel Papier hervor, das mit grobem Bindfaden zusammengehalten wurde, ordentlich und sauber, als hätte man es gerade erst dort versteckt. Ich streifte den Faden ab und blickte auf einen Brief, verfasst in einer ungleichmäßigen, unsauberen Schrift. Er war mehrere Seiten lang, und meine Hände zitterten vor Aufregung, als ich diese nun aufschlug und den Anfang suchte.

*An die Betreffenden,*
*was nun kommt ist der ware und vollstendige Bericht der Schreklichen Ereignisse, die den Pasagieren und der Crew der Brigg Persephone zugestosen sind, bei ihrer letzten Fahrt unter dem Befehl von Käpt'n Andrew Snowcroft, 1884. Ich war zweiter Maat. Mein Name ist Albert Pittman und wenn Sie diese Blätter jetzt lesen, bin ich warscheinlich tot. Oder im Gefängnis – was nur die Gerechtigkeit des Herrn wär.*

»*Schreckliche Ereignisse* klingt vielversprechend«, meinte Mr Blakeney.

*Es heisst, die Persephone ist bei schlechtem Wetter gesunken, mit allen Mann an Bord. Aber fünf überlebten und nahmen das Rettungsboot: Käpt'n Snowcroft, unser Schiffsarzt, den wir alle Cutty nannten ...*

»Cutty!«, hauchte ich – der Name auf Dr. Greeleys kleinem Messer!

*... und der Navigator, Mr Charles. Zu den letzten Überlebenden gehörten noch ich und das kleine Mädchen, Ethel – und ihr kleiner Hund. Neunzehn Tage verbrachten wir in einem offenen Boot und hatten kaum Vorräte, weil wir alles verloren haben, als das Schiff sank. Käpt'n Snowcroft rettete seine Geldkasette, die für eine Bank in den Kolonien war, obwohl wir ihn alle angefleht haben, er soll sie doch liegenlassen und dafür lieber das Wasserfass mitnehmen.*
*Unser Käpt'n war zu nix mehr zu gebrauchen, so fertig war er mit der Welt, weil er sein Schiff und seine Frau verlorn hatte. Also übernahm Dr. Cutty das Kommando über die Männer. Das kleine Mädchen war schlimm krank und klammerte sich an Mr Charles, als ob der ihr Vater gewesen wär. Gegen jedes böse Wort hat er sie verteidigt – sogar als sie dem Tod schon so nahe war, dass einige von uns sie über Bord schmeissn wollten, ums für den Rest von uns leichter zu machn.*
*Zuerst haben wir versucht, in den ständigen Gewittern Regenwasser aufzufangen. Aber das meiste davon war mit Meerwasser vermischt und ungenießbar. Am vierten Tag fingen wir eine Schildkröte, das hat uns ein paar Tage versorgt.*
*Als wir schwächer und verzweifelter wurden, wurde aus uns ein trüber Haufen, der ständig Streit suchte. Unsere Zungen und Füße waren angeschwollen und wurden schwarz. Von der Sonne und vom Salz bekamen wir überall Blasen auf der Haut. Und weil wir keine Aussicht auf Rettung hatten, wurde die*

*Laune an Bord unsrer Nussschale sehr düster. Alle wurden irgendwie wahnsinnig. Keiner hat dem andern mehr vertraut. Navigator Charles hat behauptet, der Käpt'n würde Essen verstecken. Der Käpt'n litt unter Verfolgungswaan und glaubte, wir würden gegen ihn meutern und hätten die Persephone absichtlich versenkt und seine Tochter gegen ihn aufgebracht. Dr. Cutty gab sein Bestes, damit Ordnung herrschte. Ich ließ ihn machen. Ich war zu schwach zum Eingreifen.*

*Am fünfzehnten Tag warn wir in wirklich üblem Zustand. Am Horizont sichteten wir ein Schiff. Und weil wir glaubten, das wir endlich gerettet werden, hisste Cutty die Signalflagge, die wir aus der Persephone gerettet hatten. Aber in seinem Waan wollte Käpt'n Snowcroft sie wieder runterholn. Wer kann schon sagen, was da in ihn gefahrn war? Zwei verzweifelte Männer, verrückt vor Durst und Hunger – man hätt nich glauben mögn, dass sie sich gegenseitig noch mehr Schaden zurichten können. Aber Dr. Cutty und der Käpten fingen wegen der Flagge einen Kampf an. Die kleine Krabbe fing an zu weinen – herzzereissend wars, »Papa! Papa!«. Als Mr Charles sie trösten wollte, hat ihr Vater in seiner Wut ihr den Hund weggenommen – und was dann passierte, kann ich ehrlich nich genau sagen. Nur das Cutty sein Messer in der Hand hatte und Käpten Snowcroft über Bord ging. So schwach wie er war, weil wir ja nix hatten, hat er's nich zurück ins Boot geschafft. Und keiner an Bord hatte genug Kraft, ihn reinzuziehn.*

Auf dem Blatt wurde eine Lücke sichtbar, eine Stelle, an der etwas aufs Papier getropft war und die Tinte zu verschwommenen Klecksen hatte werden lassen.

»Ist es vorbei?«, fragte Mr Blakeney hoffnungsvoll. Ich schüttelte den Kopf. So sehr ich es gewollt hätte, konnte ich jetzt nicht aufhören. Teilweise aus grausiger Neugier, doch zum weit größeren Teil (hoffe ich) fand ich, wenn Mr Pittman schon den

Mut aufgebracht hatte, diese Worte zu Papier zu bringen, schuldete ich es ihm, seinen Bericht vollständig zu lesen. Also schluckte ich schwer und fuhr fort.

*Haben wir ihn getötet? Ist er gefalln oder gestossen worden? Alles, was ich weiß, is, wir ham ihn nich gerettet – und wie soll man das was andres nennen als Mord? Aber wir warn jetzt also einer weniger im Boot, ein Mund weniger zu stopfen, ein Wahnsinniger weniger, der uns unserm Untergang näherbrachte.*
*Danach entdeckten wir am Schlafplatz vom Käpt'n zwei Dosen Kohl und eine verschrumpelte Oransche. Warum hat er das nicht geteilt, nich mal mit seiner sterbenden Kleinen? Was für ein Mensch lässt sein eignes Kind verhungern, um sich selbst zu rettn?*
*Was für Menschn lassen ihren Käpt'n ertrinken, um sich selbst zu rettn?*
*Endlich, am neunzehnten Tag unsrer Tortur, wurden wir durch unfassbare Fügung von unsrem Leid erlöst – durch das Auftauchen der Gloria Mundi. Ihr Käpt'n,* [illegible]*, hat uns unter großem Riesiko für sein eignes Schiff gerettet.*

Die Worte – der Name des rettenden Kapitäns – standen da, doch hatte Mr Pittman sie nachträglich sehr sorgfältig gelöscht.

Mr Pittman – oder jemand anderes.

*Die Crew der Gloria Mundi nahm uns freundlich auf und hatte Mitleid mit uns. Trotzdem hat Dr. Cutty drauf gedrängt, dass wir alle den Mund halten über das, was wirklich alles passirt war. Wir warn uns einig, dass die kleine Ethel geschont werden musste. Sie war uns drei elenden Seelen recht ans Herz gewachsn.*

*Nur vergessn konnt ich nich. Auf der Gloria Mundi wurde ich schlimm krank und weil ich meinte, der Tod sei nich mehr weit, wollte ich die Beichte ablegn. Ein Prediger war nich an Bord, also willigte die Frau des Käpt'n, Mrs [illegible] ein, sie mir abzunehm. Warum Gott mich verschont hat, kann ich mir nich erklärn. Ich weiß schon gar nich mehr, was wahr is und was nur meine gekwälten Erinnerungen. Wenn ich die Augen zumach, seh ich noch immer den Käpt'n vor mir, im Wasser, das Blut aufm Messer, und ich hör die Kleine, die nach ihrem Papa schreit.*

*Käpt'n [illegible] und seine Frau konntn wir übereden, unsre Geschichte für sich zu behalten – mit einem Teil der Summe aus der Kasse ausm Frachtraum der Persephone. Den Rest – Käpt'n Snowcrofts Blutgeld – teilten wir untereinander auf.*

*Was aus den andren wurde, wusst ich lange nich. Nur dass Mr Charles sich nich mehr von dem Kind trennen wollte. Später fand ich raus, dass er sich in Australien niedergelassn hat und sie wie seine eigne Tochter großzog. Was sie von ihrer Tortur noch wissn mag, weiß ich nich. Hoffentlich gar nix.*

*Aber neue Umstände verlangen es nu, dass ich mein Schweigen brech und meine Schreckliche Geschichte erzähl, auch wenn's nur auf dem feigen Weg hier is. Ich schwör bei meiner Seele – bei allem, was davon noch übrig is – dass es die Wahrheit is. Ich muss mich meiner Vergangenheit jetz stelln und endlich das Richtige machn. Mag danach komm, was mag.*

*Unterzeichnet, 15. Februar 1894*
*Albert H. Pittman, Upton*

Am liebsten hätte ich die Seiten fallen lassen, weit von mir geworfen – als könnte ich so das, was ich gerade gelesen hatte, irgendwie aus meinem Kopf löschen. »Arme Sally!«

Miss Judson stand die Bestürzung ins Gesicht geschrieben – doch Mr Blakeney wirkte nachdenklich. »Wie war der Name von diesem Rettungsschiff noch einmal?«, fragte er.

»Die *Gloria Mundi*. Warum?«

»Ich weiß nicht – klingt irgendwie vertraut.« Er schüttelte den Kopf. »Muss irgendwo in den Aufzeichnungen sein. In meinen oder Genies.«

»Sie dürfen ihr kein *Wort* von all dem hier verraten!« Unerklärlich heftig wandte ich mich zu ihm um. »Kein einziges Wort! Verstehen Sie?«

Besorgt verzog er das Gesicht. »Natürlich nicht, Stephen. Hand aufs Herz – sonst will ich tot umf-ver-----t.« Dieser Schwur geriet zu einem Fluch, in dem sich die namenlosen Gefühle entluden, die wir alle verstehen konnten.

Schnell nahm Miss Judson mir die Seiten ab, faltete sie sorgsam, band die Schnur wieder herum und legte sie in meine Tasche. Die Geldscheine steckte sie in ihren Pompadour (ohne die Socken). An einem Ort wie diesem wären sie andernfalls schnell verschwunden. »Es steht uns nicht zu, dieses Geheimnis zu teilen – oder zu bewahren«, sagte sie streng. »Aber es könnte unser bisher bester Beleg sein, sowohl für Sallys Identität als auch für das Motiv für den Mord an Mr Pittman.«

»Dr. Cutty«, sagte ich zu Miss Judson. »Er muss es gewesen sein.«

»Moment …« Mr Blakeney blickte zwischen Miss Judson und mir hin und her. »Wollen Sie damit sagen, Sie wissen, wer dieser Cutty-Bursche aus dem Brief – der Schiffsarzt der *Persephone* – ist?«

# 20

# Vergiss nicht deinen alten Schiffskameraden[38]

> Die körperlichen Anzeichen extremer Mangelernährung – Hungerleiden – sind in jeder Art von Körpergewebe erkennbar. Selbst das Gehirn entgeht dem nicht, und tatsächlich gehören nervöse Symptome zu den ersten, die sich zeigen.
>
> – H. M. Hardcastle: *Grundlagen der Rechtsmedizin.*

Auf dem Rückweg schwiegen wir, sowohl auf dem langen, dunklen und bitteren Fußmarsch zum Bahnhof (Kutschen gab es keine, allerdings wurden wir nicht belästigt – dank unserer Miene, die von taubem Entsetzen zeugte, passten wir inzwischen ganz gut in dieses Viertel) als auch während des Großteils der Heimfahrt. Ich saß auf dem harten Dritte-Klasse-Sitz neben Miss Judson und spürte das Ruckeln der Schienen unter den Füßen und das sanfte Schaukeln des Wagens. Von einem Rettungsboot auf dem Indischen Ozean waren wir so weit entfernt, wie man es sich nur vorstellen konnte, doch statt einer feuchten englischen Winternacht sah ich beim Blick aus dem Zugfenster einen erbarmungslosen Himmel, aus dem die Sonne brannte, und endloses verlassenes Wasser. Es war ein Wunder, dass auch nur einer von ihnen überlebt hatte.

[38] wie schon das traditionelle britische Seemannslied »Don't forget your old Shipmate« nahelegt

Nein, kein Wunder. Das war exakt das falsche Wort für das, was ich gerade gelesen hatte – und doch. Trotz des Grauens, das Mr Pittman beschrieben hatte, teilte ich sein ehrfurchtsvolles Erstaunen über ihre Rettung. Was ich von all dem halten sollte, wusste ich noch nicht. Und offenbar ging es meiner Reisegesellschaft nicht anders.

Schließlich beendete Mr Blakeney die unerträgliche Stille. »Was haben Sie nun vor, Stephen, Miss J.?«

Miss Judson wandte mir ein angespanntes, fragendes Gesicht zu – als hätte ich eine Antwort parat. Ich konnte nur mit den Schultern zucken.

»Schätze, Miss Snowcroft hat ein Recht auf die Wahrheit«, sagte er. »Sie sagte ja, sie wolle alles wissen.«

Ich fuhr zu ihm herum – schon wieder. »*Das* will sie nicht wissen!« Ich klang wie Peony in fauchender Bestform. Dann ließ ich mich gegen meine Lehne fallen. »So was will niemand erfahren.«

»Für immer werden wir es allerdings nicht geheim halten können.« Miss Judson sprach leise. Wir waren allein im Abteil und mit keiner Silbe wurde etwas erwähnt, was unser Gesprächsthema hätte verraten können. Trotzdem erforderte der Anlass feierlichen Ernst und gedämpfte Stimmen, wie ein Begräbnis. »Wir müssen es den zuständigen Behörden melden.«

Mir war klar, dass Miss Judson ihre Einstellung nicht geändert hatte. Sie hatte die schreckliche Tragweite der Angelegenheit erkannt, und nun überlegten wir gemeinsam, wem was mitgeteilt werden müsste – außerdem wann, und in welcher Reihenfolge.

Der Gedanke daran, den Brief der Polizei auszuhändigen, schien Mr Blakeney sogar noch weniger zu behagen. »Ihr Dr. Cutty – wer er auch sein mag – könnte angeklagt werden, den Tod des Kapitäns verursacht zu haben.«

»Das spielt kaum noch eine Rolle«, sagte ich mürrisch. »Da er *außerdem* Mr Pittman ermordet hat.«

»Da haben Sie wohl recht«, sagte Mr Blakeney. Nach einer erneuten Pause meinte er: »Hören Sie, so ungern ich darauf herumreite, aber unsere nächsten Schritte wollen gut überlegt sein. Es könnte Konsequenzen für das Snowcroft-Vermächtnis haben.«

In meinem Entsetzen hatte ich noch gar nicht begriffen, was dieser Brief noch bedeutete. Mr Pittmans Geständnis bewies – soweit dies möglich war –, dass der Navigator der *Persephone*, Nicholas Charles, Ethel Snowcroft mitsamt ihrem Hund zu sich genommen und in Australien unter einem neuen Namen neu angefangen hatte. »Aber es ist nur Hörensagen. Albert Pittman kann nicht mehr aussagen und wir können nicht beweisen, dass der Brief echt ist. Selbst wenn wir es öffentlich machen wollten.«

Mr Blakeney nickte langsam. »War er denn der einzige denkbare Zeuge? Was ist mit diesem Cutty? Er dürfte kaum versessen darauf sein, zu ihren Gunsten auszusagen, nicht wenn er sogar jemanden ermordet hat, damit *der* nicht aussagen kann.« Verwirrt hielt Mr Blakeney die Hände hoch. »Als wäre dieser Fall nicht schon kompliziert genug!«

»Ich bezweifle, dass Miss Snowcrofts Identität das Motiv war«, meinte Miss Judson. »Viel wahrscheinlicher ist, dass Mr Pittman ermordet wurde, um *dieses* Geheimnis zu bewahren.« Sie spielte auf den Tod des Käpt'ns an. »Was übrigens, das will ich noch einmal betonen, genau das ist, was auch *Sallys Vater* wollte – sie sollte es nie erfahren. Was uns wiederum zu der Frage bringt, was wir nun mit dieser Information anstellen.«

»Wir brauchen erst einmal eine Bestätigung«, sagte ich. »Wir können uns nicht allein auf Mr Pittmans Wort verlassen.«

»Ich weiß nicht, Stephen, ich bin geneigt, dem armen Kerl zu glauben. So was denkt man sich nicht aus, nur um Aufmerksamkeit zu bekommen.« Er schauderte.

Ich verstand, was er meinte, doch nicht jeder würde Mr Pittmans Version der Dinge einfach so hinnehmen. »Das Wort eines Verstorbenen wird gegen das des Täters stehen.« Ein Problem, vor allem, wenn besagter Täter ein angesehener Menschenfreund und obendrein eine viel geliebte Person der Öffentlichkeit war wie Dr. Greeley. Ich atmete tief durch und bereitete mich darauf vor, eine Aussage zurückzunehmen, die ich erst wenige Momente zuvor getroffen hatte. »Wir müssen mehr über das Schiff erfahren, das sie gerettet hat. Der Kapitän wusste, was ihnen zugestoßen war. Was sie getan haben. Können Sie versuchen, etwas herauszufinden? Fragen Sie Genie, wenn es sein muss – aber verraten Sie ihr nicht, *warum* Sie es wissen wollen!«

Bisher hatten wir kein großes Glück damit gehabt, wenn Mr Blakeney vor seiner Schwester Geheimnisse hüten sollte, doch beim letzten Mal, als sie ein Geständnis aus ihm herausgepresst hatte, war sie um ein Haar selbst in eine Katastrophe geschlittert – also wäre sie diesmal vielleicht weniger darauf versessen, die Wahrheit aus ihm herauszukitzeln.

Die Hoffnung starb zuletzt.

An diesem Abend setzten wir uns mit Mr Pittmans Brief an die Werkbank im Unterrichtszimmer. Selbst Peony hielt sich von den Seiten und deren zum Knabbern verlockenden Ecken fern, als könnte auch sie mit ihren schlauen Tasthaaren die dunklen Geheimnisse darin spüren. Die Enthüllungen des Tages hatten meine Furcht vor dem Geheimnis, das Vater vor mir – vor uns – verbarg, erfolgreich in Schach gehalten. Doch in der stillen Sicherheit des Schulzimmers fühlte ich regelrecht, wie sie am Rand meines Bewusstseins auf eine Gelegenheit lauerte, wieder zuzuschlagen.

»Also«, sagte Miss Judson, womit sie mich aus düsteren Gedanken heraus in noch schwärzere hineinriss, »Dr. Cutty?«

Noch einmal erklärte ich ihr die Sache mit dem Messer in Dr. Greeleys Büro, auf dessen Griff *Cutty* eingraviert war, und berichtete von seiner Vergangenheit als Schiffsarzt. Miss Judson setzte sich Peony auf den Schoß und streichelte sie nachdenklich.

»Schwer genug, sich vorzustellen, dass Dr. Greeley vor zehn Jahren auf dem Höhepunkt einer Katastrophe einen Schiffskameraden tötet, um vier – fünf andere Leben zu retten«, berichtigte sie, um den kleinen Charley miteinzuschließen, der ein unwissender Mitverschwörer der Tat geworden war. »Doch jetzt erneut zu morden, kaltblütig, in seinem eigenen Krankenhaus?«

Sie setzte die Beine nebeneinander und Peony auf die Tischplatte. »Abgesehen davon gibt es auf der Passagierliste der *Persephone* weder einen Cutty *noch* einen Greeley. Wann erschien er auf der Bildfläche? Oder hat auch er seinen Namen geändert?«

»Nicht unbedingt. Schiffe wechseln ihre Mannschaft andauernd, oder nicht?« Irgendwo hatte ich das sicher schon einmal gelesen. »Vielleicht kam er später an Bord – zum Beispiel als sie Stopp in Portugal machten.«

»Ein kurzer Landgang, um einen Arzt und einen Welpen zu organisieren?« Sie seufzte. »Bestimmt hat er diese Entscheidung nie bereut.«

Ein plötzlicher Gedanke schoss mir in den Kopf wie ein Boxschlag in den Magen. »Er kam an jenem Abend, um sich mit Dr. Greeley zu treffen. Das A.P. im Kalender – es stand gar nicht für Annie Pethwick. Sondern für *Albert Pittman.* Das Geld, das wir gefunden haben – was, wenn er Dr. Greeley erpresst hat? Dr. Greeley ist kurz davor, seine Pläne für die Kostenfreie Sprechstunde vorzustellen. Pittmans Auftauchen, ausgerechnet jetzt, hätte alles ruinieren können. Greeley musste ihn loswerden!«

Damit war ich wieder bei meiner ersten logischen Theorie angelangt – und diesmal hatte ich sowohl Geld als auch ein Mordopfer, um sie zu belegen.

»*Nein.*« Peonys Reaktion verdeutlichte Ekel, keine Skepsis.

»Mir gefällt diese Idee nicht«, gab Miss Judson ihr recht.

Seufzend trat ich gegen die Sprossen meines Hockers. Mir gefiel sie auch nicht – dabei war es die mit Abstand beste, die wir hatten.

Am nächsten Morgen erhielten wir keine Gelegenheit, Vater in unsere neuesten Erkenntnisse einzuweihen. Er hatte eine schlimme Nacht hinter sich, außerdem Fieber und viel zu große Schmerzen, um überhaupt sprechen zu können, zudem war er endlich in einen unruhigen, morphiumbedingten Schlaf gefallen – so berichtete es uns Schwester Pethwick, die uns an der Tür zur Männerstation abfing und wissen ließ, dass wir an diesem Vormittag keinen Zutritt hätten.

»Tut mir leid«, sagte sie und hielt die Schwingtüren hinter sich zu. »Ist nicht meine Entscheidung.« Sie linste nach links und rechts in den Gang, bevor sie leiser ergänzte: »Heute steht eine Menge an – der Chef trifft sich mit dem Aufsichtsrat, und so ganz zwischen uns: Er baut darauf, dass die Patienten sich gut benehmen. Anweisung der Oberschwester: *Stellt sie ruhig.*« Die Oberschwester stand direkt hinter dem Eingang, wie eine spitzenbedeckte grüne Bulldogge, die ihr Revier behütete.

»Und wir wollen den geschätzten Aufsichtsrat ja nicht mit einem Mord schockieren«, sagte ich verärgert.

»Und wir wollen keinesfalls die Kostenfreie Sprechstunde aufs Spiel setzen«, wies Miss Judson mich zurecht. Ich wusste ja, dass sie recht hatte, trotzdem.

»Was machen wir jetzt?«, fragte ich Miss Judson, als wir uns zum Gehen wandten. »Glauben Sie ihr? Was wenn sie«, ich schluckte, »ihn sich vorgenommen haben? Oder –« Oder etwas Schlimmeres geschehen und er kränker war, als irgendjemand zuzugeben bereit war?

»Keine voreiligen Schlüsse«, sagte Miss Judson. »Wahrscheinlich *ist* er fiebrig und erschöpft. Wie viel Erholung hat er sich in den vergangenen Tagen schon gegönnt? Der Mann war bereits am Ende seiner Kräfte, als er hier aufgenommen wurde, und er weigert sich standhaft, den Anweisungen der Schwestern Folge zu leisten …« Ihre Stimme nahm einen angespannten hohen Ton an, also unterbrach sie sich, um durchzuatmen und sich zu fangen. »Kein Wunder, dass es so weit gekommen ist.«

Ich musste mich zusammenreißen, Miss Judson zuliebe. »Sie haben recht. Er braucht nur Ruhe. Aber *wir* müssen etwas unternehmen. Dr. Greeley wird den Aufsichtsrat bei diesem Treffen für sich begeistern, ohne dass irgendjemand je Verdacht schöpft –«

»*Psst.*« Miss Judson fiel mir ins Wort, als ein dürrer Pfleger in lauten Schuhen vorüberquietschte und auf ganzer Linie darin versagte, sich in den nicht existenten Schatten zurückzuziehen. Wir sahen zu, wie er mit eingezogenem Kopf in seiner schwarzen Uniform durch den Flur schlich, genau wie jemand, der etwas zu verbergen hatte.

»Was führt dieser Mann nur im Schilde?«, fragte ich. »Er passt hier so gar nicht her und trotzdem ist er *überall.* Ich will wissen, wohin er geht.«

Auch Miss Judson beobachtete ihn. »Dr. Greeley kann warten. Finden wir es heraus.«

So laut unsere Schritte auch waren, Quietschsohle schien nicht zu bemerken, dass er verfolgt wurde. Er ging am Empfangstresen vorbei (an dem ein zweites Glas für Sally-Spenden aufgestellt worden war, da das erste bereits überquoll) und bog dann um die Ecke Richtung Verwaltungsflügel.

»Wie ich es mir gedacht hatte«, flüsterte ich Miss Judson zu, als Quietschsohle in Dr. Kinkaids Labor verschwand. »Die zwei haben irgendetwas vor.«

»Nun, er *ist* ein Pfleger«, gab sie zu bedenken. »Seine Aufgabe ist es, die Anweisungen der Ärzte hier zu befolgen.«

»Tut er das denn?«, entgegnete ich. »Warum hat die Oberschwester ihn dann wegen seiner Schuhe nicht längst zur Rechenschaft gezogen? Oder ihn gezwungen, eine ordentliche Uniform anzuziehen? Nein, er erinnert mich an etwas – und zwar nicht an einen Krankenpfleger.« Nur leider konnte ich es nicht zuordnen. »Bisher habe ich ihn kein einziges Mal richtige Krankenhausarbeit erledigen sehen. Alles, was er tut, ist, sich in Dr. Kinkaids Nähe herumzutreiben.«

»Von uns könnte man dasselbe behaupten«, merkte sie an. »Vielleicht ist er ein begeisterter Anhänger von Chirurgen. Vielleicht mag er Ratten.«

»Vielleicht hat er die Bunsenbrenner manipuliert.«

»Dann ist er jetzt also Dr. Kinkaids Komplize?« In Miss Judsons Stimme hatte sich eine untypische Anspannung geschlichen.

»Und wie lautet *Ihre* Theorie?«, fuhr ich sie an.

Sie drückte sich eine Hand auf die Nasenwurzel. »Ach, ich weiß nicht«, seufzte sie. »Mr Blakeney hatte recht – je näher wir einer Lösung kommen, desto komplizierter wird dieser Fall. Und ohne uns mit deinem Vater beraten zu können …« Verzweifelt verstummte sie.

Es war offensichtlich, dass ich diejenige sein musste, die uns vorantrieb, also holte ich tief Luft und traf eine gewagte Entscheidung. »Ob mit oder ohne Vater, uns geht die Zeit aus. Wir müssen Dr. Greeley zur Rede stellen. Wir können behutsam vorgehen«, ergänzte ich hastig, als ich Miss Judsons alarmierte Miene sah. »Oder, na ja – *Sie* können.«

Als Miss Judson mich nun ansah, war ich dankbar, dass uns telepathische Kommunikation bisher noch nicht möglich war.

Ihr Blick ließ vermuten, dass sie meinen Namen im Geiste in wahrscheinlich gleich drei verschiedenen Sprachen verfluchte. Doch was sie schließlich sagte, war: »Dann sollten wir uns beeilen. Da kommt er.«

Lieber Leser, liebe Leserin, ich hätte wirklich sehr gern die Gelegenheit gehabt, mich mit meinem Klienten (Vater) zu besprechen, bevor ich mit meinen Ermittlungen fortfuhr und meinen Hauptverdächtigen vernahm. Für gewöhnlich macht es mir nichts aus, einen Verdächtigen zu befragen, aber diesmal ging es um eine ungewöhnlich sensible Angelegenheit. Noch hatte ich mir über den ersten Mord keine Meinung gebildet – Kapitän Snowcroft klang nach einem wahren Ekel, und wahrscheinlich *hatte* sein Tod das Leben von Sally und den anderen gerettet. Doch für die Ermordung von Albert Pittman gab es keine Entschuldigung. Krankenhäuser zu beschützen, fiel nicht unter Notwehr. Ganz Miss-Judson-gemäß zog ich mein Oberteil straff und glättete unglättbares Haar. Wie dieses Gespräch verlaufen würde, war unmöglich vorherzusehen.

Mit verschiedenen Ordnern unterm Arm verließ Dr. Greeley gerade sein Büro. »Die Damen?« Er lächelte uns kurz an. »Ist alles in Ordnung? Es gab doch keine weiteren Probleme mit Mr Hardcastle, hoffe ich?«

Miss Judson antwortete: »Eigentlich sind wir wegen der anderen Angelegenheit gekommen.« Das Gewicht, das sie in diese Worte legte, machte es unmissverständlich, welche »andere Angelegenheit« sie meinte. »Wir sind hier im Auftrag der Staatsanwaltschaft.«

»In Stellvertretung«, stellte ich klar. Rein formell betrachtet, hatten wir keinerlei Bevollmächtigung, einen Verdächtigen zu vernehmen, doch da Vater verhindert war, rechtfertigten es die Umstände, dass wir die Vertretung in Eigenregie übernahmen. Sicher würde Vater das genauso sehen. Ziemlich sicher.

Sorgfältig drehte Dr. Greeley den Schlüssel im Schloss und überprüfte anschließend, ob seine Tür auch wirklich verriegelt war, bevor er den Schlüssel in seiner Westentasche verstaute, die er daraufhin glattstrich. Wie nutzlos *diese* Vorsichtsmaßnahme war, war ihm offensichtlich nicht bewusst. »Nun, ich fürchte, ich habe gerade keine Zeit für eine Unterhaltung. Ich gebe eine Präsentation für den Aufsichtsrat, über die Kostenfreie Sprechstunde.« Liebevoll betrachtete er die prächtige Zeichnung von dem geplanten neuen Flügel, die den Großteil der gegenüberliegenden Wand einnahm – ein weiteres famos modernes Gebäude, quasi ein funkelndes Versprechen von genialem medizinischen Fortschritt. »Dies wird der Höhepunkt von allem, was ich hier am Swinburne Royal zu erreichen hoffe. Falls es Sie interessiert, dürfen Sie gern mitkommen und daran teilnehmen. Als meine Gäste.« Pingelig richtete er den minimal schief hängenden Rahmen aus.

Miss Judson lehnte höflich ab. »Ich fürchte, unser Anliegen kann nicht warten, Sir. Wir glauben, das Mordopfer identifiziert zu haben. Ein gewisser Albert Pittman?«

Dr. Greeley reagierte nicht auf den Namen. »Oh, aber das sind doch gewiss gute Nachrichten, oder nicht? Andererseits wohl nicht. Der arme Mann. Hat man seine Familie schon verständigt?«

»Wir befinden uns derzeit im Gespräch mit seinen Bekannten.« Miss Judson ließ diese Aussage eine geraume Zeit in der Luft hängen. »Dr. Cutty.«

Dr. Greeleys freundliches Gesicht wurde aschfahl, doch dann setzte er eine entschlossene Miene auf und seinen Weg fort. Ich konnte nicht länger den Mund halten. »Das *waren* Sie, richtig? Sie waren auf der *Persephone* – als Schiffsarzt.«

Dr. Greeley wirbelte zu mir herum. Kurz blitzte in seinen liebenswürdigen Zügen Wut auf, die er jedoch im Keim erstickte. »Die *Persephone* ging mit allen Besatzungsmitgliedern unter«, sagte er grimmig. »*Allen*. Es war eine schreckliche Tragödie. Aber mit mir hat das rein gar nichts zu tun.«

»Und wie es mit Ihnen zu tun hat.« Noch während mir die Worte über die Lippen huschten, wurde mir etwas klar. »Sie haben eine Studie über die Auswirkungen von Nahrungsentzug in Auftrag gegeben!«

Mit einiger Mühe kehrte er zu seiner ruhigen, väterlichen Art zurück. »Tausende mit Armut geschlagene Briten sind von Mangelernährung betroffen. Es ist die Pflicht der Medizin, Leiden zu lindern.« Seine Stimme brach, wenn auch nur eine Winzigkeit.

»Soweit wir wissen, haben Sie genau das getan«, sagte Miss Judson. »Sie haben Leben gerettet.«

»Sie wissen gar nichts! Es gibt nichts zu sagen. Das hat nichts mit mir zu tun.«

»Albert Pittman wollte sich mit Ihnen treffen, richtig?« Ich ließ nicht locker. »Hat er Sie erpresst?«

Plötzlich erhaschte ich einen kurzen Eindruck von dem Mann, der dazu fähig war, seinen Kapitän niederzustechen und über Bord zu werfen, um seine Kameraden zu retten. Kühl und unerschrocken stand Dr. Greeley vor mir, während er mich gefasst ansah. »Junge Dame, ich habe einen Termin. Ich erwarte, dass keine von Ihnen dieses Thema je wieder anschneidet. Andernfalls werden Sie von *meinem* Anwalt hören. Guten Tag.«

Mit diesem überschwänglichen Geständnis brachte Dr. Julius Greeley seinen Präsentationsstapel in den Versammlungsraum des Aufsichtsrats und ließ die Tür mit einem endgültigen Klicken ins Schloss fallen. »Tja«, seufzte ich und stierte die stattliche Eichentür an, »wir haben ihn geknackt.«

Miss Judson stieß ein höchst würdeloses Prusten aus.

# 21

# Albatros Eintopf

> Eine scharfsinnige rechtsmedizinische Ermittlerin wird zusätzlich zu der äußerlichen Untersuchung eines Toten auch nach jeder Art von Fremdkörpern im Innern suchen, vor allem in den Atemwegen und dem Verdauungstrakt. Eine überraschende Vielzahl von Verletzungen entsteht dadurch, dass scheinbar harmlose Gegenstände verzehrt oder eingeatmet werden.
>
> – H. M. Hardcastle: *Grundlagen der Rechtsmedizin.*

»Und jetzt?« Ich hatte angenommen, Dr. Greeley könnte allein bei der Erwähnung der Ereignisse an Bord der *Persephone* vor Schuldgefühlen zusammenbrechen. Er war ein härterer Knochen, als ich ihm angesichts seiner äußerlichen Freundlichkeit zugetraut hatte – was bedeutete, es würde umso schwerer werden, seine Beteiligung an Mr Pittmans Tod zu beweisen. Jeder, der zehn Jahre lang so geschickt seine Spuren verwischen konnte, würde sich einen Mord – zwei Morde – nicht so einfach nachweisen lassen.

Miss Judson blickte stirnrunzelnd in die Ferne, während sie offensichtlich nachgrübelte. Schließlich kam sie zu einem Ergebnis. »Ich habe eine Idee«, verkündete sie. »Komm mit.«

Ich würde Miss Judson überallhin folgen, liebe Leserschaft, dennoch zögerte ich. »Wohin?« Ihr jüngster Ausflug war mir noch allzu gut im Gedächtnis.

»Büro der Oberschwester. Sie weiß Bescheid über alles, was in diesem Krankenhaus vor sich geht, und hegt ein besonderes

Interesse an dem erlauchten Julius Greeley. Wenn überhaupt jemand Licht auf sein Treiben werfen kann, dann sie.«

Ich mochte es für eine gute Idee gehalten haben, meinen Verdächtigen Dr. Greeley zu konfrontieren. Ganz anders dagegen verhielt es sich jedoch mit meinen Gefühlen bei der Aussicht darauf, Oberschwester Finch gegenüberzutreten. Ich stieß ein einzigartig selbstbeherrschtes Seufzen aus und folgte meiner Gouvernante.

Kräftig klopfte Miss Judson an die Tür, doch niemand reagierte.

»Gut«, sagte ich. »Dann kommen wir eben später wieder.«

Meine Komplizin packte mich am Kragen und verhinderte meine Flucht. »*Au contraire*. Der Zeitpunkt ist perfekt.« Nach einem prüfenden Blick in den leeren Flur griff sie in ihre dunklen Strähnen, die kunstvoll zu einem perfekten Knoten hochgesteckt waren, und löste eine lange, gefährlich aussehende Haarnadel, ohne eine einzige der federnden Locken durcheinanderzubringen. Dann beugte sie sich zu dem Türknauf hinunter und steckte die Nadel in das Schlüsselloch.

Ich musste mir auf die Zunge beißen, um nicht laut zu werden. Miss Judson hielt inne.

»Kein Wort darüber«, schärfte sie mir ernst ein.

Wenig später entriegelte sich das Schloss mit einem Klick und die Tür schwang nach innen.

Liebe Leserschaft, vielleicht können *Sie* mir erklären, was es mit meinem Vater, meiner Gouvernante und deren Einbruchsverhalten im Swinburne Royal Hospital auf sich hatte. Waren auch sie giftigen Gasen ausgesetzt worden, als ich gerade einmal nicht aufgepasst hatte?

»Technisch betrachtet«, sagte Miss Judson gut gelaunt, als sie mich in den Raum schob, »ist es nur Ein*treten*.«

»Technisch betrachtet, ist es ein *Verbrechen*.« Die Lederfesseln der Oberschwester fielen mir wieder ein – ganz zu schweigen von den Gerüchten darüber, wie sie ihre letzte Anstellung verloren hatte. Oder dem Umstand, dass sie auf meiner Liste »Verdächtige, die Krankenhausbesucher kaltblütig aus dem Weg räumen könnten« noch immer weit oben stand. Das hier war nicht Dr. Greeleys Büro in tiefdunkler Nacht – um die Mittagszeit wimmelte es im ganzen Krankenhaus nur so von Leuten, und die Oberschwester (mitsamt ihren mörderischen Anwandlungen, Spionen, Komplizen und Handlanger-Pflegern) könnte jeden Moment zurückkommen.

»Panik ist in dieser Situation nicht hilfreich.«

»Ach wirklich?«, keifte ich. »Was *wäre* denn hilfreich? Den Sicherheitsdienst zu rufen?«

Sie scheuchte mich mit den Händen vorwärts. »Durchsuche irgendetwas. Sieh nach, ob es im Schreibtisch belastende Briefe gibt, *cartes de visite*[39] aus Blackpool oder Hinweise auf verdächtige Aktivitäten.«

»Einen Kanister Kohlenmonoxid?«

Miss Judson hörte mir nicht länger zu. Sie war vor einem großen Schaukasten stehengeblieben, der neben der Tür montiert war und eine Reihe kleiner Gegenstände zeigte – den Dingen aus Mr Pittmans Sammlung nicht ganz unähnlich (abgesehen von den Fünf-Pfund-Noten – dafür gab es ein Sixpence-Stück, einige Halfpence-Münzen und mindestens eine große Silbermünze, die mir nicht bekannt war). Gegen meinen Willen fand auch ich mich von diesem eigenartigen … *Kunst*(?)-werk angezogen.

Miss Judsons Hand lag auf ihrem Mund, ihre Augen waren weit aufgerissen. Und als ich die Messingplatte las, die an dem herrschaftlich vergoldeten Rahmen angebracht war, konnte ich es ihr nachfühlen.

39 Fotografien im praktischen Handtaschenformat

**VON PATIENTEN VERSCHLUCKTE FREMDKÖRPER, DIE GEBORGEN WURDEN**

Angewidert schreckte ich zurück. Da lagen Nadeln, Knöpfe, ein Paar Würfel, eine Patronenkugel ... »Da sollte stehen: GEGENSTÄNDE, DIE PATIENTEN *VERABREICHT* WURDEN«, knurrte ich. »Wo ist die Büchse Rinderbrühe?« Miss Judson antwortete nicht, also wandte ich mich dem Schreibtisch der Oberschwester zu.

Die Räumlichkeiten waren wie ein Zwilling von Direktor Greeleys Büro, allerdings in helleren, weicheren Farben eingerichtet. Und überall war Spitze: Ersatzbänder, fein säuberlich aufgestapelt auf einer hohen, schmalen Kommode; Überwürfe auf Schreibtisch und Kaminsims – und in Form von Zierdeckchen auf so ziemlich jeder anderen Oberfläche.

»Hufeisennägel? Ein Ehering ... Wie verschluckt man bitte ein *Seepferdchen*?« Miss Judsons Stimme war voller Verblüffung. »Wie kommt man überhaupt an ein Seepferdchen?«

»Miss! Sie wird jeden Moment zurück sein! Wahrscheinlich steht im anderen Raum ein Schaukasten mit all den Patienten, die die *Oberschwester* gefressen hat!«

»Ja. Ganz recht.« Miss Judson hustete und schloss sich meiner Jagd an. Obwohl es ehrlich gesagt den Anschein hatte, als würde sie nur herumschnüffeln: Aus reiner Neugier fuhr sie mit den Fingern über die Habseligkeiten der Oberschwester. »Glaubst du, sie wurde mit einem dieser Spitzenbänder geboren?«

Dem schenkte ich keinerlei Beachtung. Miss Judson wusste so gut wie ich, dass die Spitzenbänder das Amtszeichen einer Krankenhausoberschwester waren, so viel Ehrfurcht und Respekt flößten diese langen spitzigen Schwänze ein. Systematisch durchsuchte ich den Schreibtisch. Ihre wertvollen Schlüssel und das Notizbuch trug Oberschwester Finch selbstverständlich bei sich – doch in der obersten Schublade lag ein Tagebuch. Mit einem Hoffnungsschimmer blätterte ich darin, doch anstatt den Seiten ihre innersten Gedanken anzuvertrauen, hatte sie nur eine Liste mit Vergehen angelegt, die ihre Patienten und Schwestern begangen hatten.

»Letzten Monat hat sie Schwester Ling gleich fünfmal aufgeschrieben!«

Jetzt runzelte Miss Judson die Stirn. »Bei diesem Tempo könnte sie ihre Anstellung verlieren. Was hat sie denn verbrochen?«

»Zuspätkommen, Schlampigkeit … *Pampigkeit*?« Verdutzt rümpfte ich die Nase und blickte ratsuchend zu Miss Judson.

Sie unterdrückte ein Lächeln. »Widerworte. Wer nimmt die Dinge nun zu wörtlich?«

»Das sind nicht gerade Vergehen«, sagte ich, doch Miss Judson nahm mir das Buch ab.

»Du warst nie auf dem Internat. Ich wette, hier gibt es auch Strafpunkte für schief gebundene Schürzen oder – *voilà*!« Sie hielt mir das Buch hin, sodass ich sehen konnte, dass Schwester Keene einen Strafpunkt (ein dickes großes X, schadenfroh neben ihren Namen gemalt) erhalten hatte, weil sie das Feuer im Aufenthaltsraum der Schwestern hatte ausgehen lassen.

Selbst die Ärzte entkamen dem Tadel der Oberschwester nicht. »Hier steht etwas über Dr. Kinkaid: *Habe m. Dir. Gr. gesprochen bzgl. Mr KINKAIDS Qualifikation & Zur-Verfügung-Stellen meines persönlichen Aufenthaltsraums. Warum nur hat er sich mit diesem Fenian-Terroristen eingelassen? Ich werde ihn zur Einsicht bringen.*«

Ich hob den Blick von einer Sammlung Klöppelschiffchen (vermutlich unverschluckt), um Miss Judson in die Augen zu sehen. »Terrorist?«, wiederholte ich. Hatte Oberschwester Finch die Wahrheit über Dr. Kinkaid herausgefunden und damit gedroht, es auszunutzen? »Sie muss denselben Artikel gelesen haben wie wir.«

Miss Judsons Stirn legte sich in immer tiefere Falten, während sie weiterblätterte.

»Steht da irgendetwas über Mr Pittman?«, fragte ich.

»Soweit ich sehen kann, nicht.« Sie seufzte. »Ebenso wenig gesteht sie rein zufällig irgendwelche Untaten aus ihrer Zeit in Blackpool – oder woher auch immer sie gekommen ist.«

»Blackpool! In Blackpool gibt es Seepferdchen!«

»Ach ja?«

»Jedenfalls wachsen sie nicht in Swinburne an den Bäumen.« Ich marschierte noch einmal zu dem Schaukasten und riss an den Glastüren – darauf gefasst, dass das gesamte Ding von der Wand krachen würde.

Doch zu unserer Überraschung schwangen sie widerstandslos auf und gewährten uns Zugriff auf das Kuriositätenkabinett dahinter. Wir tauschten einen schuldbewussten Blick, doch dann machten wir uns an die Arbeit. Miss Judson hatte offenbar schon wieder vergessen, dass es sich einmal im *Innern* eines Patienten befunden hatte, und holte das drahtige kleine Seepferdchen heraus. Ein goldenes Funkeln neben einem kleinen Zelluloidfüller erweckte meine Aufmerksamkeit, also nahm ich den Ehering an mich. Warum mich ausgerechnet dieser eine so gewöhnliche Gegenstand inmitten der so viel eigenartigeren Dinge anzog, konnte ich selbst nicht sagen – bis ich ihn in der Hand hielt und nach Luft schnappte.

»Der gehört Vater!«

»Wie bitte? Nein. Sicher nicht.«

Nun zitterte ich – vor Verwirrung oder Wut oder einem anderen Gefühl, das noch keinen Namen trug. Vater *hatte* ihn nicht selbst abgenommen! Ich hielt ihn ins Licht, damit Miss Judson die Stelle sehen konnte, an der das Gold im Laufe der Zeit vom vielen Tragen dünner geworden war, und die Gravur darauf. »Sie bestiehlt die Patienten!« Das brachte mich zur nächsten, noch erschreckenderen Schlussfolgerung. »Sie wird ihn umbringen.«

»Diebstahl, ja«, sagte Miss Judson langsam. Auch sie hatte etwas gefunden, das inmitten des verschluckten Sammelsuriums fehl am Platz wirkte: ein zweiter Ring aus Gold, fast so vertraut wie der erste.

»Mr Pittmans zweiter Ohrring?«

Mit grimmiger Miene schloss Miss Judson die Faust um ihren Fund. »Hier geht etwas äußerst Merkwürdiges vor und ich werde der Sache auf den Grund gehen.«

Die Gelegenheit dazu bekam sie früher als erwartet. Bevor wir unsere Spuren beseitigen oder von der Bildfläche verschwinden konnten – ja, tatsächlich, während wir noch eben dort standen, mit offenem Schaukasten und Vaters Ehering sowie dem unverdauten Seepferdchen in den Händen –, schwang die Tür zum privaten Heiligtum von Oberschwester Finch auf und eine kleine wütende Gestalt ertappte uns *in flagranti*. Mit dem *Hippocampus*.

»Was glauben Sie eigentlich, was Sie da treiben?!«

»Was treiben *Sie*?«, feuerte ich zurück. »Das ist der Ehering meines Vaters!« Ich wedelte damit vor ihrem Gesicht herum.

Miss Judson schnalzte ein *Tsts*. »Du meine Güte. Wir praktizieren wohl nicht gerade Nightingales[40] Ideale von Reinheit und Verzicht, oder, Miss Finch? Könnten Sie Ihre Anstellung in Blackpool womöglich wegen Diebstahls verloren haben?« Mit dem Daumen fächerte sie die Seiten des Tagebuchs auf. »Mir scheint, hier verdient jemand einen Strafpunkt.«

Oberschwester Finch warf sich auf Miss Judson und entriss ihr – ausgerechnet – das Seepferdchen. Vorsichtig legte sie es

[40] Florence Nightingale, berühmte Krankenschwester aus dem – Sie ahnen es, liebe Leserschaft – Krimkrieg.

zurück in seine Nische im Schaufenster, bevor sie die Tür schloss. »Sie haben kein Recht, hier einzudringen und meine persönlichen Dinge anzufassen!«

Miss Judsons kühler Blick glitt erst zu mir, dann zurück zur Oberschwester. »Ich glaube, da gibt es ein recht passendes Sprichwort, etwas von wegen Glashäusern und Steinen.«

Das Gesicht von Oberschwester Finch lief hochrot an, bevor es noch röter wurde, sodass selbst ihr weißes Spitzenband leicht rosa zu schimmern anfing. »Ich sollte die Pfleger rufen und Sie vor die Tür setzen lassen – Sie *und* Mr Hardcastle!«

Ehrlich gesagt, fast hoffte ich, sie würde es tun, damit wir alle nach Hause und dieses Krankenhaus mitsamt dem Fall hinter uns lassen konnten – doch natürlich hatten wir Mr Pittman gegenüber eine Pflicht zu erfüllen. Und Vater gegenüber. »Erst wenn Sie uns eine Erklärung abgeliefert haben. Wir sollten die Polizei verständigen.«

Diese Drohung hatte eine größere Wirkung, als ich mir hätte vorstellen können. »Sie widerliche Menschen!« Oberschwester Finch schluckte. »Seit Sie hier aufgetaucht sind, geht alles schief. Sie haben keinerlei Respekt für mich!« Ihre Knopfaugen füllten sich mit Tränen, die groß und rund über ihre Wangen kullerten.

Ungläubig starrte ich sie an. Weinte sie wirklich?

»Ich fürchte, Diebstahl und Mord tolerieren wir nicht, nein«, sagte Miss Judson.

Die Oberschwester hörte zwar nicht auf zu weinen, sah meine Gouvernante jedoch mit offenem Mund an. »Mord? Ich habe niemals jemanden getötet!«

Miss Judson öffnete die Hand, um den goldenen Ohrring zum Vorschein zu bringen.

Oberschwester Finch wich einen Schritt zurück. »Nun mal langsam! Er war schon tot, als ich ihn fand. Das schwöre ich.«

»Ich wusste es! *Sie* haben die Leiche in der Wäscherei versteckt! Sie haben diesen Pfleger dazu gezwungen, Ihnen zu helfen, nicht wahr? Haben Sie die Wäscherutsche benutzt? Und Schwester Ling – sie hat alles beobachtet. Darum haben Sie ihr gedroht!«

Liebe Leserin, lieber Leser, es wäre möglich, dass ich in meinem Enthusiasmus hin und wieder meine Zunge nicht im Zaum halten kann.

Die Oberschwester richtete sich zu voller Größe auf, bis wir uns fast auf Augenhöhe befanden. »Als ob ich diese dreckige Leiche in die Wäscherutsche geben würde! Kinder heutzutage!«

Ruhig und gefasst mischte Miss Judson sich ein. »Vielleicht könnten Sie am Anfang beginnen. Sie behaupten, Sie hätten die Leiche von Mr Pittman … zufällig gefunden. Wo?«

»Pittman, so hieß er also? Dachte mir gleich, dieser Quatsch von wegen ›Mr Jonah‹ sei ein Haufen Seemannsgarn.« Bei dem Gedanken daran, streckte sie die Schultern. »Hierherzukommen und den Direktor zu belästigen.«

»Und dass jemand Ihren geschätzten Direktor Greeley belästigt, können Sie ja nicht zulassen, richtig?«, sagte ich, etwas fieser als beabsichtigt. »Nicht nachdem er Sie eingestellt hat, trotz des Skandals in Blackpool. Sie *schulden* ihm etwas.« Lieber Leser, liebe Leserin, das war nichts als geraten, ein Schuss ins Blaue – der jedoch offensichtlich ins Schwarze traf.

Die Oberschwester schniefte ehrwürdig. »Julius Greeley ist ein *großartiger* Mensch. *Sie* würden das nicht verstehen – besudeln unsere Station und schleppen alle möglichen kriminellen Elemente hier an.«

Miss Judsons Augen verengten sich und blickten vielsagend zum Schaukasten mit Oberschwester Finchs Sammlung darin. »Was sagten Sie noch gleich? Wie ›fanden‹ Sie Mr Pittmans Leiche?«

Die Oberschwester musterte ihre plumpen roten Finger. »An diesem Abend kam ich recht spät noch einmal vorbei«, sagte sie. »Montag war es. Ich wusste, dass der Chef – dass Dr. Greeley ein Treffen hatte, das ihn beunruhigte. Ich wollte nur sichergehen, dass es ihm danach auch gut ging.«

»Ein Treffen mit Mr Pittman?«

»Das weiß ich nicht. Es stand nicht in seinem Kalender. Doch als ich nach ihm sehen wollte, war sein Büro abgesperrt. Dr. Kinkaids Labor dagegen ... Das Licht war an, aber niemand war darin. Also ging ich hinein, um es zu löschen – das Geld des Krankenhauses so zu verschwenden! – und da habe ich die ... Mr Pittman gesehen.«

»Hmm.« Miss Judsons Finger tappten skeptisch gegen ihren Ellbogen. »Und weiter.«

»Nun, ich erkannte, dass er in Not war, und wollte ihn wiederbeleben, soweit möglich – aber es war zu spät. Dann hörte ich das Zischen der Bunsenbrenner.«

»Der Brenner?«, hakte ich nach. »Alle?«

Sie nickte allzu auskunftsfreudig. »Ich deckte mir Mund und Nase mit der Schürze zu, öffnete die Fenster und schloss die Ventile. Dann ging ich Mr Bentley holen – der auf diesem Stockwerk Nachtschicht hatte. Er hat mir bei allem Übrigen geholfen. Und diese kleine Schnüfflerin Ling hat uns dabei gesehen.«

»Sie wollten den Toten in die Leichenhalle schaffen«, sagte ich und sie nickte noch eifriger. Ihr stetiger Tränenfluss war nicht versiegt, doch immerhin war ihr Bericht schlüssig.

»Nur konnte dieser Dummkopf Bentley nicht die notwendigen Papiere besorgen. Also mussten wir ihn stattdessen verstecken.«

Ihre Geschichte war plausibel. Fast. Eine Sache – nun ja, *mindestens* eine Sache – ergab noch immer keinen Sinn. »*Warum?*«, fragte ich. »Warum haben Sie nicht einfach die Polizei gerufen? Warum sich solche Umstände machen, einen Mord zu vertuschen?«

»Oh, ich glaube, die Antwort darauf kennen wir«, sagte Miss Judson. »Oberschwester Finch kennt den wahren Mörder.«

Ein letztes Mal schniefte die Oberschwester durchdringend. »Julius Greeley ist ein großartiger Mensch«, wiederholte sie. Doch was sie als Nächstes sagte, überraschte uns beide. »Und ich werde nicht tatenlos zusehen, wie dieser Ire, der sich selbst Chirurg nennt, ihn oder unser Krankenhaus ruiniert.«

Liebe Leserschaft, diese Bemerkung verschlug uns prompt die Sprache. Zum Glück war es nicht nötig, dass wir Oberschwester Finch weitere Fragen stellten. Sie war offensichtlich hocherfreut, endlich ein Publikum für ihre Beschwerden zu haben. »Ich wusste gleich, dass er nichts taugt, sobald er den ersten Fuß in dieses Haus setzte. Und ich habe recht behalten, oder nicht? All diese Iren, die sich hier herumtreiben, Treffen zu seltsamen Stunden, Lieferungen an sein Labor, die er gar nicht bestellen darf! Ich frage Sie«, sagte sie mit einem selbstgerechten Schnauben, »wozu braucht er eine Ladung Nitroglyzerin? Er ist Chirurg, kein Herzspezialist.«

Das Wort sackte nur langsam, doch dann sahen Miss Judson und ich uns an. Nitroglyzerin. Die Hauptzutat für Dynamit.

# 22

# Koppelnavigation

Die rechtsmedizinische Ermittlerin wird häufig zur Überbringerin schlechter Nachrichten.
– H. M. Hardcastle: *Grundlagen der Rechtsmedizin.*

Miss Judson sprach der Oberschwester ihre schärfste Warnung aus, woraufhin wir sie ihrer Trauer um ihre illegal erworbene Beute überließen (Vaters Ring nahm ich sicherheitshalber an mich). Der Weg zurück zur Männerabteilung verlief im Streit.

»Warum können wir nicht zur Polizei?«, wollte ich wissen – leise, damit die Armee aus Pflegern, die alles für den Krankenhaus-Benefizsonntag vorbereitete, nichts mitbekam. »Wir wissen, wer Pittman ermordet hat, *und* wir wissen, dass Dr. Kinkaid vorhat, eine zweite Bombe zu bauen!«

Sie nahm mich am Arm und zog mich schwungvoll ins Treppenhaus. »Nichts davon wissen wir«, sagte sie streng. »Nun, wir haben eine ziemlich genaue Vorstellung vom Ersten. Doch wir haben lediglich das Wort dieser … größenwahnsinnigen Kleptomanin, das gegen die Reputation eines angesehenen Chirurgen steht.« Sie holte tief Luft. »Ja, zugegeben, eine Lieferung Nitroglyzerin wirft Fragen auf. Trotzdem haben wir keinen wirklichen Beweis dafür, dass Dr. Kinkaid in irgendeiner Weise mit einem Bombenattentat in Manchester von vor zehn Jahren zu tun hat, erst recht nicht, dass er einen Anschlag auf seinen eigenen Arbeitsplatz plant. Und ganz sicher werde ich nicht diejenige sein, die mit dem Finger auf andere zeigt, solange dein Vater diesen Leuten noch ausgeliefert ist.«

»Genau darum sollten wir ja auch zur Polizei! Soll *sie* mit dem Finger zeigen. Moment …« Frustriert warf ich die Hände in die Höhe, als mir etwas klar wurde. »Oberschwester Finch sagte, *Bentley* habe ihr dabei geholfen, die Leiche zu verstecken. Dann war es nicht Quietschsohle. Was heißt, dass wir noch immer nicht wissen, warum *er* sich so verdächtig benimmt!«

Wie aufs Stichwort öffnete sich leise die Tür zum Treppenhaus. »Hardcastles? Sind Sie da unten?« Schwester Pethwick trottete die Stufen herab. »Er ist wach und fragt nach Ihnen.«

Mein Herz machte einen Sprung. Oder rutschte mir in die Kniekehle – ich konnte es selbst nicht mehr sagen. »Geht es ihm gut?«

»Mies gelaunt, würde ich sagen«, war Schwester Pethwicks überlegte medizinische Einschätzung. »Aber kräftiger. Sein Fieber geht runter. Kommen Sie.«

Zurück auf der Männerstation saß Vater aufrecht im Bett und wirkte munter, allerdings mehr denn je wie ein schmollender kleiner Junge. Er verschränkte die Arme und sah jeden mürrisch an.

»Mr Hardcastle, lassen Sie das gefälligst«, schimpfte Schwester Pethwick. »Haben sich diese zwei hier für Sie nicht die Füße wund gelaufen? Also benehmen Sie sich. Oder soll ich Ihnen noch mehr Rinderbrühe bringen? Zehn Minuten, keine Sekunde länger«, sagte sie streng zu uns. »Anweisung von Dr. Kinkaid.«

»Ahzo?«, wisperte Vater, sobald wir allein waren, und streckte ungeduldig die Hand aus.

»Also was?«, fragte ich. Seit gestern Nachmittag war so viel passiert, dass ich kaum wusste, wo ich anfangen sollte.

»Hahb–« Vater brach ab und verzog das Gesicht, wedelte dafür noch ungeduldiger mit der Hand. Dann kramte er sich durch das Meer an Dokumenten auf seinem Bett und holte ein

Notizbuch hervor, in das er UNGEDULDIG kritzelte: HABT IHR DEN TOTEN IDENTIFIZIERT?!!! (Ich persönlich fand dieses Maß an Ausrufezeichen übertrieben.)

»Wusstest du, dass Oberschwester Finch deinen Ehering gestohlen hat?«, erwiderte ich. »Oder dass Fenian-Attentäter planen, den Krankenhaus-Benefizsonntag zu bombardieren? Oder dass Dr. Greeley –«

Miss Judson mischte sich ein. »In den vergangenen vierundzwanzig Stunden ist ziemlich viel ans Licht gekommen. Vielleicht sollten wir mit Mr Pittmans Brief beginnen?«

Vater runzelte gespannt die Stirn und formte mit den Lippen: »*Pittman? Wer ist Pitt*–« Da erkannte er den Namen des Maats der *Persephone* und schlagartig änderte sich seine Miene. Wie getrieben griff er nach meiner Tasche und ließ mir kaum genug Zeit, die Beweise herauszubefördern und auszuhändigen.

In aller Eile las er Mr Pittmans langes Geständnis und blätterte hektisch von einer Seite zur nächsten. Es war, wie einem begeisterten Kind dabei zuzusehen, wie es eine Gutenachtlektüre verschlang – *Robinson Crusoe* oder *Der Pirat*.[41] Seine fiebrigen Augen funkelten und er setzte sich aufrechter, während er den Rand des Papiers umklammerte. Als er das Ende erreicht hatte, starrte er das Blatt lange atemlos an, bevor er blinzelte und sich über das Gesicht rieb, als erwache er aus einem bizarren Traum.

Ich wusste, wie er sich fühlte, und trotzdem wäre ich vor Spannung beinahe vergangen, während ich auf sein Urteil wartete. Miss Judson weihte ihn schnell und präzise in die Details ein, die in Mr Pittmans Geständnis nicht enthalten waren: die Wahrheit über *den Hafen*, den Zustand von Mr Pittmans Zimmer, dessen Besessenheit von Sally. Schließlich ertrug ich es nicht länger. »Was sollen wir *tun*?«

41 von Sir Walter Scott

Doch Vater hatte noch keine Entscheidung getroffen. Was vermutlich nur vernünftig war – er hatte gerade erst erfahren, worüber wir uns schon den ganzen Tag hatten Gedanken machen können. Trotzdem verging eine quälende Ewigkeit, bevor er endlich zum Stift griff. Schnell setzte er einen Brief auf, dessen Inhalt er nicht preisgab, dann verfasste er auf einem zweiten Blatt Papier eine Nachricht – was wesentlich kürzer ausfiel. Kurzerhand riss er sie aus seinem Notizbuch und reichte sie mir. *1) Bring die Briefe zu Fox*, stand darauf, und *2) Schick Carstairs zu mir*. Anschließend, nachdem er mir zu verstehen gegeben hatte, dass er den Zettel noch einmal haben wollte, ergänzte er dümmlich: *3) Mein Ring?*

Miss Judson betrachtete unsere Anweisungen lange schweigend, bevor sie die Nachricht für Richter Fox behutsam in ihren Pompadour steckte. »Wir haben verstanden, Sir«, sagte sie, doch ich fragte mich, ob das reichte. Würde die Polizei kommen, nur weil Vater sie darum bat? Würde sie Direktor Greeley verhaften? Was war mit Dr. Kinkaid und dem Dynamit? Doch Vater kannte die Antworten darauf genauso wenig wie ich, also hielt ich mühevoll den Mund.

»Ahns nogh.« Vater, der langsam und unter Schmerzen redete, zog mich näher. Mit hektisch klopfendem Herzen ließ ich ihn gewähren. »Igh wiehl, dahz du mohgen suh Haus bleibsd.«

Ich riss mich los. Zu Hause bleiben? »Was? Nein!«

»Ssszu gefähhligh.«

»Genau! Du brauchst mich. Was, wenn etwas …« Aber ich konnte den Gedanken nicht aussprechen. Was, wenn *was*? Ich umklammerte Vater fest. Wir hatten seinen Ehering gefunden, was bewies, dass zumindest der nicht Teil eines Großen Dunklen Geheimnisses war – doch was war mit dem Rest? Vater *verbarg* etwas vor mir, und wenn es mit dem Fall zu tun hatte … »Nein. *Nein.*« Ich wünschte, Peony wäre dagewesen. *Sie* hätte ihn überzeugt.

Flehend schaute ich Miss Judson an, doch ihre Miene war entschlossen. »Was das angeht, bin ich mit deinem Vater einer Meinung«, sagte sie feierlich. Moment – war *sie* nun auch in das Geheimnis eingeweiht? »Die Dinge werden zunehmend ernst.«

»War der *Mord* etwa nicht ernst? Ich glaube das nicht! Sally verlässt sich auf uns. Wenn es für mich zu gefährlich ist, warum ist es dann nicht zu gefährlich für *sie*?«

Vater umfasste meine Hand und sah mir fest in die Augen. »Igh bin nigh iha Vada, Müühl.«

Ich schloss die Augen. Diesen Tonfall kannte ich, so heiser und komisch er auch klang. Es war sein letztes Wort.

Noch am selben Nachmittag brachen wir erneut zu Richter Fox auf. Was schon wieder eine unmöglich lange Zugfahrt nach Upton bedeutete, die durch das übellaunige Schweigen zwischen mir und Miss Judson nur schlimmer wurde. Ich formulierte und verwarf zahlreiche Argumente, um Vaters Position zu schwächen, doch mir war die Ausweglosigkeit meiner Lage bewusst. Die Unterlagen, die ich in Vaters Schreibtisch gefunden hatte, wagte ich gar nicht erst zu erwähnen, weil ich noch nicht bereit dafür war, was sie zu bedeuten haben mochten. Als wir stumm in Richter Fox' Kutsche stiegen, die uns zu seinem Haus brachte, fühlte ich mich so betäubt und mutlos wie eine Schiffbrüchige.

Zu unserer Überraschung war Sally bei Richter Fox, während von Mrs Dudley jede Spur fehlte. Beaufsichtigt wurde sie allein von Charley, der jedoch durch die Aufmerksamkeit der schwanzwedelnden Hunde des Richters von seiner Pflicht abgelenkt wurde. Offensichtlich hatten sie beschlossen, den ältlichen Matrosen als Ihresgleichen bei sich aufzunehmen.

Als Sally uns entgegeneilte, um uns zu begrüßen, blickte sie uns mit großen Augen forschend an. »Wie geht es Ihrem Vater? Haben Sie herausgefunden, wer der Tote ist?« Die Frage, die sie eigentlich stellte, war aber natürlich eine ganz andere, und ich war so gar nicht sicher, wie ich sie beantworten sollte. *Wissen Sie, wer ich bin?*

Auch diesmal wirkte Richter Fox hocherfreut darüber, uns zu sehen, trotz des ernsten Anlasses. »Sally, Liebes, wir brauchen nicht lange«, versprach er ihr und brachte uns zu einer kleinen Insel, abseits des prächtigen Salons mit dem gewaltigen Kamin und dem Modellschiff. Bei genauerem Hinsehen schien dies das Hundezimmer zu sein, denn es war voller weicher, abgewetzter Möbel, die bedeckt waren mit Fell und Decken. Richter Fox holte von der Sessellehne eine Brille – sie lag unter einer Ausgabe von *Geschichten aus den Roten Gräbern*, die damit angab, mit Charleys autobiografischem[42] Bericht über sein Überleben auf See aufzuwarten.

Unter Umständen habe ich keinen besonders wohlwollenden Laut von mir gegeben.

Richter Fox gluckste. »Eine wirklich gelungene Geschichte«, sagte er. »Auch wenn kein Quäntchen Wahrheit darin steckt.«

»Darum sind wir hier, Sir«, setzte Miss Judson an. »Wir glauben, die wahre Geschichte der *Persephone* erfahren zu haben.«

»Aber das ist ja großartig! Sagen wir es Sally.«

Miss Judson wusste dies zu verhindern. »Mr Hardcastle hätte zunächst gern Ihre Meinung dazu.« Sie reichte ihm die Briefe, zuerst Vaters, dann Mr Pittmans.

Wäre hibbeliges Zappeln tödlich, hätte ich schon die zweite Attacke an nur einem Tag gehabt und wäre sicher an Ort und Stelle, also auf Richter Fox' haarigem alten Teppich, verschieden. (Was alles in allem nicht der schlimmste Ort wäre, um sein Leben auszuhauchen. Immerhin hätte man es bequem.) Nach einer langen Weile legte Richter Fox die Seiten endlich weg, nahm die Brille ab und rieb sich die Nasenwurzel.

42 pfotenbiografischem?

»Ich konnte Andrew Snowcroft nie sonderlich gut leiden«, sagte er. »Wenn Sie mich fragen, war der Mann ein Unmensch. Ich kann nicht behaupten, dass ich von diesen Zeilen überrascht bin. Schockiert, ja, aber nicht überrascht.« Richter Fox trommelte mit den Fingern auf seinen Schreibtisch. »Julius Greeley andererseits … Er schien mir immer ein feiner Kerl zu sein. Vollkommen selbstlos. Diese Sache«, er deutete vage auf die Blätter. »Schlimm. Einfach schlimm.«

»Was ist schlimm?«, unterbrach Sally uns mit ihrer fröhlichen Stimme. »Haben Sie herausgefunden, dass ich nicht Ethel Snowcroft bin? Ehrlich gesagt wäre das sogar eine Erleichterung.« Bevor wir sie aufhalten konnten, schob sie sich an uns vorbei und schnappte sich den Brief von Richter Fox' Schreibtisch.

Rufe von »Nein!« (ich), »Miss Snowcroft –!« (Miss Judson), »Warte, meine Liebe –!« (der Richter) und »Wruff –!« wollten sie aufhalten, doch sie ignorierte jeden von uns. Reglos stand sie mit dem Brief in den sonnengebräunten Händen da, während sie den düsteren Inhalt verarbeitete. Ich könnte schwören, in der drückenden Stille ihr Herz schlagen gehört zu haben, wie das panische Flügelschlagen eines Kolibris.

»Wer hat das geschrieben?«, fragte sie schließlich, während sie über die verwaschene, tränenverschmierte Tinte fuhr. »Er war es, oder – der ermordete Mann? Der die Flagge hatte.«

Ich erwiderte ihren Blick, unsicher, wie ich antworten sollte. Am Ende nickte ich niedergeschlagen.

»Er hätte jedem sagen können, wer ich bin«, sagte sie leise. »Er hätte es *mir* sagen können. Nun, schätze, jetzt weiß ich es.« Sie faltete das Papier, als wollte sie die Wahrheit abermals vor sich verbergen.

Miss Judson trat vor und löste behutsam Sallys Klammergriff, in dem sich der Brief befand. »Euer Vater wollte, dass Ihr das nie erfahrt.«

»Dass sie meinen wahren Vater umgebracht haben?« Ihre Stimme war hoch und schrill. »Oder dass mein echter Vater ein … ein …« Unfähig, eine passende Beschreibung zu finden, wedelte sie hilflos mit der Hand.

»Genau das.« Miss Judson sah Sally ruhig in die Augen. Ich kannte diesen Blick. Auch mir hatte er in so mancher Krise Halt gegeben. Charley, der merkte, dass etwas nicht stimmte, tappte zu seinem Frauchen herüber und winselte, weil er hochgenommen werden wollte.

»Was ist mit diesen anderen Leuten? Sind nun alle tot? Kapitän Snowcroft, Mr Charles, Mr Pittman … dieser Dr. Cutty vermutlich auch.« Sally streichelte Charley über die besorgten Augenbrauen. »Jetzt sind wir die Einzigen, die noch übrig sind. Wir sind wirklich ganz allein auf der Welt.«

Richter Fox trat an ihre Seite. »Aber nicht doch, meine Liebe. Nicht allein. Nicht solange wir uns haben.«

Steif machte sie einen Schritt zurück und riss sich sichtlich zusammen. »Das ist sehr freundlich«, sagte sie förmlich. »Sie alle sind wirklich freundlich. Aber ich brauche Zeit – ich muss … überlegen, was ich von all dem halte. Ich weiß nicht, was ich gehofft hatte, zu erfahren«, gab sie zu. »Jedenfalls nicht das.«

Da fiel mir Mr Blakeneys Sicht der Dinge wieder ein. »Aber das kann ihrem Fall doch helfen, oder? Ich meine, die Sache sollte doch wenigstens etwas Gutes haben …« Ich sah zu Sally, doch sie war ganz in ihren eigenen Gedanken versunken, während ihre Finger mit der Kette des Medaillons spielten. Ich konnte mir nicht annähernd vorstellen, was ihr gerade durch den Kopf ging, doch ein bisschen von dem, was sie fühlen musste, war auch in mein Herz gesickert.

Miss Judson übernahm das Kommando. Sie zog an der Kordel neben dem Kamin und rief ein Hausmädchen, das prompt mit einem Topf Kakao und hübschen kleinen Schalen mit

Reispudding erschien. Während Sally an ihrer heißen Schokolade nippte, richtete sich das Gespräch wieder auf den Fall.

»Was geschieht als Nächstes, Sir?«, fragte Miss Judson. »Der Schuldige scheint klar.« Dabei warf sie mir einen bedeutungsvollen Blick zu, weil sie erwartete, dass ich zu dem Mord etwas sagen würde. Aber was spielte das noch für eine Rolle? Sally war am Boden zerstört, schockiert von dem, was sie gerade erfahren hatte, und Vater hatte mich aus den Ermittlungen ausgeschlossen. Ich ließ mich in den haarigen Sessel sinken und stierte in meinen kühler werdenden Kakao. Von irgendwoher kam ein Hund und legte mir seufzend einen schweren Kopf auf die Knie.

Richter Fox wurde streng und ernst – diese Miene kannte ich aus dem Gerichtssaal. »Nun, um als Richter zu sprechen, sehe ich keinen Weg, vor der Leichenbeschau des Gerichtsmediziners in dem Fall weiterzuverfahren.«

Eine Leichenschau war eine altehrwürdige englische juristische Tradition, aber – »Warum müssen wir warten?«, fragte ich. »Es war offensichtlich Mord.«

Richter Fox schüttelte traurig den Kopf. »Die objektiven Beweise lassen bisher ebenso auf einen Unfalltod schließen. Mr Pittman, ein chronischer Trinker, spazierte ins Labor, verlor das Gleichgewicht und stieß sich den Kopf. Im Sturz fiel er gegen das Gasventil und drehte es versehentlich auf.«

Stirnrunzelnd schaute ich zu Miss Judson. »Aber Oberschwester Finchs Aussage, dass sie die Leiche versteckt haben –«

»Beweist nur, wie wichtig es ihr ist, das Krankenhaus vor einer Blamage zu bewahren. Ein Instinkt, will ich anmerken, den ich mit ihr teile.« Mit erhobener Hand unterbrach er meinen nächsten Einspruch. »*Fürs Erste.* Warten wir, bis die Leichenschau beendet ist und der Gerichtsmediziner seinen Bericht abliefert. Ihr Vater wird aussagen müssen, da er der einzige Zeuge ist, der bestätigen kann, dass Mr Pittman vor seinem Tod in eine Auseinandersetzung verwickelt war.«

»Quasi bestätigen«, nuschelte ich.

Richter Fox legte eine freundliche Hand auf meinen Arm. »Er entwischt uns nicht, Myrtle. Uns bleibt noch jede Menge Zeit.« Damit stand er auf – ein Zeichen, dass unser Abend sein Ende fand. Doch solange Miss Judson damit beschäftigt war, sich Mantel und Schal überzuziehen, nutzte ich die Gelegenheit.

»Vater hat diese Schulbroschüren für Sally«, berichtete ich dem Richter, doch seine Augen legten sich in verdutzte Runzeln. »Haben Sie ihn denn nicht darum gebeten?« Diese Frage kam schärfer heraus als geplant.

Nun begleiteten die Fältchen ein Lächeln. »Ich nicht, Myrtle. Nein, nein – diese Broschüren sind bestimmt für Sie. Ein schlaues Mädchen wie Sie wird nicht für alle Zeit eine Gouvernante brauchen.« Er warf Miss Judson einen langen – zu langen, wenn Sie mich fragen – Blick zu und ich bekam meinen dritten Anfall tödlicher Hibbeligkeit.

»Wie meinen Sie das?«

Doch der Richter drückte nur meine Schulter und verweigerte die Aussage. »Ich bin froh, dass Sie Sally morgen beistehen.«

Als Sally das hörte, nahm sie es als Stichwort für ihre Rückkehr. Sie schlang die Arme um mich, um mich so fest zu drücken, dass es eindeutig erstickend war. »Ich weiß nicht, wie ich all das ohne Ihre Familie geschafft hätte.«

Soweit ich es beurteilen konnte, bestand unsere ganze Leistung darin, ihre letzten Erinnerungen an die Menschen zu verderben, die sie geliebt hatte. Als sie mich endlich losließ, machte ich meinen feigen Abgang. »Ich kann nicht zum Krankenhausfest. Vater erlaubt es mir nicht.«

»Aber wie soll ich mich vor all diese Menschen stellen und sprechen?«

»Charley wird da sein. Und Sie haben schon Dutzende von Vorträgen gehalten.«

Sie wickelte sich so oft ihre Kette um die Finger, dass ich schon meinte, sie müsste reißen. »Das war *vorher*. Als ich die Wahrheit noch nicht kannte, war das Reden leicht. Aber was erzähle ich den Leuten jetzt? Myrtle, Sie *müssen* kommen! Versprechen Sie mir, dass sie da sein werden!«

»Ich kann nicht«, sagte ich. Sie ergriff meine Arme.

»Sie müssen.«

# 23

# Krankenhaus-Benefizsonntag

> Als rechtsmedizinische Ermittlerin wird man oft geladen, um vor Gericht auszusagen, und muss darauf vorbereitet sein, sich so ausdrücken zu können, dass auch Laien ohne die eigene technische Expertise alles verstehen.
>
> – H. M. Hardcastle: *Grundlagen der Rechtsmedizin.*

Sally hatte recht: Ich musste da sein. Und zwar nicht nur ihr zuliebe. Vater mochte es nicht einsehen, aber auch er war auf mich angewiesen. In diesem Fall war noch zu vieles unklar, als dass eine einzige, unpässliche Person es von einem Krankenbett aus im Blick behalten konnte.

Ein letztes, ergebnisloses Mal flehte ich Miss Judson an. Weit lieber hätte ich mit ihrer Erlaubnis weitergemacht, aber das war nicht alles. Ich wollte, dass sie es verstand. Als sie kam, um mir Gute Nacht zu sagen (ich bin nun wirklich viel zu alt, um noch »zugedeckt« zu werden), waren Peony und ich noch wach und saßen im Bett. »Ich *muss* morgen dorthin«, sagte ich. »Sally hat mich praktisch angefleht.«

Miss Judson ließ sich nicht erweichen. »Sally wird Mrs Dudley und Tante Helena bei sich haben. Sie werden nicht zulassen, dass ihr etwas geschieht.«

Aber würden sie auch ihre Hand halten, um ihr den nötigen Mut zu geben, anderen gegenüberzutreten, nach dem, was sie heute Abend erfahren hatte? Nur wusste ich nicht, wie ich Miss Judson all das erklären sollte, also versuchte ich es nicht einmal. »Na schön. Blieben für uns also noch Vater, Dr. Greeley, die

Oberschwester, Quietschsohle und Dr. Kinkaid, um die wir uns kümmern müssen.« Sie musste merken, dass die Arithmetik nicht aufging.

»Ich fürchte, sie müssen sich um sich selbst kümmern«, sagte sie. »Denn ich werde hier sein, um für dich da zu sein.«

Ich starrte sie an, während mein Rettungsboot unterging. »Was? *Sie* gehen auch nicht? Was wird aus Vater? Wir können ihn unmöglich allein lassen! Was ist mit Dr. Greeley? Was ist mit Dr. Kinkaid und dem Nitroglyzerin?« Wie kam er überhaupt auf die Idee, uns beide vom Krankenhaus fernhalten zu wollen? Es musste schlimmer um ihn stehen, als ich befürchtet hatte. »Damit ist es beschlossene Sache. Wir gehen hin.«

»Wir gehen *nicht*«, entgegnete sie streng. »Es tut mir leid, Myrtle, aber was das betrifft, war dein Vater sehr deutlich. Du darfst erst zurück ins Swinburne Royal, wenn Albert Pittmans Mörder gefasst ist – und ich darf es dir keinesfalls vorher erlauben. Ich habe äußerst spezifische Anweisungen erhalten.«

»Nun, dann widerrufe ich sie eben! Wenn ich schon nicht dabei sein kann, dann *müssen* Sie hin.« Ich verschränkte die Arme und warf ihr meinen wildentschlossensten Blick zu. »Vater *braucht* uns. Er braucht Sie. Sie wissen, ich habe recht.«

Kurz schloss sie resigniert – oder erleichtert – die Augen. Als sie mich ansah, waren ihre Lippen geschürzt. »Ohne dir recht geben zu wollen, muss ich zugeben, dass ich meine eigenen Zweifel daran habe, wie sinnvoll die Anweisungen deines Vaters sind.«

»–« Ich bekam kein einziges Wort dazwischen.

»Daher werde ich zum Krankenhaus-Benefizsonntag gehen …«

»!«

»… wenn du mir dein Wort darauf gibst, dich *nicht vom Fleck* zu rühren, bis ich wieder hier bin.«

Eigentlich lüge ich Miss Judson grundsätzlich nicht an, aber diesmal standen Leben auf dem Spiel. Die Finger unter der

Bettdecke überkreuzt, blickte ich ihr in die Augen und nickte ernst. »Sie können mir vertrauen, Miss. Nur – passen Sie gut auf Vater auf.«

Die nächste Phase meines Plans setzte ich am nächsten Morgen um, nachdem Miss Judson sich widerstrebend verabschiedet hatte. Ich schlich in der Küche umher und gab mir große Mühe, dabei nicht ungeduldig, sondern verloren zu wirken. Köchin spielte mir hervorragend zu: Immer wieder schaute sie auf die Uhr, als hätte sie noch einen Termin.

»Es ist nicht fair, dass Sie das Fest auch verpassen«, sagte ich und legte eine Mischung aus Mitgefühl und Groll in meine Stimme (wovon eins mir leichter fiel als das andere). »Vater benimmt sich vollkommen unvernünftig!« Ich linste unter ein Geschirrtuch, das einen Teller Rosinenbrötchen verdeckte, und Köchin schlug mir auf die Finger.

»Sie wissen ja, wie der gnädige Herr is.« Sie stellte die Brötchen zum Aufgehen auf den Herd. »Kann nicht leicht für ihn sein, sich so krank zu fühlen und dann noch der Rest obendrauf. Trotzdem, Miss Sallys Ansprache hätt ich schon gern gehört, da will ich nicht lügen.«

»Wir könnten gemeinsam hin. Wir schmuggeln uns einfach in die Menge, sodass Vater oder Miss Judson gar nicht merken werden, dass wir je da waren.«

»Glauben Sie nicht, ich wüsst nicht, was Sie im Schilde führn, junge Miss. Und es wird nicht klappen.« Trotzdem schien sie in Gedanken ganz woanders. Im Krankenhaus, hoffte ich. »Ich hab für Charley Kekse gebacken«, sagte sie. »Es wär ein Jammer, sie wegzuschmeißn.«

»Bestimmt weiß Sally, dass Sie Charley nicht enttäuschen wollten.«

Köchin drehte sich kopfschüttelnd zu mir um. »Sie kennen wirklich kein Schamgefühl!« Doch ich hielt die Keksdose schon in der Hand.

»Ich bleibe mit Peony hier und sehe zu, wie der Teig aufgeht, und Sie gehen mit Miss Judson zur Benefizfeier und behalten Sally und Charley im Auge.« Ich ergriff ihre Hände. »*Bitte*, Köchin! Vater denkt nicht mehr klar.«

Sie wurde nachsichtiger und strich mir eine Haarsträhne aus der Stirn. »Aber gleich nach Sallys Rede komm ich zurück – und dann sitzen Sie mit Ihrer Katze da besser im Schulzimmer und büffeln dieses Tennyson-Gedicht über die Light Brigade, bis es Ihnen zu den Ohren rauskommt!«

Die Arme um sie zu schlingen, wäre ein bisschen übertrieben gewesen – ganz zu schweigen von verdächtig –, also hielt ich mich zurück. Mit Mühe. »Danke«, sagte ich dafür von Herzen. »Bitte lassen Sie Vater und Sally nicht aus den Augen.«

Ich wartete gut fünfzehn (unerträgliche) Minuten, nur für den Fall, dass entweder Köchin oder Miss Judson es sich anders überlegen könnte oder aber ihre Handschuhe vergessen hatte und verfrüht heimkehrte. Peony maß die Zeit, indem sie zuverlässig alle sechzig Sekunden *nein*-te. Als ich schließlich sicher war, dass die Trambahn abgefahren sein musste, rannte ich durchs Haus und klaubte alles zusammen, was mir brauchbar erschien: sämtliche Beweise, Albert Pittmans Brief, die Granatapfelflagge, die Ohrringe … Würde es genügen?

Vor der Tür zu Vaters Arbeitszimmer verharrte Peony und schnurrte einen Vorschlag. »Sollen wir Verstärkung rufen?« Nicht dass ich gewusst hätte, wen ich anrufen sollte.

»*Nein.*«

»Entscheide dich gefälligst!«

Endlich war ich so bereit wie nur möglich. Bisher war ich kaum einmal allein im Haus gewesen, erst recht hatte ich es nie allein verlassen. Es kam mir seltsam und leer vor, und irgendwie widerstrebte es mir, es unbeaufsichtigt zurückzulassen. Was, wenn etwas passierte, solange wir alle fort waren?

Dieser Gedanke schickte mich auf eine erneute Runde durch das Haus, um sicherzustellen, dass sämtliche Wasserhähne zu, dafür alle Abläufe offen waren, dass es nirgends offenes Feuer (oder offene Gashähne!) gab, die Herdplatten kühl und sämtliche Türen und Fenster verriegelt waren.

Peony, die mir überallhin folgte, hieß meine Vorbereitungen gut. »*Nun*«, sagte sie. Ich suchte meinen Hausschlüssel[43] heraus und unternahm den Versuch, das Haus ohne Peonys Begleitung zu verlassen.

Es war aussichtslos, und nach mehreren Bemühungen, sie wieder nach drinnen zu bringen, war ich so verschwitzt, zerkratzt und zerzaust, dass ich es aufgab. Zielgerichtet trottete sie zum Kutschenhaus, da sie richtig geschlussfolgert hatte, dass ich mein Fahrrad nehmen wollte. Ich wuchtete die breite Tür auf, woraufhin sie flugs nach innen glitt, den Raum schnell nach toten Insekten durchsuchte (offenbar war es an der Zeit für einen Vormittagssnack) und dann in den Korb an meiner Lenkstange sprang.

Ich stockte. »Du hasst Radfahren«, rief ich ihr in Erinnerung.

»*Nein*«, sagte sie.

»Zum Krankenhaus sind es *Kilometer*!«

Mit einem ungeduldigen »Brrb« kauerte sie sich flach in den Korb, sodass nur noch die schmalen Schlitze ihrer Augen und die Spitzen der schwarzen Ohren zu sehen waren. Seufzend schob ich das Rad in die Einfahrt, schloss die Tür zum Kutschenhaus und stieg auf.

Jetzt gab es kein Zurück mehr.

[43] Als ich neun war, habe ich darauf bestanden, einen eigenen zu bekommen, obwohl sich bisher nie eine Gelegenheit ergeben hatte, ihn zu benutzen. Fast wäre mir nicht mehr eingefallen, wo ich ihn aufbewahrte.

Als wir ankamen, war das Krankenhausgelände bereits bevölkert mit allen möglichen Menschen, von Damen aus gutem Hause mit Krankenhauskomitee-Rosetten über Händler, die ihre Waren feilboten (Armladungen und Wagenladungen von festlichen Papierhüten, Süßigkeiten, Tamburine und Windrädchen, Marionetten, Miniaturpferdchen und geröstete Maroni), bis hin zu ganzen Familien, die sich anlässlich der Feierlichkeit versammelt hatten. Der trostlose Innenhof des Swinburne Royal war zu einem Rummel, geschmückt mit grün-weißen Bannern, Girlanden, Wimpelketten und Flaggen geworden. Auf einer Holzbühne, hinter der das Anatomiegebäude und die Leichenhalle nahezu verschwanden, hatte eine Blaskapelle Stellung bezogen. Hörner dröhnten und heulten, während die Musiker sich warmspielten. Die Wäscherei, in der wir Mr Pittmans Leiche gefunden hatten, war gekonnt versteckt hinter dem Tombolastand mit seinen Bergen von Preisen und der vergoldeten Lotterietrommel. Hinter dieser Trommel war Schwester Pethwick stationiert, die mir fröhlich einen guten Morgen wünschte und unbeeindruckt hinnahm, dass ich Miss Judson gegen die Begleitung einer Katze eingetauscht hatte.

»Nehmen Sie doch an unserer Verlosung teil«, lockte sie mich. »Es ist für einen guten Zweck.« Eine Krankenhaus-Tombola, wie sich herausstellte, ist auch nicht interessanter als eine normale Tombola. Enttäuschenderweise fand sich unter den Preisen nirgends Blutdruckmessgeräte, Petrischalen oder chirurgisch entnommene Proben, konserviert in Arsen. »Es gibt ein hübsches Set Tintenlappen«, sagte Schwester Pethwick.

»Fünfundzwanzig Lose für mich, bitte!« Als ich mich umdrehte, sah ich, wie Dr. Kinkaid in seiner Westentasche nach einem Geldbeutel fischte. »Ich hätte zu gern diesen Toby-Krug.«

Schwester Pethwick zeigte uns stolz einen abgrundtief hässlichen getöpferten Becher, der aussehen sollte wie ein dicker Mann, der etwas trank. »Den hat meine Mum gespendet!«

Während Dr. Kinkaid für seine Lose zahlte, hielt ich nach Quietschsohle Ausschau – und tatsächlich, neben der Bude des Scherenschnittkünstlers lungerte er herum und versuchte, sich in seiner übergroßen Jacke zu verstecken. Hatte er das Dynamit in diesem Mantel versteckt? Wo war die Polizei? Wieder hatte ich dieses nagende Gefühl – dass etwas an Quietschsohles Aussehen oder Verhalten *nicht passte*. Doch mir blieb weder Zeit, darüber nachzudenken noch ihn zu befragen, denn in diesem Moment entdeckte ich in der Menge Lernschwester Ling, die einen offensichtlich eingeschnappten Patienten im Rollstuhl umherfuhr.

Ohne nachzudenken, holte ich sechs Pence aus meiner Tasche und knallte sie auf den Tombolatisch. »Sie haben mich nie gesehen!«, keuchte ich, bevor ich in der Menge verschwand. Ich konnte kaum darauf vertrauen, dass Schwester Pethwick und Dr. Kinkaid mein Geheimnis für sich behielten, abgesehen davon würde Peony mir für Vater bei der erstbesten Gelegenheit in den Rücken fallen, aber die Panik ging nun einmal mit mir durch.

Ich zwängte und schlängelte mich durch den halben Hof, bis ich begriff, dass ich das genaue Gegenteil von dem getan hatte, weshalb ich gekommen war: Ich hatte Vater in der Schusslinie eines Bombenattentäters und dessen Komplizen zurückgelassen, obwohl von Köchin oder Miss Judson, die ihn beschützen könnten, weit und breit nichts zu sehen war. Ich ließ mich gegen die Bühne sinken.

»Myrtle, Sie sind da!« In der akzentreichen Stimme lag unendliche Erleichterung, und noch bevor ich wusste, wie mir geschah, hatte Sally einen Arm um mich geschlungen. Ihr zweiter Arm war natürlich von Charley vereinnahmt, der mich freudig, zappelnd und feucht begrüßte. »Ich wusste, Sie würden mich nicht im Stich lassen.« Sie ließ mich wieder los und winkte herzlich Mrs Dudley zu, die in eine angeregte Diskussion mit

Tante Helena vertieft war – offenbar waren sie unterschiedlicher Meinung darüber, wer wo auf der Bühne stehen sollte. »Ich bin ja so froh, dass Ihr Vater doch noch zugestimmt hat.«

»Äh.« Von Tag zu Tag klang ich Vater ähnlicher. Sally wirkte überraschend heiter, erfrischt und gelassen, als hätte sie meine moralische Unterstützung gar nicht nötig.

»Und ob ich Sie brauche!«, rief sie. »Außerdem muss ich Ihnen etwas erzählen.« Sie kramte in ihrem Pompadour, drückte mir die Notizen für ihre Rede in die Hand, und holte schließlich ein Blatt elegantes Schreibpapier heraus. »Ich habe über Mr Pittmans Brief nachgedacht – nein, mir geht's gut. Pittman muss in dieser Nacht – in der er getötet wurde – im Krankenhaus gewesen sein, um mit einem der Ärzte zu reden. Dem Arzt von der *Persephone* – diesem Dr. Cutty.«

Ich konnte sie nur mit offenem Mund anstarren.

»… und ich glaube, der muss es auch gewesen sein, der ihn getötet hat, oder?« Sally war mit Eifer bei der Sache – zu viel Eifer.

»Ganz bestimmt überprüft die Polizei das bereits«, sagte ich kleinlaut.

»Also habe ich eine Liste gemacht.« Stolz präsentierte sie mir das Ergebnis: eine Liste mit Namen in krakeliger Mädchenschrift, beginnend mit *Julius Greeley, Direktor,* und endend mit *Alfred Steward, Arzt im Praktikum.* »Im Swinburne Royal gibt es sechsundzwanzig Ärzte. Wir sollten sie eingrenzen können auf den einen, der auf der *Persephone* war. Und dann wird er mich erkennen können!«

»Sally …« Sie schien nicht zu begreifen, dass es nicht ihr klügster Schachzug sein könnte, einen Mörder zu konfrontieren.

»Ich würde ja auf diesen Dr. Kinkaid wetten – immerhin geschah der Mord in seinem Labor, richtig?«

Woher nur hatte sie ihre Informationen? »Äh, Sally …«

»Außerdem hat er das richtige Alter, mehr oder weniger. Zumindest könnte er vor zehn Jahren mit uns auf See gewesen sein, oder?« Allmählich wurde mir klar, warum sie eine so gute Hockeyspielerin war: Sie preschte einfach geradewegs durch die gegnerischen Linien.

»Also, nein, eigentlich nicht.« Wenigstens von einem Irrtum konnte ich sie befreien. »Für die Zeit des Schiffsunglücks hat er ein Alibi.« *Weil er zu beschäftigt damit war, Beamte in Manchester in die Luft zu jagen.*

»Oh.« Sie machte ein langes Gesicht, aber nur kurz. »Na schön, einer weniger – bleiben noch fünfundzwanzig. Ich muss jetzt meine Rede halten«, sagte sie. »Richten Sie Ihrem Dad aus, dass es mir leidtut.« Mit dieser kryptischen Bemerkung stieg sie auf die Bühne, um sich zwischen Tante Helena und Mrs Dudley zu stellen, die allem Anschein nach zu einer freundschaftlichen Übereinkunft hinsichtlich des Sorgerechts für die junge Viscountess gekommen waren.

Als ich mich von der Bühne abwandte, um mir einen Platz im Publikum zu suchen – irgendwo, nahe genug bei Sally, aber mit freiem Blick auf die gesamte Versammlung – stand ich auf einmal Dr. Greeley gegenüber, der mit weiß hervortretenden Fingerknöcheln einen Stapel Notizkarten umklammerte. Das Blut gefror mir in den Adern. Es war absolut unmöglich, dass er nicht jedes einzelne Wort, das Sally gesagt hatte, mitgehört hatte.

Als er mich entdeckte, erstarrte er, bevor er sich ein steifes »Guten Morgen« abrang.

Mir glückte womöglich nur ein wenig professionelles Quieken. Zum Glück eilte Tante Helena unwissend zu meiner Rettung. »Julius!«, rief sie und übertönte sogar die sich warmspielenden Posaunen. »Oh, Julius!« Sie trampelte herüber, sodass ihre kräftigen Schritte über die offene Holzbühne hallten. »Hat man Sie schon der Viscountess vorgestellt? Kommt her, Eure

Ladyschaft, damit Ihr den Direktor des Swinburne Royal kennenlernt. Lady Ethel unterstützt Ihr Vorhaben *über alle Maßen.*«

Dr. Greeley sah die beiden verdattert an. »Nein – ich – das ist nicht nötig. Ich muss los – man braucht mich bei …« Er nuschelte etwas Unverständliches, nahm seine Karten und seinen Hut und verschwand in der Menge.

»Also so was!«, schnaubte Tante Helena, aber zu spät. Wo war er hin? Und wo, wenn wir schon dabei waren, war die Polizei? Wachtmeister Carstairs hatte uns versichert, dass heute Beamte vor Ort sein würden, doch sofern sie nicht alle verdeckt arbeiteten, mussten sie sich wohl verspäten. Ich rieb mir mit dem Fußknöchel das Bein. Dieses ärgerliche kleine Nagen hatte sich wieder eingestellt, als hätte ich etwas bemerkt, ohne es zu *bemerken.*

Dafür bestand keinerlei Zweifel an dem, was ich als Nächstes bemerkte. Eine behandschuhte Hand packte mich am Arm, und zwar nicht gerade sanft. »*Explique-toi, s'il te plaît!*«, forderte eine vertraute und recht pikierte Stimme. Ich verzog das Gesicht und drehte mich um, um mich Miss Judson zu stellen.

»Sally hat mich darum gebeten?«

Miss Judson war nicht allein. In einem Rollstuhl vor ihr hockte eine untreue und selbstgerechte Katze, und unter der Katze befand sich ein finster dreinblickender Staatsanwalt im Schlafanzug. Und hinter allen dreien eine zutiefst enttäuschte Köchin.

Aus irgendeinem Grund stachelte mich das nur an. »Sally hat mich darum *gebeten*, zu kommen«, wiederholte ich. »Sie ist unsere Klientin. Ich konnte sie nicht im Stich lassen.«

»Wih habn sie nighd im Sdigh gelassn!« Vaters Gesicht hatte einen Rosaton angenommen, der ihm nicht gut stand. »Wia sind hiah!«

Ich erwiderte seinen Blick so gefasst ich konnte. »Ich konnte *dich* nicht im Stich lassen.«

Wie er darauf reagieren sollte, schien er nicht zu wissen.

»Ich schlage vor, wir unterhalten uns anderswo weiter. Am besten verschieben wir dieses Gespräch gänzlich auf einen passenderen Zeitpunkt«, warf Miss Judson ein. »Miss Snowcroft fängt gleich an und wir machen eine Szene.«

Sie schleuste Vaters Rollstuhl (nicht ohne ein gewisses Gemurre, das in etwa klang wie *Igh gann laufn, müssn Sie wissn*) an eine Stelle, von der aus man freie Sicht auf die Bühne hatte. Mehr oder weniger. Alles, was ich sehen konnte, war die gigantische Satinschleife auf dem Hinterteil der Dame vor mir. Nun hörte die Kapelle auf zu spielen, und vier laute Schläge ertönten, die unser aller gehorsame Aufmerksamkeit einforderten.

»Guten Tag, Swinburne!« Die Stentornstimme[44] von Tante Helena war bestens zu hören. »Im Namen des Swinburner Krankenhaus-Damenkomitees heiße ich Sie alle herzlich willkommen zum diesjährigen Krankenhaus-Benefizsonntag!«

Donnernder Applaus füllte die gezielt platzierte Pause, die folgte. »Ich möchte Sie daran erinnern, dass das Swinburne Royal Hospital auf diese Art von Veranstaltungen angewiesen ist, um in unserer Stadt sein gutes Werk vollbringen zu können. Bitte spenden sie großzügig, denn in diesem Jahr ist der Bedarf größer denn je. Doch ich weiß durchaus, dass die meisten von Ihnen nur aus einem Grund hier sind.« Sie legte die nächste dramatische Pause ein. »Um unseren Ehrengast zu sehen, eine junge Dame, die uns die große Freude macht, unseren guten Zweck mit ihrem Ruhm zu unterstützen. Sie hat versprochen, den Erlös ihres Auftritts hier und heute vollständig dem Fonds für die Kostenfreie Sprechstunde zu spenden! Bitte heißen sie

[44] Noch so ein famoses Wort mit griechischen Wurzeln: Stentor, Herold im Trojanischen Krieg, hatte eine Stimme, so laut wie fünfzig Männer. Oder drei Tanten Helenas.

herzlich willkommen: die Sehr Ehrenwerte Lady Ethel Snowcroft. Und selbstverständlich auch Charley!«

Jubel wurde laut, der wenig später zu einem rhythmischen Sprechgesang wurde: »*Snowcroft! Snowcroft!*«, gefolgt von »*Charley! Charley!*«. Es dauerte nicht lange, da machte ein schweres großes Glas die Runde, in das die Münzen wie Regentropfen prasselten.

Ich spannte mich an und suchte die Menge nach Tunichtguten ab, die Sally etwas Böses wollen könnten. Sally trat, wie immer mit Charley auf dem Arm, vor. Ohne jede Scham über ihr doppeltes Spiel stand direkt hinter ihr Mrs Dudley, und daneben Tante Helena, die mit gestrengem Blick die edlen Spender überwachte. Die beiden glichen sich wie ein geldgieriges Ei dem anderen.

Sally hatte passend zum Anlass ein hellgrünes Kleid mit nautischem Flair angezogen. Ihre Locken schaukelten im Wind. Selbst Charley hatte einen schicken grün-weiß gestreiften Schal um. Sally winkte mit seiner Pfote und erneut brach Applaus aus.

»Sie alle sind so freundlich!« Sally strahlte ihre Anhänger an. »Jeder, den ich in England getroffen habe, vor allem hier in Swinburne, war so ungeheuer großzügig und herzlich. Mrs Dudley und der *Sichere Hafen*« – die Dame neigte ehrwürdig den gepuderten und bebänderten Kopf – »und Miss Hardcastle und das Damenkomitee, und *alle* hier im Krankenhaus.« Ihre Stimme klang goldig, aber ihre Augen durchforsteten die Menge – nach der einen Person im Krankenhaus, die *nicht* freundlich war. »Ich bin Ihnen allen so dankbar.«

Das Publikum reagierte mit wohlwollendem Jubelgetöse, doch meine Anspannung war kaum mehr auszuhalten. Ich reckte den Hals, um die Zuschauenden zu beobachten. Die meisten waren Swinburner aus gutem Hause, die wie jedes Jahr die Wohltätigkeitsfeier besuchten, um zu sehen und gesehen zu werden, am besten dabei, wie sie ihre Wohltätigkeit unter Beweis stellten. Oberschwester Finch hatte ihr Pflegepersonal wie einen grün-lavendelfarbenen Zaun am Rand des Geschehens aufgebaut. Auf der gegenüberliegenden Seite standen die Pfleger in ihren schicken schwarzen Uniformen und polierten Stiefeln. Ein stämmiger Bursche in einem kurzen dunklen Mantel schob sich an mir vorbei und brachte die Riesenschleife der Dame vor mir in Unordnung, woraufhin sie sich umdrehte und mir einen vernichtenden Blick zuwarf. Ich hätte ihr ja den wahren Schuldigen genannt, doch der war bereits im Gedränge untergetaucht.

Als Sally weitersprach, war ihre Stimme leise und nüchtern. »Aber etwas Schreckliches ist geschehen.« Jetzt schwiegen alle und spitzten die Ohren, um keins ihrer Worte zu versäumen. »Ein Mann wurde getötet – ermordet, genau hier in diesem Krankenhaus.« Die Menge schnappte versammelt nach Luft und tauschte entsetzte Blicke. Vorwurfsvoll riss Vater den Kopf zu mir herum.

»Ich weiß nicht, wer dieses grauenhafte Verbrechen begangen hat, aber den Grund dafür kenne ich sehr wohl.« Sallys Stimme brach. »Ich bin dieser Grund. Meine Anwesenheit hier, meine Bemühungen, herauszufinden, wer ich wirklich bin. Ob ich noch Familie habe … So etwas habe ich nicht gewollt. Und ich ertrage es nicht, für ein solches Unglück verantwortlich zu sein.«

Die Menge stieß ein mitfühlendes Seufzen aus und auch mein Herz zog sich vor Mitleid schmerzhaft zusammen, mit Sally, mit Mr Pittman, mit der gesamten unglücklichen Mannschaft der *Persephone*. Doch nicht einmal ich war vorbereitet auf das, was Sally nun sagte.

»Und deshalb muss ich ehrlich mit Ihnen sein. Ich werde meinen Antrag bei Gericht zurückziehen und damit jeden Anspruch auf das Snowcroft-Vermächtnis aufgeben. Wenn es so viel Leid verursacht, Ethel Snowcroft zu sein, dann will ich nichts damit zu tun haben. Als Sally Cooke aus Melbourne war ich absolut zufrieden, also werden Charley und ich in dieses schlichte Leben zurückkehren.«

Obwohl sie noch mehr zu sagen gehabt hätte, sollte niemand das Ende ihrer Rede hören. Nach einem Moment verdutzter Stille reagierte das Publikum. Aus schockiertem Flüstern wurde Gemurmel, aus verwirrtem Murren wurden Protestrufe.

Vater fuhr uns – mich – an: »Wassum Deufl hasd du su iha gesagt?«, wollte er wissen, wartete aber keine Antwort ab. Er verließ seinen Rollstuhl und schob sich durch die Massen auf die Bühne zu, bis wir seinen weißen Morgenmantel nicht mehr sehen konnten.

Miss Judson blickte finster in die Richtung, in der Vater verschwunden war. »Komm mit«, sagte sie forsch. Doch ich verharrte an meinem Platz. Nach allem, was geschehen war, konnte ich Sally verstehen. Ich wollte auch aufgeben.

Sally war bereits verschwunden, nur hatte es keiner bemerkt. Tante Helena versuchte vergeblich, die Veranstaltung zu retten und blaffte: »Und jetzt möchte ich den Mann vorstellen, dem wir für den heutigen Tag zu danken haben: Direktor Dr. Julius Greeley!«

Nichts passierte. Tante Helena wiederholte ihre Ankündigung, diesmal sogar noch lauter. Ohne Ergebnis. Dr. Greeley war nicht da, aber es hörte ohnehin niemand mehr zu – die Hälfte der Menschen wanderte erschlagen und enttäuscht davon, nachdem ihr Vormittagsvergnügen ruiniert war. Nach einem angespannten, konfusen Zwischenspiel gab Tante Helena der Kapelle ein Zeichen. Sie stimmte »Dschingdarassabum« an und Tante Helena stapfte von der Bühne.

Wo steckte Dr. Greeley? Warum war er nicht hier, um seine lang ersehnte Rede über die Kostenfreie Sprechstunde zu halten? Mir fiel nur eines ein, was ihn dazu bewegen konnte, diesen

Moment zu versäumen. Unter ansteigender Panik bahnte ich mir einen Weg aus dem Rummel heraus und rannte aufs Hauptgebäude zu.

Im Innern wirkte das Krankenhaus unheimlich verlassen. Lauter denn je ertönten meine Schritte und hallten unheilvoll nach, während ich zur Privatstation hinaufstürmte, durch die leeren Flure flitzte, vorbei am nicht besetzten Empfangsschalter und in den stillen Verwaltungsflügel.

Durch die weit aufgerissenen Fenster der verschiedenen Stationen drangen Stimmen – offenbar hatte Tante Helena Dr. Kinkaid dazu verdonnert, die Rede zu übernehmen. Wenigstens würde ihn das davon abhalten, seine Bombe zu zünden.

Dr. Greeleys Bürotür stand offen. Ich zögerte, bevor ich mich weiterwagte. Ich hatte Seitenstechen und war vollkommen außer Puste. Mit Charley auf dem Arm stand Sally, die mir zuvorgekommen war, mit forschendem Blick, aber vollkommen lautlos in der Tür. Erst bemerkte Dr. Greeley uns nicht, weil er damit beschäftigt war, in aller Hast eine Ledertasche zu füllen, wie ein Dieb in einem Juwelierladen. Er schob seinen hübschen Holzpapagei und die Felltrommel hinein, riss einen Schrank auf und schaufelte einen Schwung warmer Kleidung in die Tasche.

»Sie *sind* es, nicht wahr?« In Sallys Stimme lag nichts als Staunen. »Ich habe es Ihnen angemerkt – als Sie mich gesehen haben.«

Ohne sich umzudrehen, versteifte sich Dr. Greeley. »Ich weiß nicht, wovon Sie reden, junge Dame. Wenn Sie mich jetzt entschuldigen, ich bin beschäftigt.«

»Mit Weglaufen!«, mischte ich mich ein. »Ausgerechnet an Ihrem großen Tag. All die Leute da draußen verlassen sich auf Sie!«

Dr. Greeleys Hand zitterte, als er versuchte, die Riemen seiner Tasche zu schließen. »Das ist deren Fehler.«

Sally trat vor. »Können Sie mich nicht einmal ansehen?« Sie legte eine Hand auf Dr. Greeleys Schulter, doch er schrak vor ihr zurück, wobei er aus Versehen mit dem Arm das gravierte Taschenmesser zu Boden stieß.

Einen Augenblick lang, während dessen wir alle das Messer anstarrten, passierte gar nichts. Selbst im Schatten stachen die eingeschnitzten Buchstaben auf dem Griff deutlich hervor: *Cutty*. Als Sally in die Knie ging, um es aufzuheben, wich Dr. Greeley mit einem wimmernden Laut zurück.

»Es ist so klein«, sagte sie und drehte die Klinge, sodass sie im Licht schimmerte. Langsam stand sie auf und konnte offenbar kaum glauben, was sie da in der Hand hielt.

»Tu es«, sagte Dr. Greeley. »Ich habe es verdient.«

Verständnislos zog Sally die Augenbrauen zusammen und wollte ihm das Messer zurückgeben. Er trat einen Schritt näher, direkt auf die Klinge zu. Sally wurde kreidebleich.

Ich drückte ihren Arm nach unten. »Sie will keine Rache!«, sagte ich. Hoffte ich. »Sie will nur die Wahrheit wissen.« Ich zog ihr das Messer aus der Hand und klappte mit einem Schnappen die Schneide ein.

Sally fasste sich mit zitternden Fingern ins Gesicht, während ihr aufgewühlter Blick zwischen Dr. Greeley und mir hin- und herzuckte. »Ich … ich weiß es nicht«, flüsterte sie. Charley, der zu fest gedrückt wurde, winselte. »Ich kann mich nicht erinnern.«

Dr. Greeley schauderte. »Es ist besser so. Es war … wir waren … Unaussprechliches ist geschehen.«

Das war nicht unbedingt ein Mordgeständnis. »Das war vor langer Zeit, außerdem war Gefahr im Verzug«, sagte ich. »Doch Mr Pittman zu töten, war definitiv ein Verbrechen.«

Seine entsetzten grauen Augen richteten sich auf mich. »Nein, nein – verstehen Sie nicht? Er kam her, um *mich* zu töten! *Sie* hat ihn geschickt.«

»Nein«, sagte Sally. »Niemals. Das würde ich nie tun.«

Ich weiß nicht, ob Dr. Greeley sie überhaupt hörte. »Es war keine Absicht. Normalerweise wäre das nie passiert, doch ich war krank und verwirrt und dann ist er einfach gestürzt …« Mit einem gebrochenen Schluchzen barg er das Gesicht in seiner Hand. »Ich hätte zulassen sollen, dass er es tut.«

Ich war ratlos, wie ich mich verhalten sollte. Also stand ich einfach da, eine Mordwaffe in der Hand, und sah zu, wie ein Mörder vor mir einen Nervenzusammenbruch hatte. »Sally hat ihn nicht einmal gekannt. Er wollte sich nur alles von der Seele reden!« Mein Herz zog sich erneut zusammen, diesmal wegen Albert Pittman. »Sie hätten ihn nicht auch noch umbringen müssen!«

Dr. Greeley machte einen Satz auf mich zu. Kreischend brachte ich mich mit einem Hechtsprung in Sicherheit – aber erst, nachdem er sich das Messer geschnappt hatte.

Jetzt standen wir Auge in Auge einem Mörder gegenüber – und *er* hatte die Tatwaffe. Ich wich zurück und schob Sally, die hinter mir stand, mit mir. Das Klopfen meines Herzens übertönte die Menge im Hof, die Dr. Kinkaid schallenden Applaus spendete.

Langsam klappte Dr. Greeley das Messer auf, und drehte es, sodass es im weichen Licht funkelte. Ich kniff die Augen zu und wich immer weiter zurück – bis ich Sally geradewegs gegen die Tür schob, die sich mit einem schrecklich finalen *Klick* hinter uns schloss. Sally stöhnte.

»Alles ging so schnell.« Dr. Greeleys Stimme klang eigenartig, grell und mechanisch, sodass mir eiskalt wurde. »Ich wusste nicht einmal, dass ich das Messer in der Hand hielt, bis alles vorbei war.« Einen grauenhaften Moment standen wir da, hinter ihm das unwirkliche Tosen des begeisterten Publikums, hinter uns die allzu wirkliche Undurchdringlichkeit der Eichentür. Dr. Greeleys Blick war glasig, entrückt und furchteinflößend. Ich umklammerte Sallys eisige Hand.

Dann passierte es.

Draußen ertönte ein Knall, laut wie ein Donnerschlag, so laut, als würde jedes Fenster im Krankenhaus auf einen Schlag zerplatzen. Sally stieß einen kleinen Schrei aus, ich fuhr vor Schreck aus meiner Haut (natürlich nicht buchstäblich) und vor allem: Dr. Greeley ließ das Messer fallen. Ich fuhr herum und packte den Türknauf, um verzweifelt daran zu rütteln, doch er rührte sich kein Stück. Mit der flachen Hand schlug ich gegen das Holz.

»Hilfe!«, rief ich, trotz der grauenvollen Einsicht, dass niemand dort draußen mich hören könnte.

Von hinten griff eine Hand nach meinen Fingern und löste sie vom Knauf. Ich schauderte.

»Das klang wie ein Schuss«, sagte eine gefasste, vernünftige Stimme direkt an meinem Ohr. »Wir müssen helfen.«

»Myrtle, ist schon gut.«

Ich wirbelte herum. Dr. Greeley hatte nun eine andere Tasche in der Hand, diesmal einen Arztkoffer. »Ich bin noch immer Arzt«, sagte er – ob er es uns oder sich selbst in Erinnerung rief, ließ sich nicht sagen. Sally stupste mich zur Seite, damit Dr. Greeley die Tür öffnen konnte, woraufhin er im Laufschritt Richtung Treppenhaus verschwand.

Und ich vertraute darauf, dass er auf die Gefahr zu und nicht fortrennen würde.

# 24

# Vom Hunde ganz zu schweigen

> So schauderhaft und geschmacklos die Beweise bisweilen auch sein mögen, die von der rechtsmedizinischen Ermittlerin entdeckt werden, sind sie nichtsdestotrotz ein entscheidender Bestandteil der Jurisprudenz und davon, die Wahrheit ans Licht zu bringen.
>
> – H. M. Hardcastle: *Grundlagen der Rechtsmedizin.*

Draußen war Chaos ausgebrochen. Unmöglich konnte man erkennen, was vorgefallen war. Was vor sich ging. Die schrillen Schreie, die wir auf dem Weg durchs Treppenhaus gehört hatten, waren inzwischen verstummt, und die aufgescheuchte Menge im Innenhof flüchtete sich in die verschiedenen Richtungen.

»War es die Bombe?«, rief ich. Wo war Kinkaid? *Wo war mein Vater?*

Oberschwester Finch hatte ihre Truppen mobilisiert. Pfleger gaben sich Mühe, Ordnung herzustellen, und wiesen die Massen an, die Ruhe zu bewahren, während Schwestern heulenden Kindern und bewusstlosen Damen zur Hilfe eilten. Und einem unschuldigen Burschen, der über eine Katze gestolpert war und sich dabei das Knie verdreht hatte. Doch inmitten des Schlachtfelds des Benefizsonntags schien zumindest niemand zu bluten oder tot zu sein. Verständnislos blickte ich mich um. »Was ist passiert?«

Auf der Bühne wurde eine der Ohnmacht nahe Tante Helena von einem aschfahlen Dr. Kinkaid gestützt, dessen Augen weit aufgerissen waren. Und unten am leer gefegten Boden lag flach auf den Pflastersteinen, inmitten der Überreste des Tombola-Stands, ein stämmiger Mann in einem dunklen Mantel, der offenbar von niemand anderem als Schwester Pethwick niedergerungen worden war. Lernschwester Ling wachte über ihn, bewaffnet mit einem Cricketschläger, der zu verlosen gewesen wäre. In einigen Schritten Entfernung lag eine Pistole, die eine zufrieden wirkende Oberschwester nun aufhob, so entzückt, als hätte sie sie aus der Speiseröhre eines Magenpatienten geborgen.

»Was *ist passiert*?«

Dr. Greeley, der ebenso perplex war, setzte die Puzzleteile zusammen. »Das sieht aus wie … ein versuchter Anschlag?«

»Nicht ganz«, erwiderte eine Stimme, harsch und unbekannt – und amerikanisch. Als ich mich ihr zuwandte, entdeckte ich Quietschsohle auf uns zukommen, unter dessen übergroßem Mantel nun ein brauner Anzug zum Vorschein kam. An dessen Revers ein Messingstern steckte.

»Sie sind Polizist!«, rief ich. *Das* war an ihm so seltsam gewesen: Seine Kleidung und sein Verhalten – vor allem diese Schuhe – waren wie die eines Wachtmeisters, gar nicht wie von einem Krankenpfleger. Ich war nur nicht darauf gekommen.

»Ganz recht, kleine Lady«, sagte er. »Brody Jackson, von der Chicagoer Polizei.«

»In verdeckter Ermittlung«, stieß Schwester Pethwick hervor, die den Täter auf die Füße zog. »Dem Kerl spüre ich nun schon seit einem halben Jahr nach!« Sie schüttelte ihn. »Patrick Paul Hanrahan, Anführer einer Gruppe irischer Radikaler, auf die ein Haftbefehl ausgestellt ist wegen eines Bombenanschlags auf die Gaswerke in –«

»In Manchester«, sagte ich mit ihr im Chor. »1883. Aber …?« Ich war so verwirrt, ich konnte keinen klaren Satz mehr bilden.

»*Und* wegen Verdachts auf eine Verschwörung, um Anschläge auf weitere Ziele in England und Amerika durchzuführen«, warf Officer Jackson ein. »Ihre gesamte Operation ist aufgeflogen, Hanrahan.«

Dr. Greeley eilte zu meiner Rettung. »Miss Pethwick arbeitet als Ermittlerin für die Firma Sayers und Marsh aus London. Sie und Mr Jackson haben mit der Unterstützung von Mr Kinkaid verdeckt im Krankenhaus ermittelt.«

»Was?« Meine Stimme klang unangenehm fiepsend. Als hätte *ich* eine Mandelentzündung.

»Aye«, bestätigte Schwester Pethwick. »Kinkaids alter Kumpan hier wollte Zutaten, um Sprengstoff zu basteln. Der gute Doktor hat ihn hingehalten, bis wir zuschlagen und ihn verhaften konnten.«

»Aber der alte Patrick hat wohl Lunte gerochen und ihn hintergangen«, berichtete Officer Jackson. Die Oberschwester händigte ihm die Pistole aus und er schnalzte missbilligend mit der Zunge. »Sieht nicht gut aus für dich, Paddy.«

Dr. Kinkaid hatte Tante Helena wiederbelebt, sich aus ihrer Umklammerung befreit und war von der Bühne gesprungen, um zu uns zu treten. Er wirkte blass, wie überwältigt von einem Gefühl, das ich nicht deuten konnte. »Dann ist es jetzt vorbei?« Er rieb sich über den Bart, während der Blick seiner grünen Augen vom Krankenhauspersonal zu dem grimmigen Mr Hanrahan huschte, auf dessen Schläfe eine spektakuläre Beule wuchs. »Sie haben alle Beweise, die Sie brauchen?«

»Moment!«, sagte ich so scharf zu Dr. Kinkaid, dass tatsächlich jeder mich ansah. »Dann *haben* Sie die Bombe, die die Polizisten damals umgebracht hat, gar nicht gebaut?«

»Aye – *ich* war das, und ich würd es wieder tun«, knurrte Mr Hanrahan. Schwester Pethwick versetzte ihm einen Klaps – direkt in sein malträtiertes Gesicht, was ihn zum Schweigen brachte.

Dr. Kinkaid atmete lange, lange aus. »Nein, das war ich nicht. Aber ich wusste, wer dahintersteckte. Und endlich wird er für das, was er angerichtet hat, bezahlen.«

Mr Hanrahan hatte für seinen Landsmann kein einziges Wort übrig.

»Man hält Sie für tot.« Ich kam mir begriffsstutzig und dumm vor. Wie hatte sich all das direkt vor meiner Nase abspielen können, ohne dass mir *irgendetwas* davon aufgefallen war?

»Mein Bruder war es, der gestorben ist.« Dr. Kinkaids Stimme war sehr leise. »Michael. Er wollte Medizin studieren, Arzt werden. Leben retten.«

Allmählich ordneten sich die Dinge in meinem Kopf. »Sie haben seinen Platz übernommen!« Ich wirbelte zu Schwester Ling herum. »Ist das der Mann, mit dem er sich gestritten hat?«

Schwester Ling nickte überzeugt. »Ich hätte wohl doch die Pfleger auf ihn ansetzen sollen.«

»Ich glaube, wir sind hier fertig«, meinte der amerikanische Polizist. »Miss Pethwick?«

Sie nickte. »Direktor, dürften wir uns wohl einen Ihrer Pfleger ausborgen, um diese Lieferung in die Polizeiwache zu bringen?«

Endlich meldete sich die Oberschwester zu Wort: »Ich glaube, Mr Bentley könnte Ihnen behilflich sein.« Damit ging sie fort, um ihn zu suchen.

Schwester Pethwick – oder besser: Miss Pethwick – nickte Dr. Kinkaid zu. »Bei Gelegenheit kommen Sie vorbei, damit wir Ihre Aussage aufnehmen können.«

»Und treiben Sie keinen Unfug mit dem Nitroglyzerin«, warf Officer Jackson ein. »Das ist ein Beweismittel.«

Dr. Kinkaid schüttelte beiden die Hand. »Danke. Glaube ich.«

»Danke *Ihnen*. Die Arbeit hatten Sie.« (Ich persönlich fand, die weit größere Herausforderung des Einsatzes war es gewesen, sich um Vater zu kümmern, aber ich hielt meinen Mund.) Pethwick nickte ihm noch ein letztes Mal sachlich zu, bevor sie und Officer Jackson Mr Hanrahan abführten – nicht allzu rücksichtsvoll, will ich anmerken.

Noch immer verwirrt, sah ich ihnen nach. »Aber wenn es keine Bombe gab, auf wen wurde dann geschossen?«

»Oh.« Diese betrübte Reaktion kam von Schwester Ling. Sie wühlte in den Trümmern des Stands und beförderte ein kaputtes Stück Geschirr zutage – einen soliden Griff, an dem ein Scherbenrest saß, der wie das Hinterteil eines Mannes aussah. »Der Toby-Krug. Ein Jammer.«

Atemlos kam ein Pärchen auf uns zugeeilt, das reichlich enttäuscht wirkte. »Haben wir's verpasst? Robbie! Ich hab dir gleich gesagt, wir kommen zu spät.« Genie versetzte einer der gemauerten Einpflanzungen einen Schlag mit ihrer Krücke.

»Ich bin ja wohl nicht die mit den drei Beinen«, erinnerte Mr Blakeney sie freundlich. »Stephen, dann ist nun alles in Ordnung? Hat ganz den Anschein, als wäre hier recht ausgelassen gefeiert worden.«

Schlagartig überkam mich der unlogische Drang, mich selbst nach Verletzungen abzusuchen, also klopfte ich meinen Mantel und meine Röcke ab. Als Dr. Greeleys Blick mich traf, biss ich mir auf die Lippe. Ich wusste nicht, was ich sagen sollte. Tante Helena dagegen zeigte keinerlei Zurückhaltung. Nachdem sie sowohl Bewusstsein als auch Würde zurückgewonnen hatte, marschierte sie zu uns. »Ich will Ihnen nur sagen, dass dieser Mann ein *Held* ist!«, verkündete sie jedem und niemandem. »Private Ermittler einzustellen, um die Sicherheit seiner Patienten und Angestellten zu gewährleisten und obendrein eine heimtückische internationale Verschwörung zu vereiteln! Und Dr. Kinkaid!« Ihre Augen leuchteten schwärmerisch. »Es ist ja so tapfer, den Kriminellen auf diese Art aus der Reserve zu locken.«

Dr. Kinkaids erschrockene Blässe war nicht besser geworden, vielmehr sah er aus, als würde er jeden Moment selbst in Ohnmacht fallen.

»Aber Helena, nun übertreiben Sie mal nicht«, sagte Dr. Greeley und versuchte, seine gutmütige Art einigermaßen wiederzubeleben. »Wir haben nur unsere Pflicht getan.« Ich wusste, dass er sich im Augenblick nicht besonders heldenhaft vorkam. Nachdem die unmittelbare Krise bewältigt war, schien er unsicher, was er als Nächstes tun sollte. Mir ging es nicht anders – ein Gefühl, das mich einigermaßen aus der Bahn warf.

»Sagen Sie«, meldete Genie sich zu Wort. »Wo steckt eigentlich Miss Snowcroft? Ich hatte auf ein Interview gehofft. Stimmt es, dass sie ihren Anspruch aufgibt?«

Jeder schaute sich um, doch die einstige Erbin und ihr Gefolge waren nirgends zu sehen. Wieder stellte sich dieses grauenhafte nagende Gefühl ein, das an mir zu rütteln schien. Da entdeckte ich Miss Judson und Vater, die auf uns zuliefen, und – allen Streit in den Wind schlagend – warf ich mich geradewegs in seine Arme. »Du bist nicht in die Luft geflogen!«, rief ich.

»Mmmbf«, antwortete er und umarmte mich ebenso stürmisch.

»Das reicht jetzt, junge Miss, erdrücken Sie ihn nich«, sagte Köchin, die aussah, als hätte sie Vater gern selbst erdrückt.

»Wo ist Sally?«

»Mrs Dudley hat sie nach Hause gebracht«, berichtete Miss Judson. »Sie war ein bisschen durcheinander.« In ihrem Gesicht stand eine Frage, die sie allerdings nicht in Worte fasste. Vorerst. Ich seufzte, schmiegte mich an Vater und genoss seine solide, verlässliche, väterliche Anwesenheit, die das Hämmern meines Herzens beruhigte. Arme Sally.

»Glaubst du, Sally hat es ernst gemeint? Dass sie das Erbe aufgeben will?«

Verärgert grummelte Vater etwas, das jedoch keiner von uns verstand.

»Beinahe tut Mrs Dudley mir leid«, sagte Miss Judson. Beinahe stimmte ich ihr zu.

Genie schnippte mit den Fingern. »Myrtle, fast hätt ich's vergessen. Robbie wollte, dass ich die Sache mit dem Schiff für Sie nachschlage.«

Ich warf Dr. Greeley, der noch immer Tante Helena tröstete – oder von ihr getröstet wurde – einen Blick zu. Brauchte ich Genies Information überhaupt noch? Inzwischen konnte ich der richterlichen Untersuchung selbst als Augenzeugin dienen, trotzdem hatte ich für Dr. Greeley nichts als tiefes Mitgefühl übrig. Es wäre eine Schande, würden sich seine Pläne für die kostenfreien Behandlungen zerschlagen, wo es doch so viel Gutes bringen würde. Dennoch war es auch nicht gerecht, dass Mr Pittmans Mörder auf freiem Fuß blieb. Ich glaube nicht, dass er ins Swinburne Royal gekommen war, um Dr. Greeley etwas anzutun, sondern um sein Gewissen zu erleichtern. Was Dr. Greeley am Ende vermutlich auch gewollt hatte.

Allerdings konnte ich nichts davon Genie anvertrauen, die in ihrer Tasche gerade nach einem gefalteten Zettel kramte. »Der Kapitän der *Gloria Mundi* hieß Roger Dudley – kaum zu glauben. Das ist ja nun wirklich leicht zu merken. Konnte allerdings nichts anderes über ihn finden«, ergänzte sie, als sie mir den Zettel reichte. »Warum wollten Sie das wissen?«

*Mein Roge … ging mit einem Dampfer unter … jemand schuldet mir was.* Mit offenem Mund stand ich da, während mir das Herz bis auf den Grund des Meeres sank. Ich wirbelte herum und packte Dr. Greeley am Ärmel, bevor Tante Helena noch dafür sorgte, dass er sich für immer in Luft auflöste.

»Ja?«, sagte er und zog die Brauen zusammen.

»Die *Gloria Mundi* – als Sie von ihr gerettet wurden. *War Velma Dudley da an Bord?*«

Nun, da sein Geheimnis heraus war, nahm es Dr. Greeley endgültig den Wind aus den Segeln. Schlaff und kraftlos ließ er die Schultern hängen. Traurig nickte er und wirkte schlagartig um Jahre gealtert.

»Sie hat Sie erpresst. Sie alle.« Ich wollte mich setzen, doch die Fakten, die sich in meinem Kopf überschlugen, hielten mich aufrecht. »Sie war es. Sie steckt hinter *allem!* Der *Hafen*, die ›Waisenrente‹, Mr Pittman – meine Güte, wenn Sally ihren Anspruch jetzt fallen lässt …!« Auf der Suche nach Halt fand ich Dr. Kinkaids Arme.

»Reißen Sie sich zusammen, Hardcastle«, sagte er. »Tief durchatmen, dann sagen Sie, was Sie zu sagen haben.«

Ich schüttelte den Kopf. »Keine Zeit. Wir müssen ihnen nach – oh, wir holen sie nie ein!«

Ungewohnt drängend, wurde ein neues Stimmchen laut. »*Nein!*«

Alle blickten zu Boden, wo eine kleine schwarz-weiße Katze und eine in die Jahre gekommene seefahrende Berühmtheit mit zuckenden Schwänzen nebeneinanderstanden. Der kleine Terrier hielt etwas im Maul – etwas Hängendes, Glitzerndes: eine goldene Kette, die er Dr. Greeley nun vor die Füße legte. Sallys Medaillon?

Dr. Greeley war im Nu wie verändert. Er ging in die Hocke und hielt Charley die Finger zum Beschnuppern hin. »Hallo, alter Freund«, sagte er und Charley wackelte vor Freude über das Wiedersehen am ganzen kleinen Körper.

Ich hob das Medaillon auf, das noch immer warm war von Charleys Mund – oder von Sallys Hals –, dann blickte ich entsetzt zu Miss Judson. »Sally hätte Charley niemals zurückgelassen. Etwas stimmt ganz und gar nicht.«

»Durchsucht das Gelände!«, wies Dr. Greeley an. Er gab den nächstbesten Pflegern einen Wink und erteilte ruhig, aber präzise Befehle. »Wir finden sie.«

»Inzwischen könnten sie schon auf halbem Weg nach Upton sein!«, jammerte ich.

»Tdam anhaldn!«, sagte Vater, was Miss Judson dem ratlosen Pfleger erst übersetzen musste.

»Es gibt viel zu viele Verstecke!«, sagte ich. »Wir fangen sie nie!« Was würde Mrs Dudley tun, nun, da ihr Plan gescheitert war? Sally würde ihr eher früher als später auf die Schliche kommen, genau wie Dr. Cutty. Am liebsten hätte ich vor Frust gebrüllt.

Da tat Mr Blakeney etwas Dämliches. Während er die kleinen pelzigen Augenzeugen mit feierlichem Ernst ins Auge fasste, sagte er: »Peony Hardcastle, weißt du, wohin Miss Snowcroft gegangen ist?«

Peony gähnte – und Charley drehte sich zu ihr um, um sie zu zwicken und auffordernd anzubellen.

»Das gnügt mia«, meinte Vater. »Füh uns hin.«

Unsere Gruppe trottete los. Ab und an spornte Peony Charley mit einer Art Pfotenboxhieb über den Buckel an. Sie flitzte unter die Bühne, ohne daran zu denken, dass ausgewachsene (und sich im Wachstum befindliche) Menschen Gedränge und enge Räume nicht mit derselben geschmeidigen Finesse überwinden konnten – weshalb wir den längeren Weg außen herum nahmen. Nur gut, dass wir nicht vorhatten, uns unauffällig an jemanden heranzuschleichen, denn eine Katze, ein Hund, zwei Ärzte, eine Reporterin auf Krücken, ein arbeitsloser Rechtsanwaltsgehilfe, ein Staatsanwalt im Schlafanzug, eine Krankenschwester mit Kricketschläger, eine Gouvernante, eine außerdienstliche Haushälterin und eine kleine panische Detektivin sind definitiv nicht unauffällig.

Während wir Hindernissen auswichen, von denen ich schwören könnte, dass Peony sie *absichtlich* ansteuerte, versuchte ich keuchend, alles zu erklären. »Es war Mrs Dudley! Sie hat die Überlebenden der *Persephone* erpresst! Aber etwas muss schiefgegangen sein. Vielleicht entschied Mr Pittman, zur Polizei zu gehen, oder er wollte es Sally sagen …« Ich unterbrach mich, als ein weiteres Puzzleteil an seinen Platz rückte. »Er war Genies Quelle! Darum ist er nicht aufgetaucht – er wurde ermordet, bevor er die Chance bekam, auszupacken. Mrs Dudley musste ihn umbringen, damit nicht herauskam, dass sie die Männer all die Jahre erpresst hatte.«

»Weswegen erpresst?«, fragte Dr. Kinkaid, den wir jedoch irgendwie vereint überhörten.

Vater übernahm den Vortrag – oder versuchte es zumindest. »Sie folgde Biddman Mondagnaghd ins Gangenhaus, um zsu vahindan, dass eh Dogdoa Gienli diffd.«

Miss Judson, die Mitleid mit ihm (oder allen anderen) hatte, machte weiter. »Bei dem Kampf – den Mr Hardcastle vom Fenster aus beobachtete – hat Mrs Dudley Mr Pittman entweder absichtlich niedergeschlagen oder er stürzte und stieß sich den Kopf. Jedenfalls ließ sie ihn ohnmächtig in Dr. Kinkaids Labor zurück und drehte sämtliche Bunsenbrenner auf.«

»Hassu ein weisn Mandel gfundn, Müührl?«

»Elfenbeinfarben«, keuchte ich, als ich an den Mantel in Mrs Dudleys Wohnung über dem *Hafen* dachte. Vater grunzte zufrieden.

Unterwegs sammelten wir einen Pathologieassistenten auf.

»Tag, Russ«, sagte Mr Davis, als Charley und Peony durch die offene Tür des alten Anatomiegebäudes preschten. »Und, äh, Direktor. Und … alle …«

»Haben Sie hier jemanden durchkommen sehen?«, wollte Dr. Kinkaid wissen.

»Ja, tatsächlich.«

»Und wen? Sagen Sie schon!«

Mr Davis sah ihn blinzelnd an. »Dieses berühmte Mädchen und eine Frau. Die Frau kam mir auch bekannt vor, wenn ich so drüber nachdenke. Sie sind zum Anatomie-Hörsaal.«

»Der Anatomie-Hörsaal!«, keuchte ich. Wir rannten durch den schwach erleuchteten Flur zu der alten geschwungenen Tür, die eigentlich hätte fest verriegelt sein sollen, um Unbefugten den Zutritt zu verweigern.

Sie stand jedoch offen, sodass Schatten von innen nach außen fielen. Stimmen – eine Stimme – hallte von der hohen Decke des gewaltigen Hörsaals zu uns heraus. »Du undankbares Balg! Nach *allem*, was ich für dich getan hab! *Ich will das Geld nich* … Tja, manche von uns haben sich dieses Geld bitter *verdient*, will ich dir nur mal sagen!«

»Velma, bitte –«

»Für dich immer noch Mrs Dudley! Ich hab dir das Leben gerettet. Zeig gefälligst etwas Respekt!«

Wir platzten in den Hörsaal. Durch ein gewaltiges Oberlicht im schrägen Dach und das ausladende Fenster über dem Operationstisch fiel Tageslicht. Reihe um gestaffelte Reihe ragten dicht gedrängt hölzerne Klappstühle bis unter die Decke. Es gab eine schwindelerregend steile Treppe und nicht annähernd genug Geländer. Hoch oben auf dem obersten Rang drückte Mrs Dudley Sally gegen die hölzerne Brüstung – hinter ihr gähnte ein tödlicher Abgrund.

»Dann also Mrs Dudley – sagen Sie mir einfach, was sie wollen.« Sallys Stimme war leise, aber die hervorragende Akustik leitete jedes Wort zu uns weiter.

»Was ich *will*? Ich will, was mir zusteht! Monatelang hab ich diesen Plan vorbereitet – Jahre! Da werde ich jetzt nich einfach so zusehen, wie du alles kaputtmachst.«

»Misz Dahdli!« Vaters Stimme war alles andere als kräftig, aber er wusste, wie man damit einen Gerichtssaal füllte. »Ehszis vobei. Wiha wissn alles. Szahly szu valedzn maght es nighd bessa.«

Erschrocken fuhr sie hoch und versuchte, uns zu erkennen.

Sally dagegen versuchte, sich mit einer sportlichen Drehung aus ihrem Griff zu lösen, doch Mrs Dudleys Bierkrug-

Umklammerung war zu fest. »Bitte, wir können doch über alles reden.«

»So wie wir darüber geredet haben, dass du mir nichts, dir nichts beschlossen hast, eine halbe Million Pfund in den Wind zu schlagen?«

»Dieser arme Mann ist deswegen gestorben –« Sally verstummte, als die Erkenntnis ihr dämmerte. »Oh. Wahrscheinlich wollte er endlich reden.«

»Er hat mich hintergangen.« Mrs Dudleys Stimme war kalt. »Wir hatten eine nette Sache am Laufen, aber dann hat er auf einmal sein Gewissen entdeckt! Entschieden, endlich reinen Tisch zu machen. Hat er je danach gefragt, was ich davon halte, unsere schmutzige Wäsche vor dem ganzen Land zu waschen?«

Grauen erfasste mich, als ich zusah. Für Charley war es zu viel. Mit einem leiderfüllten Bellen preschte er wie eine Kanonenkugel durch den gewaltigen Raum und versuchte heldenhaft, die Treppe zu erklimmen. Doch für seine alten Terrierbeine waren die Stufen zu hoch, so konnte er nur hoffnungslos winselnd am Holz scharren.

Sally hatte noch immer nicht ganz begriffen, wovon Mrs Dudley redete, gab sich aber größte Mühe, es zu verstehen, um die wütende Frau zur Vernunft bringen zu können. »Ich werde mit Mr Hardcastle reden. Ganz bestimmt kann er etwas für uns tun. Die Anhörung ist ja erst in einigen Tagen …«

Eine schnelle Bewegung nahe den Fenstern zog meine Aufmerksamkeit auf sich, und als ich aufsah, erblickte ich Dr. Kinkaid, der verstohlen durch die Schatten schlich. Mehrere Ränge und Reihen unter Mrs Dudley und Sally bahnte er sich langsam einen Weg auf sie zu, wie ein Kater, der auf dem Dachfirst einer Taube nachstellte.

Miss Judson, der dies ebenso wenig entging, setzte sich in Bewegung, um von der anderen Seite aus Stellung zu beziehen – ein flankierendes Manöver, das Lord Cardigan stolz gemacht hätte. Doch Vater hielt sie am Arm fest. Er schüttelte den Kopf und sah sie mit flehendem Blick an, woraufhin sie nachgab und mit schmalen Lippen das Geschehen weiterverfolgte.

Was konnten wir tun? Je vernünftiger Sally war, desto hysterischer wurde Mrs Dudley. Inzwischen drückte sie Sally rücklings über das Geländer.

»Misz Dahli, wehn Sie Misz Snogoff undastoßn, gibd es gein Snogoff-Vamägdnis meh.« Vaters Aussage hatte ihm alles abverlangt. Mit vor Schmerz verzerrter Miene hielt er sich den Hals.

»Er hat recht«, sagte ich. »Wenn Sally stirbt, fällt das Snowcroft-Vermögen zurück an die Krone – und niemand sieht auch nur einen Penny!«

Vater setzte einen pantoffelbewehrten Fuß auf die Treppe und machte einen Schritt nach oben. Zwei. Einen dritten. Mrs Dudley und Sally wirkten wie erstarrt, während sie ihn gebannt anblickten. Miss Judson machte den Eindruck, als hätte sie ihn in diesem Moment zu gern mit irgendetwas geschlagen. Doch Dr. Kinkaid nutzte die Gelegenheit, solange sämtliche Augen auf Vater gerichtet waren, um im Hintergrund immer näher zu huschen. Ich hatte schon Angst, Charley würde ihn verraten, weil er ihn so aufmerksam beobachtete – sein kleiner weißer Körper war ganz steif vor Hoffnung, während der kleine Stummelschwanz wie eine reglose Flagge in die Höhe ragte.

»Ehs gibd imma Sbielaum füa Vahandlungn.« Im riesigen Hörsaal klang Vaters schwache Stimme seltsam dumpf, doch dieses eine Wort verstand Mrs Dudley.

»Verhandlungen? Was für welche?«

Vater sah hilfesuchend zu mir, und ich beeilte mich, das Gespräch zu übernehmen.

»Nun, es gibt keinen handfesten Beweis dafür, dass Sie Mr Pittman getötet haben«, sagte ich. »Und definitiv keinen Beweis dafür, dass es Vorsatz war. Die Staatsanwaltschaft könnte sich bereit erklären, Ihr Strafmaß zu mindern, wenn Sie von sich aus ein Schuldgeständnis ablegen.« Wahrscheinlich war es Blasphemie, ein Gebet an Richter Fox zu schicken, trotzdem sandte ich ihm eine schnelle telepathische Bitte-Schrägstrich-Entschuldigung für meine Anmaßung, in seinem Namen Abmachungen zu treffen.

»Ein Schuldgeständnis! Ich hab nichts Falsches getan!«

»Entführung und Erpressung werden vor dem Richter jedenfalls keinen guten Eindruck hinterlassen.«

»Gommn Szie, Misz Dahli – Szie wedn Misz Snogoff dogh nighd voa elf Augnzeugn umbingen.«

Mrs Dudley schien nicht überzeugt. (Genauso wenig wie Sally, auch wenn sie versuchte, es sich nicht anmerken zu lassen.) Während sie Sally noch immer fest im Griff behielt, fragte sie misstrauisch: »Was bieten Sie mir an?«

Vater streckte eine Hand in ihre Richtung, obwohl er noch immer mehrere Ebenen unter ihr war. Angestrengt presste er sehr leise, aber klar verständlich zwei Worte hervor: »*Eine Chance*. Eine Gelegnheid, Ih Leben szu leben und nighd am Galgn szu baumln, weil Szie die beganndesde Ebin Englands amoded habn.«

Mrs Dudley packte Sally im Genick. »Das is nicht gut genug!«, kreischte sie.

Dabei war *sie* nicht gut genug. Sally – Hockeymeisterin Sally Cooke aus Melbourne – hatte nur auf die richtige Gelegenheit gewartet. Sie hatte bemerkt, dass Dr. Kinkaid am Rand ihres Spielfelds zu ihrer Verteidigung eilte, und in einer plötzlichen und schrecklichen Darbietung von Sportlichkeit, rammte sie Mrs Dudley den Ellbogen in den Bauch und riss sich los. Ich hörte das geräuschvolle Knacken von Metall, als die Fischbeinstäbe in Mrs Dudleys Korsett brachen. Keuchend kippte sie vornüber und Sally vollführte ein verrücktes, verzweifeltes Manöver.

Sie schwang sich – mitsamt ihrem grünen, rüschenbesetzten Matrosenkleid und allem – über das Geländer und ließ sich auf den nächsten Rang fallen. Herz und Atem stockten mir, während ich mit aufgerissenen Augen das Geschehen hoch über mir verfolgte.

»Oh, bravo!« Genie applaudierte begeistert.

»Uff!« Sally landete in einem Bausch Unterröcke auf den Sitzen, wobei sie unsanft mit der Hüfte aufkam. Dr. Kinkaid stürzte ans Geländer und starrte mit einer Mischung aus Schrecken und Bewunderung zu ihr hinüber. Langsam, vorsichtig setzte Sally sich auf – da wuchs selbst der kleine Charley über sich hinaus, um mit einem gewaltigen Satz die Stufen in Richtung seines Frauchens zu erklimmen.

Vater wollte zu ihr rennen, doch Miss Judson packte ihn und hielt ihn eisern fest. »Wagen Sie es *ja* nicht«, sagte sie streng. Stattdessen schob sich Direktor Greeley höflich durch die besorgte Gruppe nach vorn und machte sich mit seiner Arzttasche auf den Weg zu Sally.

Keiner achtete auf Mrs Dudley, die mit berechnendem Blick – derselbe, der bereits den Plan für eine jahrzehntlange transkontinentale Erpressung ersonnen hatte – das Geschehen unter ihr verfolgte. Ihr war anzusehen, dass sie keinesfalls vorhatte, kampflos aufzugeben. Sie machte auf dem Absatz kehrt und stapfte die Treppe weiter nach oben.

»Wo wollen Sie hin?«, platzte es aus mir heraus, doch Mrs Dudley schaute nicht zurück. Als sie die hinterste Reihe erreicht hatte, schleifte sie ungelenk ihre Röcke durch den schmalen Durchgang, bis sie am anderen Ende der Sitzreihe die nächste Treppe erreichte und nach unten hastete – wobei sie gekonnt Dr. Kinkaid aus dem Weg ging, der nun erst wieder umkehren und zurücklaufen musste, um sie einzuholen.

Mrs Dudley erreichte den Hauptbalkon – unter dem sich nichts als ein schwindelerregender Abgrund befand und weit unten der kalte Steinboden des Operationssaals. Dr. Kinkaid warf sich auf sie, doch sie wich ihm aus, wobei sie auf den fleißig gewachsten Dielen des Swinburne Royal den Halt verlor. Unfähig, ihren Schwung zu bremsen, schlitterte sie rechts gegen das Geländer. Mit einem Schrei plötzlicher Panik stürzte sie mit dem Kopf voran über die Brüstung ins Leere.

»Nein!«, schrie ich, als das Geschoss aus purpurfarbenem, raschelndem Taft neun Meter in die Tiefe fiel und mit einem hässlichen Laut auf dem Operationstisch aus Emaille aufschlug – wie ein Mast, der von einer Monsterwelle zermalmt wurde. Ich konnte nicht hinsehen und warf mich gegen Vater und Miss Judson. Starke Arme hielten mich so fest, dass sie mich beinahe erdrückten. Ich konnte schon die Tardieuflecken sprießen fühlen, doch es war mir egal. Etwas – jemand – schob sich an uns vorbei und eilte in weichen Stiefeln über den Steinboden.

Kurz darauf sagte Schwester Ling deutlich: »Doktor – sie lebt.«

Vorsichtig hob ich den Kopf von Vaters Schulter, nur so weit, dass ich hinüberlinsen konnte. Mrs Dudley lag in einem purpurnen Berg am Fuß des Operationstischs. Ihr schwarzes Haar war ein heilloses Durcheinander und über ihre Stirn lief Blut. Ihre Augen waren geschlossen und ihre Schulter sah *falsch* aus.

Dr. Kinkaid rutschte am Treppengeländer herunter und rannte zu Schwester Ling. Eine rasche Untersuchung später: »Ausgekugelte Schulter. Sehr wahrscheinlich ein glatter Bänderriss. Sie wird operiert werden müssen. Allerdings scheint der Rücken nicht gebrochen zu sein – reines Idiotenglück.« Er versetzte Mrs Dudley einen sanften Klaps ins Gesicht, um sie wieder halbwegs zu Bewusstsein zu bringen. Ihre Augen rollten auf ihn zu und sie stöhnte.

»Also wirklich, Madam«, sagte Dr. Kinkaid. »Das war einfach nur dumm.«

Als Nächstes erschien Mr Davis mit einer eingerollten Krankenbahre. Zu dritt hoben sie Mrs Dudley darauf und trugen sie in die Notaufnahme. »Die Polizei findet sie dort«, sagte Dr. Kinkaid. Ganz kurz nur verharrte er, um zu dem Rang aufzuschauen, auf dem Sally von Dr. Greeley verarztet wurde. Dankbar winkte sie ihm zu.

Danach wurde es still im Saal, obwohl ich das Geräusch von Mrs Dudleys Aufprall auf diesem Tisch nicht aus dem Kopf bekommen konnte. Ich schloss die Augen und atmete lange aus, bis ich an meinen Knöcheln eine flauschige Wärme spürte. Peony sprang auf die Armlehne eines der Sitze und musterte mich besorgt. »*Nein?*«, fragte sie.

Ich nahm sie auf den Arm, wo sie sich mit den Krallen an meiner Schulter festhielt. »Nein«, gab ich ihr recht, woraufhin sie gurrend und schnurrend mein Kinn mit dem Kopf anstieß.

Über uns blieben Dr. Greeley und Sally noch eine Weile beieinandersitzen. »Ich bin nicht verletzt«, erklärte Sally beharrlich einem skeptischen Dr. Greeley. »Wirklich. Auf dem Hockeyfeld hab ich schon Schlimmeres einstecken müssen.«

Mit Peony auf dem Arm lief ich zu ihnen, dicht gefolgt von Miss Judson und Vater. Die anderen blieben unten, obwohl ich hören konnte, wie Genie ihren gebrochenen Knöchel verfluchte. Charley hatte es schon fast bis an sein Ziel geschafft und die letzten paar Stufen half ich nach. An Dr. Greeleys Beinen blieb er stehen und schmiegte sich dankbar an ihn, während der kleine Stummelschwanz so schnell wedelte, dass man ihn nicht mehr deutlich sehen konnte.

»Da ist ja mein alter Schiffskamerad«, sagte der Arzt zärtlich und hob ihn hoch. Charley, der daran gewöhnt war, im Zentrum der Aufmerksamkeit zu stehen, fand das eindeutig nur passend. »Ein gutes Crewmitglied«, sagte Dr. Greeley. »Loyal.«

Sally blickte Dr. Greeley mit ernsten braunen Augen an. »Ja, das war er«, sagte sie, und allen war klar, dass sie nicht den Hund meinte.

Dr. Greeley stockte der Atem. Er setzte zu einer Antwort an, doch Sally kam ihm zuvor. »Nicht«, sagte sie behutsam. »Sie müssen nichts sagen. Aber ich.« Sie stand auf und schlang Dr. Greeley die Arme um den Hals. »Danke«, flüsterte sie, und es dauerte lange, bis sie wieder losließ.

Sobald sie ihn freigab, drehte Dr. Greeley sich Vater zu – nach wie vor mit Charley auf dem Arm, als hätte er nicht vor, ihn je wieder loszulassen. »Ich habe Albert Pittman nicht getötet. Aber ich habe K–«

Vater unterbrach ihn. »Gein Gund, meh szu sagn, Sia.«

»Aber –«

Vater schaute in die Runde – zu Sally, mir und Peony, Miss Judson, den Blakeneys (von denen nur einer die ganze Geschichte kannte), selbst zu Charley. »Igh bin Schdadsanwald füa Swibbun«, sagte er. »Wolldn Szie ein Vabeghn meldn, dasz in diesn Szuständiggeidsbeaigh fälld?«

Dr. Greeley runzelte die Stirn.

Ich interpretierte: »Wollten Sie ein Verbrechen anzeigen, dass in Swinburne begangen wurde?«

»Oh.« Dr. Greeley schüttelte den Kopf.

Vater wirkte zufrieden und gab mir einen pathetischen Wink, fortzufahren.

»Nur Verbrechen, die sich innerhalb von Swinburne zutragen, sind für die Staatsanwaltschaft Swinburnes von Bedeutung«, sagte ich und Vater drückte meine Hand. Ich war davon überzeugt, dass wir uns darauf verlassen könnten, dass Richter Fox das ebenso sah. Sollte doch das Handelsministerium oder das Innenministerium oder sonst jemand im Fall der *Persephone* ermitteln, wenn sie meinten. Soweit es Vater und mich betraf, war dieser Fall abgeschlossen.

Dr. Greeleys Stirn legte sich in noch tiefere Falten. »Aber –«

»Aber *gar nichts*«, sagte Sally.

»Was ist mit dem Snowcroft-Vermächtnis?«, fragte ich. »Wollt Ihr das wirklich aufgeben?«

Sally grinste. »Ehrlich wirklich.«

»Nein, das geht nicht!« Dieser Protest kam unerwartet von Dr. Greeley. »Ethel – nein. Es gehört Ihnen. Sie haben es verdient.«

Sie schüttelte den Kopf. »Ich habe erfahren, was ich wissen wollte. Dieses Erbe – das hatte schon immer jemand anderes für mich geplant. Ich will es nicht. Außerdem gibt es keine Zeugen mehr, die meine Identität bestätigen könnten, nun da Mr Pittman tot ist.«

»Ich kann es bestätigen.« Dr. Greeley sprach leise, aber entschlossen.

»Aber dann müssten Sie allen erzählen …«

Jetzt lächelte er. »Ich müsste ihnen nur eins erzählen.« Er hielt den kleinen Terrier mit einem Arm und schob mit der freien Hand das raue weiße Fell von der schmalen Schulter, sodass darunter ein blasses rosa Mal zum Vorschein kam, das geformt war (nein, nicht wie ein Granatapfel) wie eine Sichel. »Sehen Sie? Eine Nahtnarbe. Das war ich.« Er klang stolz. »Der kleine Charley geriet auf der *Persephone* in einen Konflikt mit einer zerbrochenen Glasflasche, und ich habe ihn wieder zusammengeflickt.«

Sally blickte verblüfft darauf. »Die habe ich noch nie gesehen!«, rief sie und nahm Charley aus Dr. Greeleys Armen. »Oh, armer Charley!« Charley für seinen Teil sah kein bisschen zum Bedauern aus, sondern wedelte mit dem Schwänzchen und zappelte hin und her, weil er versuchte, alle auf einmal zu küssen.

# 25

# Gute Reise & Adieu

So schwer es zu glauben sein mag, muss man als rechtsmedizinische Ermittlerin unter Umständen feststellen, dass Familien- und Freundeskreis die Begeisterung für das eigene Fachgebiet nicht teilen. Lassen Sie sich davon niemals entmutigen, weiterhin der Gerechtigkeit zum Sieg zu verhelfen.
– H. M. Hardcastle: *Grundlagen der Rechtsmedizin.*

Zwei Wochen später fanden sich die Hardcastles wieder einmal zu Hause bei Richter Fox ein. Vater hatte eine weitere Woche im Krankenhaus verbracht, und ich war für meine spektakuläre Zurschaustellung von »Vorsätzlichem Ungehorsam« zu einem Monat Strafarbeit verurteilt worden. Miss Judson ließ mich eine ganze Chronik über die Belagerung Sewastopols schreiben – auf Latein. Der Tintenlappen, den ich bei der Tombola gewonnen hatte, erwies sich nun als durchaus nützlich, doch ich war so froh, dass Vater endlich sicher und auf dem Weg der Besserung war, dass ich mich kein einziges Mal beschwerte. Na gut, kein zweites Mal.

Diesmal beinhaltete die lustige Gesellschaft Sally und Dr. Greeley, aber natürlich nicht Mrs Dudley. Nachdem Dr. Kinkaid ihre Schulter gerichtet hatte, war sie vom Swinburne Royal in die Gefängniskrankenstation von Upton verlegt worden, wo sie auf ihre Verhandlung wegen Mordes an Mr Pittman wartete. Ein Geständnis legte sie nie ab – weder gab sie zu, Mr Pittman getötet noch die Überlebenden der *Persephone* erpresst zu haben. Angeklagt war sie im Übrigen nur wegen des Mordes.

»Die Geschichte der *Persephone* sollte von ihren Überlebenden geschrieben werden«, versicherte uns Richter Fox. »Manche Dinge dürfen gern auf See bleiben.« Dr. Greeley hatte zwei weitere Male versucht, offiziell die Verantwortung für den Tod von Kapitän Snowcroft an Bord des Rettungsbootes zu übernehmen, doch weder Richter Fox noch Sally – auch nicht Vater – wollten etwas davon hören.

»Sie haben Ihre Schuld längst beglichen«, versicherte Richter Fox dem Arzt. Gedankenverloren verharrte Dr. Greeley vor dem Modell der *Persephone*, das sie zeigte, wie sie vor der Tragödie ausgesehen hatte: schön, stattlich und unversehrt. »Ich sehe nicht den geringsten Wert darin, jemanden, der diese Tragödie miterleben musste, eines Verbrechens anzuklagen.«

Dr. Greeley schien noch immer nicht im Reinen mit sich selbst zu sein, und ich vermutete, dass er sich nie ganz erholen würde von dem, was geschehen war – was er getan hatte. Doch Sally drückte ihm einen sehr dreisten Kuss auf die eingefallene Wange. »Außerdem«, sagte sie, »brauchen Dr. Kinkaids liebenswerte Wains Sie.« Die liebenswerten Wains der Kostenfreien Sprechstunde, mit der es nun voranging (größtenteils dank der beachtlichen Stiftung einer frisch gebackenen Erbin).

Der ritterliche Charley, wie immer ein Gentleman, versuchte, zwischen Richter Fox' Hunden und Peony zu vermitteln. Dr. Greeley hatte uns den vollständigen Bericht über Charleys wundersames Überleben auf See abgelegt, das nicht zuletzt Navigator Charles zu verdanken war, der dem Welpen Teile seiner eigenen Ration zugesteckt hatte. Peony, die ebenso halsstarrig wie Dr. Greeley und Sally war, hatte sich auf der Kranzleiste über dem Fenster positioniert und fauchte jeden an, der sich ihr näherte. Ich seufzte wehmütig, weil ich wusste, dass Vater *sie* für ihr Benehmen im Hause seines Arbeitgebers niemals schelten würde.

Heute hatte Sally sowohl auf ihren schwarzen Trauerflor als auch auf die kindischen Aufzüge verzichtet, die sie für Mrs Dudley hatte anziehen müssen, und dafür ein sportliches (aber teures) kariertes Tageskleid gewählt, das mit dunklem Samt abgesetzt war. Es war ihrem Alter viel angemessener, wodurch sie irgendwie noch jünger wirkte. Sie hatte einen Stapel Broschüren dabei – bezogen von einer *stillen Quelle* – und hatte Miss Judson gebeten, ihr dabei zu helfen, eine englische Schule mit einem guten Feldhockeyteam auszusuchen. »Ich will nah bei meiner Familie bleiben«, sagte sie etwas schüchtern. Richter Fox hustete, während seine faltigen Augen feucht wurden.

In der Aufregung nach dem Krankenhaus-Benefizsonntag waren einige Tage vergangen, bevor ich mich wieder in Vaters Arbeitszimmer begab – nur um festzustellen, dass die *Geheime Akte* verschwunden war. Dafür waren an ihrer Stelle zwei weitere Juwelierkataloge erschienen, was das Mysterium nur rätselhafter machte. Jedoch arbeitete ich inzwischen an einer neuen Theorie (nachdem mir die Seiten mit Eselsohren und ein gewisses eingekreistes Objekt aufgefallen waren). Ich fühlte mich deswegen noch immer aufgewühlt und kribbelig – allerdings auf eine vollkommen andere Art.

Vater für seinen Teil wurde nun endlich wieder gesund. Nicht nur seine Gesichtsfarbe, auch seine Stimmung hob sich, seit man ihn aus dem Krankenhaus entlassen hatte. Seine letzte Woche dort war überraschend erholsam verlaufen, trotz der zusätzlichen Papierarbeit, die Mrs Dudleys Verhaftung ausgelöst hatte. Oberschwester Finch, über die Maßen dankbar für das, was wir für ihren geschätzten Dr. Greeley getan hatten (tappte sie, was die Details betraf, auch weiter im Nebel), beaufsichtigte Vaters Pflege persönlich. Nicht dass sie in ihrem Umgang mit Kranken Nightingale'sche Züge angenommen hätte, doch immerhin blieben die Lederriemen im Schrank. Und Vater stimmte großzügig zu, keine Anklage zu erheben wegen der

»verlegten« Besitztümer der Patienten aus der Privatstation, die allesamt still und leise ihren Weg zurückgefunden hatten (einschließlich Genies Füller) – vorausgesetzt, Mrs Finch würde sich in Zukunft benehmen. »Sie befinden sich auf doppelter geheimer Bewährung«, schärfte er ihr ein, obwohl Dr. Greeleys Enttäuschung Strafe genug zu sein schien, um Oberschwester Finch zu bekehren.

Lernschwester Ling absolvierte ihre Ausbildung und bekam eine Vollzeitstelle als Dr. Kinkaids OP-Schwester. Er schlug sogar vor, dass sie seine medizinischen Vorlesungen besuchen und eine Fortbildung zur Intensivpflegerin machen solle. Oberschwester Finch gab ihr einen Strafpunkt für Anmaßung, doch der Krankenhausdirektor genehmigte die Beförderung mit ausdrücklicher Zustimmung. Dr. Greeley brach die Studie über Mangelernährung ab und Dr. Kinkaids Versuchsobjekte wurden rund und wohlgenährt – definitiv die glücklichsten Ratten in ganz England.

Genie bekam endlich ihr Exklusivinterview mit Sally, deren Anspruch vom Nachlassgericht bestätigt worden war, und Vater versprach ihr außerdem, dass sie Mrs Dudleys Prozess vollständig begleiten durfte. Genie merkte wohl, dass wir ihr etwas verheimlichten, und ging Mr Blakeney deswegen ununterbrochen auf die Nerven. Richter Fox mochte den Mund halten können, doch ich fürchtete, ihren Bruder würde Genie über kurz oder lang mürbe machen.

»Vielleicht interessiert sich dann längst keiner mehr dafür«, sagte Sally, die sich von ihrem Platz auf Richter Fox' Plüschsofa erhob (und dafür einen halben Hund von ihrem Schoß schob). »Mr Hardcastle, haben Sie die Dokumente dabei, die wir unterzeichnen sollen?«

Vater sprang auf. »Oh, ja. Hier.« Er kramte in seiner Anzugjacke und holte eine zerknitterte Mappe hervor – eine sehr *vertraute* Mappe, liebe Leserschaft. Abrupt setzte ich mich auf.

»Müssen wir es lesen?«, fragte Sally.

Vater wirkte verlegen. »Nun, eigentlich nicht, Sie sind nur Zeugen.«

»Zeugen wofür?«, wollte ich wissen.

Sally nahm die Akte und brachte sie zu dem Tisch, auf dem wir zum ersten Mal den Chronometer der *Persephone* untersucht hatten, um den Inhalt mit großer Geste herauszuholen. Dr. Greeley gesellte sich mit Füllern in der Hand zu ihr. Argwöhnisch schlich ich näher.

*Ich, Arthur Hardcastle, Esquire, aus der Stadt Swinburne, England, erkläre im Vollbesitz meiner geistigen und körperlichen Kräfte hiermit meinen letzten Willen und mein Testament ...*

»Dein Testament! Wozu brauchst du ein Testament?« Ich funkelte Vater – und Dr. Greeley an. »Ich wusste, es ist etwas faul!«

»Nein, nein!« Hastig umarmte Vater mich. »Ganz und gar nicht. Ich bin wirklich bei bester Gesundheit. Versprochen. Wenn du darauf bestehst, lasse ich Dr. Greeley eine eidesstattliche Erklärung ablegen, solange du mir dann endlich glaubst.« Er lächelte – ein ehrliches, breites Vaterlächeln, so wie er es Peony häufig schenkte. Ich gab nach. Ein wenig.

Er fuhr fort. »Es ist nur – na ja, nach der Snowcroft-Sache hielt ich es für eine gute Idee, mein Testament auf den neuesten Stand zu bringen. Das habe ich seit dem Tod deiner Mum nicht mehr getan. Und wir haben ja alle gesehen, was passieren kann, wenn ein Vermögen ohne eindeutige Anweisungen darüber, wer was erbt, hinterlassen wird!«

Mit verschränkten Armen tappte ich mit dem Fuß, während Dr. Greeley das Dokument unterzeichnete, bevor er es an Sally weiterreichte. Das Gesetz schrieb das genaue Alter der Zeugen nicht vor, und ihr Status als Adelige des Königreichs schadete ihrer Glaubwürdigkeit sicher nicht. Sie setzte ihren neuen Namen unter Vaters Testament, ein einziges herrschaftliches Wort: *Snowcroft*.

»Das wirkt so schrecklich *kurz*«, stellte sie fest und ergänzte grinsend: »Vielleicht sollte Charley auch unterschreiben.«

Vater faltete das frisch unterzeichnete und gegengezeichnete Dokument, um es wieder in seine Jacketttasche zu stecken. Ich würde es später natürlich noch lesen – wenn auch nur, um sicherzugehen, dass er für alle vernünftig vorgesorgt hatte, nicht nur für mich, sondern auch für Köchin und Miss Judson. Doch dass Vater sie nicht um ihre Unterschrift gebeten hatte, nahm ich als gutes Zeichen dafür, dass er an sie gedacht hatte: Testamente können nämlich nur von jemandem bezeugt werden, der selbst nicht darin bedacht wird.

Seelenruhig wie eh und je saß Miss Judson auf der Sofalehne und Vater ließ sich mit Peony auf dem Schoß neben ihr nieder. Es war ein ebenso gemütliches Bild wie das Porträt der Snowcrofts, und ich schlich mich dazu, um mich zwischen sie zu zwängen. Vater strich mir das Haar von der Wange und Peony schnurrte zufrieden. Irgendwo draußen, außerhalb der dicken Ziegelmauern des Richters warteten neue Rätsel, aber ich fand, sie konnten auch noch etwas länger warten.

Mit einem glücklichen Seufzen lehnte ich den Kopf an Miss Judsons Knie. »Was ist mit Ihnen?«, fragte ich. »Sollten Sie nicht auch eins aufsetzen?«

»Ein Testament?« Sie wirkte amüsiert. »Ich habe keinen Besitz. Ich muss mir um nichts den Kopf zerbrechen.«

# Anmerkung der Autorin

Am 5. Dezember 1872 machte das kanadische Handelsschiff *Dei Gratia* eine schreckliche Entdeckung: eine verlassene Brigg, die im Nordatlantik segelte. Auf den ersten Blick schien sie in gutem Zustand, jedoch fehlte die komplette Besatzung – einschließlich der Frau des Kapitäns und deren zweijähriger Tochter. Das Rätsel darum, was der *Mary Celeste* zugestoßen war, hat 150 Jahre lang die Fantasie der Menschen angeregt. Welche Ereignisse haben Kapitän Benjamin Briggs dazu veranlasst, sein Schiff zu verlassen, und was wurde aus den zehn Menschen, die einfach so von Bord verschwunden sind? Was wurde aus der kleinen Sophy Briggs?

Im 19. Jahrhundert grassierten unzählige fesselnde wahre Geschichten von Unglücken auf See. Zeitungsleser verschlangen die Berichte über Schiffe wie die *Mary Celeste* und den Walfänger *Essex*, der Herman Melville zu *Moby Dick* inspirierte, oder über die unglücklichen Überlebenden der Yacht *Mignonette*, deren Mordprozesse in den USA noch immer zum Juragrundstudium gehören (Strafverfahren *R v Dudley and Stephens*, 1884). Das viktorianische Publikum genoss den Kitzel aller noch so haarsträubenden Details über das Leben und den Tod auf See. Über ein Jahrhundert später faszinieren diese Geschichte über Todesgefahr uns noch immer.

Die Angelegenheit des Snowcroft-Vermächtnisses in diesem Buch wurde inspiriert vom realen Erbschaftsstreit *des* Jahrhunderts. Der Tichborne-Fall, der auch im Roman erwähnt wird, löste in den 1860ern eine weltweite Sensation aus. Damals tauchte in England ein australischer Metzger auf, der behauptete Sir Roger Tichborne zu sein, der zwölf Jahre zuvor auf See verschollen war. Obwohl er rein äußerlich Sir Roger nur sehr entfernt ähnelte und ihm entscheidende Wesenszüge sowie Informationen fehlten, überzeugte Arthur Orton (oder Thomas

Castro, als der er auch bekannt war) Mrs Tichborne irgendwie davon, dass er tatsächlich ihr verlorener Sohn war, und ging sogar so weit, die Familie, die das Tichborne-Anwesen übernommen hatte, auf sein »rechtmäßiges« Erbe zu verklagen. Die englische Öffentlichkeit war wie besessen vom Tichborne-Fall und die Meinungen darüber, ob der Kläger nun Sir Roger sei oder nicht, gingen weit auseinander. Nach zwei sensationellen Prozessen (Ortons Klage und die darauffolgende Anklage wegen Meineids) führte das englische Rechtswesen strengere Strafen für »Falschnachahmung einer Person« ein, also dafür, sich für jemand anderen auszugeben, um sich selbst zu bereichern. Heute nennen wir dieses Vergehen Identitätsdiebstahl.

Myrtle-Wiederholungs-Leser*innen haben vielleicht auch die Anspielung auf einen anderen berühmten viktorianischen Erbschaftsstreit wiedererkannt, nämlich den fiktionalen Fall »Jarndyce gegen Jarndyce« aus Charles Dickens' *Bleak House*. Laut Dickens wurde dieser endlose Erbschaftsstreit, der über Generationen hinweg im Morast des antiquierten Rechtssystems stecken blieb, von einem realen Prozess inspiriert, obwohl er nie verriet, von welchem genau. Historiker nennen als wahrscheinlichste Quelle das umkämpfte Anwesen von William Jennens, einem wohlhabenden Regierungsbeamten, der 1798 starb, ohne sein Testament unterzeichnet zu haben. Es war vollkommen bizarr, wie auf einmal *bis weit ins 20. Jahrhundert hinein* optimistische (oder opportunistische) Leute aus ganz England und sogar Nordamerika Anspruch auf das Jennens-Erbe erhoben, bis das beträchtliche Vermögen schließlich allein durch die Gerichtskosten aufgebraucht war.

Eine weitere Facette dieser Geschichte verdient eine Erwähnung. Oberschwester Finchs makabre Sammlung von Dingen, die Patienten verschluckt hatten, basiert ebenfalls auf einem Artefakt aus dem wahren Leben, das Generationen von Schulkindern aus Iowa traumatisierte. Eine ganz ähnliche Sammlung wie die der Oberschwester wurde im frühen 20. Jahrhundert von James Downing, einem Arzt aus Des Moines, zusammengestellt und befindet sich im Archiv der Staatsgeschichtlichen Gesellschaft von Iowa. Obwohl sie aktuell nicht mehr gezeigt wird, lebt sie in vielen Albträumen weiter und fand auf besondere Bitte hin ihren Weg in diese Geschichte.

Wie immer geht mein Dank an Myrtles unglaubliche Crew bei Algonquin Young Readers: Lektorin und oberste Meisterin Elise Howard; Lektorin Ashley Mason; Korrektorin – wie hieß sie noch gleich? – Sue Wilkins; PR- und Vertriebsmogulinnen Kelly Doyle und Debra Linn; das spektakuläre Design-Team Brett Helquist, Leah Palmer Preiss, Carla Weise und Laura Williams, Sarah Alpert und Adah Morales. Und meine Entschuldigung geht an Hörbuchsprecherin Bethan Rose Young für die Dialoge mit Myrtles Vater in diesem Band, die gewiss all ihre Einzigartige Selbstbeherrschung erfordern werden.

Zuletzt gehören meine Liebe und Dankbarkeit dafür, dass er unser kleines Schiff unbeirrt durch gutes wie schlechtes Wetter manövriert, Christopher Bunce, meinem Co-Kapitän seit einunddreißig Jahren. *Einst, er sprach, gab es ein Schiff …*[45]

[45] Zitat aus »Der alte Seemann« von Samuel Taylor Coleridge

Elizabeth C. Bunce
Mord im Gewächshaus
Ein Myrtle-Hardcastle-Krimi. Band 1
ISBN 978-3-95728-486-0

Die zwölfjährige Myrtle Hardcastle ist eine leidenschaftliche Verfechterin der Gerechtigkeit: Als ihre Nachbarin, eine wohlhabende Witwe und exzentrische Züchterin seltener Blumen, unter mysteriösen Umständen stirbt, ergreift Myrtle ihre Chance. Unterstützt von Miss Ada Judson, ihrer unerschütterlichen Gouvernante, will Myrtle den Mord an Miss Wodehouse beweisen und den Mörder finden, auch wenn ihr sonst niemand glaubt – noch nicht einmal ihr Vater, der Staatsanwalt der kleinen Stadt …

Elizabeth C. Bunce
Mord im Handgepäck
Ein Myrtle-Hardcastle-Krimi. Band 2
978-3-95728-554-6

Myrtle muss mit ihrer Tante Helena in den Urlaub fahren und hat darauf gar keine Lust, da es doch zu Hause Wichtigeres zu tun gibt. Leider hat sie in dieser Angelegenheit kein Mitspracherecht, und so werden die Koffer gepackt. Myrtle ist begeistert, auf der Fahrt in der Eisenbahn die Bekanntschaft von Mrs Bloom zu machen, einer professionellen Versicherungsdetektivin, die an Bord ist, um das unbezahlbare »Nordlicht-Diadem« zu schützen. Doch noch bevor der Zug sein Ziel erreicht hat, sind auf einmal beide verschwunden: Mrs Bloom und das Diadem! Da bleibt Myrtle natürlich nichts anderes übrig, als den Indizien zu folgen …

Elizabeth C. Bunce
Das Geheimnis des Glockenturms
Ein Myrtle-Hardcastle-Krimi. Band 3
ISBN 978-3-95728-653-6

Als Mr Leighton, der Besitzer eines Gemischtwarenladens, an dem Abend tot aufgefunden wird, an dem sein jährliches Weihnachtsschaufenster enthüllt werden soll, ist klar, dass jemand Rache geübt hat. Aber wer hätte ein Motiv dafür gehabt? Vielleicht jemand, der sich an den ungelösten, lange zurückliegenden Skandal erinnert, der sich ereignete, als Mr Leighton noch Professor und Archäologe war?
Myrtle versucht, die verschollenen Fakten des historischen Skandals aufzudecken und so die Beweggründe für den Mord zu finden. Aber dann stößt sie unerwartet auf ein dunkles Geheimnis ihrer eigenen Familie …

Titel der Originalausgabe: *In Myrtle Peril*
Erschienen bei Algonquin Young Readers, einem Imprint von Algonquin Books of Chapel Hill, Post Office Box 2225, Chapel Hill, North Carolina 27515-2225
A division of Workman Publishing, New York, New York 10014


Published by arrangement with Erin Murphy Literary Agency through Rights People, London

Deutsche Erstausgabe

Ein Unternehmen der Média-Participations

Projektleitung und Lektorat: Theresa Scholz, Knesebeck Verlag
Übersetzung: Nadine Mannchen, Helmbrechts
Umschlaggestaltung: Felicitas Horstschäfer, Berlin
Satz und Herstellung: Arnold & Domnick, Leipzig
Druck: BALTO Print, Litauen
Printed in Lithuania

FSC www.fsc.org
MIX
Papier aus verantwortungsvollen Quellen
FSC® C107574

ISBN 978-3-95728-721-2


www.knesebeck-verlag.de